A formação do professor que ensina Matemática:
perspectivas e pesquisas

ORGANIZADORAS
Adair Mendes Nacarato
Maria Auxiliadora Vilela Paiva

A formação do professor que ensina Matemática:
perspectivas e pesquisas

3ª edição

autêntica

Copyright © 2006 Adair Mendes Nacarato e Maria Auxiliadora Vilela Paiva
Copyright © 2006 Autêntica Editora

Todos os direitos reservados pela Autêntica Editora. Nenhuma parte desta publicação poderá ser reproduzida, seja por meios mecânicos, eletrônicos, seja via cópia xerográfica, sem a autorização prévia da Editora.

CAPA
Beatriz Magalhães

DIAGRAMAÇÃO
Conrado Esteves

REVISÃO
Rodrigo Pires Paula

EDITORA RESPONSÁVEL
Rejane Dias

N118f Nacarato, Adair Mendes
A formação do professor que ensina Matemática : perspectivas e pesquisas / organizado por Adair Mendes Nacarato e Maria Auxiliadora Vilela Paiva . — 3. ed. . — Belo Horizonte : Autêntica , 2013.

240 p.

ISBN 978-85-7526-219-1

1.Matemática. 2.Formação de professores. I.Paiva, Maria Auxiliadora Vilela. II.Título.

CDU 51:371.13

Ficha catalográfica elaborada por Rinaldo de Moura Faria – CRB6-1006

AUTÊNTICA EDITORA LTDA.

Belo Horizonte
Rua Aimorés, 981, 8° andar . Funcionários
30140-071 . Belo Horizonte . MG
Tel.: (55 31) 3214 5700

Televendas: 0800 283 13 22
www.autenticaeditora.com.br

São Paulo
Av. Paulista, 2.073, Conjunto Nacional,
Horsa I . 23° andar, Conj. 2301 . Cerqueira César . 01311-940 . São Paulo . SP
Tel.: (55 11) 3034 4468

Sumário

7   A formação do professor que ensina matemática: estudos e perspectivas a partir das investigações realizadas pelos pesquisadores do GT 7 da SBEM
Adair Mendes Nacarato e Maria Auxiliadora Vilela Paiva

27   Profissionalização e saberes docentes: análise de uma experiência em formação inicial de professores de matemática
Arlete de Jesus Brito e Francisca Terezinha Oliveira Alves

43   Os caminhos da Didática e sua relação com a formação de professores de Matemática
Zaíra da Cunha Melo Varizo

61   Análise de propostas presentes no material de Matemática do PEC-Universitário, à luz de resultados de investigações e teorias sobre a formação de professores
Edda Curi

77   Preparação e emancipação profissional na formação inicial do professor de Matemática
Márcia Cristina de Costa Trindade Cyrino

89   O professor de Matemática e sua formação: a busca da identidade profissional
Maria Auxiliadora Vilela Paiva

113   Reflexões sobre a formação inicial de professores de Matemática, a partir de depoimentos de coordenadores de curso de licenciatura
Célia Maria Carolino Pires, Márcio Antonio da Silva e Roberto Cavalcante dos Santos

133   Relações com saberes na formação de professores
Ana Lúcia Manrique e Marli E. D. A. André

149   O trabalho colaborativo como ferramenta e contexto para o desenvolimento profissional: compartilhando experiências
Ana Cristina Ferreira

167   Formação continuada de professores: uma experiência de trabalho colaborativo com matemática e tecnologia
Nielce Meneguelo Lobo da Costa

197   Professores e futuros professores compartilhando aprendizagens: dimensões colaborativas em processo de formação
Adair Mendes Nacarato, Regina Célia Grando, Luana Toricelli e Miriam Tomazetto

213   Aprendizagem da docência: conhecimento específico, contextos e práticas pedagógicas
Maria das Graças Nicoletti Mizukami

A formação do professor que ensina matemática: estudos e perspectivas a partir das investigações realizadas pelos pesquisadores do GT 7 da SBEM

Adair Mendes Nacarato
Maria Auxiliadora Vilela Paiva
(Coordenadoras do GT 7)

A produção deste livro está diretamente relacionada à própria trajetória do GT 7: "Formação de professores que ensinam Matemática", da Sociedade Brasileira de Educação Matemática (SBEM). Assim, no presente capítulo, pretendemos, inicialmente, resgatar os cinco anos de história desse GT, apresentando as tendências das pesquisas desenvolvidas por seus componentes, para, posteriormente, apresentarmos a coletânea de artigos aqui presentes.

A constituição do Grupo de Trabalho "Formação do professor que ensina Matemática" junto à SBEM

Por que pensar na estrutura de grupos de trabalho, numa instituição como a SBEM? A ideia nasceu juntamente com a de criar um espaço de intercâmbio entre pesquisadores em Educação Matemática. Embora a sociedade já contasse com os Encontros Nacionais de Educação Matemática (ENEM), estes são espaços mais abertos e heterogêneos, visando principalmente atingir o professor da educação básica. Assim, havia a necessidade de um espaço em que os pesquisadores pudessem discutir e divulgar entre os pares as pesquisas que estão sendo desenvolvidas em suas universidades. Surgiram os Seminários Internacionais de Pesquisa em Educação Matemática (SIPEM), cuja estrutura é de grupos de trabalho, com o objetivo de reunir pesquisadores de instituições nacionais e internacionais, não apenas para compartilhar pesquisas mas também para a possibilidade de parcerias em projetos e/ou grupos de pesquisas. A partir de então, o SIPEM passou a se constituir como o espaço dentro da SBEM para encontros dos pesquisadores. Dentre os 12 GTs constituídos, o GT 7 ficou designado para agregar pesquisadores que atuam com investigações sobre formação de professores que ensinam Matemática, ou seja, pesquisas voltadas à formação de professores, de todos os níveis de ensino da Educação Infantil ao Ensino Superior estejam envolvidos com o ensino de Matemática.

O GT 7 "Formação de professores que ensinam Matemática" foi oficialmente constituído no I Seminário Internacional de Educação Matemática (I SIPEM), promovido pela SBEM e realizado em Serra Negra, São Paulo, em novembro de 2000. Estiveram presentes, naquele primeiro encontro do GT, 25 pesquisadores. A coordenação do GT naquela época estava a cargo de Tânia Maria de Mendonça Campos (PUC/SP), Dario Fiorentini (Unicamp) e Maria Auxiliadora Vilela Paiva (UFES e CESAT).

Uma das primeiras preocupações da coordenação do GT 7, naquele momento de constituição, foi buscar um mapeamento dos trabalhos desenvolvidos no País, relacionados à formação docente, no campo da Matemática. Esse mapeamento resultou no trabalho "Estado da arte da pesquisa brasileira sobre formação de professores que ensinam Matemática: uma primeira aproximação", realizado por pós-graduandos da FE/Unicamp: Ana Cristina Ferreira, Celi A. Espasandin Lopes, Diana Jaramillo, Gilberto F. Alves de Melo e Valéria de Carvalho, sob a coordenação de Dario Fiorentini e com a colaboração de Vânia M. Santos-Wagner, da UFRJ.

Além dessa preocupação de situar a pesquisa brasileira nessa linha temática, havia a necessidade de caracterizar o GT, buscando definir metas e traçar o perfil de seus participantes. Após as discussões, chegou-se ao consenso de que o GT se constituiria em um grupo cooperativo de pesquisadores para discutir e analisar pesquisas sobre os saberes profissionais e formação de professores que ensinam Matemática, e traçaram-se alguns objetivos:

- Incentivar, discutir, analisar e divulgar/socializar pesquisas e estudos de experiências inovadoras, com ênfase em processos de formação inicial e continuada.
- Elaborar propostas de intervenção nas políticas públicas.
- Oferecer indicativos de questões e perspectivas de pesquisas em formação de professores que ensinam Matemática.
- Discutir o domínio metodológico de investigação sobre os saberes profissionais e formação de professores que ensinam Matemática.

Iniciou-se, também, a discussão sobre alguns problemas relativos à produção científica brasileira no campo da formação de professores que ensinam Matemática, dentre os quais destacamos:

- a existência de uma pulverização de estudos e dispersão de esforços, denotando a ausência de linhas e grupos consistentes de investigação;
- a falta de divulgação, organização, sistematização e avaliação da produção científica da área;
- a pequena quantidade de informações parciais e incompletas disponíveis (resumos das dissertações e teses);

- a concepção da formação de professores mais como um campo de ação do que de pesquisa pelas universidades, órgãos governamentais e agências de fomento à pesquisa;
- a necessidade de maior apoio institucional e financeiro para desenvolver projetos e encontros de sistematização/discussão e avaliação de estudos e experiências na formação de professores que ensinam Matemática.

As discussões durante o I SIPEM foram desencadeadas por algumas questões provocativas, indicativas de debates e pesquisas/estudos para os próximos anos, algumas delas postas pela prof². Tânia Campos, na abertura do Seminário. Outras surgiram durante as discussões:

- Qual o domínio metodológico de investigação em formação do professor?
- Qual a concepção da Ciência Matemática vigente nos cursos de Licenciatura *versus* o Conhecimento Matemático necessário a quem ensina Matemática?
- Que Matemática deve estar presente na atividade profissional do professor?
- Que vivência matemática deve existir na atividade profissional do professor?
- Qual a formação matemática e didático-pedagógica necessária ou básica:
  – ao professor da Educação Infantil e ao professor das séries iniciais?
  – ao professor que ensina Matemática para jovens e adultos (deslocados do ensino regular)?
  – ao professor que ensina Matemática para crianças com necessidades especiais?
- Como formar o professor que ensina Matemática em face dos desafios contemporâneos da interdisciplinaridade, da multiculturalidade e do uso de novas tecnologias?
- Qual a inter-relação entre mudanças curriculares, saberes profissionais e processos de formação?
- De que forma poderá haver a articulação da formação inicial com a continuada envolvendo professores experientes e futuros professores?
- Quais os critérios para avaliação dos cursos de formação de professores?
- Como divulgar os estudos de experiências individuais e coletivas de práticas inovadoras na formação do professor que ensina Matemática e garantir contribuições para as políticas públicas?

Assim, nesse primeiro momento, muitas foram as questões e preocupações dos pesquisadores no que diz respeito às perspectivas de pesquisa no campo da formação docente, bem como no que se relaciona aos processos de formação. As metodologias de formação docente e de pesquisa sobre formação docente, sem dúvida, estão imbricadas. O grande desafio posto aos pesquisadores e formadores de professores – um dos desafios para o GT 7 – é exatamente distinguir as fronteiras entre esses dois campos de atuação.

O marco histórico nesse I SIPEM foi a própria constituição dos GTs, além da consequente possibilidade de haver, a partir de então, um espaço institucional para os pesquisadores divulgarem e discutirem suas problemáticas de pesquisa.

O encontro em Serra Negra encerrou-se com a escolha da professora Maria Auxiliadora Vilela Paiva para a coordenação do GT7 para o próximo triênio. Estabeleceram-se, também, como espaços formais de encontros dos participantes do GT os ENEMs e os SIPEMs ambos de periodicidade trianual.

Assim, nesses cinco anos de existência do GT, seus participantes encontraram-se oficialmente no VII ENEM, em 2001, na UFRJ, no Rio de Janeiro; no II SIPEM, em 2003, em Santos, SP; e no VIII ENEM, em 2004, em Recife, PE.

Em 2002, a SBEM esteve envolvida com as discussões da reformulação das licenciaturas em Matemática. A publicação das Diretrizes Curriculares Nacionais para a Formação do Professor da Educação Básica, em nível superior, curso de licenciatura, de graduação plena (Parecer CNE/CP 09/2001 e Resolução CNE/CP 1, de 18 de fevereiro de 2002), e da publicação das Diretrizes Curriculares Nacionais para os cursos de Matemática, bacharelado e licenciatura (Parecer CNE/CES 1.302/2001) desencadeou um movimento de discussões, seminários e pesquisas sobre os novos modelos de formação docente.

Durante o primeiro semestre de 2002, a SBEM promoveu os fóruns regionais nos diferentes estados para a discussão desses documentos relativos à licenciatura, bem como a publicação de um número especial da revista *Educação Matemática em Revista*,[1] contendo 11 artigos que subsidiaram as discussões nos fóruns. Essa discussão foi ampliada no I Fórum Nacional de Licenciatura em Matemática, realizado na PUC-São Paulo, em agosto de 2002. De certa forma, houve a mobilização dos educadores matemáticos para essa discussão, que culminou com o Seminário Nacional: "Construindo propostas para os cursos de Licenciatura em Matemática", realizado em Salvador, Bahia, em abril de 2003, com a elaboração de um documento entregue ao MEC em 2004.

Tanto no Fórum Nacional quanto no Seminário Nacional, os membros do GT encontraram-se para discutir trabalhos de pesquisa, avaliar suas ações e propor metas. Considerando a amplitude do grupo, em número de participantes, decidiu-se no Fórum Nacional, em São Paulo, pela inclusão de mais duas pessoas na coordenação do GT, em que foram escolhidas as professoras Maria Tereza Carneiro Soares (UFPR) e Adair Mendes Nacarato (USF). Durante o II SIPEM, houve a eleição de coordenação para o triênio 2003-2006, permanecendo Adair Mendes Nacarato e Maria Auxiliadora Vilela Paiva, com a inclusão da prof^a. Elizabeth Belfort.

---

[1] Licenciatura em Matemática: um curso em discussão. In: *Educação Matemática em Revista*. Edição Especial, ano 9, n. 11A, abril de 2002.

As ações do GT 7, de certa forma, vêm se concentrando nesses eventos nacionais, apesar de a coordenação sempre se propor a dinamizar as interações dos participantes entre um evento e outro. As dificuldades encontradas são de diversas ordens, principalmente em relação ao acúmulo de trabalho dos pesquisadores participantes e à dimensão continental do País – pelas questões econômicas – que inviabilizam a possibilidade de encontros periódicos de trabalho.

A ideia de se iniciarem publicações próprias do GT, bem como a realização conjunta de pesquisas, nasceu durante o encontro em Recife, durante dois dias que antecederam ao VIII ENEM. Assim, a presente coletânea de textos resultados de pesquisas isoladas de pesquisadores ou grupos de pesquisadores constitui a primeira iniciativa de divulgação dos trabalhos do GT.

Tendências e perspectivas das pesquisas sobre formação de professores que ensinam Matemática no âmbito do GT 7

Conforme destacado anteriormente, o SIPEM constitui o espaço oficial para o encontro dos pesquisadores envolvidos com a formação docente. Embora os GTs venham participando ativamente dos ENEMs principalmente dos dois últimos (2001 e 2004), pelo fato de ser um evento mais amplo, permitindo a divulgação de experiências de sala de aula, torna-se mais difícil a distinção entre os trabalhos de divulgação de pesquisa e os de relatos de experiências. Assim, para a nossa análise, iremos considerar as produções apresentadas e discutidas nos dois seminários.

Além do texto de abertura da prof.ª Tânia Maria Mendonça Campos, o ISIPEM[2] contou com a apresentação de 29 trabalhos, categorizados a partir de suas temáticas:

a) Trabalhos de mapeamento das pesquisas sobre formação de professores que ensinam Matemática: dois trabalhos.

b) Pesquisas que avaliam/analisam projetos e/ou políticas públicas de formação de professores: cinco trabalhos.

c) Pesquisas que analisam questões relativas à licenciatura em Matemática: três trabalhos.

d) Pesquisas que tem como foco os saberes docentes: três trabalhos

e) Pesquisas que envolvem o trabalho colaborativo: dois trabalhos.

f) Pesquisas que discutem a formação do formador de professores: um trabalho.

g) Pesquisas que estão na interface entre formação docente e questões relativas à Educação Matemática (ou abordam questões que tangenciam a formação de professores): 11 trabalhos.

---

[2] Dados obtidos dos Anais do I SEMINÁRIO INTERNACIONAL DE PESQUISA EM EDUCAÇÃO MATEMÁTICA. *Livro de resumos*, 22 a 25 de novembro de 2000, Serra Negra/SP.

h) Apontamentos de agendas de pesquisa: dois trabalhos.

O que ficou mais evidente nesse primeiro seminário foi a dispersão de temáticas, em que houve uma grande predominância de questões que, de certa forma, tangenciam a formação docente, mas não compõem pesquisas propriamente ditas sobre formação de professores. Talvez, até por ser o primeiro evento e os grupos de trabalho não estarem organicamente constituídos, alguns trabalhos foram direcionados a esse GT sem que o foco fosse necessariamente a formação docente.

No entanto, não podemos desconsiderar que esse tem sido um dos desafios do GT: caracterizar o objeto de investigação quando se trata da formação docente. Muitas pesquisas que abordam questões da sala de aula ou de currículo têm implicações para a formação docente. Isso não significa que o objeto de investigação está centrado nos processos de formação.

O grande mérito desse primeiro seminário, como já destacado, foi, de um lado, a constituição do próprio GT; de outro, os primeiros mapeamentos das pesquisas nacionais e a identificação dos principais pesquisadores na área e suas instituições de origem.

No II SIPEM, o GT 7 contou com a apresentação de 29 trabalhos – 24 para comunicação científica e 05 para a modalidade de pôster – categorizados a partir de suas temáticas:

a) Pesquisas relativas ao professor que atua nas séries iniciais: quatro trabalhos, dois dos quais se referiam ao Centro de Formação e Aperfeiçoamento do Magistério CEFAM (formação inicial); as outras duas pesquisas foram realizadas com professores que atuam nas séries iniciais (formação continuada).

b) Pesquisas relacionadas à análise de projetos e programas de cursos de formação: quatro trabalhos. Dois deles eram relativos à formação inicial e avaliaram projetos de cursos de licenciatura; o terceiro trabalho estava na interface entre a formação inicial e a continuada, pelo fato de ter envolvido bacharéis, em diversas áreas, que atuavam ou pretendiam atuar como docentes e estavam fazendo a complementação da licenciatura em matemática; e o quarto trabalho avaliava o projeto do MEC/Fundescola GESTAR II, envolvendo professores da rede pública das regiões Norte, Nordeste e Centro-Oeste.

c) Pesquisas relativas ao saber docente: seis trabalhos. Dois deles discutiram as questões mais amplas do saber, enquanto quatro abordaram áreas específicas da Matemática: a Álgebra nos cursos de formação; Álgebra e Números na licenciatura; a Geometria Euclideana na licenciatura; e o conceito de função.

d) Pesquisas realizadas com participantes de cursos e/ou projetos: três trabalhos. Um deles envolveu professores que participaram do Programa Pró-Ciências;

outro investigou professores participantes de um curso de extensão; e o terceiro, professores participantes de um curso de especialização.

e) Pesquisas relativas à formação docente e suas relações com ambientes computacionais: três trabalhos. Um deles analisou as contribuições que o uso da ferramenta informática CABRI-GEOMETRE II pode trazer para a formação do professor de Matemática; o segundo teve como foco de investigação os participantes do projeto Matemática "Net" um projeto de formação continuada; e o terceiro foi realizado com alunos da PUC/SP, na perspectiva da Engenharia Didática e o ensino de Geometria.

f) Pesquisas relativas à trabalhos coletivos e/ou grupos colaborativos: quatro trabalhos. Um dos quais, realizado no contexto da universidade, analisou o grupo colaborativo constituído por professoras da escola básica e duas pesquisadoras; o segundo deles envolveu professores e alunos da licenciatura num projeto de formação continuada; o terceiro foi realizado na própria escola com educadoras da infância; e o quarto foi um estudo de sistematização das pesquisas de doutorado desenvolvidas no Prapem/Unicamp, que tiveram como foco de estudo grupos coletivos e/ou colaborativos.

g) Pesquisas relativas a concepções e vivências do professor: dois trabalhos. Um deles buscou compreender as motivações, ações e reflexões de professores de Matemática, vinculadas à participação em cursos e/ou outras modalidades de formação continuada; o outro refere-se a uma pesquisa realizada junto a professores da rede pública com o objetivo de analisar as suas concepções em relação à Geometria.

h) Pesquisas cujo foco tangenciam a formação de professores: três trabalhos. Trata-se de investigações realizadas com professores, mas não centralizadas na formação. Foram tratados temas como obstáculos epistemológicos e a formação do professor; a importância do contexto sociocultural para a aprendizagem matemática, numa pesquisa envolvendo professores e futuros professores; e a discussão pública, veiculada pela imprensa escrita, sobre o livro didático.

Esse breve resumo já é suficiente para mostrar que a dispersão de temáticas ainda permaneceu no GT 7 a exemplo do que aconteceu no I SIPEM. Algumas pesquisas envolveram diretamente a formação docente; outras a tangenciaram.

Numa análise comparativa entre os dois seminários, pode-se dizer que alguns eixos que caracterizam as pesquisas sobre formação de professores começaram a se delinear: saberes docentes e trabalho colaborativo. As questões relativas à avaliação de projetos e programas de formação docente também passaram a ganhar destaque.

Em ambos os seminários, as pesquisas apresentadas no GT têm sido de três modalidades: pesquisas de mestrado, pesquisas de doutorado e pesquisas desenvolvidas por docentes e/ou grupos de pesquisa com vínculos institucionais.

Uma dificuldade encontrada pelo grupo, nos dois eventos, diz respeito à mudança no modo de conceber a formação: é preciso não dicotomizá-la – classificando-a em "inicial" e "continuada" –, e sim considerá-la como um *continuum* (GARCIA, 1999) ou como permanente (IMBERNÓN, 2004).

A cada encontro do grupo, muitas são as questões que perpassam as discussões. Algumas, decorrentes de resultados já obtidos, poderão trazer contribuições para o debate mais amplo; outras constituem-se em indagações e, portanto, merecem uma maior discussão e realização de novas pesquisas.

Após esses dois SIPEMs, procuramos sistematizar, por focos temáticos, algumas dessas questões que foram retornadas ao grupo para discussão coletiva.

O PROFESSOR COMO PRODUTOR DE SABERES

Apesar de muita pesquisa e literatura disponível sobre a temática dos saberes docentes, há ainda muitas questões em aberto. Uma delas tem sido central nas discussões: não se pode conceber uma formação inicial ou continuada sem levar em consideração o conteúdo matemático. Há a necessidade de repensar a formação inicial em relação aos conteúdos conceituais e suas respectivas metodologias. Nesse sentido tal como ocorreu com alguns trabalhos já realizados (CUSATI, 2000; MABUCHI, 2000; LOPES, 2000; PIRES, 2003; PALIS, 2003; COELHO; MACHADO; MARANHÃO, 2003; BELFORT, 2003; OLIVEIRA, 2003) é preciso investir mais na constituição de um saber pedagógico disciplinar nos cursos de licenciatura (SHULMAN, 1986). Essas pesquisas vêm evidenciando a necessidade de que, em programas de formação, os conteúdos matemáticos sejam visitados e revisitados, mas é necessário pensar sob que olhar isso deveria acontecer. Entende-se que os conteúdos da Matemática escolar sejam estudados sob um ponto de vista avançado, mas problematizando-os na perspectiva da formação do professor. Conforme ressaltam Zeichner e Gore (1990 *apud* GARCIA,1999, p. 81):

> As investigações realizadas mostram que os conhecimentos e atitudes que os programas de formação de professores pretendem transmitir aos estudantes têm escassas probabilidades de ser incorporados no repertório cognitivo do futuro professor.

As pesquisas que tomam os saberes docentes como objeto de estudo já rompem com a concepção de que o bom professor é aquele que tem apenas o domínio do conteúdo. Não significa, porém, negar a importância dos conteúdos, mas partir do pressuposto de que o saber docente vai além dessa única dimensão do conhecimento.

> Pensar que ensinar consiste apenas em transmitir um conteúdo a um grupo de alunos é reduzir uma atividade tão complexa quanto o ensino a uma única dimensão, aquela que é mais evidente, mas é, sobretudo, negar-se a refletir de forma mais profunda sobre a natureza desse ofício e dos outros saberes que lhe são necessários. (GAUTHIER *et al.*, 1998, p. 20-21)

No que diz respeito aos saberes docentes de professores em exercício, as pesquisas vêm tomando como referência autores que discutem, principalmente, os saberes da experiência, como Tardif, Lessard e Lahaye (1991); Tardif (2002); Gauthier *et al.* (1998), dentre outros.

No bojo das discussões sobre as licenciaturas de Matemática no Brasil, no número específico da revista da SBEM, há dois artigos que discutem os saberes docentes: o de Paola Sztajn e o de Maria Auxiliadora Vilela Paiva. Destaca-se a revisão da literatura americana dos anos de 1990, realizada por Sztajn (2002), que apresenta uma síntese de sua pesquisa, afirmando:

> Algumas características do que deve compor esse saber pedagógico-disciplinar aparecem no conjunto de artigos de pesquisa publicados durante a última década: conhecimento sobre os processos cognitivos dos alunos para assuntos específicos da Matemática; conhecimento e escolha de tarefas apropriadas; estruturação do conteúdo específico e relação do professor com o mesmo. (SZTAJN, 2002, p. 27)

A autora sinaliza a necessidade de que as pesquisas incluam outros fatores que influenciem "a relação entre o saber do professor e sua prática no ensino de Matemática" (*ibidem*). Nesse sentido, muitos dos trabalhos brasileiros apresentados nos SIPEMs partem do pressuposto de que a formação deve tomar como ponto de partida as práticas docentes vivência como estudante ou como profissional.

O PROFESSOR COMO AGENTE DE SUA PRÓPRIA FORMAÇÃO

As pesquisas apontam o início de uma maior valorização do fazer e das necessidades do professor que passa a participar dos cursos, escolhendo temas, ganhando espaço para se expressar. Isso vem ocorrendo inclusive nos cursos de graduação, nas práticas pedagógicas. No que diz respeito à formação continuada, o papel dos cursos e/ou projetos começa a ser avaliado/analisado a partir da perspectiva dos professores.

O grande número de pesquisas apresentadas nos dois seminários revela o interesse da área pela temática: 05 trabalhos no I SIPEM e 04 no II.

A ideia de cooperar/colaborar, contar com o interesse e a participação ativa de todos os envolvidos, ganha mais espaço nos processos de formação. Quando há cumplicidade tanto dos formadores quanto dos professores , pode ocorrer o desenvolvimento profissional. Este conceito vem sendo ampliado pelas pesquisas: há que se considerar a diferenciação que é feita entre formação e desenvolvimento profissional. A concepção de desenvolvimento profissional baseia-se no pressuposto, que o professor é o agente de seu próprio conhecimento – parte dele a necessidade de estar em permanente formação.

Nos dois primeiros SIPEMs, não identificamos nenhum trabalho que tomasse como foco central de investigação o desenvolvimento profissional. Ele aparece subjacente a outras temáticas como o papel do formador de professores, trabalhos coletivos/colaborativos , mas não como eixo central.

Identificamos dois trabalhos no I SIPEM que discutem o trabalho coletivo/colaborativo (GUÉRIOS, 2000; VARIZO, 2000). Essa tendência ampliou-se no II SIPEM, com a apresentação de quatro trabalhos (FERREIRA[3] e MIORIM, 20003; LOPES, 2003; VARIZO, 2003; GEPFPM, 2003). No caso específico do trabalho do GEPFPM (Grupo de Estudos e Pesquisas sobre Formação de Professores de Matemática, vinculado ao Prapem/FE/Unicamp), há uma sistematização de oito estudos realizados na Unicamp, no período de 2000 a 2003, cujo objeto de investigação centrou-se em pesquisas sobre o trabalho colaborativo, envolvendo professores de diferentes níveis de ensino. O estudo discutiu a dispersão semântica que envolve a temática e, a partir das próprias pesquisas tomadas como referência, discutiu conceitos como: pesquisa-ação, cooperação, colaboração, pesquisa colaborativa, comunidade de prática, dentre outros.

As pesquisas nessa temática têm evidenciado a necessidade de trabalhos colaborativos e/ou em parceria entre professores universitários e professores da escola e ressaltam a potencialidade da colaboração para o desenvolvimento profissional do professor.

Um fato que vem se evidenciando nas pesquisas dos componentes do GT7 é o de que, enquanto as pesquisas de mestrado têm ouvido os professores, as de doutorado têm trabalhado junto ao professor.

O PROFESSOR E A PESQUISA

Algumas questões emergentes das pesquisas relativas à formação inicial apontam para a necessidade de discutir o significado da pesquisa nos cursos de formação: O que é pesquisa na formação inicial? Incentivar e implementar a pesquisa nos cursos de Pedagogia e licenciatura contribui para a formação do futuro professor? E que tipo de pesquisa devemos incorporar no espaço da formação? Como os futuros professores e os professores vêm entendendo o tornar-se pesquisador?

No que se refere à pesquisa do professor linha de investigação ainda emergente e, portanto, em construção , há poucos indícios nos trabalhos apresentados nos dois seminários. No entanto, a questão está bastante presente nas pesquisas realizadas em salas de aulas da licenciatura, com a produção de saberes específicos em um determinado campo da Matemática. Algumas dessas pesquisas destacam o papel do professor como pesquisador. Destacam-se, por exemplo, os trabalhos de Oliveira (2003), com alunas de um curso de Normal Superior que realizaram uma investigação junto a professores da rede pública e

---

[3] O texto de Ferreira, no presente livro, discute com maior profundidade a questão do trabalho colaborativo.

privada do Rio de Janeiro, e os de Santos, Teixeira e Morelatti (2003), também envolvendo futuras professoras de cursos CEFAMs.

Uma questão fundamental e pouco explorada no GT apenas um trabalho no I SIPEM (GONÇALVES, 2000) diz respeito ao formador de professores. Embora essa questão esteja presente nos debates e discussões sobre a formação de professores e os cursos de licenciatura, há, ainda, pouca pesquisa com essa temática como foco de investigação. Isso, sem dúvida, pode representar mais um desafio aos pesquisadores do GT.

Um balanço das pesquisas do GT foi realizado ao final do II SIPEM, com um destaque inicial para o fato de que as pesquisas realizadas sobre formação de professores pouca ou nenhuma influência vêm exercendo nas políticas públicas que a regulam. Evidentemente, muitas são as variáveis envolvidas e não é nossa pretensão darmos conta de discutir e responder a todas. Mas entendemos que o comprometimento ético-profissional dos pesquisadores do GT seja de dar visibilidade aos resultados dessas pesquisas com o objetivo de subsidiar as discussões mais amplas sobre formação de professor que ensina Matemática.

Julgamos que um primeiro passo nesse sentido seja discutir a própria produção na área, na tentativa de identificar avanços e fragilidades. Centralizamos nosso olhar, inicialmente, em três aspectos da produção acadêmica: o foco das investigações, os procedimentos de coleta de dados e a metodologia de análise.

Quanto aos primeiros, constatamos uma certa dispersão. Talvez esse seja um ponto a merecer uma discussão mais aprofundada. O que caracteriza uma pesquisa na linha de formação de professores? Quais os focos temáticos a serem privilegiados? Entendemos que uma pesquisa nesta perspectiva deve estabelecer, explicitamente, relações com a profissão docente, abarcando constructos teóricos como saberes, desenvolvimento profissional, processos de aprendizagem e/ou metacognitivos, a própria constituição da subjetividade e da identidade do professor. Acreditamos que o simples fato de o professor ser sujeito de uma pesquisa não a caracteriza como uma investigação sobre formação de professores.

No que tange à metodologia de análise, constatamos residir aí a maior fragilidade das pesquisas produzidas na área. Muitos trabalhos situam-se no limiar do relato de experiência. O que diferencia, então, um relato de experiência de uma pesquisa? Quais são os cuidados teóricos e metodológicos que devem ser tomados? Observamos que alguns trabalhos que utilizam vozes de professores não conseguem uma articulação adequada entre o referencial teórico adotado e a dinâmica discursiva. Muitas vezes, as falas são apresentadas sem a devida análise; sem a interlocução com os teóricos tomados como referência.

Quanto aos procedimentos de coleta de dados, constatamos que a maioria dos trabalhos se insere em abordagens qualitativas de investigação, utilizando-se de instrumentos característicos das mesmas: questionário, entrevista, diário de campo, narrativas de professores, produções escritas, observações de aulas, gravações de reuniões e mapas conceituais. No entanto, notamos, muitas vezes, a falta de referências aos instrumentos ou uma descrição mais detalhada dos procedimentos metodológicos utilizados.

Outro aspecto ainda a ser destacado é o fato de se importar para essa modalidade de pesquisa constructos teóricos que nem sempre são compatíveis com o objeto/problema de investigação e os procedimentos metodológicos.

A ideia dos participantes do GT de começar a divulgar suas pesquisas tem uma dupla função: de um lado, tornar público os resultados das investigações, com vistas a subsidiar projetos de formação e/ou de pesquisa; de outro, ampliar o debate sobre a temática no que diz respeito tanto aos focos de investigação quanto às questões metodológicas.

Uma primeira produção coletiva do GT 7: a produção do presente livro

Desde a constituição do GT 7, em 2000, foi traçada a meta de se produzir pesquisas colaborativas no interior do grupo. No entanto, pelas próprias condições de trabalho dos docentes/pesquisadores que participam do grupo, isso ainda não foi possível. Mas o grupo busca, com a produção deste livro cuja ideia foi lançada durante o encontro do VIII ENEM, em Recife, em 2003 , a sistematização e a divulgação dos trabalhos que vêm sendo realizados, quer individualmente, quer em parcerias nos programas de Pós-Graduação e/ou em grupos de pesquisa.

Embora a coletânea de artigos aqui apresentada não seja produto de uma pesquisa coletiva, o livro foi produzido coletivamente. Lançada a proposta, houve um período para as manifestações de interesse pela publicação de um artigo, entre os participantes do GT. A partir dessas manifestações, foram definidos os eixos do livro. Após a elaboração dos textos, cada um deles passou pela avaliação de dois pareceristas, dentre os próprios autores. Os textos foram reestruturados, a partir dos pareceres emitidos, e alguns deles ainda receberam novos pareceres na segunda avaliação. À coordenação, coube o papel de administrar todas essas etapas e também emitir pareceres em alguns casos.

Desta forma, os dez artigos que compõem a presente coletânea contemplam pesquisas cujo foco é a formação do professor que ensina Matemática e podem ser agrupados em quatro eixos de pesquisa: aquelas desenvolvidas na disciplina de Didática em cursos de licenciatura (dois artigos); as que analisam projetos e cursos de formação docente (quatro artigos); a de formação continuada e saberes docentes (um artigo); outras sobre grupos de trabalho coletivo e/ou colaborativo (três artigos).

Pesquisas desenvolvidas na disciplina específica de didática da Matemática

Alguns currículos do curso de Licenciatura em Matemática incluem em seu projeto pedagógico a disciplina de Didática da Matemática. Em parte deles, essa disciplina substitui a disciplina de Didática (geral); em outros, há as duas disciplinas. Parecem ser inegáveis as contribuições que essa disciplina tem trazido para a formação do futuro professor. Há, no presente livro, dois artigos que analisam tais contribuições.

O texto de Arlete de Jesus Brito e Francisca Terezinha Oliveira Alves, "Profissionalização e saberes docentes: análise de uma experiência em formação inicial de professores de matemática", refere-se a uma pesquisa realizada na disciplina de Didática da Matemática do curso de Licenciatura em Matemática da UFRN, no ano de 2004, e que constituiu a dissertação de mestrado de Alves. Tomando como referência os trabalhos de autores como Tardif, Lessard e Gauthier, sobre os saberes docentes, as autoras analisam a reformulação dos saberes da tradição pedagógica, dos saberes disciplinares e dos saberes curriculares por parte de licenciandos em Matemática. Tomaram como sujeitos da pesquisa cinco alunos da turma e suas produções escritas ao longo da disciplina. Dentre os resultados, destacam que as situações desenvolvidas durante a disciplina colaboraram para a construção de saberes docentes, porém a reelaboração dos saberes curriculares necessitaria de vivência em situações de sala de aula. Ressaltam que as produções escritas dos alunos são potencializadoras para a formação de saberes e contribuem para a profissionalização docente, mas estes resultados estão condicionados por fatores como envolvimento dos futuros professores, seus conhecimentos e vivência da prática pedagógica.

Enquanto essas autoras analisam as reelaborações dos saberes docentes durante a disciplina de Didática da Matemática, Zaira Varizo, em seu texto "Os caminhos da Didática e sua relação com a formação de professores de Matemática", apresenta uma pesquisa teórica, reconstruindo a trajetória da Didática Geral e da Didática da Matemática. Analisa os grandes movimentos de reforma ali ocorridos e discute a importância dessa disciplina para o futuro professor de Matemática. Destaca a necessidade de romper com os conflitos existentes, na maioria dos cursos de Licenciatura, entre a Matemática como ciência, e a didática como práxis social.

Projetos e programas de formação docente

Os pesquisadores em Educação Matemática vêm utilizando a expressão "professores que ensinam Matemática" para referir-se aos professores polivalentes aqueles que atuam na educação infantil e/ou nas séries iniciais do ensino fundamental e que ensinam matemática, apesar de não serem denominados "professores de matemática", visto não serem especialistas. Estes vêm merecendo pouca atenção dos pesquisadores da área, o que se nota pelo pequeno número de pesquisas voltadas a esses profissionais. O estudo de Fiorentini *et al.* (2002) apontou poucos trabalhos nessa área, a maioria deles referindo-se ao antigo curso de Magistério. Mesmo que tenha ocorrido um aumento no número de pesquisas com esses professores nos últimos três anos, acreditamos ser um campo ainda bastante amplo de pesquisa. Nesse sentido, consideramos que o texto de Edda Curi, "Análise de propostas presentes no material de Matemática do PEC-Universitário, à luz de resultados de investigações e teorias sobre formação de professores", possa trazer contribuições para o debate. A autora analisa o material utilizado no Projeto PEC-Universitário, organizado pela Secretaria de Estado da Educação de São Paulo, em parceria com três universidades paulistas: USP, UNESP e PUC/SP, cujo objetivo era a formação em nível superior dos professores polivalentes em atuação na rede pública e portadores de diploma do curso de magistério. À luz da categorização de Lee Shulman, do conhecimento do professor, a autora apresenta de forma analítica os pressupostos desse material. Concordamos com a autora que "apenas um bom material de apoio não garante o sucesso na formação do professor, que depende de muitos outros fatores"; no entanto, um bom material, que contemple resultados de pesquisas recentes em Educação Matemática, poderá constituir ferramenta muito importante em processos de formação docente.

O contexto de reformulação das licenciaturas em Matemática vem impondo um repensar sobre a formação do professor de Matemática, principalmente após a publicação dos documentos das diretrizes curriculares tanto para a formação geral do professor da escola básica, quanto para a formação do professor de Matemática.

Apesar da produção, anterior a essas resoluções, de algumas pesquisas sobre a formação inicial de professores de Matemática principalmente relacionadas às disciplinas de Prática de Ensino e Estágio Supervisionado e à análise de propostas de programas de formação (FIORENTINI *et al.*, 2002), acredita-se que houve um aumento do número dessas pesquisas, analisando ou os impactos de cursos criados nos novos moldes ou as dificuldades com a implantação de novos cursos. Com vistas a trazer contribuições para este debate, três artigos do presente livro referem-se às pesquisas realizadas com cursos de licenciatura.

Márcia Cyrino, em seu texto "Preparação e emancipação profissional na formação inicial do professor de Matemática", traz reflexões teóricas resultantes de sua tese de doutorado e das pesquisas que vem desenvolvendo junto ao Departamento de Matemática e do Programa de Pós-Graduação em Ensino de Ciências e Educação Matemática da Universidade Estadual de Londrina (UEL). Partindo de alguns pressupostos a respeito da formação inicial do professor e da profissionalização docente, a autora defende a ideia de que nos cursos de Licenciatura em Matemática sejam discutidas questões relativas à Teoria do Conhecimento, às diferentes posições epistemológicas, para que os futuros professores possam conhecer e refletir sobre cada uma delas e avaliar em que medida elas oferecem sua contribuição no domínio da ação educativa, com vistas à emancipação profissional.

O texto "O professor de Matemática e sua formação: a busca da identidade profissional", de Maria Auxiliadora Vilela Paiva, analisa um curso implantado de acordo com as novas diretrizes curriculares, no Cesat Escola Superior de Ensino Anísio Teixeira em Serra, município do Espírito Santo. Partindo de referenciais teóricos relativos aos saberes docentes, epistemologia da prática e identidade profissional, a autora toma como metodologia de pesquisa a história de vida e analisa as transformações ocorridas na formação dos alunos desse curso. Considerou como sujeitos da pesquisa alunos do terceiro e sexto anos do curso. Para o presente artigo, traz fragmentos dos relatos de três alunos que, na época, já atuavam como professores, o que possibilitou à autora a análise das transformações nas concepções dos sujeitos sobre o saber matemático e o saber a ser ensinado na educação básica. O texto é enriquecido pela análise da medida em que estão sendo cumpridos os objetivos aos quais se propõe o curso.

Célia Maria Carolino Pires, Marcio Antonio da Silva e Roberto Cavalcante dos Santos, integrantes do Projeto de Pesquisa "Formação de Professores de Matemática", apresentam, de forma articulada, os resultados de duas pesquisas, no texto intitulado "Reflexões sobre a formação inicial de professores de Matemática, a partir de depoimentos de coordenadores de curso de licenciatura". Enquanto a pesquisa de Silva procurou conhecer as atribuições dos coordenadores nas instituições de ensino superior, a autonomia de trabalho que esses profissionais têm e as formas de trabalho com o grupo de professores, o trabalho de Santos focalizou a abordagem dada aos conteúdos matemáticos da Educação Básica em cursos de Licenciatura em Matemática, a partir das ementas das disciplinas e entrevistas com os coordenadores. Integrando os resultados das duas pesquisas, os autores trazem, dentre outras conclusões, a dificuldade dos coordenadores dos cursos de licenciatura em Matemática para exercerem uma liderança positiva no grupo de professores de seu curso; quanto à abordagem dos conteúdos matemáticos da educação básica, ela se restringe à revisão e à ideia de pré-requisito.

FORMAÇÃO CONTINUADA X SABERES DOCENTES

Embora todos os textos anteriores abordem a questão dos saberes docentes, esta é central à pesquisa de Ana Lúcia Manrique e Marli E. D. A. André, no texto intitulado "Relações com saberes na formação docente", centrado nas relações vividas em situações de formação, com o foco no ensino de Geometria, as quais podem desencadear, nos professores envolvidos, em um processo de formação continuada, mudanças de atitudes, concepções e práticas. Tal processo constou de um projeto de pesquisa desenvolvido pela PUC/SP. Dentre os diferentes pesquisadores que discutem os saberes docentes, as autoras tomam como referência Bernard Charlot, para quem só há sentido em falar de saber se este for considerado em seu conjunto de relações, visto que o sujeito está envolvido em uma pluralidade delas: relação consigo, com o outro e com o mundo. Partindo das proposições desse pesquisador, as autoras analisaram as falas de sete professores participantes do processo de formação, focalizando as mudanças ocorridas durante o processo de formação por eles vivido.

A FORMAÇÃO CONTINUADA E O DESENVOLVIMENTO PROFISSIONAL EM PROCESSO DE FORMAÇÃO, CENTRADOS NO TRABALHO COLABORATIVO OU EM GRUPOS COLABORATIVOS

Três dos artigos deste livro dedicam-se a esta temática. O texto de Ana Cristina Ferreira, intitulado "O trabalho colaborativo como ferramenta e contexto para o desenvolvimento profissional: compartilhando experiências", apresenta o trabalho colaborativo como contexto e ferramenta para o desenvolvimento profissional de professores e pesquisadores envolvidos no processo. A autora define e caracteriza o trabalho colaborativo; traz experiências nacionais e internacionais dessa modalidade de formação docente; e apresenta duas experiências brasileiras envolvendo professores de Matemática. A primeira delas fez parte de sua tese de doutorado e envolveu um grupo formado por duas pesquisadoras e quatro professoras da educação básica, na cidade de Campinas. A segunda envolve professores da educação básica, alunos da graduação e professores-alunos de um curso de Especialização da cidade de Ouro Preto e região. A autora caracteriza cada um dos grupos, enfatiza o quanto esses professores envolvidos nos grupos se manifestam dispostos a buscar seu próprio desenvolvimento profissional e analisa as potencialidades da colaboração.

O segundo texto, de Nielce Meneguelo Lobo da Costa, intitulado "Formação continuada de professores: uma experiência de trabalho colaborativo com matemática e tecnologia", analisa um programa de formação continuada que ocorreu na própria escola, com professoras que atuam nas séries iniciais do Ensino Fundamental, no qual foram explorados conteúdos de Matemática e Estatística, com uso do computador. A pesquisa foi desenvolvida em uma escola pública da cidade de São Paulo, num projeto de parceria entre a universidade (PUC/SP) e a escola pública. A autora discute a experiência do grupo de professores que, ao longo do processo de formação, constituiu-se como um grupo de trabalho colaborativo objeto de análise na pesquisa. Analisa a ressignificação de saberes e a produção de conhecimentos ocorridas de forma compartilhada e a influência do trabalho colaborativo na formação e no desenvolvimento profissional do grupo. Tal análise foi feita a partir dos diferentes papéis que as educadoras assumiram no grupo colaborativo: aprendizes (durante toda a fase do projeto), docentes (quando atuavam em sala de aula com seus alunos), formadoras (quando atuavam junto às colegas da escola, num projeto de formação na própria escola, para o uso de tecnologia) e pesquisadoras (quando atuavam na sistematização e elaboração dos dados coletados em suas salas de aula).

O texto de Adair Mendes Nacarato, Regina Célia Grando, Luana Toricelli e Mirian Tomazetto, intitulado "Professores e futuros professores compartilhando aprendizagens: dimensões colaborativas em processos de formação", apresenta e analisa um trabalho desenvolvido num grupo que envolve professores da educação básica da cidade de Itatiba, alunos da graduação e da pós-graduação da USF e professoras formadoras, cujo foco de estudos e pesquisas é prática pedagógica de Geometria. As autoras analisam as dimensões colaborativas que existem no grupo como decorrência da dinâmica de trabalho – que prioriza a idealização, preparação, aplicação e análise de situações de geometria em sala de aula, de forma compartilhada entre o professor responsável pela turma e os alunos da graduação. As autoras apresentam a forma de constituição do grupo, sua caracterização e as expectativas iniciais dos participantes; discutem as dimensões colaborativas no trabalho desenvolvido ao longo de um semestre; e, finalmente, analisam os processos de aprendizagens compartilhadas.

Finalizando, há o texto "Aprendizagem da docência: conhecimento específico, contextos e práticas pedagógicas", de Maria da Graça Nicoletti Mizukami, pesquisadora convidada pelo GT para contribuir nesta publicação. A partir de um diálogo com os textos que compõem essa coletânea e com pesquisas nacionais e internacionais, a autora discute uma base de conhecimento para a docência que inclui: conhecimento sobre os alunos; conhecimento sobre a matéria que o professor ensina; e conhecimento sobre o ensino de diferentes matérias. Segundo a autora, os textos que compõem a coletânea são "contextualizados teórica e metodologicamente e por serem relacionados ao eixo básico – referente ao ensino da Matemática, seus professores, seus alunos e as escolas oferecem contribuições para uma melhor compreensão de estratégias e de processos formativos da docência, dos contextos nos quais tais processos se desenvolvem, das aprendizagens dos professores e dos alunos, assim como de práticas pedagógicas envolvendo a Matemática". Mizukami finaliza seu texto apresentando as recomendações para uma inquirição científica oferecidas pelo *National Research Council Report* sobre pesquisa educacional.

Perspectivas para a área

Temos certeza de que as pesquisas que vêm sendo divulgadas e discutidas no âmbito do GT 7 da SBEM representam apenas uma parte da produção nacional. Nos últimos anos, a pós-graduação em Educação no Brasil vem se expandindo de forma significativa, contando, em 2005, com 76 programas credenciados pela

Capes. Em muitos desses programas, há pesquisadores e/ou grupos de pesquisadores envolvidos com a temática da formação de professores. Dentre esses, frequentemente, há os trabalhos voltados ao professor que ensina Matemática.

Há que se destacar também que existem outros espaços representativos para o debate entre os pesquisadores, como por exemplo o GT 19, Educação Matemática, da ANPEd. Embora esse GT receba trabalhos de todas as linhas de pesquisa no âmbito da Educação Matemática, em todas as reuniões anuais, há um número significativo de trabalhos voltados à formação do professor. No entanto, apesar de serem espaços diferentes, muitos educadores/pesquisadores matemáticos mantêm interlocução com os dois grupos, o que nos possibilita sinalizar algumas perspectivas para as pesquisas na temática da formação docente.

Tanto nas pesquisas educacionais sobre formação docente quanto naquelas relativas ao campo da Educação Matemática, identifica-se uma certa convergência de temáticas, pressupostos e linhas teóricas.

As pesquisas vêm destacando o protagonismo do professor no que diz respeito aos processos de desenvolvimento profissional e de formação: o professor tem tido voz e vem sendo ouvido; as pesquisas não têm sido sobre o professor mas, principalmente, com o professor: há uma preocupação com o repertório de saberes do futuro profissional, considerando que esse não pode ser reduzido aos saberes do conteúdo matemático apenas; é enfatizada a importância da aprendizagem compartilhada e dos grupos colaborativos para o desenvolvimento profissional, dentre outros.

Por outro lado, embora a produção do GT 7 ainda não esteja contribuindo para subsidiar as políticas públicas de formação do professor de Matemática até porque há muitos outros fatores envolvidos nesses processos, há, por parte de alguns pesquisadores, a preocupação em avaliar via pesquisas o impacto de algumas dessas políticas.

Reconhecemos que há questões importantes que vêm merecendo, ainda, pouca atenção dos pesquisadores; dentre elas, destacamos: a formação matemática do professor que atua na Educação Infantil e nas séries iniciais do Ensino Fundamental o número de pesquisas nessa área é bastante reduzido; as condições do trabalho docente; e a formação do formador de professores.

Temos também convicção de que ainda há muito o que se discutir sobre as questões metodológicas das pesquisas sobre formação de professores. Desde a constituição do GT, essa questão perpassa todos os eventos nos quais ocorre a apresentação de trabalhos e temos consciência de que esse ainda é o grande desafio a ser enfrentado pelos pesquisadores do GT. Nesse sentido, nossa expectativa é a de que esta coletânea de dez artigos aqui apresentados possa trazer questões para suscitar um debate mais amplo: quer pelas suas limitações, quer pelas suas possíveis contribuições.

Referências

BELFORT, Elizabeth. Formação de professores de Matemática: a aritmética como ferramenta para a construção do saber pedagógico disciplinar. In: *Anais do II SIPEM* (CD Rom), Santos, SP, 2003.

BRASIL. *Parecer CNE/CP 09/01*. Brasília: Ministério da Educação, Conselho Nacional de Educação, 2001.

BRASIL. *Parecer CNE/CES 1.302/2001*. Brasília: Ministério da Educação, Câmara de Educação Superior, 2001.

BRASIL. *Resolução CNE/CP 1/02*. Brasília: Ministério da Educação, Conselho Nacional de Educação, 2002.

COELHO, Sônia Pitta; MACHADO, Silvia D. A.; MARANHÃO, Maria Cristina S. A. Qual a Álgebra a ser ensinada em cursos de Formação de Professores de Matemática? In: *Anais do II SIPEM* (CD Rom), Santos, SP, 2003.

CUSATI, Iracema C. Compreendendo como se constrói o saber docente do professor de Matemática. In: *Caderno de Resumos. I SIPEM*. Serra Negra, SP, 2000, p. 296-299.

FERREIRA, Ana C.; MIORIM, Maria Ângela. O Grupo de Trabalho Colaborativo em Educação Matemática: análise de um processo vivido. In: *Anais do II SIPEM* (CDRom). Santos, SP, 2003.

FIORENTINI D.; NACARATO, A.M.; FERREIRA, A C.; LOPES, C. S.; FREITAS, M.T.M; MISKULIN, R. G.S. Formação de professores que ensinam Matemática: um balanço de 25 anos da pesquisa brasileira. In: *Educação em Revista*. Belo Horizonte, UFMG, n. 36, 2002, p. 137-160.

GAUTHIER, Clermont *et al. Por uma teoria da Pedagogia: Pesquisas contemporâneas sobre o saber docente*. Ijuí: Ed. Unijuí, 1998.

GONÇALVES, Tadeu O. Experiência e desenvolvimento profissional de formadores de professores de matemática: o caso dos professores de matemática da UFPA. In: *Caderno de Resumos. I SIPEM*. Serra Negra, SP, 2000, p. 314-319.

GUERIOS, Ettiène. Retrospectiva de uma trajetória em pesquisa sobre formação de professores com professores que ensinam matemática. In: *Caderno de Resumos. I SIPEM*. Serra Negra, SP, 2000, p. 325-326.

IMBERNÓN, Francisco. *Formação docente e profissional: formar-se para a mudança e a incerteza*. 4. ed. São Paulo: Cortez, 2004.

LOPES, Celi A. E. Probabilidade e Estatística na educação infantil: um estudo sobre a formação e a prática do professor. In: *Caderno de Resumos. I SIPEM*. Serra Negra, SP, 2000, p. 330.

LOPES, Celi A. E. Conhecimento Profissional e grupo colaborativo: uma pesquisa com educadoras matemáticas na infância. In: *Anais do II SIPEM* (CD Rom). Santos, SP, 2003.

MABUCHI, Setsuko M. Transformações Geométricas: a trajetória de um conteúdo ainda não incorporado às práticas escolares nem à formação do professor. *Caderno de Resumos. I SIPEM*. Serra Negra, SP, 2000, p. 328.

MARCELO GARCÍA, Carlos. *Formação de professores: para uma mudança educativa*. Portugal: Porto, 1999.

OLIVEIRA. Maria Cristina Araújo de. Articulação Teoria-Prática na Formação Inicial de Professores de Matemática: Uma Experiência com o Ensino de Geometria. In: *Anais do II SIPEM* (CDRom). Santos, SP, 2003.

OLIVEIRA, Ana Teresa de C. C. Formando Professores Pesquisadores: a experiência do curso normal superior do Instituto de Educação do Rio de Janeiro na área de Matemática. In: *Anais do II SIPEM* (CD Rom). Santos, SP, 2003.

PAIVA, Maria Auxiliadora V. Saberes do professor de Matemática. In: *Educação Matemática em Revista*. São Paulo, SBEM: ano 9, n. 11, Edição Especial, abril de 2002, p. 95-104.

PALIS, Gilda De La Roque. Atividades para aprender Matemática para ensinar. In: *Anais do II SIPEM* (CDRom). Santos, SP, 2003.

PIRES, Magna N. M. Relação com o saber: alunos de um curso de Licenciatura em Matemática. In: *Anais do II SIPEM* (CD Rom). Santos, SP, 2003.

SANTOS, Vinicio M.; TEIXEIRA, Leny R.M.; MORELATTI, Maria Raquel M. Professores em Formação: as dificuldades de aprendizagem em Matemática como objeto de reflexão. *Anais do II SIPEM* (CD Rom). Santos, SP, 2003.

SHULMAN, Lee. Those who understand: the knowledge growths in teaching. *Educational Researcher*, fev. 1986, p. 4-14.

SZTAJN, Paola. O que precisa saber um professor de Matemática? Uma revisão da literatura americana dos anos 90. *Educação Matemática em Revista*. São Paulo, SBEM: ano 9, n° 11[a], Edição Especial, abril de 2002, p. 17-28.

TARDIF, M.; LESSARD, C.; LAHAYE, L. Os professores face ao saber: esboço de uma problemática do saber docente. In: *Teoria e Educação* (4), 1991, p. 215-33.

TARDIF, Maurice. *Saberes docentes e formação profissional*. Petrópolis, RJ: Vozes, 2002.

VARIZO, Zaira. A construção de uma nova prática pedagógica do professor de matemática do ensino fundamental (2[a] fase): uma experiência compartilhada. *Caderno de Resumos. I SIPEM*. Serra Negra, SP, 2000, p. 329.

VARIZO, Zaira. Experiência e Avaliação de um Trabalho Compartilhado na Re-Construção da Prática Pedagógicas de Professores de Matemática do Ensino Fundamental (2°Segmento). *Anais do II SIPEM* (CD Rom). Santos, SP, 2003.

Profissionalização e saberes docentes: análise de uma experiência em formação inicial de professores de matemática

Arlete de Jesus Brito
Francisca Terezinha Oliveira Alves

As discussões atuais sobre a formação docente situam-se em um movimento, iniciado há cerca de duas décadas, que busca a profissionalização do ofício do ensino. Tal profissionalização pressupõe a definição da natureza dos saberes que embasam a prática docente. Gauthier *et al.* (1998) comenta que é preciso considerar o contexto real em que acontece o ensino e no qual evolui para que não ocorra "a formalização de um ofício que não existe" e o ensino seja concebido "como uma mobilização de vários saberes que forma uma espécie de reservatório no qual o professor se abastece para responder as exigências específicas de sua situação concreta de ensino". A pesquisa aqui apresentada insere-se nestas discussões sobre a formação de professores e a construção e ressignificação de saberes docentes por parte de licenciandos em matemática. Mas o que estamos entendendo por "saber"? Em seus escritos, Tardif, Lessard e Gauthier discutem os significados que podem ser atribuídos a este termo. Segundo Tardif, pode-se entender saber em "um sentido amplo, que engloba os conhecimentos, as competências, as habilidades (ou aptidões) e as atitudes, isto é, aquilo que muitas vezes foi chamado de saber, saber-fazer e saber-ser". (TARDIF, 2003, p. 255). Além disto, Tardif *et al.* (s/d, p. 33) afirma que os saberes seriam "o conjunto de conhecimentos, das competências e habilidades que a nossa sociedade considera suficientemente úteis ou importantes para serem objecto de processos de formação institucionalizados".

Segundo Gauthier *et al.* (1998) e Tardif *et al.* (s/d), os professores, em sua prática, apoiam-se em saberes heterogêneos que provêm de fontes diversas, quais sejam:

1) Saber disciplinar: é o saber resultante das pesquisas nas diversas disciplinas científicas e do conhecimento do mundo. É o saber da matéria.

2) Saber curricular: é o saber presente nos programas, manuais, cadernos de exercícios. O professor usa esse saber para orientar o seu planejamento.

3) Saber das ciências da educação: é um tipo de saber relacionado a questões como funcionamento e organização da escola, desenvolvimento

da criança, evolução da profissão de professor. É um conhecimento fundamental para o professor ser considerado um profissional.

4) Saber da tradição pedagógica: é a representação que se faz da profissão mesmo antes de atuar. É a maneira de dar aulas, é o uso da profissão.

5) Saber da experiência: esse tipo de saber se constitui como algo pessoal, próprio de cada professor, que vai construindo um repertório de conhecimentos a partir de repetidas experiências. Tal saber tem um limite: o fato de que não é verificado por métodos científicos.

6) Saber da ação pedagógica: é o saber da experiência dos professores quando se torna público e verificado por pesquisas realizadas em sala de aula. Os autores colocam que esse tipo de saber é o mais necessário para a profissionalização do ensino e deve ser divulgado e legitimado por pesquisas, pela própria ação docente, e incorporado na formação de outros docentes.

Neste artigo analisaremos a reformulação dos saberes da tradição pedagógica, dos saberes disciplinares e dos saberes curriculares por parte de licenciandos em matemática. Escolhemos discutir tais saberes porque foram eles os ressaltados na análise dos documentos de nossa pesquisa realizada com um grupo de licenciandos em matemática, durante o primeiro semestre do ano de 2004, na disciplina Didática da Matemática que faz parte da grade curricular do curso de Licenciatura em Matemática da UFRN. No início de nosso curso e de nossa pesquisa, investigamos, por meio de um questionário, quais seriam as concepções de nossos alunos acerca da matemática e de seu ensino e, a partir das respostas, organizamos o curso.

Tal questionário inicial foi realizado porque sabemos que os professores (atuantes e futuros) adquirem e produzem saberes em sua formação anterior à universidade, durante a universidade e em sua prática docente que precisam ser considerados tanto em atividades de formação, seja inicial ou continuada, quanto nas pesquisas sobre tal formação e sobre a prática docente. Segundo Llinares (1999, p. 73)

> O postulado do construtivismo coloca que o/a estudante constrói seu novo conhecimento tendo como referência seu conhecimento anterior. Por outro lado, do ponto de vista de aprendizagem situada é defendido também que o contexto e a natureza das atividades das quais o indivíduo participa conformam parte do que é aprendido. A aprendizagem vista deste modo está relacionada às características das formas do estudante de participação nos ambientes de aprendizagem. A aprendizagem de como ensinar matemática pode ser vista como uma aprendizagem situada.[1]

---

[1] The constructivist postulate states that the learner constructs his/her new knowledge by taking as a reference his/her prior knowledge. On the other hand, from the viewpoint of situated learning it is also defended that the context and the nature of the activities that the individual carries

Ainda segundo Llinares (1999), tais conhecimentos anteriores relacionam-se às crenças[2] do futuro professor sobre o que seja a matemática, sobre o conhecimento pedagógico, sobre a função pedagógica do professor e sobre como ensinar matemática.

Após uma primeira análise das concepções dos alunos, organizamos o desenvolvimento da disciplina de Didática da Matemática naquele primeiro semestre de 2004. Nosso objetivo era levar os alunos a refletir a respeito de suas concepções[3] relativas à matemática, ao ensino e à aprendizagem, o que, acreditamos, pode levar o licenciando a alterar suas concepções de modo a construir saberes docentes necessários a sua futura prática docente.

Barth (1993) destaca a valorização da formação e da reflexão teórico-epistemológica do professor, afirmando que é preciso conhecer as teorias que estão implícitas na prática dos professores e, ao mesmo tempo, propiciar condições para que estes avancem no sentido de modificar suas concepções, posturas, crenças e ações de prática educativa (cf. FIORENTINI, MELO; SOUZA JÚNIOR, 2001).

Segundo Kemmis (1987), a reflexão envolve um processo de autoavaliação, sem ser, no entanto, individualista, nem independente de valores. Tal reflexão direciona e transforma a prática educacional e a compreensão acerca do que seja a educação.

Pimenta (2002) afirma que a consideração da reflexão sobre a prática está pautada em uma análise das implicações sociais, econômicas e políticas que permeiam o ato de ensinar e questiona as condições concretas que o professor tem para refletir. Para a autora, considerar essas questões é importante para não incorrer no erro de achar que a prática isolada, por si só, é suficiente para a construção do saber docente, é essencial, também, para que o ato de reflexão não ocasione um individualismo, acreditando-se que se resolvem todos os problemas da prática ao refletir sobre esta.

Nossa docência tem-nos mostrado que a disciplina Didática da Matemática é um momento privilegiado, na formação inicial, em que pode ocorrer a reflexão

---

out form part of what is learnt. Learning seen in this way is linked to the characteristics of the learner's forms of participation in learning environments Learning how to teach mathematics may be seen as situated lear ning.

[2] Segundo FERREIRA (1998, p. 36), crenças são "proposições de ordem avaliativa sobre a realidade física e social". Conforme DUROZI e ROUSSEL (1993, *apud* FERREIRA, 1998, p. 21), a crença "pode corresponder a todos os graus de probabilidade, da opinião mais vaga à verdade científica que passou para a mentalidade comum (todo mundo 'acredita' hoje que a Terra é redonda), passando pela afirmação de uma transcendência cuja existência é racionalmente impossível de se decidir (crenças religiosas)".

[3] Segundo Barrantes e Blanco (2004), as concepções são uma espécie de lente ou de filtro, que os professores utilizam para interpretar seu processo formativo. Além disto, elas dispõem e dirigem as experiências docentes.

coletiva não apenas sobre as concepções dos futuros professores mas também sobre as condições sociais, políticas e econômicas presentes na atuação pedagógica.

No entanto, levar os licenciandos a alterar suas concepções não é tarefa simples. Segundo Ponte (1992), tal processo de mudança, na formação inicial, encontra obstáculos pela falta de oportunidades dos alunos vivenciarem situações que lhes permitam refletir sobre processos educativos. Pensando nisso, utilizamos na disciplina, entre outras, as seguintes situações didáticas:

- Elaboração de texto escrito sobre as concepções que os alunos têm de matemática, do porquê de ensinar matemática, do que é ser um bom professor de matemática.
- Observação e análise de um episódio de uma aula real gravado em fita de vídeo.
- Leitura, análise e discussão de textos relativos aos temas abordados em sala de aula.
- Realização, por parte dos alunos, de pesquisa extraclasse para levantamento dos conhecimentos matemáticos utilizados por diferentes profissionais, com diferentes níveis de escolaridade.
- Elaboração em grupo e individual de planos de aula.
- Análise e discussão com toda a classe dos planos de aula elaborados em grupo.
- Autoavaliação ao final do curso, comparando as atuais concepções com aquelas narradas pelos alunos no início do curso.

Paralelamente, desenvolvemos uma pesquisa, com um grupo de alunos dessa disciplina, que objetivava responder à seguinte questão: quais os potenciais e limites de tais situações na construção de saberes docentes, por parte de futuros professores?

Uma das autoras do texto aqui apresentado era a professora da turma pela terceira vez. A turma e a professora desenvolviam uma disciplina juntas.[4] Já havia uma "cumplicidade" entre alunos e professora, no que se refere ao processo de formação tanto daqueles quanto desta. A outra autora era a professora de Estágio Supervisionado e participou das aulas acompanhando a elaboração coletiva do plano de aula.

Nossa amostra constou de um grupo de cinco alunos (que serão identificados pelas letras R., G., F., S., J.) composto por alunos que ainda não atuavam como professores e estavam no quinto semestre da licenciatura – acompanhado durante a realização das atividades acima descritas. Solicitamos em classe a realização da pesquisa, e este grupo foi o primeiro a disponibilizar-se para participar desta.

---

[4] As demais disciplinas trabalhadas com este grupo de alunos foram: Tópicos de História da Matemática (1° semestre) e Geometria Euclidiana I (3° semestre).

Nessa pesquisa, utilizamos como documentos os textos produzidos individualmente pelos alunos sobre suas concepções de matemática, do porquê de ensinar matemática, do que é ser um bom professor de matemática, Também sobre a transcrição das gravações em áudio das discussões realizadas por eles durante a elaboração em grupo do plano de ensino; sobre o plano de ensino elaborado em grupo e o individual e a autoavaliação feita por eles ao final do curso.

Como estávamos realizando uma pesquisa e, ao mesmo tempo, realizando uma intervenção pedagógica, podemos caracterizar nossa pesquisa como uma pesquisa-ação. Segundo Fiorentini (2004, p. 69),

> A pesquisa-ação é um processo investigativo de intervenção em que caminham juntas a prática investigativa, a prática reflexiva e a prática educativa. [...] O pesquisador se introduz no ambiente a ser estudado não só para observá-lo, mas, sobretudo, para mudá-lo.

Nossa intervenção estava pautada nas Diretrizes para a Formação Inicial de Professores da Educação Básica, divulgadas pelo Conselho Nacional de Educação do Ministério da Educação, nas quais pode-se perceber estão presentes as discussões atuais acerca da formação do professor. A versão provisória das Diretrizes Curriculares para Cursos de Licenciatura em Matemática (MEC, jun/1999) refere-se aos saberes profissionais necessários à docência, quando afirma que "é necessário articular conteúdos e metodologias, tendo em vista que abordar, de forma associada, os conteúdos e o respectivo tratamento didático é condição essencial para a formação docente". A referência a tais saberes está também presente quando aquelas Diretrizes (MEC, 2001, p. 7) afirmam que tal formação deve preparar o futuro professor para

I. o ensino, visando à aprendizagem do aluno;

II. o acolhimento e o trato da diversidade;

III. o exercício de atividades de enriquecimento cultural;

IV. o aprimoramento em práticas investigativas;

V. a elaboração e a execução de projetos de desenvolvimento dos conteúdos curriculares;

VI. o uso de tecnologias da informação e da comunicação e de metodologias, estratégias e materiais de apoio inovadores;

VII. o desenvolvimento de hábitos de colaboração e de trabalho em equipe.

Com a resolução CNE/CP 1 de 18 de fevereiro de 2002, ficaram instituídas tais Diretrizes que reafirmam a profissionalização da atividade docente: "a licenciatura é uma licença, ou seja trata-se de uma autorização, permissão ou concessão dada por uma autoridade pública competente para o exercício de uma atividade profissional." (2002, p. 2). Tal profissionalização, nestas Diretrizes, se embasa nas ideias nucleares de desenvolvimento de competências e de reflexão sobre a prática pedagógica.

Conforme Tardif *et al*. (s/d), nas tendências atuais de formação docente não é possível conceber a formação geral e a científica desvinculadas da formação prática, o que implica que "os formadores universitários são levados a precisar as contribuições da sua própria disciplina em função da prática profissional dos docentes" (TARDIF *et al*., s/d, p. 27).

Na elaboração do Projeto Pedagógico do curso de Licenciatura em Matemática da UFRN, realizada entre os anos de 2000 e 2001, tentamos adequar o curso às atuais necessidades colocadas por tais discussões acerca da formação inicial do futuro docente, sem deixarmos de estar conscientes de muitas das dificuldades de um tal projeto, como, por exemplo, o aspecto referente à formação dos formadores. Desta forma, coube à disciplina Didática da Matemática colaborar na formação de saberes relativos à prática pedagógica e à percepção sobre a importância da formação continuada por parte do professor.

A seguir, vamos analisar a reelaboração dos saberes da tradição pedagógica, dos disciplinares e dos curriculares, realizada pelos alunos durante a participação em Didática da Matemática. Iniciaremos, expondo algumas concepções que esses futuros professores já possuíam, quando iniciamos nossos trabalhos.

Os saberes disciplinares

No trabalho de Thompson (1992 *apud* PONTE, 1992), encontramos uma categorização das concepções que os professores possuem. Para a autora, em geral, os professores possuem uma visão absolutista e instrumental da matemática. Consideram que o conhecimento matemático é composto por uma acumulação de fatos, de regras, de procedimentos e de teoremas. Nesse trabalho, Thompson (1992) também abordou uma pequena parcela de professores que veem a matemática de forma diferente: têm a concepção de que ela é dinâmica, é um conhecimento em evolução conduzido por problemas e sujeito a revisões. Tais conclusões confirmaram-se em nossa pesquisa.

No início de nossa disciplina, dois alunos, G. e R., acreditavam que a importância da matemática estava em sua potencialidade para desenvolver o raciocínio lógico dos alunos, conforme observamos pelas seguintes citações[5]: "é a

---

[5] As citações colocadas na análise foram retiradas daqueles documentos referidos anteriormente, quais sejam os textos produzidos individualmente pelos alunos sobre suas concepções de matemática, do porquê ensinar matemática, do que é ser um bom professor de matemática; a transcrição das gravações feitas em áudio das discussões realizadas por eles durante a elaboração em grupo do plano de ensino; o plano de ensino elaborado em grupo e o individual; a autoavaliação feita por eles ao final do curso. Quando nos referimos a concepção inicial, não estamos, necessariamente, nos referindo apenas àquelas expressas no primeiro texto escrito pelos alunos.

ciência que ensina a contar e desenvolve o raciocínio lógico" (G.); "faz com que este aluno comece a exercitar o seu raciocínio lógico, tornando-se uma pessoa com uma capacidade de raciocínio mais elevada" (R.). Observamos que G. e R., em suas crenças acerca do conhecimento matemático trazem resquícios do logicismo, corrente filosófica desenvolvida entre finais do século XIX e início do XX, que pretendia fundamentar as verdades matemáticas subsumindo-a à lógica. Segundo Carvalho (1989, p. 12):

> Apesar dos estudos de Gödel, publicados em 1931, terem praticamente destruído as teses formalistas e alguns resultados da teoria dos conjuntos não se ajustarem ao âmbito do logicismo, não podemos negar a influência dessas correntes na concepção da matemática predominante em nossos dias.

No entanto, dificilmente é única a concepção de um professor sobre matemática. Tal fato pode ser observado no texto de R., que aponta também para uma concepção histórica e instrumental da matemática (THOMPSON, 1992), pois segundo ele, essa "é uma ciência que foi desenvolvida há muito tempo atrás e que vem sendo aprimorada, a fim de resolver diversos problemas de outras ciências, tais como: Física, Química etc., ou seja, é a arte de resolver problemas".

A visão instrumental da matemática está expressa também no texto de F., que afirma sua utilização, pois "em todas as áreas, a matemática encontra-se presente no nosso dia a dia". Observamos que, atualmente, esta concepção instrumental da matemática está muito presente não apenas em documentos oficiais (BRASIL, 1999) como também no discurso de muitos professores que o utilizam para justificar o ensino deste campo do saber. Segundo os PCNs do Ensino Médio (1999, p. 251), a matemática é "uma ferramenta que serve para a vida cotidiana e para muitas tarefas específicas em quase todas as atividades humanas". Apesar dos documentos oficiais apontarem também para a relevância do ensino da matemática como jogo intelectual, é o aspecto pragmático que tem chamado a atenção dos professores, nestes documentos.

S. também afirma que um dos motivos de se ensinar matemática é de se fazer com que os alunos "saibam lidar com a matemática no dia a dia", mas para ele, ela é uma "disciplina assustadora, mas bonita de ser estudada" e que "está presente em todos os pontos do mundo". O primeiro destes trechos possui uma conotação valorativa explícita que nos remete à filosofia de Platão que afirmava que "é nossa função [na educação], portanto, forçar os habitantes mais bem dotados a voltar-se para a ciência que anteriormente dissemos ser a maior [a matemática]" (REPÚBLICA, 519 a-e). Ainda hoje, a matemática é entendida como um conhecimento apreensível para alguns poucos, enquanto que para a maioria ela tem sido "uma disciplina assustadora". Seu ensino tem sido responsável pela exclusão social, conforme podemos inferir pelos dados divulgados pelo Instituto Nacional de Estudos e Pesquisas Educacionais Anísio Teixeira (INEP) em 2005 (dados coletados por meio do Sistema de Avaliação da Educação Básica SAEB), segundo os quais, 57,1% dos alunos brasileiros que estavam para concluir a oitava série do ensino fundamental apresentaram desempenho crítico ou muito crítico em matemática, de acordo com o relatório do SAEB de 2004. Porém, S. também afirma que a matemática "está presente em todos os pontos do mundo", repetindo um discurso também muito divulgado atualmente e que remonta aos primeiros pitagóricos.

Durante as atividades do semestre, principalmente a partir da pesquisa que realizaram com profissionais de diferentes áreas tais como padeiro, pedreiro, rendeira, ferreiro sobre seus conhecimentos matemáticos, percebemos que os futuros professores reelaboraram seus saberes sobre o conhecimento disciplinar. Em suas respostas iniciais, nenhum dos licenciandos observou que a matemática utilizada em situações extraescolares, apesar de relacionada à matemática formal, é um conhecimento situado, aplicado a contextos particulares e, algumas vezes, não generalizável. Em seus planos de aula individuais, escritos após o contato que tiveram com profissionais de diferentes áreas, R., F. e J.[6] referem-se a este tipo de conhecimento matemático: "Sabemos que atualmente utiliza-se a matemática em todos os lugares, seja na rua em que moramos, no nosso trabalho, no campo, em diversas culturas etc." (R.); em outro momento, R. afirma que "a matemática não é formada meramente por difíceis e grandes cálculos, mas também de experiências práticas (informais)". F. diz que "como a matemática está, 'basicamente', presente em nosso cotidiano, se faz necessário comparar, tirar relações entre a matemática formal vista em sala de aula com a matemática informal". Segundo J., há "conhecimentos matemáticos não formais, e o professor, além de trabalhar e aprimorar estes conhecimentos, fará uma formalização dos mesmos, traduzindo-os para a linguagem matemática, unindo assim a matemática formal à informal". Por estes trechos, observamos que os alunos começaram a perceber que existe uma matemática utilizada no cotidiano extraescolar, que nem sempre é aprendida na escola, e há também uma matemática escolar, que independe de aplicações, e cabe ao professor explicitar, para seus alunos, a relação entre ambas.

Além disto, tais reelaborações também estão presentes em suas autoavaliações finais. R. expressa a reflexão que realizou sobre esse tema, durante o curso. Segundo ele "até então não tínhamos uma ideia concreta do que era a matemática, enquanto disciplina. À medida que começamos a estudar as teorias do conhecimento, ou seja, algumas teorias que tentam explicar como se dá esta relação ensino-aprendizagem, fomos começando a encarar a disciplina de matemática, bem como a educação matemática de outra maneira". Neste trecho, R. destaca a importância sobre as reflexões pedagógicas para a reelaboração de seus saberes disciplinares, superando a dicotomia entre conhecimentos específicos e

---

[6] O aluno J. não esteve presente na primeira aula em que discutimos as concepções iniciais dos alunos.

conhecimentos pedagógicos. Este aluno também reelaborou seus saberes sobre a função do ensino escolar da matemática, pois para ele, "além de estimular o raciocínio lógico, é uma disciplina que se bem trabalhada em sala de aula tem a incrível capacidade de formar um homem-cidadão, capaz de viver em qualquer sociedade, principalmente nesta nossa sociedade capitalista".

Já F. afirma que "na realidade, de fato, depois do curso houve uma grande visão a respeito de todas estas concepções a respeito da matemática e, consequentemente, um melhor entendimento. Hoje já vejo a matemática de um outro ângulo, onde sua importância em sala de aula deva ser mais presente". Neste trecho, observamos que F. deixou de ver a matemática do ponto de vista do aluno da graduação e passou a concebê-la do ponto de vista do professor que percebe a necessidade de ele próprio mostrar, em sala de aula, a importância da matemática. S., por sua vez, declara: "vejo a partir de agora, que a matemática pode não ser tão assustadora, só depende do professor, da maneira como as aulas serão dadas [...]", enfatizando que a visão de matemática que se tem está atrelada às situações vivenciadas pelos alunos e, portanto, à ação pedagógica do professor. G. também descarta a redução da matemática ao logicismo, pois para ele, ela é "uma ciência que ensina para a vida. Prepara o cidadão para entender melhor os conceitos que envolvem contagem e situações problematizadas". No entanto, este aluno continua priorizando as situações de contagem na matemática.

Os saberes sobre a tradição pedagógica

Questionados, no início do curso sobre o que seria, para eles, um educador matemático e o que seria um bom professor de matemática, os alunos expressaram os modelos que apresentamos a seguir. Para R., o educador matemático tem como finalidade "**passar** para o aluno o conhecimento adquirido, de maneira que esta ciência **vá se fixando** pelos alunos gradualmente",[7] e um bom professor é aquele que "passa o **seu conhecimento matemático** para os alunos, de maneira clara". R., nestes trechos, expõe uma concepção do processo de ensino-aprendizagem como uma transmissão do conhecimento do professor para o aluno além disto, para ele, o professor é o único detentor do saber. R. acredita que o aluno aprende por meio da fixação gradual do conteúdo, como se o estudante fosse uma tábua rasa na qual se fixam conhecimentos. Porém, para este graduando, o professor, apesar de assumir uma postura tradicional frente ao ensino, precisa também interagir com seus alunos, apesar de ser apenas para sanar dificuldades e deficiências, pois "é necessário que o professor interaja com sua turma de alunos, buscando saber quais as maiores dificuldades deles para que seja trabalhado melhor estas deficiências" (R.).

---

[7] Todos os grifos que aparecem nas citações dos alunos são das autoras deste texto.

G. e S. abordam, em suas respostas, a importância do conhecimento pedagógico para que ocorra a aprendizagem por parte dos alunos. Para S., um bom professor é aquele que "tem uma boa didática e seja conhecedor da matemática", enquanto que para G., seria "**aquele que tem uma boa didática**, didática esta que é boa para qualquer tipo de aluno, como também para qualquer tipo de escola e em qualquer época, tendo um desempenho progressivo". Apesar do modelo ideal de professor apresentado por G., observamos que ele já percebe a necessidade de uma busca gradativa por uma melhor prática profissional do professor, ou um "desempenho progressivo".

F., porém, acredita que o bom professor é aquele que tem "consciência de que é um espelho para seus alunos, buscando compreendê-los e ensiná-los da **melhor maneira possível**, fazendo despertar o interesse e gosto pela matemática". Com esta afirmação, F. aproxima-se de teorias pedagógicas em especial de Wallon, autor de uma das teorias construtivistas estudadas por nós, na disciplina de Didática da Matemática, no início do semestre letivo que ressaltam a importância do fator afetivo no processo de ensino-aprendizagem e demonstra perceber que não existe um trabalho ideal, mas que se deve buscar uma "melhor maneira possível".

Durantes as atividades, observamos alterações nos discursos destes futuros professores, por exemplo, na atividade de elaboração conjunta de um plano de aula, e encontramos as seguintes falas: "Em relação à competência como o professor ensina. É como o professor ensina mesmo ou como a gente acha que deve ser ensinado?" (R.). Neste trecho percebemos a dissociação entre teoria e prática, dissociação muito presente no paradigma da racionalidade técnica de formação de professores. Além disto, R. expressa uma falta de percepção sobre a possibilidade de colocar em prática aquilo em que acredita.

A seguir, transcrevemos um trecho do diálogo entre os alunos, que mostra a importância da reflexão coletiva na reelaboração de saberes.

- É, então nosso grupo aqui acha que o aluno aprende exercitando. É, exercitando. Então nós temos que passar, por exemplo, uma atividade no quadro e depois passar um tipo de exercício para os alunos fazerem. Porque a gente acredita que eles aprendem exercitando (S.).
- Não basta só você passar exercício ali e exercitar, mas tem que dizer para o aluno como seria aquele assunto na vida dele. [...] Tem que contextualizar (R.).
- Primeiro a gente tem que ver a situação deles. Como eles estão, aí a partir dos conceitos dele. Porque a gente não conhece a situação, né. A partir dos conceitos deles, porque a gente queria que eles fizessem o conceito e depois a gente formalizava (J.).
- Mas aí vai atrasar a turma (R.).

- A gente começava com o problema do padeiro. Colocava o problema: como é que se resolve isto? (J.).
- É complicado problematizar (G.).
- Mas, como é que você vai dar o conceito de proporção? (S.).
- Tive uma ideia, veja a situação: o cara vai ensinar matemática e começa a falar do padeiro. Aí jogaria o problema para o próprio aluno. [...] Qual o objetivo da gente? Aí a partir dos conceitos que eles (os alunos) nos derem, aí entrava com a matéria (G.).
- A gente tem que fazer com que os alunos formulem seu próprio conceito a respeito daquele assunto. O que seria aquele assunto para ele, proporção (R.).
- A gente não vai dar a resposta para o aluno. Ele vai chegar à resposta. A gente vai dar os caminhos (J.).

Percebemos que os licenciandos passam de uma concepção de aprendizagem como resultado de realizar exercícios para outra que coloca a importância dos alunos formularem, eles mesmos, os conceitos. O professor deixa de ser o que transmite o conteúdo e propõe exercícios para ser aquele que propõe caminhos.

Em textos individuais, observamos também essa reelaboração. Para R., "um bom professor de matemática é aquele que consegue criar situações favoráveis para que o 'conhecimento' seja bem adquirido por seus alunos, ou seja, fazer funcionar a tríplice aliança: professor-aluno-saber". Além disso, em seu plano de aula individual, escreve: "**acredito que o aluno aprende raciocinando, interagindo e construindo conceitos**". Como foi solicitado que esses planos de aula fossem elaborados a partir de suas concepções e não obrigatoriamente a partir do referencial teórico estudado por nós em sala de aula, podemos concluir que R., ao expressar estas ideias não está apenas cumprindo uma formalidade, isto é, está expressando o que acredita.

J. acredita que o bom professor é aquele que "além de passar e discutir com o aluno os itens citados no parágrafo anterior [fatores sociais e políticos], tem que ser coerente em sua disciplina, seja qual teoria do conhecimento ele escolher para seguir". J. expressa que não é necessário escolher esta ou aquela teoria do conhecimento somente porque está em moda, ou porque foi trabalhada em nosso curso, mas enfoca a necessidade da coerência entre discurso e prática educativa. Para este futuro professor, o aluno "**deve aprender pensando, raciocinando, interagindo socialmente com os colegas e o professor**".

F. continua com sua preocupação acerca das relações afetivas entre professor e aluno e sobre o fato daquele ser um espelho para este. Porém, afirma o papel de mediador do professor no processo de ensino e aprendizagem, já que "**o aluno aprende pensando, raciocinando, comparando e construindo seus conceitos**, onde o professor é **um** mediador", ou seja, F. descentraliza o papel de mediador das mãos do professor, além disto, percebe que "é fundamental também que o professor sempre esteja se atualizando, fazendo cursos para que não fique acomodado".

G. também adota uma postura construtivista, pois para ele "o aluno aprende construindo conceitos dos temas propostos, tendo o professor como mediador entre o conhecimento (conteúdo) e o aluno. E este aluno **interagindo** com o professor e vice-versa, havendo uma **relação de troca de conhecimentos**".

Nestes trechos sobre o processo de aprendizagem, percebemos o uso recorrente das palavras "pensando", "raciocinando", "interagindo" e "construindo". Os conceitos de pensar, raciocinar, interagir e construir foram muito discutidos durante o curso e principalmente na atividade de análise de uma situação real de aula, gravada em vídeo, na qual observamos que o professor não considerava as tentativas de intervenções dos alunos e continuava "dando" sua aula. Esta atividade possibilitou que os licenciandos refletissem sobre a importância da interação entre professor e alunos no processo educativo e sobre o papel ativo do aluno em sua aprendizagem.

Em contrapartida, S., em sua autoavaliação individual, continua afirmando que o professor é quem dá a aula, como no diálogo referido por nós anteriormente. Para ele, "se o professor tiver interesse em **dar** uma boa aula, ou um bom conteúdo, é só pesquisar". Em tal trecho, percebemos que, apesar de relacionar uma boa aula com a pesquisa, S. não vincula a necessidade de pesquisa à profissionalização docente.

Os saberes curriculares

Os saberes curriculares foram sendo explicitados e parcialmente reelaborados principalmente durante a elaboração coletiva do plano de aula. Na segunda aula utilizada para aquela elaboração, os licenciandos começaram a criar uma situação didática, sem qualquer preocupação com o tempo que seria necessário para a mesma.

Diante da despreocupação dos alunos em relação ao tempo que necessitariam para desenvolver a atividade que estavam elaborando, a pesquisadora que estava acompanhando o grupo afirmou: eles teriam "que pensar numa coisa que fosse possível de ser aplicada num espaço de tempo que vocês têm 45 minutos". Tal observação gerou novas reflexões, como observa-se pelas seguintes citações:

– Agora o problema é o tempo, uma coisa nova (J.),

– Eu acho que a gente tem que pegar uma só matéria. Só um contexto para trabalhar e trabalhar só com ele, porque senão fica muita informação em pouco tempo (R.).

Segundo Alves (2004), a maneira como se configura a carga horária do professor constitui uma das dificuldades para o trabalho deste, e o tempo é um fator determinante para direcionar as ações pedagógicas. Para a autora, "é um tempo que está sempre em falta. Falta tempo para analisar e refletir sobre a prática, para trocar experiências com seus pares, para planejar as aulas e para investir em sua formação" (ALVES, 2004, p. 80).

Os alunos demonstraram dúvidas acerca dos conteúdos que são trabalhados na sétima série do ensino fundamental: "Professora, só uma opinião. A senhora poderia dar para a gente o que eles já viram do programa da sétima série?" (G.). Na aula seguinte, os alunos trouxeram, sem que fosse solicitado, um livro didático da sétima série. Porém, estavam elaborando uma atividade para ser aplicada em Educação de Jovens e Adultos, nível quatro. Demonstraram preocupação em saber se aqueles conteúdos do livro corresponderiam aos trabalhados naquele nível de ensino em EJA, como vemos na seguinte passagem "comparar os conhecimentos daqui (do livro) com a sétima série de lá do colégio da EJA" (R.). Este trecho nos traz duas discussões: uma sobre o desconhecimento dos alunos sobre a organização da EJA. Tais alunos já estavam no quinto semestre de licenciatura e, até aquele momento, tal organização não havia sido discutida, apesar de já terem cursado disciplinas tais como "Organização da Educação Brasileira" e "Didática", o que indica a desvinculação entre as teorias estudadas nestas disciplinas e a organização escolar. A segunda discussão trazida por este trecho é a utilização do livro didático como um recurso direcionador do trabalho docente. Após observar as atividades apresentadas no livro, os futuros professores perceberam que elas não seriam significativas para os alunos de EJA e resolveram criar, eles mesmos, a atividade a ser aplicada em aula.

A reflexão sobre pré-requisitos também ocorreu na elaboração do plano. Os alunos referiram-se à preocupação de que fossem trabalhados conceitos sem os pré-requisitos necessários: "já que os alunos não sabem geometria espacial, eu tenho que identificar no plano de aula que eu vou dar o pré-requisito que é geometria plana. [...] E aí você pode fazer o pré-requisito de proporção" (J.). Percebemos aqui uma noção de currículo linear e, durante as atividades, tal noção não foi reelaborada, o que, entendemos, demandaria a vivência de situações de docência, nas quais o currículo em espiral fizesse parte do projeto pedagógico da escola.

Ainda, durante a elaboração do plano de aula, surgiu a dificuldade de determinação dos objetivos e da diferenciação entre objetivos conceituais, procedimentais e atitudinais,

– Eu tô com dúvida desta coisa de conceituais, procedimentais, qual é o outro? (J.).

– Agora veja bem, o que é conceitual aqui (J.).

– Conceitual é fazer o que? É fazer com que os alunos tirem os conceitos de determinado assunto, entendeu? Por exemplo, o conceito de área

[...]. Atitudes é o comportamento deles: indagar questões, aprendizado, mostrar, interagir com o grupo, achar soluções do problema e ir ao quadro mostrar a maneira diferente que ele achou (R.).

Em seus planos de aula individuais, alguns alunos mostraram que tinham compreendido o que são tais objetivos, como, por exemplo, J., quando escreve:

– Conceituais: saber conceituar o que é raiz quadrada.

– Procedimentais: fazer comparações dado um quadrado de área qualquer para achar o lado do quadrado.

– Atitudinais: saber interagir com os colegas, respeitar a opinião do colega, ter capacidade crítica, participação, interação.

Outros alunos, porém, demonstraram dúvidas quando foram realizar seu plano de aula individualmente: R., por exemplo, quando escreve como objetivo procedimentais "material dourado, papel quadriculado operação com frações". Percebemos que, apesar de possuir o discurso sobre tais objetivos, R. Equivocou-se quando precisou mobilizar esse conhecimento para fazer seu plano de aula.

Considerações finais

Tínhamos a seguinte questão de pesquisa: quais os potenciais e limites de algumas situações na construção de saberes docentes, por parte de futuros professores? Após a análise, concluímos que tais situações colaboram para a reelaboração de saberes docentes pelos futuros professores porém, para a reelaboração dos saberes curriculares, seria necessária a vivência em situações de sala de aula e algum tempo de docência. No caso destes saberes, os licenciandos tiveram apenas uma primeira aproximação, porém houve uma mudança nas concepções que compõe tanto os saberes disciplinares, quanto os da tradição pedagógica.

Além disto, a reelaboração dos saberes docentes não foi igual para todos os alunos do grupo, e isto se deve ao fato de que cada um deles possuía conhecimentos anteriores diferenciados, e construiu diferentemente seus novos conhecimentos (cf. LLINARES, 1999).

Assim, concluímos que diferentes situações didáticas, tais como escrita de texto sobre suas concepções, pesquisa sobre o conhecimento matemático utilizado em situações extraescolares, elaboração de planos de aula, leitura e discussão de textos, observação de episódios de aula gravados em vídeo e análise de livros didáticos têm potencialidades para a formação de saberes e podem contribuir para uma formação inicial que objetive a profissionalização docente. Porém, os potenciais de tais situações são delimitados pelo tipo de envolvimento que os futuros professores apresentam com relação a elas, pelos conhecimentos que os licenciandos já possuem ao vivenciá-las e pela possibilidade ou não de vivenciar a prática pedagógica.

Referências

ALVES, Francisca Terezinha Oliveira. *O dito, o escrito e o refletido: a reelaboração dos saberes docentes em matemática*. 2004. 126 p. Dissertação (Mestrado, Programa de Pós-Graduação em Educação) – Universidade Federal do Rio Grande do Norte, Natal.

BARRANTES, M. e BLANCO, L. J. Estudo das recordações, expectativas e concepções dos professores em formação sobre ensino-aprendizagem da geometria. In: *Educação Matemática em Revista*. ano 11. n. 17. SBEM, dez./2004. p. 29 a 39.

BRASIL. *Resolução do Conselho Nacional de Educação*/CP, 2002.

BRASIL. *Diretrizes para a Formação Inicial de Professores da Educação Básica*. MEC, CNE/CP, 9 de 2001.

BRASIL. *Diretrizes Curriculares para Cursos de Licenciatura em Matemática*. MEC, CNE/CP, 19 de 1999.

BRASIL. *Parâmetros Curriculares Nacionais para o Ensino Médio*. MEC: Secretaria de Educação Média e Tecnológica. Brasília: MEC, 1999.

CARVALHO, D. L. *A concepção de matemática do professor também se transforma*. 1989, 306 p. Dissertação (Mestrado, Programa de Pós-Graduação em Educação) Universidade de Campinas, Campinas.

FERREIRA, A. C. *Desafio de ensinar-aprender: matemática no curso noturno*. Dissertação (Mestrado). FE /UNICAMP, Campinas, 1998.

FIOTENTINI, Dario. Pesquisar práticas colaborativas ou pesquisar colaborativamente? In: BORBA, Marcelo de Carvalho; ARAÚJO, Jussara de Loiola (Orgs.). *Pesquisa qualitativa em Educação Matemática*. Belo Horizonte: Autêntica, 2004.

FIORENTINI, Dario; MELO Gilberto Francisco Alves; SOUZA Júnior, Arlindo José Saberes docentes: Um Desafio para Acadêmicos e Práticos. In: GERALDI, Corinta Maria Grisolda; FIORENTINI, Dario; Pereira, Elisabete Monteiro A. (Orgs.). *Cartografias do trabalho docente: professor(a) pesquisador(a)*. Campinas/SP: Mercado de Letras/Associação de Leitura do Brasil, 2001.

GAUTHIER, Clemont et al. *Por uma teoria da pedagogia: pesquisas contemporâneas sobre o saber docente*. Ijuí, RS: Ed. UNIJUÍ, 1998.

KEMMIS, Stephen. Critical reflection. In: WIDEEN, M. F; ANDREWS, I. *Staff development for school improvement. Library of Congress Cataloging In Publication Data*. Philadelphia: Imago Publishing, 1987.

LLINARES, S. Elementary teacher students' beliefs and learning to teach mathematics. Comunicación invitada a la internacional *Conference on mathematical beliefs and their impact on teaching and learning of mathematics*, Alemanha, Oberwolfach, 1999.

PIMENTA, Selma Garrido; GHLDIN, Evandro. (Orgs.). *Professor Reflexivo no Brasil: gênese e crítica de um conceito*. São Paulo: Cortez, 2002.

PONTE, João Pedro da. Concepções dos professores de matemática e processos de formação. *Educação Matemática: temas de investigação*. Lisboa: IIE, 1992, p. 185-239.

PLATÃO. *A República*. São Paulo, SP: Ed. Martin Claret, 2002.

TARDIF, M.; LESSARD, C.; GAUTHIER, C. *Formação dos professores e contextos sociais*. Porto-Portugal: Rés-Editora Ltda, [s/d].

TARDIF, Maurice. *Saberes docentes e formação profissional*. Petrópolis: Vozes, 2003.

http://www.inep.gov.br/imprensa/noticias/saeb/news05_04.htm Acesso em 29/04/2005.

Os caminhos da Didática e sua relação com a formação de professores de Matemática

Zaíra da Cunha Melo Varizo

A proa e a popa da nossa didática será investigar e descobrir o método segundo o qual os professores ensinem menos e os estudantes aprendam mais; nas escolas haja menos barulho, menos enfado, menos trabalho inútil, e, ao contrário, haja mais recolhimento, mais atrativo e mais sólido progresso; na Cristandade, haja menos trevas, menos confusão, menos dissídios, e mais luz, mais ordem, mais paz e mais tranqüilidade.

João Amós Comênio

Este trabalho é fruto de estudos realizados e de experiências vivenciadas como professora de Didática e Prática de Ensino da Matemática, no último quarto do século passado e início do século XXI. Destaca a importância do conhecimento da Didática e da Didática da Matemática na formação do professor de Matemática, sua importância no currículo de Licenciatura em Matemática e o papel da Didática da Matemática na interface da Matemática com a sociedade e como ela vem se tornando uma ciência aplicada.

Introdução

Como professora de Didática e Prática de Ensino da Matemática, a Didática vem sendo meu objeto de estudo, seja a Didática Geral, seja a Didática da Matemática em si. Minha preocupação com a Didática da Matemática tem por fundamento a preocupação com a formação do professor de matemática, uma vez que entendo que a Didática da Matemática é de crucial importância para a formação do professor de Matemática, pois tem o papel de oferecer os fundamentos teóricos e práticos para o desenvolvimento da ação pedagógica do professor na sala de aula. Como diz Cunha (2004)

> [...] é difícil duvidar que o campo de conhecimento da didática mantenha-se distante da formação de professores. Quem pode imaginar um professor sem conhecimentos que fazem parte do universo da didática? Como alguém pode desempenhar uma função pedagógica intencional e sistematizada, sem incorporar os saberes tão específicos da docência? Como o professor pode exercer uma racionalidade que justifique seus saberes e suas escolhas profissionais sem conhecimentos pedagógicos específicos ligados à didática? (p. 36)

O desenvolvimento do conhecimento referente à Didática da Matemática e sua inserção nos currículos de licenciatura deram-se diante da necessidade de tornar o conhecimento matemático acessível às novas gerações. Percorrer a trajetória da Didática da Matemática permitirá compreender o seu papel na formação de professores, o que poderá contribuir para o estabelecimento de novas abordagens e práticas que atendam à complexidade do mundo em que vivemos além de possibilitar um conhecimento dessa disciplina compatível com a profissão de professor de Matemática no contexto da sociedade atual.

Este estudo constitui uma reflexão sobre a construção do conhecimento referente à Didática e especificamente à Didática da Matemática, destacando alguns dos pontos críticos nas relações entre o seu desenvolvimento e o do conhecimento da matemática e da sociedade. Não pretendo esgotar o tema, mas trazer em linhas gerais o caminhar da Didática até os dias atuais.

As reflexões embasaram-se em leituras e análise de uma documentação básica que inclui artigos publicados em revistas nacionais e internacionais de Educação Matemática e de formação de professores; a legislação brasileira referente à formação de professores e, especificamente, de professores de Matemática; em capítulos de livros; na minha dissertação de mestrado intitulada: *História de Vida e cotidiano do professor de Matemática* (VARIZO, 1990).

Como afirma Karnal (2004):

> Fazer um texto de História é estabelecer o diálogo entre o passado e o presente. Isso significa que não há um passado "puro", "total", que possa ser reconstruído exatamente "como era". Também significa que não podemos fazer um texto ou dar uma aula de história baseados apenas na concepção atual, pois isso leva projeções do presente no passado: os famosos anacronismos. (p. 7)

Como diz mais adiante: "existe o passado. Porém quem recorta, escolhe, dimensiona e narra este passado é um homem do presente" (*ibid*, p. 7). É sob a perspectiva de quem escreve, que foram estabelecidos os recortes, destacados os momentos e pontos críticos.

Primeiro vou me ater à Didática propriamente dita, ao que hoje designamos de Didática Geral, para depois voltar meu olhar para a Didática da Matemática.

Um olhar no caminho da Didática

As origens

A convicção da importância da Didática para a ação de ensinar tem suas origens indeterminadas, certamente seu início foi difuso e tornou-se presente no momento em que o homem começou a se preocupar com "o como ensinar". Mas é com Comênio, no século XVII, com sua *Didática magna tratado da arte universal de ensinar tudo a todos*, publicada em 1657, que podemos considerar o nascimento da Didática como um saber sistematizado com finalidade de oferecer ao professor um conhecimento que o oriente na sua ação pedagógica. Como afirma Piobetta (1952)

> Pode-se afirmar, com certeza, que é necessário atravessar as etapas marcadas por Locke e Rousseau e caminhar até a pedagogia geral de Herbert para encontrar um tratado assim unificado e assim detalhado da educação, do ensino e da organização das escolas como a "Grande Didática" de Comênio, cujo principal mérito é precisamente de ter dado ao mundo, partindo da unidade de um princípio fundamental, a primeira sistematização da Pedagogia, da Didática e da Sociologia Escolar. (*apud* GASPARIN, 1997, p. 71)

Na Didática Magna no item, "Saudação aos leitores", Comênio (1657) condena o saber prático sobre a arte de ensinar desenvolvido por aqueles que procuram encontrar formas de ensinar por meio de observações externas, "com o método prático, isto é, *a posteriori*" (1657, p. 45), as quais, segundo ele, só trazia confusões. Exalta a preocupação de homens eminentes na Alemanha do início do século XVII, que se dispuseram a investigar "um método mais curto e mais fácil para a arte de ensinar" (*ibidem*, p. 48). Diz que, fundamentado nos conhecimentos desses homens e de outros, desenvolveu sua didática.

Não é de se estranhar que a Didática tenha surgido no século XVII, pois esse século foi o berço da ciência moderna. Segundo Taton (1971a), foi quando os cientistas fundaram as bases de uma nova ciência que se desenvolveria e se difundiria pelo mundo nos séculos subsequentes. Mais adiante, Taton (*ibidem*) afirma que o mérito desse século é "ter encarado o mundo com novos olhos, por meio de princípios que permanecerão firmados" (p. 10). Esses novos olhos também estavam presentes na importância de se saber ler e escrever, devido não apenas à necessidade de se ler e interpretar a Bíblia mas também ao desenvolvimento de relações entre as metrópoles e as colônias, característica do mercantilismo e da expansão colonial desse período.

A partir de meados do século XVII e durante o século XVIII, as concepções da Didática Magna disseminaram-se na Europa no caminhar próprio daquele tempo, sob a influência do crescimento do conhecimento científico e diante das novas relações de trabalho que iam se forjando, bem como da compreensão do papel da educação para aquela nova sociedade, culminando com a Revolução Francesa. Esse foi um momento de suma importância para nós, professores de Matemática, pois foi quando se instituiu a escola pública e a Matemática passou a ser considerada, ao lado da língua materna, disciplina principal do currículo dessa escola, posição ainda presente nos dias de hoje.

Diante da necessidade de formar professores para essa escola, foi fundada, em 1808, a Escola Normal Superior, em Paris; em que junto surgiram as preocupações com a Didática da Matemática. (VARIZO, 1990)

Durante o período que vai da Revolução Francesa (1789-1799) ao final da Primeira Guerra Mundial (1918), aconteceu a mais profunda revolução do conhecimento matemático, acompanhada da mais profunda revolução social, na qual a educação e, em especial, o ensino da Matemática ganham uma posição de destaque. Haja vista o grande número de estudiosos que, durante este período, dedicou-se a buscar a compreensão do que é ensinar e como ensinar, trazendo para o ensino uma contribuição inestimável dentre tantos estudiosos, destaco: Rousseau (1712-1778), Pestalozzi (1746-1827), Humbold, (1767-1835), Claparède (1873-1940), John Dewey (1859-1952).

Chegou-se, então, ao século XX, quando a ciência torna-se um fator de grande importância no desenvolvimento social, como afirma Taton (1971b)

> É para ela que se dirigem as nações novas em busca de um progresso econômico rápido. É para ela que se encaminham as nações antigas, quando necessitam de um rejuvenescimento a fim de superarem suas crises políticas ou financeiras. (p. 11)

Desta forma as ciências sociais foram ganhando importância e a atenção dos governos; neste período

> ocorreu um enorme desenvolvimento nas ciências sociais, que começavam a considerar a economia em lugar da psicologia como sua ciência básica associada; esse desenvolvimento foi catalisado pela abrupta transformação da orientação econômica provocada pelo *Sputnik Schock*. (OTTE, 1993, p. 103)

Tal acontecimento teve seus reflexos no papel da Didática, e, diretamente, na Didática da Matemática, "que nasceu da necessidade de esclarecer as hipóteses, nem sempre heuristicamente fundamentadas, dos estudiosos da didática dos anos 60" (D'AMORE, 2005, p. 19).

A didática na segunda metade do século XX

Tendo em vista oferecer uma visão das questões, a meu ver, mais significativas colocadas sobre a Didática e a Didática da Matemática após os anos de 1950, me proponho a expor, de forma sucinta, o foco das pesquisas em Didática e Didática e Prática de Ensino de Matemática, apresentados em trabalhos publicados no VIII, IX e X Encontros Nacionais de Didática e Prática de Ensino (ENDIPE). Para isto, me ative aos trabalhos de Oliveira (1996), Libâneo (1998) e Pimenta (2000) e em títulos de trabalhos apresentados nos Encontros Nacionais de Educação Matemática (ENEM) e nos dois seminários internacionais de Pesquisa em Educação Matemática, patrocinados pela Sociedade Brasileira de Educação Matemática (SBEM). Creio que esse recorte oferecerá um retrato do que está sendo pesquisado nesse campo.

No Brasil o crescimento do interesse pelas questões da Didática e Prática de Ensino foi impulsionado pelo primeiro seminário realizado no Rio de Janeiro, em 1982, direcionado para a temática "A didática em questão" e sistematizado, em

1984, por Vera Maria Candau no livro intitulado *A didática em questão*, o qual se tornou um marco na explicitação do lócus da Didática nos cursos de Licenciatura.

No VII ENDIPE, Oliveira (1996) refere-se a uma "expansão da produção intelectual na área da educação no Brasil, a partir da década de 70" do século XX, constatando que existe

> uma visível tendência da transformação de uma didática prescritiva na década de 70 para uma didática mais conceitual na década de 90 e um processo progressivo de construção de um conteúdo próprio da área, ensaiando uma linguagem também própria, construída no interior da pesquisa na mesma área. (OLIVEIRA, 1996, p. 20)

Segundo esse autor, a pesquisa estava voltada para a construção de teorias sobre as didáticas e, somente em 1994, houve

> um deslocamento da atenção dos pesquisadores do tema da construção do conteúdo da didática ao tema da reflexão sobre a constituição deste campo, quer em relação a seus produtos seu conteúdo quer, sobretudo, em relação a seus processos. (OLIVEIRA, 1996, p. 21)

Identificam-se, nesse momento, as influências das concepções sobre a reflexão na ação de Schön (1998), que se tornam evidentes nos anos que se seguem.

Em trabalho apresentado no IX ENDIPE, Libâneo (1998) destaca que a questão da articulação entre teoria e prática está presente em quase todos os autores que se referem à formação do professor. Segundo ele, "a concepção que passam é a de que o professor desempenha uma profissão que precisa combinar sistematicamente elementos teóricos com situações práticas" (LIBÂNEO, 1998, p. 64).

Diante da ênfase dada à questão do papel da prática na formação do professor, alguns pesquisadores manifestam sua preocupação com o perigo de se cair num "praticismo". Sobre esse assunto, Gimeno (*apud* PIMENTA, 2000) destaca

> a importância da teoria (cultura objetiva) na formação docente, uma vez que, além de seu aprendizado ter poder formativo, dota o sujeito de pontos de vista variados para uma ação contextualizada. Os saberes teóricos propositivos se articulam aos saberes da prática ao mesmo tempo ressignificando-os e sendo, por sua vez, re-significados. Assim, o papel da teoria é oferecer aos professores perspectivas de análise para compreenderem os contextos históricos, sociais, culturais, organizacionais e de si mesmos como profissionais, nos quais se dá sua atividade docente, para nele intervir, transformando-os. Daí, é fundamental o permanente exercício da crítica das condições materiais nas quais o ensino ocorre e de como nessas condições é produzida a "negação da aprendizagem". (p. 92)

Ao analisar as pesquisas em Didática com base em trabalhos inscritos, no período entre 1996 e 1999, no GT Didática da Associação Nacional de Pós-Graduação e Pesquisa em Educação (ANPEd), Pimenta (2000) constata "a ampliação das tendências de valorização dos processos de produção do saber docente a partir da prática, da defesa do ensino como prática reflexiva e da valorização da pesquisa como instrumento de valorização do professor" (p. 90).

Fica clara, portanto, a consagração da concepção de que o objeto de estudo da Didática é o ensino como prática social concreta.

Pode-se perceber que a discussão mais ampla e geral do campo da Didática influencia, consequentemente, a discussão no âmbito da Didática da Matemática, embora com certa defasagem, como, por exemplo, na preocupação com o estudo dos programas de Didática. No âmbito geral, essa preocupação surgiu em 1982, na ocasião do já referido seminário "A didática em questão". No entanto, no âmbito da Matemática, apenas em 1990, os professores de Didática e Prática de Ensino de Matemática reuniram-se pela primeira vez para discutir essa questão, durante o III Encontro Nacional de Educação Matemática (ENEM), em Natal.

A preocupação com a formação de um professor reflexivo também está presente nos trabalhos realizados na Didática e Prática de Ensino de Matemática. Isto pode ser constatado no trabalho de Fiorentini (1996), "Pesquisa & Prática de Ensino de Matemática", apresentado no VIII ENDIPE, em Florianópolis, num painel dedicado a pesquisas na área de Educação Matemática. A presença da reflexão na ação também se faz presente no trabalho de Varizo (1995), *A Didática e Prática de Ensino da Matemática na formação de um professor de Matemática crítico-criativo*, que deu origem à publicação, pela pró-reitoria de graduação da Universidade Federal de Goiás, do Fórum de Licenciatura Edição Especial (1996). Esses trabalhos estão fortemente influenciados pelas concepções de Antônio Nóvoa e de Donald Schön. Com a fundação da Sociedade Brasileira de Educação Matemática, em 1988, a pesquisa nessa área passou a mostrar mais vigor, abrangência e crescimento, graças aos cursos de pós-graduação, mestrado e doutorado na área de Educação. Esse crescimento pode ser atestado pela presença de trabalhos na área de Educação Matemática nos encontros nacionais voltados para as questões da educação, como é o caso dos ENDIPEs, dos encontros nacionais da ANPEd, bem como dos específicos de Educação Matemática, como os ENEMs e o I e o II Seminário Internacional de Pesquisa em Educação Matemática. Nesses diferentes encontros nacionais e internacionais, percebe-se a interdependência entre as preocupações e as concepções dos dois campos: Educação Geral e Educação Matemática.

Pimenta (2000), ao fazer o levantamento das pesquisas que, no período de 1996 a 1997, focalizaram a Didática, constatou que, no âmbito das didáticas específicas, elas se restringem às Didáticas e Práticas de Ensino de Ciências e de Matemática. Vale ressaltar que, no campo da Matemática, as pesquisas são quantitativamente menores do que no campo de Ciências. Os temas desses estudos são "sobre os saberes da docência, tomando como categoria de análise o desempenho (competente) do professor; os conhecimentos prévios dos alunos; o processo de ensinar e aprender em aula (em sua maioria)" (PIMENTA, 2000, p. 95).

No II Seminário Internacional de Educação Matemática, realizado em outubro de 2003, na cidade de Santos (São Paulo), ainda estão presentes os itens mencionados na citação de Pimenta. Entretanto, o grupo dos pesquisadores apontou para a necessidade de serem visitados e revisitados os conteúdos matemáticos na formação inicial do professor, evidenciando a valorização das pesquisas cooperativas e/ou em parceria entre professores universitários e professores das escolas de ensino fundamental e médio. Destacou-se também, na ocasião, o papel do professor como agente de sua própria formação.

Convém ressaltar aqui que é difícil desvincular a pesquisa das didáticas específicas da questão da prática de ensino e da ação do professor na sala de aula, designada como estágio supervisionado, como se pode ver na citação de Pimenta referente aos estudos na área de Ciências e Matemática. Entretanto, na maioria dos cursos de licenciatura, os estágios supervisionados ficam isolados, isto é, não há, ao lado do estagiário, na escola, um professor supervisor que acompanhe a prática e faça a devida orientação. Esta é realizada na universidade e somente por meio do relato do aluno. Assim, segundo Gatti (2000, p. 53): "o estágio não favorece o início de sua prática [do licenciando], sendo em geral mal conduzido, mal orientado e mal supervisionado". A afirmação de Gatti se refere aos cursos de licenciaturas, de instituições públicas e privadas, nos quais se excluem os cursos de licenciatura em Matemática.

Nos anos de 2000 e 2001, as professoras responsáveis pela disciplina de Didática de Matemática e pela coordenação do Estágio Supervisionado de Matemática da Universidade Federal de Goiás (UFG)[1] e uma professora da Universidade Federal do Rio de Janeiro (UFRJ)[2] desenvolveram uma pesquisa, com objetivo de verificar o impacto dessas disciplinas sobre a ação pedagógica dos professores em exercício nas escolas do ensino básico de Goiânia, egressos do curso de licenciatura em Matemática do Instituto de Matemática e Estatística da UFG, entre 1995 a 1999. Notou-se, nessa pesquisa, uma influência da Didática da Matemática,[3] uma vez que os professores declararam aplicar as metodologias de ensino trabalhadas nessa disciplina e destacaram a importância do trabalho das aulas simuladas. Os egressos consideraram o estágio supervisionado, desenvolvido durante um ano letivo, com quatro horas semanais, numa classe de ensino fundamental ou médio, uma experiência que, apesar de válida para a

---

[1] Zaíra da Cunha Melo Varizo, Luciana Parente Rocha, Jaqueline Araújo e Maria Bethânia Sardeiro dos Santos.

[2] Vânia Maria Pereira dos Santos-Wagner.

[3] Esta disciplina, no curso de licenciatura em Matemática do IME/UFG, tem uma carga horária anual de 192 horas-aula.

formação profissional, poderia ter sido muito mais proveitosa se fosse acompanhada por um professor orientador, na escola que funcionava como campo do estágio. Ressaltaram, além da importância de que esse orientador tivesse uma formação pedagógica, o papel da redação do trabalho de conclusão de curso na sua vida profissional (VARIZO, 2002).

Em suma, a discussão na área da formação do professor que ensina Matemática é fortemente influenciada por um enfoque mais geral. Percebe-se até mesmo que houve um crescimento considerável da pesquisa no campo da Educação Matemática após 1988, principalmente no tocante às metodologias de ensino dos conteúdos de Matemática do ensino fundamental, médio e superior, bem como nos aspectos da aprendizagem da Matemática e na avaliação. No que diz respeito à pesquisa da disciplina Didática e Prática de Ensino de Matemática nos cursos de formação, esta ainda é incipiente, embora reconheça que o foco da atenção sobre esta disciplina e o estágio supervisionado tenha crescido entre os pesquisadores educacionais no Brasil.

Após traçar esse panorama sobre a pesquisa da Didática e da Didática e Prática de Ensino da Matemática, voltando olhar para a Didática da Matemática.

Os caminhos da didática da Matemática

Como vimos, com a Revolução Francesa (1789 -1799), foi instituída a escola pública, na qual a Matemática, junto à língua materna, tem uma posição de destaque, que vai se estendendo dos níveis mais elementares até o universitário ao longo do século XIX, criando, assim, condições objetivas para o surgimento da Didática da Matemática. Foi, ainda, nesse período que se consolidou a escola pública, quando o ensino deixou de ser o binário professor-aluno, para transformar-se numa relação entre o professor e a coletividade. O ensino passou também a ser essencialmente oral, dominado pelo professor e ajudado pelo manual.

Também foi nesse período que se processou um desenvolvimento espetacular da Matemática, como já dissemos, fazendo com que se considerasse a grande diferença entre a Matemática ensinada nos anos anteriores à universidade e aquela estudada. Diante desta constatação, em 1908, no Congresso Internacional de Matemática, Felix Klein influenciou a reforma do ensino da Matemática com seus projetos de renovação do ensino médio de Matemática e com suas famosas lições sobre a Matemática Elementar, sob um ponto de vista superior. Podemos dizer que data dessa época o movimento da primeira reforma do ensino da Matemática, que, já no seu nascedouro, foi questionada.

Nesse congresso, foi criada a Comissão Internacional do Ensino da Matemática (CIEM), que fomentou um intenso debate sobre a reforma proposta por Felix Klein. Esse debate impulsionou enormemente o ensino da Matemática, não só pelo questionamento dos novos conteúdos propostos, mas também pelo desenvolvimento da metodologia de ensino e da Didática.

Nos anos de 1960 a 1970, sob o impacto do *Sputinik Schock*, ocorreu um novo movimento: a segunda reforma do ensino da Matemática, com a mesma inspiração da reforma anterior: aproximar a Matemática ministrada na escola da ministrada na Universidade. Essa reforma, conhecida como o movimento da "Matemática Moderna", instituiu uma profunda transformação no ensino da Matemática, devido aos novos conteúdos introduzidos e à exigência de rigor lógico. Ocasionou, porém, entre outros aspectos negativos, um esvaziamento do ensino da geometria.

As desastrosas consequências da implementação da "Matemática Moderna" na escola e o desenvolvimento das ciências sociais levaram a comunidade internacional de Educação Matemática a repensar a necessidade de mudanças no sistema educacional da Matemática em todos os níveis de ensino. As propostas de mudanças, que exigiram um grande esforço dos estudiosos em Didática da Matemática, resultaram no aperfeiçoamento desse campo de estudo. Segundo D'Amore (2005) e Otte (1993), foi quando surgiu a Didática da Matemática como uma espécie de ciência aplicada.

Entre 1966 e 1979, a Comissão Internacional da Educação Matemática, sob os auspícios da UNESCO, publicou quatro volumes intitulados *Tendências do ensino da Matemática*. Neles, percebe-se claramente, eminentes matemáticos e educadores de Matemática debruçam-se sobre a Didática da Matemática e seus rumos.

A partir desses estudos e dos debates provocados pelo fracasso escolar gerado pela instituição da Matemática Moderna nas escolas, chegou-se à compreensão de que, subjacente a todas essas questões, está a concepção filosófica do que vem a ser atividade matemática. Ficou claro, então, que diferentes concepções do que seja a Matemática envolvem a definição do que deve ser ensinado e a forma como se deve processar o ensino. Como afirma Otte (1993): "a didática especial como ciência depende do auto-entendimento da ciência, das suas relações e como já explicado, da sua posição social" (p. 109).

Essa relação entre as concepções e a Didática da Matemática é evidente na reforma da Matemática Moderna, pois esta acontece no auge da corrente formalista da Matemática, e entre aqueles que influenciaram esta reforma estava Dieudonné, membro importante do grupo Bourbaki (Guzmán, 2003).

A compreensão do que seja fazer Matemática mudou profundamente a partir de 1976, com a tese de doutorado de Lakatos, e a Filosofia da Matemática passou "a focar sua atenção no caráter quase empírico do fazer Matemática" (Guzmán, 2003, p. 5). Juntam-se aos estudos de Lakatos outros como os de R. L. Wilder, que relaciona sociedade e Matemática. Chegou-se ao final da década de 1980 e início da década de 1990, e percebeu-se o incontestável: a historicidade e a imersão da Matemática na cultura e na sociedade, nas quais aquela se origina e transforma. Destaca-se aí o papel fundamental da Filosofia da Matemática na definição da Didática.

Quase que paralelamente a esses acontecimentos, realizou-se um dos trabalhos investigativos mais profundos e completos sobre Educação Matemática, conhecido como Relatório Cockcroft (1985), sob a responsabilidade da Comissão de Investigação sobre o Ensino da Matemática nas Escolas da Inglaterra, presidida pelo Dr. W. H. Cockcroft. Esse relatório foi publicado, em 1982, com o título *Mathematics Counts*. Em 1985, foi traduzido e publicado pelo governo espanhol. Recomenda-se, nesse trabalho, que a teoria da educação apareça aos olhos dos licenciandos firmemente ancorada na prática da escola e que se adquira a consciência de sua valiosa contribuição para a formação do professor.

Essa investigação exerce, às diferentes concepções do que é o fazer da Matemática e de seu ensino, forte influência nos rumos atuais do processo do ensino e aprendizagem da Matemática na escola e na definição de seu conteúdo.

Durante os anos de 1980, em meio às celeumas sobre a Didática da Matemática, seu conteúdo e seu ensino, um grupo de educadores defendia a ideia de que é necessário encontrar métodos verdadeiramente eficazes para desenvolver o pensamento, uma vez que o conhecimento está em contínua transformação. O National Council of Teachers of Mathematics estabeleceu, nessa década, a resolução de problemas como meta do ensino da Matemática, uma vez que se considerava que o desenvolvimento da capacidade de resolver problemas atenderia ao objetivo do desenvolvimento do pensamento. Com esse norte, destacaram-se os esforços dos educadores matemáticos na direção de desenvolver estratégias heurísticas. Predominava na metodologia do ensino, nesse período, o trabalho de George Polya (1957) intitulado *How to solve it?*, editado pela primeira vez em 1945.

A nova compreensão do que seria Matemática, o Relatório Cockcroft (1985), as investigações no campo da psicologia cognitiva e a compreensão da relação com a história, com a antropologia, com a cultura e com a sociologia sinalizam a necessidade de uma nova reforma do ensino da Matemática. Sendo construída pelo homem nas suas relações com o mundo físico e sociocultural, a Matemática tem um papel importante no exercício da cidadania, na compreensão da diversidade cultural e da equidade entre os homens. Tudo isso embasou a concepção de que a Matemática da escola deve ser contextualizada e significativa para o aluno. Não tem mais sentido ensinar a resolver uma equação com o único objetivo do cálculo em si. Em 1929, Whitehead já dizia que "os alunos devem ser obrigados a sentir que estão estudando algo, que não estão meramente executando minuetos mentais" (1966, p. 22).

O Relatório Cockcroft (1985) destaca várias razões para se ensinar Matemática na escola, entre elas: a Matemática é útil, como um poderoso meio de comunicação, para representar, explicar e predizer; ela é muito importante em vários campos do conhecimento, como a física, a biologia, a medicina, a geografia, a economia, os estudos de empresas e gestão, bem como para realizar operações nas indústrias.

Chegamos à década de 1990 com as condições objetivas para propor a terceira reforma do ensino da Matemática, a qual deve incorporar as novas formas de ver e compreender e, consequentemente, de fazer e aprender essa ciência. Matemática é saber científico e sociedade uma relação de interação íntima e dinâmica, inspirando a Educação Matemática do homem de hoje.

Com essa reforma, a geometria retornou ao ensino, numa nova perspectiva, e foram incorporados novos conteúdos da Matemática, tais como: estatística, probabilidade, grafos, fractais, simetrias etc., numa nova forma de abordagem. Tratava-se de saber como se aprende a Matemática, especialmente por que não se aprende. Tornou-se importante estabelecer a relação da Matemática com as demais ciências, numa visão interdisciplinar, para "extirpar a desconexão fatal dos assuntos que destrói a vitalidade do currículo" (WHITEHEAD, 1966, p. 19).

Pode-se dizer, sem medo de errar, em decorrência do desenvolvimento da tecnologia da informação e da comunicação, que hoje vivemos uma profunda revolução do conhecimento acompanhada, por sua vez, de uma transformação social. Segundo Paras (2001),

> na última década, em que se cruzaram os umbrais de um novo século, temos presenciado uma autêntica revolução tecnológica da comunicação e da informação que tem levado a nossa geração a falar do início da era digital, isto é, de uma época em que a informática e a telemática estão produzindo transformações nos padrões tradicionais dos processos produtivos, da ciência, da indústria, do comércio e de toda atividade das organizações humanas em geral. Uma nova era em que a telecomunicação elimina as fronteiras e os limites nas distâncias e no tempo, que aproxima as pessoas, que potencializa a velocidade na classificação e no acesso à informação, para a tomada de decisões, e que oferece a apropriação imediata de fontes enciclopédicas do conhecimento que antes eram patrimônio exclusivo de uns poucos. (p. 1)

O impacto do conhecimento tecnológico da informação e da comunicação, como não podia deixar de ser, faz-se presente também no conhecimento científico no qual se inclui a Matemática. Consequentemente, teremos uma nova forma de fazer e de aprender essa ciência.

No entanto, as tecnologias da informação e da comunicação, sejam as mais antigas cartazes, retroprojetor, TV, sejam as contemporâneas, como o computador, a internet, passam ao largo da escola. Dizemos isto diante da insignificante influência dessas tecnologias na Educação Matemática, na qual predominam ainda o quadro de giz, o lápis e o papel. Para Sánchez (2003)

> as novas tecnologias não pretendem deixar de lado outros recursos e instrumentos educativos. Convém utilizar uns e outros em cada momento, ou uma combinação deles, sempre tratando de conseguir uma classe mais receptiva, uma prática motivadora, amena e, sobretudo, favorecer que o conhecimento [matemático] seja significativo para o aluno. (p. 7)

Já existem grupos de educadores matemáticos que se dedicam à pesquisa neste campo, em universidades públicas e particulares. Dentre as públicas, destacamos a UNESP (Campus de Rio Claro), a USP, a UFGRS, a UNFMTS. Entre as particulares, destacamos a PUC-SP. Além disso, educadores matemáticos vêm desenvolvendo pesquisas individuais, em inúmeras universidades brasileiras públicas ou privadas.

Em suma, chegamos aos dias atuais com a compreensão de que a importância social da ciência e da Didática da Matemática estabelece a interface entre a ciência e a sociedade; com um entendimento da Didática da Matemática apesar do seu pouco tempo de existência como uma ciência aplicada e autônoma, cujo objeto de estudo é o aprender matemática –, e com uma comunidade de pesquisadores bem constituída.

A Didática da Matemática no curso de formação de professores

O propósito neste item é o de voltar o olhar sobre a Didática da Matemática nos cursos de Licenciatura em Matemática no Brasil, a partir do momento de sua instituição e, depois de deter nos anos 60 do século passado, chegar até os dias atuais.

A Didática e as Didáticas e Práticas de Ensino, no Brasil, surgiram com a criação da Faculdade de Filosofia, Ciências e Letras da Universidade de São Paulo, em 1934. Antes, a formação de docentes restringia-se aos estudos de disciplinas nos Institutos de Educação. A disciplina Metodologia do Ensino foi incluída no currículo da Escola Normal Superior, criada por Darcy Ribeiro no Rio de Janeiro.

Desde 1934, existe entre os formadores de professores a convicção da importância da Didática no curso de formação de professores, razão pela qual essa disciplina se faz presente nos currículos desses cursos a partir de então. Tal não acontece, porém, do ponto de vista legal. A partir de 1946, a Didática deixou de fazer parte das disciplinas obrigatórias, tornando a ser incluída no Parecer 242, de 1962, do Conselho Federal de Educação. Essa legislação incorporou a Didática, as Didáticas Específicas e a Prática de Ensino nos cursos de licenciatura, além de definir a carga horária mínima das disciplinas pedagógicas.

A partir daí a Didática Geral e as Didáticas Específicas (incluindo-se aí a da Matemática) foram inseridas nos currículos de licenciaturas, com um caráter prescritivo. A ideia de modelo está fortemente presente, concretizada na instituição dos colégios de aplicação,[4] sob a inspiração das ideias de John Dewey.

A partir de então, a Didática Geral, as Específicas e a Prática de Ensino consolidam-se nos cursos de licenciatura. Entretanto, só a partir de 1982, quando a produção de conhecimento científico na área educacional, da própria Didática e da Didática da Matemática, vão aprofundando-se é que a importância destes conhecimentos para a formação do docente torna-se mais clara e melhor definida.

A Didática da Matemática e a Prática de Ensino, trabalhadas atualmente nos cursos de licenciatura em Matemática no Brasil, recebem a influência de várias correntes do pensamento pedagógico, dentre as quais se destacam as alicerçadas no pensamento de psicólogos e educadores russos, na Didática da Matemática francesa, na qual se inclui a didática antropológica de D'Amore e na etnomatemática. Também estão presentes as concepções de Shön (1998), que incluem uma revisita aos trabalhos de John Dewey.

A Didática da Matemática é, sem dúvida alguma, a pedra basilar da formação do professor dessa área, uma vez que oferece as condições básicas para que ele torne um determinado conhecimento matemático passível de ser apropriado pelo aluno. Assim, essa disciplina deve oferecer ao professor os saberes teóricos e práticos próprios de um conhecimento interdisciplinar, compreendendo como interdisciplinaridade a articulação que se deve fazer entre o conhecimento matemático acadêmico e os conhecimentos socioculturais, filosóficos, psicológicos, pedagógicos, históricos, antropológicos e tecnológicos, voltados para o ensinar e aprender Matemática. Cabe, portanto, ao professor de Didática da Matemática ser um mobilizador desses saberes, de modo a contribuir para que o futuro professor estabeleça uma articulação simultânea entre estes e o seu saber da prática, permitindo a construção de um conhecimento holístico, criativo e pessoal, ancorado na ação. Com isso, a Didática da Matemática ganha uma nova dimensão no curso de formação de professores.

Parece coerente o pensamento de Alarcão (1996), quando diz que o saber didático implica o prévio desenvolvimento de uma teoria prática, de uma inteligência pedagógica. Esses saberes devem permitir que o professor aja de forma criativa diante de situações muitas vezes inesperadas.

Convém ressaltar que a nova concepção do fazer Matemática deve incluir sua historicidade e imersão na cultura e sociedade, sua relação com as demais ciências, seu papel no exercício da democracia e na globalização da sociedade,

---

[4] O primeiro colégio de aplicação criado no Brasil foi o da Faculdade Nacional de Filosofia, em 1945.

sua influência na tecnologia da comunicação e da informação. Essa concepção está fortemente impregnada na compreensão atual do que seja a Didática da Matemática, cuja abrangência dependerá do tipo de profissional que queremos formar (o professor pesquisador, o professor reflexivo, por exemplo), ou da definição do perfil do profissional da Educação Matemática. A Didática da Matemática não pode, portanto, ser mais uma disciplina isolada, ministrada apenas no final do curso de formação de professores.

Estou ciente de que não basta a ação da Didática da Matemática para a formação do professor. Há fatores como componentes pessoais e sociais integrados a aspectos históricos, que atuam sobre o professor e consequentemente sobre sua ação na escola. Além disso, para que a Didática da Matemática se firme como um conhecimento científico e significativo na formação do professor, é preciso vencer crenças extremamente impregnadas numa parcela significativa da sociedade, particularmente a autocompreensão da ciência, matemática, por matemáticos, "no seu puro caráter autotélico" (OTTE, 1993, p. 108). Ainda hoje, existem aqueles que acreditam que ensinar é fruto de características inatas que não podem ser aprendidas nem transmitidas, ou acreditam que a condição necessária e suficiente para ensinar Matemática é ter o domínio do conteúdo desta quando ensinada na universidade. Alegam que se aprende a ensinar ensinando, que se aprende a ensinar Matemática imitando outros professores – os seus próprios professores –, ou decorando o conteúdo do livro didático ou praticando muito. Isto equivale a dizer que, para ensinar Matemática, basta resolver muitos e muitos exercícios, lembrar sua experiência como aluno e desprezar as experiências alheias. Trata-se, portanto, de uma prática vazia, uma prática pela prática. Como afirma Moreno Amorella (1999): "o ensino, como simples processo de instrução, acrescido de hipóteses sobre a capacidade do estudante absorver aquilo que se diz 'bem' para ele, não é uma concepção: é uma ilusão" (*apud*, D'AMORE, 2005, p. 35).

Essas crenças têm impedido que um número maior de pessoas compreenda que existe um saber matemático pedagógico que permite que a Matemática seja compreendida e apropriada por todos – pelo médico, pelo engenheiro, pelo marceneiro, pelo odontólogo, pelo nutricionista, pelo biólogo, pelo físico, pelo matemático. Ou seja, por qualquer profissional. Esse saber deve levar à inclusão e não à exclusão de uma boa parte de nossos concidadãos.

Apesar de tudo o que foi dito até aqui, apesar da introdução de novas formas metodológicas – capazes de variar o discurso acadêmico dos professores no ensino dos conteúdos fundamentais da Matemática, assim como estimular a utilização de novas tecnologias (NCTM, 1991; COCKCROFT, 1985) –, apesar de todos os acontecimentos do século passado aqui ressaltados, dos conhecimentos produzidos, de todos produtos da capacidade criadora do homem e dos descobrimentos e inovações tecnológicas, no que diz respeito à formação inicial do professor de Matemática, ainda se mantêm as mesmas concepções de 1908. Ainda hoje

> os professores universitários sentem que o ensino é algo menos importante do que o trabalho de alto *status* de pesquisa e construção teórica. A comunidade acadêmica em geral e a comunidade acadêmica em particular têm falhado em avaliar que o "conhecer como" é uma forma equivalente mas também diferente de conhecer do que o "conhecer o que".
> (KINCHELOE, 1997, p. 215)

É inconcebível que, após um século, a situação da formação de professores de Matemática e do ensino básico dessa disciplina não seja muito diferente daquela do início do século XX, quando Felix Klein preconizava estabelecer uma aproximação entre a Matemática da escola e a Matemática acadêmica. Essa aproximação significa negar o conhecimento adquirido pela Didática da Matemática e defender um ensino mecanicista e uma prática de ensino sem fundamento teórico. Diante desse quadro, ignoram-se as novas tecnologias e continua-se a admitir apenas o uso do lápis, do papel, do quadro de giz e, quando muito, do retroprojetor.

Considerações finais

Vimos que o desenvolvimento das ciências sociais e o entendimento da importância da ciência na sociedade permitiram a compreensão do papel da Didática da Matemática como mediadora entre os conteúdos da Matemática e as determinações sociais; a importância do papel da Didática da Matemática na formação dos professores; a forma como ela vem se tornando uma ciência autônoma – uma epistemologia da aprendizagem –; o seu papel no desenvolvimento da sociedade, bem como do conhecimento científico. Entretanto, nas universidades permanece ainda um conflito entre a caracterização da ciência pela determinação interna de seu objeto e a Didática como uma práxis social.

Vivemos, portanto, uma contradição. Por um lado, institui-se na escola uma mudança que introduz um modelo pedagógico de ensino-aprendizagem da Matemática, que incorpora os conhecimentos produzidos pelo homem durante o último século, capazes de facilitar o acesso ao conhecimento matemático e de torná-lo um veículo de cidadania; por outro, a universidade menospreza essa percepção e as perspectivas da Educação Matemática e continua defendendo a ideia que essa ciência é para poucos, reverenciando o mito de que somente alguns têm o "dom" para aprendê-las.

Existe, ainda, uma outra contradição, se considerarmos novamente o novo modelo pedagógico acima referido: a universidade ainda não incorporou o papel social do conhecimento científico, mais especificamente no desenvolvimento da democracia, necessário para uma eficiente reforma de ensino preconizado.

Cabe, ao final deste texto, dizer que, a despeito dessas posições tão antagônicas entre aqueles que se dedicam à educação matemática e a percepção positivista dessa ciência prevalecente na universidade, e a despeito, também, das limitações da Didática e Prática de Ensino de Matemática em currículos de formação de professores, vários obstáculos já foram vencidos e o enorme desenvolvimento da pesquisa em Didática da Matemática tem ganhado espaço dentro das universidades. Como afirma Foucault (1995):

> contra o poder que opera totalizações e tem efeitos totalitários, é preciso um contrapor que inverta estas características, oferecendo uma resistência capilarizada em "ações pontuais e locais", tendo como efeito pequenas, difusas e sucessivas rupturas. (*apud* CARNEIRO, 2000, p. 89)

Este "contrapor" e essas "ações pontuais e locais" que nos fala Foucault, já são perceptíveis em algumas universidades brasileiras neste início do século XXI.

Referências

ALARCÃO, Isabel (Org.) *Formação reflexiva de professores*. Porto: Porto Editora,1996.

CANDAU, Vera Maria. *A didática em questão*. Petrópolis: Vozes, 1984.

CANDAU, Vera Maria (Org.). *Didática, currículo e saberes escolares*. Rio de Janeiro: DP&A, 2000.

CARNEIRO, Vera Clotilde. Mudanças na formação de professores de Matemática. Um estudo de caso. In: *Zetetiké* CEMPEM-FE/UNICAMP, v. 8, n. 13/14, jan./dez. de 2000. p. 81-116.

COCKCROFT, W. H. *Las Matemáticas sí cuentam. Informe Cockcroft*. Ministerio de Educación y Ciencia da España, 1985.

COMÉNIOS, João Amós. *Didática Magna Tratado da arte de ensinar tudo a todos*. Introdução, tradução e notas de João Ferreira Gomes. 3. ed. Coimbra: Fundação Calouste Gulbenkian, 1966.

CUNHA, Maria Isabel da. A docência como ação complexa: o papel da didática na formação do professor. In: ROMANOWSKI, Joana Paulin; MARTINS, Pura Lúcia Oliver; JUNQUEIRA, Sérgio Rogério Azevedo. *Conhecimento local e conhecimento universal: pesquisa, didática e ação docente*. v. 1 Curitiba: Champagnat, 2004. p. 31- 42.

D'AMORE, Bruno. *Epistemologia e didática da matemática*. Tradução de Maria Cristina Bonomi Barufi. São Paulo: Escrituras Editora, 2005.

GASPARIN, João Luis. *Comênio – a emergência da modernidade na educação*. 2. ed. Petrópolis: Vozes, 1998.

GATTI, Bernadete *Formação de professores e carreira: problemas e movimentos de renovação*. 2. ed. Campinas: Editores Associados, 2000.

GUZMÁN, Miguel, *Enseñanza de las Ciencias y la Matemática*. Organização dos Estados Iberoamericanos. Disponível em: <http:// www.oei.org.com/> Acesso em: 2000.

FIORENTINI, Dario. Pesquisa & Prática de Ensino de Matemática.Trabalho apresentado em painel no ENCONTRO NACIONAL DE DIDÁTICA E PRÁTICA DE ENSINO 8, 1996, Florianópolis.

KARNAL, Leandro (Org.). *História na sala de aula conceitos, práticas e propostas*. 2. ed. São Paulo: Contexto, 2004.

KINCHELOE, Joe L. *A formação do professor como compromisso político*. Tradução de Nize Maria Campos Pellanda. Porto Alegre: Artes Médicas, 1997.

LIBÂNEO, José C. As mudanças na sociedade, a re-configuração da profissão do professor e a emergência de novos temas na didática. In: ENCONTRO NACIONAL DE DIDÁTICA E PEDAGOGIA, 9, 1998, Águas de Lindóia, Anais II, v. 1, n. 1, 1998. p. 52-66

NACIONAL COUNCIL OF THEACHERS OF MATHEMATICS. *Profissional standards for teaching mathematics*. Virgínia: Reston, NCTM, 1991.

OLIVEIRA, Rita N. Sales. Tendências investigativas em didática. In: ENCONTRO NACIONAL DE DIDÁTICA E PEDAGOGIA, 8, 1996, Florianópolis. Anais v. 2. p. 17-26

OTTE, Michael, *O formal, o social e o subjetivo. Uma introdução à filosofia e à didática da matemática*. Tradução Raul Fernando Neto. S. Paulo: Editora UNESP, 1993.

PARAS, José Natividade Gonzáles, Hacia una reforma educativa em la era digital. *Revista Iberoamericana de Educación*, n. 26, maio/ago. 2001.

PIMENTA, Selma Garrido. A pesquisa em didática 1996 a 1999. In: ENCONTRO NACIONAL DE DIDÁTICA E PRÁTICA DE ENSINO 10, 2000, Rio de Janeiro, Anais: Didática, currículo e saberes escolares. Rio de Janeiro: DP&A, 2000. p. 78-106.

POLYA, George. *How to solve it?* 2nd. ed. New York: Doubleday Anchor Books, 1957.

SÁNCHEZ, J. Maria. Perspectivas de los sistemas hipermídia em educación matemática. In: *Congresso Interamericano de Educação Matemática* 11, Blumenau: Santa Catarina, jul. 2003.

SHÖN, Donald. Education the Practioner tward a new desing for theaching and learning in the professions. Josey-bass Inc, Publishers, 1998.

TATON, René (Direção). *História geral das ciências. Tomo II O Século XVII v. 2*. Tradução de Rita K. Ghinzberg *et al*. São Paulo: Difusão Europeia do Livro, 1971a.

TATON, René (Direção). *História geral das ciências Tomo IV A ciência no século XX v. 4*. Tradução de Plínio Süssekind e Horácio Macedo. São Paulo: Difusão Europeia do Livro, 1971b.

VARIZO, Zaíra da Cunha Melo. *História de vida e cotidiano do professor de Matemática*. 1990, Dissertação de Mestrado – Faculdade de Educação – UFG: Goiânia.

VARIZO, Zaíra da Cunha Melo, A didática e prática de ensino da matemática na formação de um professor crítico-criativo *Relatório de Pesquisa*. Goiânia: Universidade Federal de Goiás, 1995.

VARIZO, Zaíra da Cunha Melo *et al*. Re-significação das disciplinas pedagógicas: didática e prática de ensino de matemática e Metodologia e Conteúdo de Ensino da Matemática do Curso de Licenciatura em Matemática da UFG. In: *Anais do* XI ENDIPE Encontro Nacional de Didática e Prática de Ensino: Igualdade e Diversidade na Educação, Goiânia-GO, maio de 2002.

WHITEHEAD, Alfred North. *Fins da educação e outros ensaios*. São Paulo: Companhia Editora Nacional / USP, 1957.

Análise de propostas presentes no material de Matemática do PEC-Universitário, à luz de resultados de investigações e teorias sobre formação de professores

Edda Curi

> *Haverá uma parte da formação inicial em Matemática que é sobre Matemática e não apenas sobre como ensiná-la e que para um futuro professor poderá ser muito importante na relação que ele estabelece enquanto aluno [...] Paulo Abrantes, em comunicação pessoal para Eduardo Veloso.* (Abril, 2003)

Nos últimos anos, tenho refletido muito sobre a formação inicial de professores polivalentes[1] para ensinar Matemática e minha opção por investigar esse tema na minha tese de doutorado[2] foi decorrente dessas inquietações. Alguns dados de minha pesquisa revelam um quadro bastante preocupante tanto em relação ao número de horas destinadas à formação matemática de professores polivalentes nas grades curriculares dos cursos superiores (Pedagogia e Curso Normal Superior), como em relação à falta de publicações específicas destinadas à essa formação.

A análise que realizei das grades curriculares e ementas das disciplinas que envolvem Matemática nos Cursos de Pedagogia em vigor no país revelou que, em média, esses cursos destinam cerca de 36 a 72 horas para o desenvolvimento dessas disciplinas, cerca de 4% a 5% da carga horária total do curso. Em nenhum dos cursos investigados, encontrei indicações bibliográficas de pesquisas na área de Educação Matemática, em particular sobre o ensino e aprendizagem de Matemática nas séries iniciais do Ensino Fundamental (Curi, 2004).

Além disso, constatei que, ao longo do tempo, a produção de livros e materiais didáticos destinados à formação matemática dos professores polivalentes sempre foi muito restrita. São bastante recentes as publicações com essa finalidade, em especial aquelas que divulgam pesquisas na área de Educação Matemática (Curi, 2004).

Outro ponto que merece reflexão é apontado num trabalho de Fiorentini *et al.* (2003) que indica a existência de um pequeno número de trabalhos acadêmicos (mestrado e doutorado) no âmbito da Educação Matemática que investigam a formação inicial do professor polivalente para ensinar esta ciência.

---

[1] Denominação dada a professores de atuação multidisciplinar nos anos iniciais do ensino fundamental.

[2] Orientada pela prof. Dra. Célia Maria Carolino Pires e defendida em agosto de 2004 na PUC/SP.

É preciso ampliar essa discussão na comunidade de educadores matemáticos. Com a finalidade de contribuir para o alargarmento desse debate, revisitei os dados de minha tese de doutorado[3] selecionando para discutir neste texto as propostas presentes no material de Matemática usado num projeto especial de formação de professores polivalentes, denominado PEC-Universitário.[4]

Inicio apresentando algumas informações gerais sobre o Projeto PEC-Universitário e, em seguida, analiso o material de Matemática com base em investigações e estudos sobre formação de professores, em particular, os estudos de Shulman (1986) sobre os conhecimentos do professor para ensinar uma determinada disciplina. Neste texto, procuro responder à questão: em que medida o material proposto pelo PEC-Universitário para ensinar Matemática aos professores polivalentes contemplou os conhecimentos dos conteúdos desta, os conhecimentos didáticos dos conteúdos matemáticos e os conhecimentos sobre o currículo desta disciplina?

Contextualização do projeto

O PEC-Universitário foi organizado pela Secretaria de Estado de Educação de São Paulo, em parceria com a Universidade de São Paulo USP, a Universidade Estadual Paulista Júlio de Mesquita Filho Unesp e a Pontifícia Universidade Católica de São Paulo PUC/SP, e visava à formação, em nível superior, de 7000 professores polivalentes em atuação na rede pública estadual. Desse modo, embora tratando-se de professores com experiência profissional, a formação em nível superior pôde ser caracterizada como inicial, pois os professores que participavam do PEC-Universitário tinham como último grau de formação um curso de nível médio de Magistério.

Em tese, o projeto PEC-Universitário tinha um público com um perfil diferenciado daquele que supostamente frequenta as escolas superiores oriundo de vestibulares. No entanto, cabe destacar que em se tratando de cursos de Pedagogia o perfil predominante dos alunos apontado em documento do INEP[5] é semelhante ao perfil do grupo de professores que frequentava o PEC-Universitário: professores em atuação há alguns anos que tinham como último grau de formação um curso de magistério. Nossa hipótese é que a maior procura por cursos superiores de Pedagogia por parte de professores que já estão em exercício

---

[3] O objetivo de minha tese de doutorado era analisar os conhecimentos dos professores polivalentes para ensinar Matemática e de estudar as crenças e atitudes que interferem na constituição desses conhecimentos.

[4] O projeto tem essa denominação, pois fazia parte de um conjunto amplo de Projetos de Educação Continuada de Professores, cuja sigla era PEC, oferecido pela Secretaria Estadual de Educação de São Paulo.

[5] Decorrente de questionário aplicado no Exame Nacional de Cursos.

há alguns anos é decorrente da exigência legal, a partir da LDBEN de 1996, ou então por essa profissão ser pouco atrativa para os jovens nos dias de hoje.

O PEC-Universitário foi projetado para esse tipo de público e organizado para atendê-lo. Diferentes atividades de formação foram propostas para serem desenvolvidas articuladamente, de modo a dar consistência à proposta pedagógica. Entre elas, Videoconferências (VC), que ocorriam duas vezes por semana com objetivo de aprofundar os conteúdos curriculares desenvolvidos no material escrito; Teleconferências (TC), que ocorriam a cada quinzena com a finalidade de debater um tema relativo à unidade temática desenvolvida; Trabalho Monitorado (TM), orientado por um tutor, com uma carga horária de 12 a 16 horas semanais abrangendo três tipos de atividades: sessões *"on line"*, sessões *"off line"* e sessões de suporte; estudos independentes e trabalhos de síntese em forma de atividades que percorreram todo o projeto, sob a supervisão de professores-orientadores indicados pela Universidade; Vivências Educadoras (VE), com a função de estágio que se distribuíram durante todo tempo de formação também supervisionados pelo professor-orientador.

Paralelamente a essas atividades, realizaram-se oficinas culturais com a finalidade de ampliar o horizonte cultural dos alunos-professores. Outra atividade obrigatória prevista era a elaboração de um trabalho de conclusão de curso sob a supervisão do professor-orientador.

As atividades do Projeto PEC-Universitário foram desenvolvidas em cinco módulos, um introdutório de capacitação em informática, com duração de 50 horas, e os outros quatro módulos compostos por temas e unidades referentes à conteúdos da Educação e da Psicologia, no geral, e aos conteúdos das áreas do conhecimento relativas aos objetos de ensino dos anos iniciais do Ensino Fundamental.

Nesse projeto, havia três tipos de formadores: um tutor, cuja função era exercida por um professor de nível universitário, com formação generalista, que monitorava as atividades presenciais dos alunos-professores em todas as áreas do conhecimento, os denominados TM – Trabalhos Monitorados; um especialista de área que atuava nas videoconferências referentes à sua área do conhecimento, com objetivo aprofundar os conteúdos da área estudada; um professor-orientador com o título de mestre ou doutor, indicado pela Universidade, cuja função era orientar os trabalhos de conclusão de curso dos alunos-professores (TCC), os estudos individuais, e avaliar os relatórios das vivências educadoras, a escrita de memórias, e o *portfólio*.

A formação relativa à Matemática no PEC-Universitário foi desenvolvida em seis Unidades temáticas, cujo material foi elaborado e organizado por um GT composto por educadores desta área. Essa formação totalizou 144 horas presenciais, o que representava 9% da carga horária total do curso. Além disso, os alunos-professores realizaram um total de 48 horas das chamadas Vivências Educadoras, correspondentes ao estágio supervisionado em Matemática.

O Grupo de Trabalho de Matemática e sua atuação no PEC

O Grupo de Trabalho de Matemática – GT de Matemática – era composto por representantes das três universidades envolvidas no Projeto PEC-Universitário[6] e um do Grupo Gestor que acompanhou todo o desenvolvimento do trabalho, registrando em atas as decisões tomadas e as propostas apresentadas.

O GT trabalhou durante sete meses, reunindo-se quinzenalmente. Nesse período, elaborou e organizou o material de apoio para os alunos-professores, propôs os temas e os formadores que fariam as teleconferências, selecionou questões para avaliação, apresentou bibliografia para aprofundamento. A opção dos textos de outros autores que compuseram o material de Matemática e de alguns trechos de livros também foi escolha desse GT. Como os tutores não eram especialistas na área e mediavam as ações de formação em relação à Matemática, o GT organizou orientações escritas para subsidiar o trabalho dos tutores. Entre elas, algumas discutiam a concepção do material, a metodologia de formação e as estratégias que poderiam ser usadas. Além disso, havia gravações em vídeo com orientações relativas aos conteúdos matemáticos desenvolvidos no material.

Organização do material de Matemática

Como já foi dito, o material relativo à Matemática foi organizado em seis unidades temáticas (Quadro 1), cada uma desenvolvendo uma temática, envolvendo diferentes conteúdos matemáticos, didáticos e curriculares considerados importantes pelo GT para integrar a formação matemática dos alunos-professores.

Quadro 1

5.1 Delineando o cenário
· A Matemática que precisa ser ensinada nas escolas;
· Análise dos resultados de desempenho dos alunos do ciclo 1;
· Currículos propostos e currículos praticados.
5.2 Conhecimentos prévios, hipóteses e erros
· A construção das escritas numéricas;
· A importância do Sistema de Numeração Decimal;
· As investigações recentes e suas implicações práticas.

---

[6] Os especialistas que participaram do GT de Matemática nesse projeto foram Vinício de Macedo Santos (USP), Nelson Antonio Pirola (Unesp), Mara Sueli Simão Moraes (Unesp), Célia Maria Carolino Pires (PUC-SP), Edda Curi (PUC-SP) e a pedagoga Regina de Nigris (PUC-SP).

5.3 Contextualização, resolução de problemas e construção de significados
- Operações com números naturais e seus significados;
- Situações-problema e seu caráter desafiador;
- O papel do cálculo na escola hoje: escrito e mental; exato e aproximado;
- Ábacos e calculadoras.

5.4 Demandas de novos tempos
- O tratamento da informação;
- Aspectos da contagem, da probabilidade e da estatística;
- Recursos tecnológicos e Educação Matemática.

5.5 Valorizando diferentes competências matemáticas: experimentar, conjeturar, representar, relacionar, comunicar, argumentar, validar
- A construção de relações espaciais;
- Composição, decomposição, ampliação e redução de figuras;
- Geometria e arte.

5.6 Conexões entre Matemática e cotidiano e entre diferentes temas matemáticos
- Grandezas e medidas;
- Representação decimal dos números racionais;
- Medidas de comprimento, de massa, de capacidade e de tempo.

Uma primeira avaliação desse quadro revela a preocupação do GT com os conteúdos matemáticos mas também com questões que dizem respeito diretamente ao trabalho do professor com essa área do conhecimento. Embora no material de formação, o GT não explicitasse nenhum referencial teórico referente à formação de professores, a análise do Quadro 1 permite identificar nessa proposta a presença das três vertentes do conhecimento do professor apontadas por Shulman (1986).

Os estudos de Shulman sobre o conhecimento do professor

Shulman (1986) considera que cada área do conhecimento tem uma especificidade própria que justifica a necessidade de estudar o conhecimento do professor tendo em vista a disciplina que ele ensina (ou vai ensinar). Ele identifica três vertentes no conhecimento do professor: o conhecimento do conteúdo da disciplina; o conhecimento didático do conteúdo da disciplina e o conhecimento do currículo.

O autor destaca que o professor deve compreender a disciplina que vai ensinar, a partir de diferentes perspectivas, e estabelecer relações entre tópicos do conteúdo disciplinar (relações internas), entre sua disciplina e outras áreas do conhecimento (relações externas). Afirma que o conhecimento do conteúdo da disciplina a ser ensinada envolve sua compreensão e organização.

Ele descreve o que denomina de "pedagogical content knowledge"[7] como uma combinação entre o conhecimento da disciplina e o conhecimento do "modo de ensinar" e de tornar a disciplina compreensível para o aluno. Defende que esse tipo de conhecimento incorpora a visão de conhecimento a ser ensinado, incluindo os modos de apresentá-lo e de abordá-lo, de forma que seja compreensível para os alunos, e ainda as concepções, crenças e conhecimentos dos estudantes sobre a disciplina.

Shulman (1986) defende que o conhecimento curricular engloba a compreensão do programa mas também o conhecimento do material que o professor disponibiliza para ensinar sua disciplina, a capacidade de fazer articulações horizontais e verticais do conteúdo a ser ensinado, a história da evolução curricular do conteúdo a ser ensinado.

Apresentação e análise do material de Matemática elaborado pelo GT

Passo a apresentar sucintamente o material que compõe cada Unidade e, em seguida, a fazer a análise do mesmo com base em estudos teóricos sobre formação de professores.

Unidade 5.1: Delineando o cenário...

A unidade 5.1 apresenta entre os objetivos: "proporcionar reflexões sobre o papel da Matemática no currículo do ensino fundamental; refletir sobre a influência de documentos oficiais e dos livros didáticos na atuação do professor; permitir momentos de análise e discussão dos objetivos e conteúdos propostos para o ensino fundamental, segundo orientações curriculares da SEE/SP, enfocando as diferentes dimensões dos conteúdos" (p. 1031).

Uma primeira análise da unidade aponta que os temas tratados são conhecimentos do âmbito curricular. A partir de um quadro com características dos documentos oficiais curriculares das décadas de 1970, 1980 e 1990[8] o

---

[7] Utilizamos a expressão "conhecimento didático do conteúdo", como tradução da expressão pedagogical *content knowledge*", com base em autores que estudaram as contribuições de Shulman como Oliveira e Ponte (1996), Carlos Marcelo (1998) e traduziram essa expressão como conhecimento didático do conteúdo.

[8] Guia Curricular de Matemática, Proposta Curricular de Matemática e Parâmetros Curriculares de Matemática respectivamente.

material solicita que os alunos-professores tracem um paralelo entre o processo de ensino-aprendizagem que vivenciaram como alunos na sua formação no equivalente ao atual do Ensino Fundamental e aquele em que atuam como professores. É possível conjecturar que essa unidade permite a constituição de um ambiente de aprendizagem que oportuniza aos alunos-professores refletir sobre mudanças que acontecem nos currículos ao longo do tempo, sobre os motivos de tais mudanças etc.

O material sugere que os alunos-professores discutam o plano de ensino de Matemática de sua escola com seus colegas, tutor e videoconferencista, tendo em vista as leituras que fizeram na unidade.

No entanto, pondero que esta unidade enfoca também a constituição de conhecimentos pedagógicos de conteúdos matemáticos quando propõe aos alunos-professores analisar atividades realizadas por crianças sobre a resolução de problemas.

Considero que esse tipo de atividade contextualizada no ensino permite trazer a prática profissional "para dentro" do curso de formação de professores e enriquece as relações teoriaprática que fundamentam a ação pedagógica do professor.

Ainda nessa unidade, os alunos-professores são convidados a discutir o relatório do SARESP[9], que aponta o desempenho em Matemática dos alunos da escola em que atuam, mobilizando uma reflexão sobre a organização curricular, uma vez que, neste relatório, são apontados alguns assuntos pouco trabalhados e a necessidade de incorporá-los na prática escolar. Avalio que tarefas como essa são importantes para a formação de professores, pois a partir da análise de documentos com indicações curriculares e de seus próprios projetos de ensino, o professor tem mais condições de tomar decisões a respeito de suas propostas. Esse fato é enfatizado por diferentes autores, como Azcárate (1999), para quem o professor deve ter autonomia intelectual para analisar propostas de ensino e tomar suas próprias decisões quanto ao seu planejamento e à organização de propostas de ensino.

O último texto da unidade, de autoria do professor Ubiratan D'Ambrósio, discute o papel da Matemática na formação do cidadão, a importância da resolução de problemas, o uso das tecnologias da informação e da comunicação etc. A atividade proposta para que os alunos-professores comparem suas práticas usuais com as perspectivas assumidas pelo autor permite com que eles coloquem em jogo seus saberes profissionais. Considero que esse tipo de atividade teve a seu favor o fato de que os alunos-professores estavam em atuação, permitindo utilizar seus saberes profissionais numa situação de formação. Esta perspectiva

---

[9] SARESP – Sistema de Avaliação do Rendimento Escolar de São Paulo.

é apontada por Tardif (2002), que considera os saberes profissionais situados, ou seja, construídos e utilizados em função de uma situação de trabalho particular, ganhando sentido nessa situação.

Unidade 5.2: Conhecimentos prévios, hipóteses e erros

A unidade 5.2 destaca o conhecimento didático de alguns conteúdos matemáticos tradicionais no ensino dos anos iniciais do ensino fundamental: os números naturais e o sistema de numeração decimal, com destaque às pesquisas mais recentes sobre esses temas como as realizadas por Lerner (1996),[10] pelo grupo E.R.M.E.L (1991)[11] e por Fayol (1996).[12] Tais pesquisas discorrem sobre os conhecimentos das crianças a respeito dos números naturais, priorizando a análise de conhecimentos prévios das crianças com relação à escrita numérica e à leitura dos números e discutindo como esses conhecimentos interferem na aprendizagem.

No entanto, na minha avaliação, essa unidade aponta para além dos conhecimentos didáticos dos conteúdos tratados (números e SND). Revela uma abordagem simultânea das três vertentes do conhecimento do professor, propostas por Shulman (1986), pois o enfoque dado ao SND contempla não apenas o conhecimento didático desse conteúdo mas também as características matemáticas do SND, a abordagem histórica dessa importante construção da humanidade e suas relações com outros temas matemáticos.

Também com relação aos números, a unidade mobiliza conhecimentos matemáticos, didáticos e curriculares na medida em que apresenta uma análise da trajetória histórica do ensino desse tema e do enfoque dado hoje, que explora um trecho de um texto dos Parâmetros Curriculares Nacionais sobre o ensino de números, a análise de livros didáticos.

Ela traz a prática para o curso de formação, ao apresentar uma proposta de reflexão sobre as atividades realizadas pelos alunos-professores em suas escolas de origem a respeito dos números naturais. A proposta permitia uma comparação entre os resultados apontados por pesquisadores sobre os conhecimentos das crianças a respeito dos números naturais e aqueles encontrados pelos alunos-professores na investigação que realizaram com seus alunos. Considero esse tipo de abordagem a respeito do papel da pesquisa na formação de professores bastante interessante: por um lado, a apresentação aos alunos-professores de algumas pesquisas existentes

---

[10] LERNER, Delia; SSADOVSKY, Patrícia. O sistema de numeração: um problema didático. In: Parra, Cecília; Saiz, Irma (Org.). *Didática da matemática*. Porto Alegre: Artmed, 1996.

[11] E.R.M.E.L. *Apprentissages numériques*: Institut National de Recherche Pedagogique. Paris: Hatier, 1991.

[12] FAYOL, Michael. *A criança e o número: da contagem à resolução de problemas*. Porto Alegre: Artmed, 1996.

sobre um determinado tema e, por outro lado, a realização por parte desses alunos-professores de experiências investigativas similares com seus alunos, comparando os resultados e levantando hipóteses a partir dessas comparações.

Segundo Ponte (2002), o papel da investigação na formação inicial de professores é muito relevante. Ele destaca a necessidade de sensibilização dos futuros professores dos diversos níveis de ensino, com relação às pesquisas desenvolvidas na área e a importância da vivência de múltiplas experiências investigativas ao longo de sua formação inicial. Afirma que, só assim, os futuros professores desenvolvem uma atitude favorável à realização de investigações nas suas aulas.

O texto que subsidiou a primeira videoconferência dessa unidade procurou sistematizar as pesquisas sobre a construção das escritas numéricas e o papel da intervenção do professor para que as crianças avancem em suas aprendizagens.

Unidade 5.3: Contextualização, resolução de problemas e construção de significados

A Unidade 5.3 focaliza o conhecimento didático de um dos conteúdos matemáticos muito importante: as operações. A discussão é feita a partir da reflexão sobre a resolução de problemas como eixo articulador do ensino da Matemática e sobre o tratamento dos conhecimentos matemáticos a partir de contextos significativos para os alunos. Explorando a trajetória histórica do trabalho com resolução de problemas, no decorrer dos últimos 50 anos, o material instiga os alunos-professores a comparar o enfoque dado ao trabalho com resolução de problemas ao longo do tempo e a refletir sobre o assunto.

Especificamente com relação aos problemas que envolvem as chamadas "quatro operações", o material toma como base pesquisas como as de Gérard Vergnaud (1991)[13] e de Terezinha Nunes (2001).[14] Estimula ainda a socialização de resultados obtidos em investigações realizadas pelos alunos-professores com a finalidade de analisar como seus alunos resolvem problemas dos campos aditivo e multiplicativo. Por último, provoca os alunos-professores para que comparem os resultados obtidos com os dados de uma pesquisa realizada em escolas públicas de São Paulo.

O material explicita ainda tipologias de problemas, com base nas categorizações desses autores (Vergnaud e Nunes), propiciando aos alunos-professores a oportunidade de identificar diferentes tipos de problemas e, consequentemente, diversificar os problemas que formulam a seus alunos.

---

[13] VÉRGNAUD, Gèrard. *La théorie des champs conceptuals. Recherches en Didatique des Mathématiques*, RDM, 10, Grenoble, p.133-169, 1990.

[14] NUNES, Terezinha *et al. Introdução à Educação Matemática: os números e as operações numéricas*. São Paulo: PROEM, 2001

A unidade também apresenta uma discussão sobre os diferentes tipos de cálculo (escrito, e mental, exato e aproximado), as técnicas operatórias das quatro operações fundamentais e o uso da calculadora. Os alunos-professores são convidados à leitura de um texto de Cecília Parra (1996)[15] que trata do ensino do cálculo mental, para depois organizarem uma sequência de atividades para seus alunos. A proposta é socializar essas atividades com os colegas e alterá-las de acordo com as discussões que acontecerem.

Ao final, os alunos-professores são convidados a analisar livros didáticos enfocando o ensino de uma das operações com base no texto sobre a trajetória histórica do ensino dessa operação. Isto permite que os alunos-professores constatem coerências ou divergências entre a abordagem do livro didático e o texto lido, abordando dessa forma os conhecimentos do currículo de Matemática.

As propostas apresentadas na unidade discutem a prática dos alunos-professores, permitem reflexões sobre a prática e a socialização dessas reflexões. Só após esse momento, é que o material apresenta o conhecimento acadêmico, pesquisas e trechos de publicações. Considero que esse processo permite a reconstrução dos conhecimentos profissionais dos professores. Esta constatação remete às observações de Blanco & Contreras (2002), quando sustentam que os saberes dos professores evoluem a partir da prática e de reflexões sobre a prática. Eles reconhecem o conhecimento do professor como de natureza dinâmica, argumentando que a prática, a reflexão sobre a prática e os processos de socialização dos saberes práticos permitem ao professor reconsiderar o conhecimento acadêmico, modificando-o ou reafirmando parte do mesmo.

Unidade 5.4: Demandas de novos tempos

Esta unidade contempla conteúdos que provavelmente eram menos conhecidos pelos professores, tanto do ponto de vista matemático como do ponto de vista didático. Ela tem como propósito subsidiar os alunos-professores no trabalho com o Tratamento da Informação, discutindo sobre a inserção desse bloco de conteúdos no currículo.

As atividades propostas permitem aos alunos-professores fazer uso do computador com o objetivo de utilizá-lo como ferramenta para ampliação de conhecimentos. A unidade discute temas de combinatória, probabilidade e estatística, uso de calculadora e de computadores, indicando procedimentos que podem utilizar com esse tipo de ferramenta, de acordo com as características do *site* escolhido e a linguagem do computador.

---

[15] PARRA, Cecília. Cálculo Mental na escola primária. In: PARRA, Cecília; SAIZ, Irmã. *Didática da Matemática – reflexões psicopedagógicas*. Porto Alegre: Artmed, 1996. p. 186-236.

Considero importante esse tipo de abordagem, pois esta unidade proporciona aos futuros professores a possibilidade de desenvolver sua autonomia na busca de informações sobre assuntos matemáticos que nunca estudaram. A exploração de *sites*, a análise dos conteúdos matemáticos neles apresentados e o registro das ideias importantes permitem que futuros professores entrem em contato com temas antes não estudados e aprofundem seus conhecimentos matemáticos sobre esses mesmos temas.

Na unidade 5.4, o aprofundamento dos conhecimentos didáticos acerca dos temas focalizados fica evidenciado em três atividade, em que os alunos-professores devem refletir sobre possíveis maneiras pelas quais seus alunos resolveriam alguns problemas, argumentar sobre algumas respostas de alunos e apresentar outras questões referentes ao tema proposto. Os conhecimentos curriculares são mobilizados por meio de algumas propostas de trabalho que permitem a comparação das ideias desenvolvidas na unidade sobre Tratamento da Informação e as sistematizadas nos Parâmetros Curriculares Nacionais.

Nesta unidade, os alunos-professores são convidados a elaborar uma sequência de atividades, utilizando conteúdos do tema Tratamento da Informação. Como subsídio, apresenta um roteiro, discutindo objetivos para o ensino desse tema e argumentando sobre sua inclusão ou não do tema nos planos de aula.

Considero que propostas desse tipo contribuem para que os alunos-professores reflitam sobre sua intervenção no processo de desenvolvimento curricular, seja em termos de organização dos objetivos do ensino de determinado conteúdo, do enfoque didático, dos recursos didáticos a serem utilizados, das interações horizontais e verticais dos conteúdos, atendendo ao que Llinares (1996) define como conhecimento do processo instrutivo. O autor compreende como conhecimento do processo instrutivo o conhecimento sobre o planejamento do ensino, sobre as rotinas e recursos instrucionais, sobre as características das interações entre os conteúdos e sobre as tarefas a serem realizadas.

Unidade 5.5: Valorizando diferentes competências matemáticas: experimentar, conjeturar, representar, relacionar, comunicar, argumentar, validar...

Esta unidade destaca os conhecimentos de conteúdos matemáticos importantes que, muitas vezes, não são desenvolvidos no ensino básico: os conteúdos de geometria.

Inicia-se com atividades que procuram identificar os conhecimentos prévios dos alunos-professores sobre o ensino de Geometria, a partir da realização de uma listagem de conteúdos que os alunos-professores lembram ter aprendido no ensino básico e que ensinam a seus alunos. Em seguida, são convidados a comparar suas lembranças com as propostas para o ensino de Geometria apresentadas nos Parâmetros Curriculares Nacionais e com o que eles ensinam a seus alunos.

Constata-se a preocupação desta unidade com os conteúdos de geometria. O material desenvolve os conteúdos geométricos propostos pelos PCN para serem desenvolvidos nos anos iniciais do Ensino Fundamental com mais profundidade, buscando a compreensão dos mesmos por parte dos alunos-professores. Apresenta figuras tridimensionais, suas características, seus elementos, suas planificações e principais relações entre os elementos. Discute ainda as figuras planas, as características, elementos, relações importantes, composição e decomposição de figuras planas, simetria.

Um ponto importante nesta unidade é a conexão realizada entre os conteúdos de geometria e sua presença na arte, na natureza e na construção humana.

O tipo de abordagem proposta no material revela a preocupação com o conhecimento de conteúdos matemáticos que provavelmente esses alunos-professores nunca haviam estudado ou então haviam estudado apenas superficialmente. Existem vários estudos como o de Pires (2000)[16] que mostram o abandono da Geometria nas décadas de 1970 e 1980 nas escolas brasileiras.

As atividades propostas não focalizam apenas nomenclatura e visualização de figuras geométricas. Algumas atividades permitem o desenvolvimento das capacidades importantes como as de experimentação, visualização, argumentação e de comunicação.

Em consonância com a realização dessas atividades, o material propõe a leitura de um texto cuja finalidade é a de estimular a discussão sobre a abordagem dos conteúdos geométricos em sala de aula de modo que permitam o desenvolvimento dessas capacidades.

Novamente, percebe-se a presença de relações entre conteúdos teóricos abordados com a prática de sala de aula, evidenciando relações teórico-práticas tão importantes para a formação do professor, principalmente quando se trata de conteúdos pouco explorados em sala de aula nos últimos anos.

Na apreciação da unidade, constatei novamente a preocupação com a presença da pesquisa na formação dos professores. O material remete à publicação de uma investigação sobre a construção de noções geométricas pelas crianças e também à leitura do texto do chamado "modelo Van Hiele", segundo o qual os alunos progridem numa sequência de níveis de compreensão de conceitos e esse progresso se dá pela vivência de atividades adequadas.

---

[16] PIRES, Célia Maria Carolino. Memórias e apontamentos das etapas iniciais do projeto. In: PIRES, Celia Maria Carolino *et al. Espaço e forma a construção de noções geométricas pelas crianças das quatro séries iniciais do ensino fundamental.* São Paulo: PROEM, 2000. p. 7-13.

Unidade 5.6: Conexões entre Matemática e cotidiano e entre diferentes temas matemáticos

A unidade 5.6 trata de um tema integrador do currículo de Matemática: as grandezas e medidas. A análise da proposta aponta a preocupação de enfatizar as conexões entre os conteúdos matemáticos abordados e entre eles e outras áreas do conhecimento. A unidade não focaliza apenas conteúdos do tema grandezas e medidas mas também introduz a noção de número racional a partir da necessidade de utilizar "números não inteiros" em determinadas situações de medida.

Além de mobilizar os conhecimentos matemáticos, a proposta desenvolve conhecimentos curriculares e didáticos, pois apresenta um texto dos PCN sobre o ensino dos números racionais, destacando alguns dos obstáculos epistemológicos envolvidos na aprendizagem desse conteúdo. A prática da medição é discutida, tomando por base o repertório construído pelas crianças. Nessa unidade, os alunos-professores discutem algumas atividades propostas em materiais publicados pela Secretaria Estadual de Educação e outras presentes em uma dissertação de Mestrado defendida na UNESP, que enfoca o uso pelos alunos de 3ª série de números racionais na forma decimal em situações contextualizadas envolvendo medidas de comprimento e de capacidade e sistema monetário.

Considerações finais

Com relação à questão definida para este artigo, considero que o material utilizado pelo PEC-Universitário para a formação relativa à Matemática de professores polivalentes contempla articuladamente as três vertentes do conhecimento do professor contidas nos estudos de Shulman em 1986: conhecimentos dos conteúdos matemáticos, conhecimentos didáticos dos conteúdos matemáticos e conhecimentos do currículo de Matemática. Passo a apresentar algumas considerações sobre a proposta do material referente à Matemática em relação ao conhecimento do professor polivalente para ensinar Matemática.

A) COM RELAÇÃO AOS CONHECIMENTOS DOS CONTEÚDOS MATEMÁTICOS

Uma primeira análise do Quadro 1 leva a uma avaliação favorável quanto aos conteúdos abordados, no espaço de tempo oferecido pelo projeto, pela diversidade dos assuntos abordados: sistema de numeração decimal, operações com números naturais e seus significados, cálculo escrito e mental, cálculo exato e aproximado, relações espaciais, composição e decomposição de figuras, ampliação e redução de figuras, geometria e arte, grandezas e medidas, representação decimal dos números racionais, medidas de comprimento, de massa, de capacidade, de tempo e de superfície. No entanto, o estudo de cada um desses temas desdobra-se numa rede de conceitos e procedimentos, que nem o material escrito nem as discussões com tutores e videoconferencistas poderiam dar conta.

Este fato se acentua quando os temas são mais desconhecidos por parte dos professores, como, por exemplo, o tratamento de conteúdos geométricos e os referentes à estatística, combinatória e probabilidade.

De qualquer forma, considero que o material produzido trouxe contribuições importantes, na medida em que procura tematizar o conhecimento da Matemática, levando-se em conta a perspectiva de quem vai ensiná-la, destacando as finalidades do seu ensino e as vinculações necessárias e possíveis entre a Matemática a ser tratada na sala de aula e as situações enfrentadas no dia a dia, que envolvem conhecimentos matemáticos.

b) Com relação ao conhecimento didático do conteúdo da disciplina

O material contemplou diferentes questões de natureza didática: discussões recentes sobre os conhecimentos prévios dos alunos, as hipóteses que formulam, o papel construtivo dos erros (presentes no material, quando é feita a abordagem da construção das escritas numéricas). A proposta deu especial atenção à divulgação de pesquisas na área da Educação Matemática e às suas implicações práticas. Resultados de pesquisas, como as de Lerner (1996), Fayol (1996), Vergnaud (1990) e dos Van Hiele (1986), foram destacados, o que a meu ver possibilita fundamentações mais consistentes para orientações didáticas sobre o ensino de conteúdos matemáticos dos anos iniciais do Ensino Fundamental.

Outras discussões que estão na ordem do dia, como a da contextualização, a resolução de problemas, o uso de recursos tecnológicos, o estabelecimento de conexões entre conteúdos matemáticos e cotidianos e entre diferentes temas matemáticos, também foram abordadas pelo material. No entanto, a partir dessas ideias amplas, não encontrei no material situações que permitissem o aprofundamento do modo pelo qual alguns conteúdos específicos pudessem ser apresentados em situações de ensino, como propõe Garcia (2003).

c) Com relação ao conhecimento do currículo de Matemática

Finalmente, relativamente à terceira vertente do conhecimento do professor, ou seja, o conhecimento do currículo, o material, especialmente na unidade 1, colocou em debate questões essenciais como "[qual] Matemática que precisa ser ensinada nas escolas" e propôs situações que permitiram comparações entre currículos propostos e currículos praticados. Considero que as atividades de análise de resultados do SARESP e as análises de livros didáticos também possibilitaram a realização de um exame crítico do trabalho que vem sendo desempenhado nas escolas, com implicações para a organização curricular.

No entanto, considero que seria desejável que a proposta proporcionasse um aprofundamento dos conhecimentos sobre o planejamento do ensino, sobre as rotinas e recursos instrucionais, sobre as interações entre os conteúdos matemáticos e as tarefas a serem realizadas, como propõe Llinares (1996). Outro ponto que merece maior atenção e foi pouco abordado no material, especialmente para uma formação destinada a professores polivalentes, refere-se a como os conteúdos matemáticos se relacionam com outras partes do currículo, proposta defendida por autores como García (2003).

Considero que o trabalho proposto no interior das unidades estava contextualizado no ensino de Matemática dos anos iniciais do ensino fundamental, destacando relações entre o conhecimento do professor e situações de ensino que esse conhecimento é utilizado, o que permite ao futuro professor fazer essas relações quando estiver planejando suas atividades de ensino. Essa constatação está em consonância com a posição de García (2003), que assume claramente a existência de uma relação entre o conhecimento matemático do professor e as situações e atividades nas quais esse conhecimento é usado. Ela afirma que os conhecimentos gerais que o professor tem da Matemática devem ser utilizados na organização e na estruturação de tarefas concretas preparadas para estudantes específicos que, naquele momento, são seus alunos e que devem ter tarefas organizadas e dirigidas a eles em particular e não a alunos hipotéticos. A característica do público-alvo dessa formação, ou seja, o fato de serem alunos mas também exercerem sua profissão de professor facilitava essa proposição de trabalho contextualizada no ensino que o material analisado apresentou.

D) O TRATAMENTO ARTICULADO DAS TRÊS VERTENTES DO CONHECIMENTO DO PROFESSOR

Na listagem de conteúdos apresentadas no Quadro 1, é possível constatar conteúdos matemáticos, conteúdos de natureza didática e conteúdos curriculares, revelando a presença estanque das três vertentes do conhecimento do professor apresentadas por Shulman (1986). No entanto, a apreciação do material revela a presença de uma abordagem articulada dessas três vertentes do conhecimento do professor, na medida em que as seis temáticas propostas foram definidas não somente pelos conteúdos matemáticos a serem ensinados aos alunos das séries iniciais mas também pelo conjunto de ideias que envolvem os conhecimentos que sustentam a formação do professor.

É preciso ressaltar que embora Shulman apresente separadamente essas três vertentes do conhecimento do professor, elas aparecem imbricadas na ação do professor e devem ser tratadas articuladamente durante a formação. Desmembradas, porém, são muito úteis na seleção e organização de conteúdos a ensinar nos cursos de formação de professores. Essa discussão precisa ser aprofundada nos cursos de formação inicial de professores polivalentes, pois se for considerada apenas uma dessas vertentes, haverá prejuízos à formação mais global dos futuros professores. Além disso, vale ressaltar que apenas um bom material de apoio não garante o sucesso na formação do professor, dependente de muitos outros fatores não constantes no propósito da discussão deste artigo.

Referências

AZCÁRATE, Maira Pilar. Estrategias metodológicas para la formación de maestros. In: CARRILLO, José; CLIMENT, Nuria. *Modelos de formación de maestros en matemáticas*. Huelva: Universidad de Huelva, 1999. p. 17-40.

BLANCO, Lorenzo; CONTRERAS, Luis. Un modelo formativo de maestros de primaria, en el área de matemáticas, en el ámbito de la geometría. In: ; (Org.). *Aportaciones a la formación inicial de maestros en el área de matemáticas: una mirada a la práctica docente*. Cáceres: Universidad de Extremadura, 2002. p. 92-124.

CURI, Edda. *Formação de professores polivalentes: uma análise dos conhecimentos para ensinar Matemática e das crenças e atitudes que interferem na constituição desses conhecimentos*. Tese de doutorado. PUC/SP, 2004.

FIORENTINI, Dario *et al*. Formação de professores que ensinam matemática: um balanço de 25 anos de pesquisa brasileira. *Revista Educação em Revista Dossiê Educação Matemática*. Belo Horizonte: UFMG, 2003.

GARCÍA, Maria Mercedes. A formação inicial de professores e matemática: fundamentos para a definição de um currículo. Tradução de D. Jaramillo. In: FIORENTINI, D. (Org.). *Formação de professores de matemática*. Campinas: Mercado das Letras, 2003. p. 51-86.

LLINARES, Salvador. Conocimiento profesional del profesor de matemáticas. In: PONTE, João Pedro *et al*. (Org.). *Desenvolvimento profissional de professores de matemática: que formação?* Lisboa: Sociedade Portuguesa de Ciências de Educação, 1996.

MARCELO, Carlos. Pesquisa sobre a formação de professores: o conhecimento sobre aprender a ensinar. *Revista Brasileira de Educação*, n. 9, p. 51-75, 1998.

OLIVEIRA, Hélia Margarida; PONTE, João Pedro. Investigação sobre concepções, saberes e desenvolvimento profissional de professores de Matemática. In: VII Seminário de Investigação em Educação Matemática. Actas... Lisboa: APM, 1996.

PONTE, João Pedro *et al*. Introdução. In: PONTE, João Pedro *et al*. (Org.). *Actividades de investigação na aprendizagem da Matemática e na formação de professores*. Lisboa: Sociedade Portuguesa de Ciências de Educação, 2002. p.1-4.

SHULMAN, Lee. Those who understand: knowledge growth in teaching. *Educational Research*, n. 15 (2), p. 4-14, 1986.

TARDIF, Maurice. *Saberes docentes e formação profissional*. Petrópolis: Vozes, 2002.

Preparação e emancipação profissional na formação inicial do professor de Matemática

Márcia Cristina de Costa Trindade Cyrino

Pesquisar a formação de professores é um desafio, pois ela é um campo de luta ideológica e política. A responsabilidade dos investigadores, elaboradores de projetos e programas, enfim, de todas as pessoas envolvidas com a formação de professores de Matemática, é imperativa. Devemos, porém, estar atentos para o conflito entre o imperativo de cada uma dessas atividades na busca de novos conhecimentos e de perspectivas que orientem formas alternativas de formação e o imperativo de que os resultados dessas investigações e iniciativas sobre a formação não se tornem prescritivos, salvaguardando a equidade e a justiça social.[1]

Em cada uma dessas atividades de formação, os motivos que as impulsionam envolvem aspectos não só profissionais, como pessoais, mobilizados para um fim. Nas ações e operações constituintes dessas atividades, acreditamos que seja prudente estabelecer uma comunicação entre objeto e sujeito, entre fatos e valores. Mas, para que essa comunicação seja possível, é necessário, por um lado, um pensamento capaz de promover uma reflexão sobre os fatos, e a organização destes para efetivar o conhecimento num processo racional; por outro, um pensamento capaz de conceber o enraizamento dos valores numa cultura e numa sociedade, na busca da cientificidade, sem excluir a diversidade.

Nesse momento, em que, no Brasil, os cursos de licenciatura em Matemática estão passando por um processo de discussão, (re)estruturação e implementação de seus projetos pedagógicos, desencadeado pelas "Diretrizes Curriculares Nacionais para a Formação de Professores da Educação Básica", indicadas pelo Conselho Nacional de Educação em fevereiro de 2002 por meio das Resoluções CNE/CP01 e CP02, algumas questões têm sido postas em pauta, tais como:

---

[1] A perspectiva de equidade e justiça social que assumimos é a mesma defendida por D'Ambrosio (2001).

- Qual deve ser a formação matemática do professor de Matemática?
- É possível caracterizar uma matemática do professor de Matemática?
- Que disciplinas são importantes na formação do professor dessa área?
- Qual o impacto da formação matemática de professores nas suas práticas?
- Como a discussão pedagógica pode ser encaminhada junto à discussão matemática?
- Qual a formação pedagógica do professor de Matemática?
- Quais são os processos de produção de significados em matemática realizados pelo futuro professor desta disciplina?

Na busca de responder a estas questões, é preciso considerar que a formação do professor de Matemática não se inicia no momento em que ele é admitido num curso de licenciatura em Matemática, pois ele tem contato com aspectos que caracterizam a profissão docente muito antes de iniciar o curso de licenciatura, em toda a sua formação. As atividades e as características da cultura e do contexto no qual se desenvolve o conhecimento do futuro professor de Matemática são partes integrantes de seu aprendizado.

Existe uma impregnação de elementos sociais no processo de construção do saber do futuro professor de Matemática que reforça a perspectiva de que há uma relação interativa entre as concepções[2] constituídas no seu processo de formação e as práticas docentes vivenciadas por meio dos estágios. Acreditamos que essas concepções constituem um elemento mediador da relação do futuro professor com a realidade, funcionando como filtro na organização das ações de sala de aula. O que não sabemos é até que ponto elas são fruto de uma análise e reflexão mais profunda por parte dos professores e futuros professores de Matemática.

Por exemplo, de acordo com Silva (1996), na prática profissional, muitas vezes, a individualidade desaparece e o autoritarismo das várias situações é exercido sobre o aluno (futuro professor), que com ele se identifica a ponto de também exercê-lo quando possível, acreditando ser esta a face de poder que a instituição exige dele. A reprodução do autoritarismo pelo aluno (futuro professor) manifesta-se do mesmo modo como o senhor está na consciência do escravo (SILVA, 1996).

No presente capítulo, apresentamos algumas reflexões resultantes de nossas pesquisas, que se iniciaram durante o desenvolvimento de nossa tese de doutorado[3] (CYRINO, 2003), na qual defendemos a ideia de que, nos cursos de

---

[2] Assumimos concepção como um pano de fundo organizador dos conceitos, como uma forma de organizar objetos ou ações, de ver o mundo, de pensar. "As concepções têm uma natureza essencialmente cognitiva" (PONTE, 1992, p.185).

[3] Com a finalidade de conhecer as várias formas de conhecimento e o perfil do professor de Matemática na ótica do futuro professor, investigamos as impressões que os futuros professores, de três universidades estaduais paranaenses, têm do que é matemática e das características de um professor de Matemática, assim como as relações que eles estabelecem entre a matemática e a arte, a religião, o meio ambiente e as outras áreas do conhecimento.

licenciatura em Matemática, sejam discutidas questões relativas às teorias do conhecimento, às diferentes posições epistemológicas presentes nessas teorias, para que os futuros professores possam conhecer e refletir sobre cada uma delas e avaliar em que medida elas oferecem sua contribuição no domínio da ação educativa, ou a ideia de reproduzir o sistema educacional vigente ou de propor mudanças significativas, em que o indivíduo seja considerado como um todo integral e integrado, para que suas práticas não estejam desvinculadas do contexto histórico, que está em permanente evolução.

Apesar de considerarmos que a formação inicial não modifica sozinha o grau de profissionalização dos professores, apresentamos também – sem a intenção de ser prescritiva – algumas de nossas reflexões, resultantes de nossas investigações (nos projetos de pesquisas que desenvolvemos na UEL) sobre a formação inicial do professor de Matemática.

Mais especificamente, partimos do princípio de que essa formação constitui uma das etapas do processo de preparação e emancipação profissional do professor de Matemática, e a perspectiva que deve estar ali presente é a do conhecimento-emancipação, assumindo o conhecimento como princípio de solidariedade (SANTOS, 2000).

Para tanto, discutimos inicialmente alguns pressupostos a respeito da formação inicial do professor e da profissionalização docente. Apesar de estes temas estarem em evidência e frequentarem os discursos dos educadores-formadores, sentimos a necessidade de informar ao leitor sobre referenciais, princípios e valores iremos trabalhar.

A formação inicial do professor e a profissionalização docente

Atualmente, a formação da maioria dos professores está centrada no paradigma da racionalidade técnica.[4] Na formação inicial, primeiro trabalha-se com conteúdos científico-culturais (conteúdos a ensinar) e depois com conhecimentos psicopedagógicos: princípios, leis e teorias, e suas aplicações práticas (como atuar na sala de aula). O conhecimento teórico profissional orienta os espaços singulares e divergentes da prática e sugere a utilização de regras de atuação para ambientes protótipos e para aspectos comuns e convergentes da vida escolar. O conhecimento científico e suas aplicações técnicas tendem a criar o convencimento de que há uma relação linear entre as tarefas de ensino e os processos de aprendizagem, destoando assim das atuais propostas da reforma

---

[4] O paradigma da racionalidade técnica é uma concepção epistemológica da prática, herdada do positivismo, na qual a atividade profissional é instrumental, dirigida para a solução de problemas mediante a aplicação rigorosa de teorias e técnicas científicas (PÉREZ GÓMEZ, 1995).

educativa. Contudo, o fenômeno educativo, por ser complexo, incerto, instável, singular, portador de conflito de valores – assim como a realidade social – não se encaixa em esquemas preestabelecidos do tipo taxonômico ou processual, característico desse paradigma, e exige outras estratégias de ação.

É preciso repensar essa perspectiva da racionalidade técnica, nessa justaposição hierarquizada de saberes científicos, *mais* saberes pedagógicos, *mais* momentos de prática (entendida como uma "aplicação"), pois, apesar de muitos professores formadores sentirem-se à vontade nesse modelo, é necessário rediscutir e constituir uma nova profissionalização docente.

Sabemos que a formação inicial de professores não é uma aprendizagem que se faça isolada, de modo individualizado. Exige ações compartilhadas de produção coletiva.

Na "Proposta de Diretrizes para a Formação Inicial de Professores da Educação Básica, em Cursos de Nível Superior" (BRASIL, 2000) destaca-se que, durante o processo de formação, devem ser oferecidas oportunidades para que o futuro professor possa desenvolver sua capacidade de estabelecer relações de autonomia (tanto na relação com o conhecimento como nas relações institucionais) e de responsabilidade, pessoal e coletiva, base da ética profissional.

Além da autonomia e da responsabilidade, Perrenoud (1993) cita outros aspectos conexos que também têm incidência na formação inicial. Segundo o autor, a profissionalização:

- insiste no controle e na supervisão feita por colegas, com a mesma formação e com o mesmo estatuto, em oposição a hierarquias de estranhos;
- pressupõe uma capacidade coletiva de auto-organização contínua, sendo seu controle feito pela corporação;
- implica riscos e, portanto, ética;
- exige capacidade para reconstruir e negociar uma divisão flexível do trabalho com outros profissionais e, consequentemente, para trabalhar em equipe;
- atualiza constantemente os saberes e as competências;
- proporciona meios para uma certa distância da função;
- constrói uma identidade profissional clara, alimentada por uma cultura intelectual comum.

Medina e Rodriguez (1989), citados em Garcia (1999, p. 23), consideram

> [...] a formação de professores como uma preparação e emancipação profissional do docente para realizar crítica, reflexiva e eficazmente um estilo de ensino que promova uma aprendizagem significativa nos alunos e consiga um pensamento-acção inovador, trabalhando em equipe com os colegas para desenvolver um projecto educativo comum.

Essa preparação e emancipação profissional na formação inicial do professor poderá ocorrer se disponibilizarmos contextos teóricos e conceituais imersos em diversas práticas, estimulando hábitos de conversar, investigar, questionar, refletir e relacionar teoria e prática num processo interativo.

Pesquisas sobre a formação inicial do professor e a nossa prática como professora de Prática e Metodologia de Ensino de Matemática do curso de licenciatura em Matemática[5] têm revelado que a proposição de um espaço isolado para a experiência prática, na qual, por exemplo, o estágio tenha finalidade em si mesmo e se realize de modo desarticulado do restante do curso, não tem contribuído para essa preparação e emancipação profissional.

Não é possível deixar ao futuro professor a tarefa de integrar e transpor seu "saber-fazer" para o "fazer", sem ter a oportunidade de participar de uma reflexão coletiva e sistemática sobre o processo, ou seja, "como pode quem aprende imitar quem ensina, tomá-lo como exemplo, se um aprende e nunca ensina, e outro ensina e nunca aprende?" (COUSINET, 1974, p. 60).

Pensar numa formação que busque a articulação desses saberes, de modo a formar o professor como um profissional reflexivo e investigador de sua prática[6] pedagógica, concebendo-o como produtor de saberes profissionais e principal responsável pelo seu desenvolvimento e emancipação profissional, parece-nos importante.

Para tanto, acreditamos que seja necessário oferecer aos futuros professores momentos nos quais eles possam discutir e refletir sobre o conhecimento numa perspectiva do conhecimento-emancipação.

Conhecimento-emancipação

O conhecimento[7] dominante no processo de formação tem sido conhecimento-regulação, cujo ponto de ignorância se designa como caos e cujo ponto de saber se designa como ordem, em detrimento do conhecimento-emancipação, cujo ponto de ignorância se designa como colonialismo[8] e cujo ponto de saber se designa como solidariedade (SANTOS, 2000).

Acreditamos que não há conhecimento geral, assim como não há ignorância geral. Desse modo, a formação inicial do professor de Matemática poderia ser

---

[5] Ver Cyrino e Buriasco (2003); e Cyrino (2004).

[6] Pérez Gómez (1995) e Ponte (2002).

[7] SANTOS (2000) considera que o quê conhecemos é sempre o conhecimento em relação a uma certa forma de ignorância. Todo ato de conhecimento é uma trajetória de um ponto A de ignorância, para um ponto B de conhecimento.

[8] "[...] a ignorância é o colonialismo e o colonialismo é a concepção do outro como objeto e conseqüentemente o não reconhecimento do outro como sujeito" (SANTOS, 2000, p. 30). O que ignoramos é sempre a ignorância de uma certa forma de conhecimento.

considerada como um dos momentos de preparação e emancipação profissional, na perspectiva do conhecimento-emancipação, segundo a qual "conhecer é reconhecer e progredir no sentido de elevar o outro da condição de objeto à condição de sujeito. Esse conhecimento-reconhecimento é o que designo por solidariedade" (SANTOS, 2000, p. 30).

Esse conhecimento-reconhecimento só será possível se respeitarmos a diversidade cultural do sujeito, se estivermos dispostos a conhecer o outro, considerando-o como produtor de conhecimento, sempre contextualizado pelas condições que o tornam possível, a partir das necessidades básicas de aprendizagem dos indivíduos e da sociedade, e desenvolve-se à medida que estas condições se transformam. O conhecimento funciona como princípio de solidariedade.

É necessário que esses parâmetros sejam considerados nos cursos de licenciatura em Matemática, pois as propostas de inovações educacionais apresentadas atualmente no Brasil colocam em evidência o professor e a sua formação. As reformas educacionais na educação básica apontam para uma ressignificação do papel do professor, para a necessidade de constituição de uma nova identidade profissional.

A emancipação do professor de Matemática pode ser impulsionada e motivada pela reflexão, na qual o conhecimento crítico tem que começar pela crítica do conhecimento, visto que este é uma construção da mente humana na busca de responder a perguntas que fazemos ao mundo e à realidade, e não somente um reflexo da realidade.

O conhecimento não é puro, independente de seus instrumentos e ferramentas materiais e de instrumentos mentais que o tornam possível; é relativo ao tempo, aos padrões adotados e à sociedade na qual se desenvolve. Desse modo, o conhecimento é contextualizado pelas condições que o tornam possível, a partir das necessidades básicas de aprendizagem dos indivíduos e da sociedade, e desenvolve-se à medida que estas condições se transformam. O conhecimento é baseado em certezas e estas são relativas à história, à cultura, à política e à sociedade.

Ao mesmo tempo em que adquirimos tais certezas, perdemos outras e ganhamos novas incertezas, gerando novas ignorâncias. Ou seja, o progresso do conhecimento não pode ser identificado como a eliminação da ignorância, e sim como a passagem do colonialismo para a solidariedade.[9]

A fim de situar, de refletir, de conhecer as condições, possibilidades e limites do conhecimento, a humanidade chegou à conclusão da necessidade de conhecer o conhecimento.

---

[9] "[...] o reconhecimento do outro como igual e igualmente produtor de conhecimento" (SANTOS, 2000, p. 246).

Como este é um fenômeno complexo e multidimensional, ocorreu uma fragmentação e uma disjunção das áreas que o constituem, na busca da possibilidade do conhecimento. Cada um desses fragmentos disjuntos, de acordo com Morin (1999), afeta não só a possibilidade de um conhecimento do conhecimento, mas também a possibilidade de conhecimento sobre nós mesmos e sobre o mundo.

É fácil constatar que muitos especialistas, na tentativa de esclarecer a origem da matemática e a sua inclusão nos currículos escolares, carregam ideias estigmatizadas presentes no ideário coletivo dos cidadãos, tais como:

- A matemática é exata.
- A matemática é difícil.
- A matemática é abstrata.
- A capacidade para a matemática é inata.
- A matemática justifica-se pelas aplicações práticas.
- A matemática desenvolve o raciocínio (MACHADO, 1990; FRAGA, 1993; CHAMIE, 1990; SANTOS, 1995).

Ideias como essas merecem uma reflexão, no dia a dia, da formação docente, para que as concepções e práticas dos futuros professores ultrapassem o lugar-comum que tem sido reservado à matemática.

Estas concepções sobre o conhecimento matemático revestem-se de uma natureza essencialmente cognitiva, porque têm um papel organizador do conhecimento e revelam a visão que temos do que nos cerca e nos orienta na ação. Além disto, podem atuar como uma espécie de filtro e influenciar as concepções dos alunos (futuros professores).

Thompson, citada em Ponte (1992), diz: "as concepções (conscientes ou inconscientes) acerca da Matemática e do seu ensino desempenham um papel significativo, embora sutil, na determinação do estilo de ensino de cada professor" (p. 208).

Compreender a dinâmica das concepções, como elas se originam e se alteram, pode-nos fornecer indicadores dos fatores que influenciam na decisão dos alunos para tornarem-se professores.

Por sua vez, pensar numa formação que busque a emancipação do professor como profissional pressupõe conhecer o que ele entende por matemática e como a relaciona com outras áreas que, de certo modo, nos revelam aspectos presentes na sua cultura e estão enraizados na sua tradição histórica de formação. Desse modo, será possível contrapor, a estas formas de conhecimento, alternativas de formação impulsionadas e motivadas pela reflexão, respeitando a diversidade existente.

Preparação e emancipação profissional nos cursos de licenciatura em Matemática

Neste momento, em que os cursos de licenciatura em Matemática estão em processo de (re)estruturação, consideramos indispensável, nas discussões sobre currículo, buscar momentos nos quais os futuros professores possam conhecer, entender e refletir sobre o modo como a matemática foi produzida e constituída ao longo da história da humanidade, nas diferentes culturas.

Não se trata simplesmente de uma reestruturação da grade curricular, tampouco de alterar a metodologia utilizada pelos professores que trabalham na formação, com uma perspectiva de "ensinar melhor", porque isso implicaria uma outra discussão: "melhor para quem?". Trata-se de rever a concepção de formação de professores e, então, a sua prática pedagógica.

A prática pedagógica do professor não se reduz às suas ações. Ela é a interação de diferentes contextos e sofre influência direta das práticas concorrentes (da sociedade, das políticas educativas, da cultura escolar, que disponibiliza a supervisão e o acesso a informações), além de outras práticas das licenciaturas.

A sala de aula, como espaço social de aprendizagem, é um ambiente no qual as interações de todos os parceiros, professores e futuros professores, estão organizadas sobre saberes e concepções que refletem a cultura e os contextos sociais a que pertencem.

As transformações da sociedade e dos jovens exigem uma maior profissionalização por parte dos professores, para que estes possam:

- reconstruir constantemente as condições de trabalho escolar e constituir-se como agentes de mudança;
- fazer face a públicos muito heterogêneos, trabalhando com as diferenças sem transformá-las constantemente em desigualdades;
- compreender a heterogeneidade crescente de aquisições escolares, neutralizando as causas dos insucessos;
- reconstruir seus saberes, comunicar-se, raciocinar, comparar, cooperar, transformar e decidir;
- refletir sobre suas práticas e participar da gestão e organização do sistema educativo.

Para que os futuros professores possam instrumentalizar-se para o desenvolvimento de atitudes de pesquisa nas suas atividades docentes futuras, tornando-se assim professores investigadores de sua própria prática, colocar à sua disposição pesquisas sobre a atividade escolar, assim como dar oportunidade para que investiguem a realidade da escola já nos primeiros anos do curso de licenciatura em Matemática podem ser estratégias interessantes.

Acreditamos que seja importante oportunizar ao futuro professor momentos para que ele possa aprender a construir e a comparar novas estratégias de ação, novas formas de pesquisa, novas teorias e categorias de compreensão, novos modos de definir problemas. Desse modo, o profissional poderá construir de forma idiossincrática o seu conhecimento profissional.

Seria interessante buscar uma formação na qual os futuros professores pudessem vivenciar, refletir e conscientizar-se de que a produção e a difusão de conhecimentos compõem um processo que envolve transformação, criatividade, criticidade, liberdade solidária e participação ativa na constituição dos saberes.

Os cursos de formação de professores devem renunciar à ideia de repartir o tempo disponível entre as disciplinas. De acordo com D'Ambrosio (1999), "os cursos de licenciatura insistem em ensinar teorias obsoletas, que se mantêm nos currículos graças ao prestígio acadêmico associado a elas, mas que pouco têm a ver com a problemática educacional brasileira" (p. 82).

A instituição de tempos e espaços curriculares diferenciados pode contribuir para que as práticas cognitivas e organizativas do futuro professor não se desvinculem do contexto histórico no qual aquele se forma e onde ocorrem suas constantes evoluções. Estes espaços diferenciados podem ser: oficinas, seminários, grupos de trabalhos supervisionados, grupos de estudos, tutorias e eventos, exposições e debates de trabalhos realizados, atividades culturais, dentre outros.

Por exemplo, os futuros professores poderiam ser orientados para que, no primeiro ano do curso, escolhessem um conteúdo matemático e desenvolvessem, durante todo o curso, uma atividade de pesquisa que permitisse investigar os aspectos didáticos, filosóficos, sociológicos, psicológicos e políticos do conteúdo escolhido. Esse trabalho de iniciação científica seria então considerado como trabalho de conclusão do curso (monografias), que se encerraria com reflexões do estágio supervisionado. Vale ressaltar aqui que o conteúdo matemático é apenas um motivo para se educar matematicamente, para se pensar e refletir sobre o conhecimento. Acreditamos que se faz necessário "exercer uma educação *através* da Matemática, e num sentido que coloca a escolha de conteúdo claramente como apenas uma escolha do que me vai ser útil em minha empreitada e, nunca, como uma escolha 'do que deve ser ensinado'" (LINS, 2004, p. 119).

Acreditamos que é necessário desenvolver uma visão mais holística do conhecimento para que os futuros professores tenham a oportunidade de perceber as relações[10] existentes entre a matemática e outras áreas do conhecimento no desenvolvimento da humanidade.

A matemática não pode ser vista simplesmente como instrumento ou ferramenta. Compreender essas relações pode ajudar-nos a assumir a solida-

---

[10] Uma discussão mais detalhada sobre essas relações pode ser encontrada em Cyrino (2005).

riedade como forma de conhecimento e reconhecer o outro como produtor de conhecimento: como igual (sempre que a diferença lhe acarrete a inferioridade) e como diferente (sempre que a igualdade lhe ponha em risco a identidade).

É preciso reconhecer que existem diferentes formas de conhecimento mutuamente inteligíveis por meio de uma pluralidade de isomorfismos, ancorados em práticas sociais e mantendo relações específicas entre si (Santos, 2000). E também que a matemática é mais uma dentre essas formas de conhecimento, não trata de verdades eternas, infalíveis e imutáveis, mas dinâmica, está enraizada numa trajetória histórica, no seio de uma cultura, revelando crenças e valores.

Para isso, temos que remover a "camisa-de-força" da ciência da modernidade, que conseguiu envolver-nos como uma segunda pele, considerada, por muitos, mais adequada para nós do que a do nosso próprio corpo humano. Temos que aprender a enfrentar a incerteza, já que vivemos numa época de mudanças, numa era planetária, em que os valores são ambivalentes. Temos que aprender a manter uma crítica vigilante para que a racionalidade não caia na racionalização.

Considerar que existem outras formas de conhecimento matemático é considerar que a matemática não se restringe apenas às características internalistas e de objetos simbólicos.[11] É "conceber a emergência de um conhecimento prudente para uma vida decente, um conhecimento que, aprendendo na trajectória que vai da ignorância colonialista ao saber solidário, reconhece a ordem que encerra as experiências e as expectativas, as acções e as conseqüências" (Santos, 2000, p. 253).

Nos cursos de licenciatura em Matemática, o futuro professor deve ser despertado para a importância de valorizar e fortalecer as experiências culturais e sociais dos seus futuros alunos para que se possa construir uma sociedade mais ética, fraterna e solidária. Uma ética diferente daquela que tem valores como princípios – já que todas as culturas têm valores, virtudes, experiências, sabedorias e crenças diferentes, ao mesmo tempo em que têm carências e ignorâncias –, mas uma ética que tenha como princípio a vida, o respeito mútuo, a solidariedade e a cooperação.

Um programa de formação inicial de professores de Matemática que incorpore a matemática e os espaços reservados a ela para se educarem as pessoas para a compreensão no presente poderá desencadear uma etnomatemática[12] que possibilite garantir a solidariedade intelectual e moral da humanidade no futuro.

---

[11] Lins (2004).
[12] D'Ambrosio (2001).

Referências

BRASIL. *Proposta de diretrizes para a formação inicial de professores da Educação Básica, em cursos de nível superior.* Brasília: MEC, 2000.

CHAMIE, Luciana M. S. *A relação aluno-matemática: alguns dos seus significados.* Rio Claro: IGCE/UNESP, 1990.

COUSINET, Roger. *A formação do educador e a pedagogia da aprendizagem.* São Paulo: EDUSP, 1974.

CYRINO, Márcia C. C. T. *As várias formas de conhecimento e o perfil do professor de Matemática na ótica do futuro professor.* 2003. Tese (Doutorado em Educação Ensino de Ciências e Matemática) Universidade de São Paulo – Feusp, São Paulo, 2003.

CYRINO, Márcia C. C. T. A formação do professor de Matemática: reflexões e experiências. In: ENCONTRO NACIONAL DE EDUCAÇÃO MATEMÁTICA, 2004, Recife. *Anais – VIII Encontro Nacional de Educação Matemática.* 2004. p. 24-40.

CYRINO, Márcia C. C. T. A Matemática, a arte e a religião na formação do professor de Matemática. *BOLEMA.* Ano 18, n° 23. Rio Claro: Unesp/IGCE, 2005. p. 41-56.

CYRINO, Márcia C. C. T.; BURIASCO, Regina L. C. Metodologia e prática de ensino de Matemática I e II, com estágio supervisionado/UEL: um relato de experiência. In: SEMINÁRIO DE LICENCIATURAS EM MATEMÁTICA, 2003, Salvador. *Anais do I Seminário de Licenciaturas em Matemática.* Salvador: SBEM, 2003. p. 132-142.

D'AMBROSIO, Ubiratan. *Educação para uma sociedade em transição.* Campinas: Papirus, 1999.

D'AMBROSIO, Ubiratan. Paz, Educação Matemática e Etnomatemática. *Teoria e Prática da Educação*, Maringá, v. 4, n. 8, p.15-33, 2001.

FRAGA, Maria L. A. *Matemática na escola primária: uma observação do cotidiano.* São Paulo: IME-USP, 1993.

GARCIA, Carlos M. *Formação de professores: para uma mudança educativa.* (1.ed. 1995) Trad. Isabel Narciso. Porto: Porto Editora, 1999.

LINS, Rômulo C. Matemática, monstros, significados e Educação Matemática. In: BICUDO, M. V.; BORBA, M. C. *Educação Matemática: pesquisa em movimento.* São Paulo: Cortez, 2004. p. 92-120.

MACHADO, Nilson J. *Matemática e língua materna.* São Paulo: Cortez, 1990.

MORIN, Edgar. *Método III: o conhecimento do conhecimento 1.* Rio Grande do Sul: Sulina, 1999.

PÉREZ GÓMEZ, Angel P. O pensamento prático do professor: a formação do professor como profissional reflexivo. In: NÓVOA, Antonio (Ed.). *Os professores e a sua formação.* 2. ed. Lisboa: Dom Quixote, 1995. p. 93-114.

PERRENOUD, Philippe. *Práticas pedagógicas, profissão docente e formação.* Lisboa: Dom Quixote, 1993.

PONTE, João P. Concepções dos professores de matemática e processos de formação. In: BROWN, M.; FERNANDES, D.; MATOS, J. F.; PONTE, J. P. (Eds.). *Educação Matemática.* Lisboa: Instituto de Inovação Educacional, 1992. p. 185-239.

PONTE, J. P. Investigar a nossa própria prática. In: GTI (Ed.). *Refletir e investigar sobre a própria prática profissional*. Lisboa: APM, 2002. p. 5-28.

SANTOS, Boaventura S. *A crítica da razão indolente: contra o desperdício da experiência*. São Paulo: Cortez, 2000.

SANTOS, Vinício M. *O infinito: concepções e conseqüências pedagógicas*. 1995. Tese (Doutorado) – Universidade de São Paulo. São Paulo.

SILVA, Maria R. G. Prática Pedagógica do Professor-Pesquisador em Matemática: analise de observações de aula. *Zetetiké*. Campinas: v. 4, n. 5, p. 77-88, 1996.

O professor de Matemática e sua formação: a busca da identidade profissional

Maria Auxiliadora Vilela Paiva

Em 2001, o Conselho Nacional de Educação apresentou diretrizes Gerais para a formação de professores, as quais têm implicações diretas na reformulação dos cursos de Licenciatura e, em particular, no de Matemática. A Sociedade Brasileira de Educação Matemática – SBEM – promoveu em 2002 fóruns estaduais e nacionais para discutir as licenciaturas, elaborando, ao final, um documento síntese das discussões realizadas nesses fóruns e de artigos publicados pela comunidade acadêmica da SBEM.

Por outro lado, a LDB de 1996 estabelece que o professor é um profissional da Educação que deve ter plano de carreira, acesso à formação inicial e continuada, progressão funcional e condições adequadas de trabalho. Nos pressupostos do Título VI Dos profissionais da Educação – artigo 67 da LDB, fica claro o significado da noção de professor como um profissional da educação, sua valorização promovida pelos sistemas de ensino e o modo como a formação inicial e continuada pode contribuir para que o professor se perceba como um profissional.

Em nível nacional existem várias propostas de políticas públicas destinadas a garantir que disposições da LDB a respeito do professor e sua formação sejam discutidas. No entanto, não pretendemos analisá-las aqui.

Este artigo pretende enfocar alguns dos aspectos fundamentais de um curso de formação inicial e continuada de professores de Matemática, discutindo uma formação que avance no sentido do desenvolvimento profissional do professor, com vistas à construção de uma identidade a qual garanta que esse se perceba como profissional da Edu- cação. Iniciamos por analisar as competências fundamentais do professor, enfatizando o papel dos saberes pedagógico-disciplinares na formação e à discussão de uma metodologia que garanta a formação desse professor em busca da sua identidade profissional.

Como estudo de caso da formação inicial, consideramos o curso de Licenciatura em Matemática do Cesat – Escola Superior de Ensino Anísio Teixeira – Serra

– ES, cujos atores são os alunos e os professores. A primeira turma do curso teve início em agosto de 2002, e a pesquisa em questão tinha como propósito verificar se o curso, com um currículo voltado para a formação de um educador matemático, atendeu aos objetivos estabelecidos no curso. Ressaltamos que o projeto do curso enfatiza a importância das interações sociais e do contexto político e social para a formação do professor, prevendo espaços curriculares em que esse profissional em formação possa refletir criticamente sobre os diversos aspectos da prática pedagógica, dialogando com diversos interlocutores como as instituições escolares; seus colegas, muitos já professores; os docentes da Faculdade; a comunidade em que está inserido; palestrantes convidados; etc. A identidade do curso tem como características a ênfase na teoria e prática pedagógica, o vínculo com a prática profissional, a abertura às novas tecnologias, prioridade à lógica investigativa como processo de construção do conhecimento, os projetos integradores (interdisciplinares) e o cuidado no que se refere às dimensões pessoal e profissional. Neste artigo, fazemos um recorte desse estudo, apontando como os alunos do curso, já professores, veem sua formação e a mudança em sua prática profissional.

As teorias que embasam a proposta do currículo de Licenciatura em Matemática do Cesat

O CAMINHO TRILHADO E AS TEORIAS QUE O EMBASAM

Em nossos estudos anteriores sobre a formação de professores (PAIVA, 2001, 2002), tínhamos por objetivo refletir sobre a formação inicial e continuada de forma a avançar sobre o que precisa saber um professor de Matemática e o que o torna competente e capaz de construir saberes ao longo da profissão.

Hoje, além dessas questões, pretendemos levantar subsídios para uma metodologia de formação que contribua para a construção de uma identidade profissional do professor de Matemática.

Surgem questões do tipo: que metodologias são próprias para que esse aluno se veja como um profissional da educação e tenha atitudes compatíveis com sua profissão?

Levantamos, primeiramente, alguns aspectos da formação que julgamos relevantes para o projeto pedagógico do curso de Licenciatura do Cesat e para a construção de uma metodologia de formação, os quais retrataremos a seguir.

Comecemos com uma das grandes questões do ensino-aprendizagem que é a "transposição didática" (CHEVALLARD *et al.*, 1991),

> Um conteúdo de saber que tenha sido definido como saber a ser ensinado passa, a partir de então, por um processo de transformação fazendo ajustes e adaptações para torná-lo capaz de ocupar um lugar entre os objetos de

ensino. O "trabalho" que faz de um objeto de saber a ser ensinado em um objeto de ensino é chamado de transposição didática (CHEVALLARD, 1985, p. 39, tradução nossa).

Assim, ensinar uma disciplina, em nosso caso a Matemática, requer de quem exerce essa função um domínio de conhecimento diferente do exigido para ser matemático. A Matemática que se trabalha na escola possui características próprias, que a diferencia, em muitos spectos, das obras originais, devendo ser recriada sob certas condições diferentes das que propiciaram sua construção inicial. Segundo Chevallard *et al.* (2001), a Transposição Didática se dá em etapas e a última delas se dá dentro do processo didático, de modo a tornar a obra matemática apta a ser trabalhada no contexto escolar. Ao professor é, pois, conferida a autoria de uma parte dessa transposição, o que lhe exige uma competência, além de conhecimento dos conteúdos específicos.

Para que o professor tenha a competência de transpor adequadamente para a sala de aula os conteúdos a serem trabalhados, alguns saberes devem ser adquiridos. Ao referir-se aos conhecimentos e competências de que um professor precisa para ensinar uma determinada disciplina, Shulman (1986) distingue três categorias de saber: o da disciplina, o pedagógico-disciplinar e o curricular, e dá uma importância especial ao saber pedagógico-disciplinar por considerar que este trata das questões de ensino-aprendizagem, isto é, da forma como o professor aborda os conteúdos matemáticos em sala de aula, sobre diversos contextos, e de que maneira os alunos os apreendem.

Para que o conhecimento pedagógico-disciplinar seja construído, faz-se necessário, além de uma formação que propicie um conhecimento amplo e ao mesmo tempo diversificado da Matemática, que esses conteúdos sejam vistos sob vários enfoques, aliados ao aspecto epistemológico e histórico da construção dos conceitos. Ressaltamos que o professor de Matemática deve ter, além de um domínio amplo da disciplina a ser ensinada e de metodologias diferenciadas, a habilidade de articular seus conhecimentos, pois como diz Sztajn (2002, p. 21), ele "precisa ser capaz de articular seu saber, pois aquilo que é apenas tacitamente aceito não pode ser explicitamente ensinado".

Dessa forma, acreditamos que o professor possa ter uma autonomia intelectual e uma autoria que o torne capaz de construir seu próprio currículo, mediando o conhecimento historicamente construído e o que realmente fará parte da construção escolar pelos alunos dentro de uma perspectiva social e cultural. Ele, portanto, deve ser capaz de transformar esse conhecimento em algo que pedagogicamente tenha significado e, ao mesmo tempo, esteja no nível das habilidades e conhecimentos de seus alunos, garantindo a formação de novas competências. Para Shulman, essa *transformação* está ligada ao saber pedagógico-disciplinar do professor.

Ao longo do tempo, podemos nos referir também ao fato de que a identidade do professor e o que se esperava desse profissional mudaram de acordo com os interesses políticos, sociais e culturais. Nossa escola sofreu modificações estruturais e o papel do professor também, interferindo em sua identidade.

Nas duas últimas décadas do século XX, um novo paradigma de produção do saber docente é estabelecido. Surge o movimento do professor como aquele que reflete, investiga e constrói seu saber. Este movimento da prática reflexiva emerge, num primeiro momento, como uma reação ao tecnicismo já instalado, como uma crítica à "Racionalidade Técnica", na qual o professor é um executor de regras preestabelecidas; chega, também, para romper com a cultura de que somente os pesquisadores de centros de pesquisas e universidades produzem conhecimentos, os quais cabe ao professor reproduzir com eficácia.

É dentro deste quadro que Zeichner (1998) critica a falta de respeito ao saber dos professores e propõe o trabalho docente como um processo reflexivo, enfatizando a necessidade de um profissional que constrói em sua prática os saberes que a irão conduzir, tendo, portanto, uma atitude ativa, tanto no planejamento de suas funções como na execução de suas ações em sala de aula. Destaca Zeichner que esse professor precisa de reconhecimento e, como diz Nóvoa (1992, p. 25): "Estar em formação implica um investimento pessoal, um trabalho livre e criativo sobre os percursos e os projetos próprios, com vista à construção de uma identidade, que é também uma identidade profissional".

Saber por que se ensina, para que se ensina, para quem e como se ensina é essencial ao fazer em sala de aula. O professor precisa estar em constante formação e processo de reflexão sobre seus objetivos e sobre a consequência de seu ensino durante sua formação, na qual ele é o principal protagonista, assumindo a responsabilidade por seu próprio desenvolvimento profissional, e na qual seus "saberes práticos" (Tardif, Lessard, Lahaye, 1991) – e não saberes da prática ou saberes sobre a prática – são construídos. "A esse conjunto de saberes produzidos pela ação reflexiva/investigativa dos professores sobre seu fazer pedagógico, Gauthier (1998) o tem chamado de *saber da ação pedagógica*" (Fiorentini, 1999a, p. 3).

É dessa forma que, na década de 1990, a partir de toda a discussão sobre de quais saberes um professor precisa para se constituir num profissional da educação, surge a valorização dos saberes da experiência. Várias pesquisas – Tardif, Lessard e Lahaye (1991), Gauthier e Tardif (1997), Tardif (2002), Gauthier *et al.* (1998), Sztajn (1995), Ponte (1996), Fiorentini (1999b) e Paiva (1999, 2001) apontam para o fato de que os saberes que os professores adquirem durante sua formação e durante sua vida profissional são em grande parte responsáveis por seu fazer em sala de aula. A partir desses conhecimentos e crenças, é que o professor interpreta, compreende e conduz sua prática docente em relação à Matemática, constituindo o que poderíamos chamar de "concepções docentes em ação" (Paiva, 1999).

Na segunda metade da década de 1990, a discussão centra-se na questão do desenvolvimento profissional do professor. Faz-se necessária uma formação que garanta ao futuro professor ser agente da construção e da gerência de seus conhecimentos. Ponte (1996) debruça-se sobre a noção de desenvolvimento profissional dos professores de Matemática, ressaltando a importância de se trabalhar nesta perspectiva por estarmos inseridos numa sociedade em constantes mudanças, que impõe à escola responsabilidades cada vez maiores e complexas. Dessa forma, os conhecimentos e competências adquiridos pelos professores durante sua escolarização tornam-se, na maioria das vezes, insuficientes para o exercício de suas funções. A noção de desenvolvimento profissional é uma noção próxima da noção de formação, não lhe sendo, entretanto, equivalente. Para ele, na formação, o movimento é de fora para dentro, cabendo ao professor absorver os conhecimentos que lhe são transmitidos, enquanto que no desenvolvimento profissional o movimento é de dentro para fora, na medida em que os professores tomam as decisões em relação às questões que querem considerar e aos projetos que querem desenvolver. Dessa forma, o professor "é objeto na formação, mas é sujeito no desenvolvimento profissional" (PONTE, 1996). A formação preocupa-se com o que o professor não sabe, partindo de teorias e não avançando na maioria das vezes para outros aspectos, enquanto que o desenvolvimento profissional, procura desenvolver aspectos que ele já tenha, mas que pode aperfeiçoar, aliando teoria e prática, e a essas suas vivências e experiências. Trabalhar na perspectiva do desenvolvimento profissional é ver o professor com potencialidades próprias, como um profissional autônomo e responsável pela construção de seus saberes.

Ao assumirmos que o professor constrói, ao longo de sua carreira, saberes da experiência e que seu desenvolvimento profissional depende do modo como ele produz conhecimentos sobre essa prática, sua formação não pode mais ser fundamentada numa prática idealizada ou na tradição pedagógica. Segundo Gauthier e Tardif (1997, p. 37-49), o professor é considerado um profissional que reflete ao planejar a ação, durante essa ação e após a ação, construindo dialeticamente seu conhecimento profissional aliado à teoria que o embasa. Dessa forma, tão importante quanto saber de que competências e saberes o futuro professor precisa para se constituir num bom profissional é saber como eles são construídos e desenvolvidos durante sua formação. É dentro dessa concepção que passaremos a discutir uma formação inicial e continuada de professores que propicie mudanças substanciais na prática docente.

A EPISTEMOLOGIA DA PRÁTICA

Para Tardif (1991), faz-se necessário que nos tempos atuais a formação se baseie numa nova epistemologia. A "epistemologia da prática", que ele define como "o estudo do conjunto de saberes utilizados realmente pelos professores, em seu espaço de trabalho cotidiano, para desempenhar todas as suas tarefas". Assim, a formação do professor, segundo esta epistemologia, daria um novo significado à escola e à profissão docente, pois "a prática [de sala de aula] passa de campo de aplicação a campo de produção de conhecimento, conferindo-se legitimidade aos saberes práticos" (SALGADO, 2003).

Nos estudos a respeito das pesquisas brasileiras sobre formação do professor nos últimos 25 anos, feitos pelo GEPFPM – Grupo de Estudo e Pesquisa sobre Formação de Professores de Matemática – UNICAMP, essa mudança de paradigma está presente, justificada pela crença de que

> as propostas embasadas em aportes teórico-científicos, consistiam em simplificações da prática profissional e reduziam o problema à sua dimensão apenas instrutiva e, portanto, técnica, ignorando a dimensão formativa e humana da prática educativa, o que a torna complexa e plural. (FIORENTINI *et al.*, 2002, p. 157)

Em 1991, quando Tardif, Lessard e Lahaye iniciaram essa discussão, dando aos saberes dos professores o *status* de objeto epistemológico, classificaram os saberes como: disciplinar, curricular, profissional e da experiência. Enfatizavam que o conhecimento que o professor adquire durante sua formação profissional, nas disciplinas matemáticas e pedagógicas, parece não ter nenhuma relação com sua prática. Esses conhecimentos "se incorporam efetivamente à prática docente sem serem, porém, produzidos ou legitimados por ela". (TARDIF, LESSARD, LAHAYE, 1991, p. 221). Por um lado, o professor é simplesmente um "agente de transmissão" dos conteúdos matemáticos culturalmente impostos por grupos (os matemáticos) produtores de saberes sociais. Não é visto e não se sente como aquele que produz e controla o conhecimento em sua prática. É como se os conhecimentos adquiridos nos cursos de licenciatura fossem algo externo à sua prática. Esses conteúdos precedem e dominam sua prática e não são provenientes dela. Por outro lado, a partir de experiências profissionais, os professores adquirem conhecimentos e crenças sobre a Matemática que passam a dominar sua prática. Passam então a se distanciar dos conhecimentos e crenças adquiridos durante sua formação. Esses saberes, "saberes da experiência", segundo Tardif, Lessard e Lahaye (1991), constituem um conjunto de conhecimentos que não são sistematizados por teorias: "eles são saberes práticos e não da prática: eles não se aplicam à prática para melhor conhecê-la, eles se integram a ela e são partes constituintes dela enquanto prática docente" (p. 228).

Dentro deste contexto, podemos dizer que os saberes do professor são temporais, surgem de sua múltiplas experiências, sendo provenientes de várias fontes, o que demonstra a historicidade do conhecimento (TARDIF, 2002).

Com base nesses autores, temos que admitir que a formação inicial não garante os conhecimentos necessários à prática profissional. Os primeiros anos da vida profissional são extremamente importantes para a formação do professor, envolvendo novas aprendizagens que vão além da simples aplicação dos conteúdos vistos nas licenciaturas e nos cursos de Pedagogia ou Normal Superior. A epistemologia da prática, tendo o cotidiano do professor como objeto de conhecimento, considera a integração pessoal e profissional nessa aprendizagem. As dimensões do saber, saber fazer e saber ser e conviver são identificadas no profissional da educação pelos teóricos como Huberman (2000), Goodson (2000),

Perrenoud (2001) e Ponte (1996), que seguem essa linha de pensamento visando ao desenvolvimento profissional, ou seja, buscando a construção de uma identidade profissional.

Ao nos referirmos à identidade do professor, levamos em conta o campo individual, considerando o que ele pensa de si próprio como indivíduo, isto é, as ideias e representações que desenvolveu sobre si mesmo. No plano coletivo, temos que considerar os papéis que desempenha em cada grupo social a que pertence, principalmente nas associações sociais e nas instituições de ensino (profissionais). A forma como o professor se relaciona e interage nos ambientes em que vive e a maneira como desempenha seus papéis nos grupos onde atua tem influência na construção de sua identidade, pois esta é fruto de vários fatores e vivências e possui diferentes dimensões que se articulam e mudam a cada nova experiência vivida. Segundo Nóvoa (2000, p. 16), "a identidade não é um dado adquirido, não é uma propriedade, não é um produto. A identidade é um lugar de lutas e de conflitos, é um espaço de construção de maneiras de ser e de estar na profissão".

A construção de identidades é um processo complexo, ao levarmos em conta a apropriação que cada um faz de suas experiências vividas, de sua história, e a autoria que muitas vezes confere aos saberes adquiridos. Quando Nóvoa (1992) e Sztjan (2000) questionam o fazer do professor em sala de aula e os motivos que o levam a agir de uma ou de outra forma, referem-se às rotinas, comportamentos e gestos consolidados a partir das experiências, interações e escolhas feitas ao longo desse processo, o que passa também pela capacidade de o professor exercer com autonomia, com autoria, suas atividades e pelo sentimento de que controla seu trabalho.

Voltamos, pois, à dimensão humana da prática educativa e a uma relação que permita ouvir e dar voz ao professor, conferindo *status* de grande importância aos seus relatos, quando fala de seu trabalho, e à pesquisa e formação que tais relatos de sua trajetória de vida e de suas experiências promovem.

Segundo Goodson (2000), nos dias atuais, ao considerarmos este novo paradigma de formação, "a preocupação com o cantor e não com a canção precisa ser, rigorosamente, avaliada em nossos estudos" (p. 71). Diz ele: "no mundo do desenvolvimento dos professores, o ingrediente principal que vem faltando é a voz do professor" (p. 69). Reafirmamos que, na formação – quer inicial, quer continuada –, o professor precisa ser visto como seu agente e as pesquisas sobre formação devem ser pautadas por uma ação *com o professor, e não sobre o professor.*

Como, então, os cursos de formação inicial, no nosso caso a Licenciatura, estão contribuindo para a construção dos saberes próprios da profissão docente e para a construção de uma identidade profissional, tão necessários para o bom desempenho da profissão?

Relatamos a seguir o caso do curso de Licenciatura do Cesat, o qual é objeto de constantes pesquisas pelo grupo que o compõe, em questões relativas não apenas à forma como o professor constrói ao longo de sua formação e de sua carreira os saberes necessários para desenvolver bem suas tarefas, mas também à forma como se dá a dinâmica do processo de construção da identidade do professor ao longo da formação inicial e continuada.

O curso de Licenciatura do Cesat: em busca da identidade profissional do professor

O CURSO: SUAS CARACTERÍSTICAS E AS CONCEPÇÕES QUE AS EMBASAM

O curso de Licenciatura em Matemática do CESAT foi criado em 2001, tendo sido aprovado pelo MEC no segundo semestre desse mesmo ano. O primeiro vestibular ocorreu em fevereiro de 2002. No primeiro semestre do curso, devido ao baixo rendimento no exame do vestibular ocorrido em fevereiro, optamos por oferecer uma turma de nivelamento e iniciamos o curso propriamente dito em agosto de 2002. Após três anos de idas e vindas, de acertos e erros, relatamos o projeto do curso à luz das concepções que o embasam.

Por se tratar de um curso que irá formar professores para atuarem no ensino fundamental e médio, no currículo proposto priorizam-se disciplinas e atividades que visem à formação integral desses professores. Fazem parte do currículo disciplinas de História da Matemática, Filosofia, Sociologia, Psicologia e as demais disciplinas pedagógicas, além daquelas denominadas "Teoria e Prática Pedagógica". Por ser um curso noturno, as atividades relativas ao Laboratório de Ensino e as atividades extraclasse são desenvolvidas em outros horários.

Com a concepção de que o curso de Licenciatura deve garantir ao futuro professor, além da construção dos saberes disciplinares e curriculares, os saberes "pedagógico-disciplinares"(SHULMAN, 1986) e os "saberes da experiência", (TARDIF, LESSARD e LAHAYE,1991), (GAUTHIER; TARDIF,1997), (TARDIF, 2002), a fim de capacitá-lo a assumir a tarefa educativa em sua complexidade, "atuando com a flexibilidade e com o rigor necessários, isto é, apoiando suas ações em um fundamentação válida" (GARNICA; MARTINS, 2002), organizou-se o curso interligando o currículo proposto, atividades extraclasse e educação continuada, tomando por base os seguintes princípios: formação integral de um profissional da educação com uma bagagem no âmbito cultural, psicopedagógico e pessoal; desenvolvimento profissional, com vistas à construção da identidade do professor, que se inicia na graduação, e pela qual o licenciando se torna responsável; disciplinas matemáticas e pedagógicas com enfoques que fujam de uma visão de valorização apenas de conteúdos e que sejam articuladas para uma construção significativa de suas estruturas; aquisição de um conhecimento sólido do conteúdo matemático, que deve passar pelo enfoque da instrumentalização para o ensino; disciplinas pedagógicas, interligadas às de conteúdo específico, que levarão em conta a construção do conhecimento matemático, as discussões recentes da psicologia cognitiva, a diversidade e a realidade dos grupos sociais que frequentam nossas escolas, com o intuito de realmente instrumentalizar o futuro professor para atuar de forma crítica e autônoma em seu trabalho de sala de aula e na escola.

Os três módulos: o currículo proposto, as atividades extraclasse e a formação continuada desenvolver-se-ão concomitantemente, com o objetivo de estimular no aluno "atitude de reflexão e de investigação" em Matemática e em Educação Matemática. A Prática Pedagógica, iniciada no primeiro ano, e o Estágio (5º período) têm como característica básica desenvolver a formação continuada dos licenciandos dentro de um espírito investigativo e de reflexão, que lhes proporcione um conhecimento motivador de atitudes que conduzam à conscientização de uma atualização permanente, buscando formar um profissional capaz de exercer liderança social, intelectual e política na Educação de nosso Estado.

Entendemos por instrumentalização para o ensino a discussão permanente de pesquisas da área da Educação Matemática, elaboração de propostas de ensino, bem como sua aplicação em salas de aulas do ensino fundamental e médio, além de trocas de experiências com professores que atuem nessas salas de aula. Fazem parte integrante da formação proposta a elaboração de materiais didático-pedagógicos, a análise e discussão crítica de livros didáticos, a discussão do papel da História da Matemática no ensino-aprendizagem da Matemática, visando à formação de um professor capaz de construir no dia a dia saberes docentes que o ajudarão a propor alternativas efetivas para o ensino-aprendizagem da Matemática em sua prática, a partir de um espírito de investigação e reflexão, e que saiba adequar-se às exigências do contexto em que irá atuar. As disciplinas denominadas teoria e prática pedagógica, que ocorrem desde o primeiro semestre do curso, têm por objetivos garantir: discussões sobre a pesquisa em sala de aula; discussões e elaboração de currículo; elaboração de sequências didáticas; análise de livro-texto; elaboração de material didático; conhecimento de Projetos Pedagógicos das escolas pesquisadas (espera-se, inclusive, a participação dos licenciandos, se possível, na sua elaboração e/ou discussões para aprimoramento). Essas disciplinas, em busca da construção do saber pedagógico-disciplinar, desenvolvem-se de forma interdisciplinar, com uma ligação estreita entre elas, exigindo da equipe de professores reuniões regulares e um permanente replanejamento das ações.

Com respeito a essa formação integral, são desenvolvidos ao longo do semestre, em todos os períodos, projetos os quais denominamos de *integradores*, com envolvimento de todas as disciplinas, sempre que possível. Além dessas atividades, as disciplinas, principalmente as referentes à prática de sala de aula, estão ligadas às atividades de pesquisa, ensino e extensão e integradas às ações do laboratório de ensino.

O estágio supervisionado amplia as concepções anteriores à nova LDB e passa a ser um espaço em que o aluno possa refletir sobre situações que lhe possibilitem: conhecer a realidade complexa da Escola Pública e da sala de aula de um modo geral; entender e participar das relações e tensões existentes no espaço escolar; analisar os anseios dos diversos segmentos envolvidos no processo educacional; entender qual o papel social, político, cultural e educacional que a escola desempenha na sociedade em que vivemos, pois acreditamos que esta identidade só será construída se o aluno tiver essa vivência na qual ele constrói saberes necessários ao profissional da educação dentro da realidade em que vivemos. Acreditamos que só assim ele poderá ser um agente de mudanças no ensino de nossas escolas.

Quanto à construção do conhecimento matemático pelo licenciando, entendemos que ele se dá como um processo que, a partir do estágio de conhecimentos que o aluno possui e traz de sua formação anterior, utiliza situações e estratégias diversas, permitindo ao aluno estabelecer relações, significados e construir novos conhecimentos, ou ampliar os que já possui. Essa construção não pode ignorar os aspectos históricos e sociais responsáveis por esse conhecimento, bem como sua utilização e suas transformações ao longo do tempo. A formação matemática dos licenciandos será necessariamente deficiente se não lhes der a oportunidade de construir um conhecimento aprofundado das diversas áreas da Matemática e de percorrer um leque variado de experiências matemáticas, incluindo a realização de trabalhos investigativos, resolução de problemas, modelagem matemática etc.

Para operacionalizar o projeto pedagógico do curso de Licenciatura em Matemática, são traçadas metas e definidas as ações necessárias,uma das quais é tornar o Laboratório de Ensino, no qual as atividades de ensino, pesquisa e extensão são uma constante, um espaço para elaborar e difundir materiais didático-pedagógicos. Neste sentido, alguns projetos com a comunidade e com a Secretaria de Educação da Serra já estão em execução e envolvem alunos e professores do curso em atividades de ensino, pesquisa e extensão. Os trabalhos de final de curso monografias apresentados ao final do ano de 2005, frutos de pesquisas desenvolvidas pelos alunos sob orientação dos professores, tiveram como enfoque o fazer em sala de aula, tanto no ensino básico, como no superior e no EJA.[1] Os temas trabalhados foram: "A escolha do livro didático no Município da Serra", "O uso de mapas conceituais no curso de Licenciatura do Cesat", "A informática educacional", "A resolução de problemas no ensino de funções", "A modelagem matemática no ensino de funções", "Artes como recurso didático para um trabalho de simetria", "A construção do pensamento algébrico: uma análise dos erros dos alunos", "O uso da calculadora em uma escola família-agrícola", "A construção do conceito de porcentagem numa turma do EJA no Município de Vitória".

---

[1] EJA – Educação de Jovens e Adultos.

Como outras ações correlatas à formação inicial, já em andamento, temos o grupo permanente de estudos na área de formação do professor, que desenvolve no curso de aperfeiçoamento um projeto de formação continuada, via um trabalho colaborativo de reflexão e pesquisas de questões relativas às salas de aula, com o envolvimento de licenciandos e de professores do ensino fundamental e médio. Temos um curso de especialização em Educação Matemática em andamento e estamos enviando à CAPES, neste semestre, um projeto de mestrado profissional.

O curso está em seu quarto ano e uma boa parte da equipe inicial tem se mantido, de forma que o projeto vem sendo desenvolvido segundo os princípios estabelecidos. A participação e o interesse dos alunos são visíveis, bem como o crescimento intelectual e pessoal da maioria.

Contamos com quinze professores, sendo nove da área de Matemática e Educação Matemática, responsáveis pelas disciplinas de conteúdo matemático, disciplinas de prática pedagógica em matemática e estágio; um da área de ensino de Física; e os demais professores das áreas de Psicologia, Língua Portuguesa, Educação, Filosofia e Sociologia. Temos reuniões periódicas por período e uma vez ao mês com todos da equipe, além da reunião bimestral de toda a faculdade com as coordenações e direção pedagógica, tendo todas essas reuniões caráter de formação.

As primeiras três turmas foram diferentes em vários aspectos, mas com um ponto em comum no que se refere à defasagem de aprendizagem, pois um terço desses alunos não possuía os conteúdos mínimos para cursar as disciplinas do período. Os problemas de convivência, os quais ainda se fazem presentes no curso, têm a competição um dos fatores complicadores. Na busca de soluções para problemas como este, partimos do princípio de que esse projeto não ocorre num campo isolado e neutro, mas teríamos que considerar o contexto e o comportamento de nossos alunos em nossas ações de sala de aula, para que a resolução de problemas, a metodologia adotada, as atitudes e as relações sejam tratadas dentro da realidade vivida.

O fato de termos um grupo de alunos muito heterogêneo dificultou a princípio o trabalho. Tivemos várias reuniões com as turmas, com os líderes de turma, nas quais as dificuldades dos grupos foram colocadas e analisadas por todos. A equipe de professores se reuniu periodicamente e até extraordinariamente para tratar das questões de cada turma e para definir como agir com metas bem traçadas para alcançar os objetivos da proposta do curso. Os problemas têm sido tratados, em sua maioria, no âmbito da sala de aula com espaços para reflexão.

Ao nos referirmos à primeira turma, que se graduou no segundo semestre de 2005, podemos dizer que teve um crescimento qualitativo em aspectos como: apropriação dos conteúdos, interações sociais e desenvolvimento pessoal. Podemos classificá-la, em termos de dificuldades, em duas categorias: os que acompanhavam com uma certa facilidade o curso, engajando-se em várias ações, sentindo-se mais confiantes, e os que passaram a acreditar em suas possibilidades e estudaram muito e, consequentemente, obtiveram um salto qualitativo nas questões conceituais e atitudinais (grupo maior). As questões relativas à autoestima foram pontos bem trabalhados pela equipe, já que parte desses alunos nunca foi valorizada em seu saber, além de não ter tido experiências ricas durante sua formação em nível básico.

A turma do quinto período, inicialmente com 45 alunos, no primeiro ano, mostrou-se muito participativa e colaboradora. No entanto, nos dois primeiros meses do terceiro período, afloraram sérios problemas de organização de estudos e de entrosamento entre grupos. Essas questões tornaram-se um complicador para a aprendizagem, para a autoestima dos alunos e para o relacionamento com a equipe de professores, gerando insatisfações e conflitos. A princípio, pensávamos que a saída de 30% dos colegas teria sido o motivo da crise. Após várias reuniões de professores e reflexões conjuntas com toda a turma, pudemos perceber que o cansaço por trabalharem todo o dia e estudarem à noite, após um ano neste ritmo, e as dificuldades de concentração geraram defasagem de aprendizagem neste semestre, o que os desmotivou. Tomamos algumas decisões de mudança de postura tanto de professores como da turma, iniciando monitorias e orientando os alunos a se organizarem em grupos de estudo para sanarem as dificuldades e interagirem mais. O fato de tratarmos o problema no âmbito da sala de aula, com a participação de todos, fez com que já sentíssemos mudanças na turma, a qual vem se mostrando mais ativa na organização do evento do dia da Matemática.

Por outro lado, alguns alunos dessa turma, quando se encontravam no terceiro período nos surpreenderam ao exigirem, por iniciativa própria, junto à Secretaria de Educação, que as vagas de contratação temporária (DT) não ficassem com os formados em curso superior de engenharia, economia, administração, pois consideram que os alunos de uma Licenciatura em Matemática têm muito mais condições de assumir uma sala de aula, mesmo porque a Faculdade lhes dá assessoria direta nas questões de conteúdo e de gestão de sala de aula. Conseguiram as vagas e ainda empregaram vários colegas. Esta postura é um indicativo de que estão se vendo como professores de Matemática, valorizando o curso e buscando sua identidade profissional.

O atual terceiro período começou com 50 alunos e já teve 20% de desistência devido, em sua maioria, à falta de entendimento quanto aos objetivos do curso e quanto à seriedade da equipe e da Faculdade. É um grupo com menos problemas de defasagem de aprendizagem e que estuda e participa bastante. O trabalho de formar realmente uma equipe, estimular os alunos a interagir com os colegas, formar grupos de estudos, atuar no laboratório de ensino e nos eventos, saber relacionar-se eticamente e ver-se como aluno e professor (muitos já lecionam) tem sido uma constante em todas as ações da equipe de professores. Em nossas reuniões, metas neste sentido foram traçadas. O projeto integrador sobre

"As diversas linguagens e códigos", envolvendo as disciplinas de Resolução de Problemas, Filosofia, Fundamentos de Matemática Elementar I, História da Matemática e Produção de Texto, desenvolvido por esta turma quando cursava o primeiro período, ajudou na integração, comunicação e motivação da turma. É uma turma com a maioria dos alunos recém-saída do ensino médio, com características bem diferentes das demais. Atualmente, esses alunos desenvolvem uma pesquisa sobre "Analfabetismo funcional em Matemática" em turmas de quinta a oitava série do ensino fundamental.

Iniciou-se no primeiro semestre de 2006 mais uma turma com 40 alunos, em sua maioria, oriundos do projeto Nossa Bolsa da SEDU-ES.[2] A turma é bem motivada e aberta a mudanças, no entanto, nos primeiros diagnósticos feitos por meio de questionário e observações em aula, percebemos que os problemas de defasagem de aprendizagem e o medo de errar em Matemática existem. Em reuniões com toda a equipe já traçamos metas e ações a curto prazo de forma a contribuir na resolução desses problemas, sem que os objetivos propostos no curso fiquem comprometidos.

As várias relações significativas que podem ser estabelecidas entre cognição e afeto, segundo nos apresenta Chacon (2003, p. 137-143), como curiosidade, desorientação, tédio, pressa, nervosismo, reclamações, desespero, ânimo, confiança, excelência, prazer, indiferença e tranquilidade são observadas nesses grupos ao trabalharmos conceitos novos, em geral via uma metodologia baseada na resolução de problemas. A partir dessas constatações, nós (equipe do curso) sentimos a necessidade de propor "metas afetivas locais", com o intuito de promover e favorecer experiências em que esses alunos se sintam produzindo e construindo significado. As atividades que conduzem ao aprendizado de saberes pedagógico-disciplinares, como analisar coletivamente as diversas estratégias utilizadas pelos alunos ao resolver problemas, estabelecendo as relações entre elas e os conteúdos utilizados, resolver de várias formas o mesmo problema e utilizar estratégias já usadas em outra situação são trabalhadas nas várias disciplinas.

Várias das ações propostas no projeto do curso vêm sendo cumpridas, como as atividades do laboratório de ensino e ciclo de palestras, com palestrantes da casa ou visitantes, que ocorrem todo o semestre, uma vez ao mês. Os alunos participam, também, de Encontros de Educação Matemática Nacionais e Regionais, de seminários de outros cursos da faculdade e do Encontro Integrado do Cesat, que envolve todos os cursos e é anual. O curso de Matemática já promoveu Seminários de Educação Matemática do Cesat, nos quais os alunos participam ativamente da organização, discutindo e ajudando na preparação das atividades, espaço físico, recepção aos visitantes etc.

---

[2] SEDU-ES – Secretaria de Estado de Educação do Espírito Santo.

Temos consciência de que um Projeto Pedagógico, para ser implementado em sua íntegra, demanda, como diz Garnica e Martins (2002), "alguns anos de pesquisa e de docência".

A PESQUISA: PERCEPÇÃO DE MUDANÇA DA PRÁTICA A PARTIR DAS HISTÓRIAS DE VIDA PROFISSIONAL DOS ALUNOS

Na pesquisa, que vem se desenvolvendo desde 2003 numa linha qualitativa de estudo de caso, utilizamos, num primeiro momento, questionários e entrevistas com professores e alunos, o que nos deu subsídios para reformular o projeto no que tange à grade curricular e atividades complementares. Todos os professores da época responderam ao questionário. A mudança de postura de toda a equipe também se fez sentir, após reflexões sobre os primeiros dados coletados.

Quanto à escolha dos alunos, esta se deu no primeiro momento da pesquisa (2003 a 2004), da seguinte forma: havia um questionário – aplicado aos alunos assim que entravam na Faculdade – sobre o perfil social dos alunos e que versava também sobre questões relativas à concepções sobre a Matemática e Informática e, em 2004, outro questionário sobre questões relativas ao andamento do curso e do impacto deste na sua formação profissional. Este segundo questionário foi aplicado a todos os alunos do 5º período, dos quais 75% responderam. No primeiro momento, não escolhemos alunos que já lecionavam, mas, dos que responderam, a maioria já era professor(a).

Um das perguntas desse segundo questionário era: "que influência esse curso vem exercendo nas suas atividades profissionais?" Vários depoimentos mostraram como o curso tem ajudado a esses alunos em sua profissão. Um deles é o do aluno A. K., que ingressou no segundo período já tendo cursado parte do curso de Engenharia na UFES e Informática numa faculdade particular. Desde o início, mostrou-se comprometido com sua formação. Reescrevo seu depoimento relativo a esse questionamento:

> Hoje, percebo que ensinar é muito mais que colocar matéria no quadro. Ensinar e aprender são complementares, exige estudos aprofundados de ambas as partes. Entendo hoje que ensinar necessita de contextualização, aplicabilidade e recursos didáticos que motivem o aluno. Reavaliei toda a minha forma de ensinar, percebi muitos erros que cometia e ainda cometo. Percebo onde estão as minhas falhas e onde estão as falhas dos alunos. Interajo mais, discuto mais, dou maior valor ao planejamento, enfim, estou aprendendo a dar aula.

Nesta fase do questionário, um dos depoimentos que nos chamaram atenção foi o do aluno E. A., funcionário da Infraero, que nos apontou a influência do curso em seu trabalho. Iniciou o curso por gostar de Matemática e necessitar de um diploma de graduação. Segundo seu depoimento, para ele, que tinha na época como função o controle de tráfego aéreo, os conhecimentos adquiridos no curso contribuíram para garantir maior rapidez de raciocínio, fazer as escolhas, relacionar-se com os colegas e trabalhar em equipe. A princípio E. A. não dava importância às disciplinas teórico-metodológicas, mas com o tempo passou a perceber como as reflexões estavam contribuindo para seu crescimento profissional.

Os dados coletados por meio desses questionários conduziram-nos a esta outra etapa da pesquisa, relatada a seguir.

No sentido de melhor entender como se deram mudanças na prática desses alunos/professores, em 2005, objetivando dar um salto mais qualitativo neste estudo, optamos pela abordagem da "história de vida" por ser mais pertinente aos nossos propósitos, pois, ao propiciar o diálogo entre o individual e o sociocultural, esta metodologia nos conduz à reflexão sobre a articulação dessas duas realidades em que se desenrola a formação da identidade profissional.

Vemos, na história de vida, uma via de acesso para captarmos as transformações ocorridas na formação e percebermos que metodologias de formação garantiram este espaço. O intuito é de avançarmos em nossa metodologia de formação e em nossos saberes a respeito do que precisamos para formar bem um professor de Matemática. Os seguintes pressupostos metodológicos e epistemológicos embasaram nossa primeira caminhada nesta abordagem:

- Hipóteses preconcebidas não são pontos de partida, uma vez que não se procura relação entre variáveis.
- O grau de confiança e implicação dos participantes com o pesquisador é um aspecto importante para que haja o desejo de contar, refletir e analisar sobre sua história de vida.
- O papel do pesquisador é fazer emergir no discurso os sentidos que cada um dá às experiências vivenciadas em sua história de vida, pois o conhecimento dos processos de formação pertence àqueles que se formam, e os saberes por eles construídos estão enraizados em seus discursos.
- A ordenação dos fatos e sua compreensão, sem modificá-los e sem impor um esquema preestabelecido, são tarefas do pesquisador, que procura manter com os alunos, por princípio, uma relação de partilha que garanta a correção metodológica.
- O caráter formativo deste trabalho, para todos que dele participam, é um aspecto importante, já que, segundo Nóvoa (2000), a apropriação que cada um faz, ao analisar de forma retrospectiva suas experiências vividas, é um fator de formação, inclusive para o pesquisador que, num esforço de distanciamento, vê-se questionando seus próprios processos formativos.

Naquele momento, recolhemos a história de vida de alguns alunos do sexto e do terceiro períodos do curso, que já tinham alguma experiência profissional como professores. Esses depoimentos foram, a princípio, em forma de texto; além disso, o pouco tempo nos permitiu fazer duas entrevistas somente com o aluno A. K., cuja escolha fica clara pelo seu comprometimento. Os outros dois alunos, C. R., do 6º período e R. R., do 3º período, foram escolhidos pelo fato de mostrarem mudanças significativas de conduta durante o curso. A atitude de cada um dos dois últimos, no início do curso, revelava sua concepção de que bastava mostrar rendimento em Matemática, apresentar as atividades propostas, sem que o relacionamento com os colegas e equipe de professores bem como a formação teórica e prática fossem considerados parte da formação. Havia um certo individualismo por parte de ambos, o que dificultava as relações em sala de aula. Trazemos para esta apresentação as produções que foram analisadas por nós. Gostaríamos de relatá-las, após alguns recortes.

Iniciamos com alguns trechos do relato escrito do aluno A. K., já citado anteriormente, retirado de sua história de vida, focalizando a parte da pesquisa relativa a 2005. Esse aluno revela ter iniciado sua vida profissional como professor em 1992, sendo estudante de engenharia da UFES, com 20 anos de idade. Tentou trabalhar na área de Segurança do Trabalho, na qual tinha formação, mas um convite para assumir mais aulas à noite em outro Colégio o animou. Aos 22 anos, já tinha um bom salário como professor do pré-vestibular.

> Felizmente, encontrei neste colégio pessoas que me ajudaram muito a adquirir novos conhecimentos em matemática. De 20 aulas semanais em fevereiro, passei para quase 35 no final do ano. Enquanto subia na carreira, declinava nos estudos. Nesta altura, ocupava meu tempo mais com aulas do que com a Faculdade. Se por um lado dava a desculpa de que precisava trabalhar, por outro entedia que havia feito a escolha errada: era uma pessoa de humanas, nunca de exatas. Descobri, um pouco tarde, que não tinha jeito com a física.
>
> Em 1996 recebi a promoção que tanto queria. Assumi a vaga de professor titular de trigonometria no pré-vestibular do Colégio Objetivo. Cada vez mais comprometido com "dar" aulas, a Faculdade se tornou um lugar menos frequentado. O golpe fatal veio quando fui convidado para assumir algumas aulas no Colégio X. Decidi que deveria abandonar a Engenharia. Era novo e ocupava um lugar que considerava interessante: Professor de Pré Vestibular. Julgava que tinha um bom conhecimento e que isso bastava para ser um bom professor. Afinal de contas, "o bom professor" é aquele que resolve todas as questões e as entrega de mão beijada para os alunos, recebendo deles a sua veneração.

Continuou ministrando aulas o dia todo, pois já não estudava mais: trabalhava em outros colégios. Em suas palavras, vemos que a interação com outros profissionais o ajudou em sua prática de sala de aula e a adquirir novos conhecimentos de Matemática. Para não ficar sem um curso superior, entrou num curso noturno de processamento de dados, numa instituição particular. Escolheu esse curso pela sua duração, três anos, e por achar que sabia alguma coisa de informática.

Assumiu outro colégio, saindo dos anteriores, mas com uma carga horária no Ensino Médio e Pré-Vestibular bem maior.

> Não é preciso ser gênio para descobrir que a Faculdade também ficaria em segundo plano. E algo que hoje julgo interessante: ao assumir essas aulas, não dava o menor valor para planejamento, conteúdos, didática, nada disso. O importante era bombardear o aluno com muitos exercícios, de preferência de vestibulares, para aumentar-lhes a capacidade resolutiva e, por consequência, aumentar a sua chance no pré-vestibular. Ou seja, o ensino médio era por mim visto como um pré-vestibular melhorado.
>
> Assim pensando, atravessei os anos de 1998 a 2002. Era "reconhecido" como um bom professor, que tinha um quadro organizado, dono de uma boa "didática". Para variar, abandonei mais uma faculdade "para que vou fazer informática?". O importante era acumular saber matemático para resolver questões. Como dizia um amigo: Estava me tornando um bom matador de questões, o que não implica, necessariamente, ser um bom professor.

Em 2003, a notícia de que o MEC iria exigir dos professores, a partir de 2007, a graduação fez com que A. K. nos procurasse no Cesat. Era uma sexta-feira de carnaval quando veio para uma entrevista preliminar, em que relatou um pouco de sua história e conversamos bastante. Em seus depoimentos, diz sobre seu início no curso:

> Não me recordo a data, mas naquela tarde conheci duas pessoas que me fariam mudar de ponto de vista sobre sala de aula: a professora Dôra Paiva e a professora Patrizia Lovatti.
>
> [...] Depois de tudo encaminhado, comecei a frequentar as aulas. Ainda acreditava que estava ali não para adquirir conhecimento; apenas queria o canudo. Essa certeza durou apenas 15 minutos da minha primeira aula de Teoria e Prática Pedagógica, a primeira como aluno da licenciatura em matemática. Em um dado momento, uma colega, a Cida, perguntou à professora Dôra como explicar aos alunos a divisão 1 por 2. O bom e velho método do 1 não divide 2, bota vírgula no quociente e zero no dividendo. De onde vem o zero? De pronto, a pergunta foi passado para quem? O novato da turma, o professor de pré-vestibular. Muito envergonhado, respondi que não saberia explicar. Após a explicação da professora, percebi que recebera o segundo e definitivo golpe para a minha mudança como profissional da área de educação. De que adiantava o saber pelo saber? O saber vazio nada significava. A partir deste momento, percebi que não estava ali apenas para receber um diploma; estava ali para aprender a ser, realmente, professor.

Já com alguma experiência como professor de pré-vestibular, A. K. demonstra ter concepções distintas da nossa sobre o que é saber, ensinar e aprender Matemática. Ao final deste relato, percebemos mudanças em suas concepções. Ele nos conta, também, que ainda naquele semestre, além das aulas de Prática Pedagógica, as aulas de Teoria dos Números, de História da Matemática e Resolução de Problemas atraíram a sua atenção. Em Teoria dos Números, diz ele, "a provocação da professora Dôra era sempre muito interessante: 'Cadê a roupa de gala?' perguntava ela sempre que eu resolvia uma questão de uma maneira não muito elegante".

O aluno A. K. continua o relato sobre as aulas de História, Psicologia e os ganhos desses conhecimentos para sua sala de aula, principalmente no que se refere a contextualizar, dar significado e avaliar. Conta-nos, nas entrevistas, fatos interessantes de suas aulas, afirmando que com certeza seus alunos, a partir da mudança em sua prática, terão uma visão diferente da Matemática. Afirma ele ao final de seu texto o que reitera numa das entrevistas:

> Muito mais do que aprender novos conteúdos, o curso me mostrou que não basta saber; o resultado final é mera consequência. A caminhada para se chegar até esse resultado também deve ser valorizada, às vezes, com maior realce do que o próprio resultado. Concluí que a Matemática é, na minha opinião, a ciência do porquê [...]. Procuro mostrar aos alunos que para tudo existe uma explicação e que, na medida do possível, fundamental será entender e construir essa explicação.
>
> Antes, acreditava que a beleza da matemática eram os resultados. Hoje, acredito que tão belo como os resultados, os processos para se chegar até eles também o são. E, como professores, cabe a nós ajudar os nossos alunos a ver também tal beleza, com os seus próprios olhos, na sua singularidade pessoal. (2005)

Esses depoimentos – *"Antes, acreditava que a beleza da matemática eram os resultados"*[3] (A. K.) – nos mostram como suas concepções em relação à Matemática e sobre o que é ensinar e aprender Matemática mudaram, com as experiências vivenciadas como aluno e em sua prática de sala de aula, após ingressar no curso do Cesat. Quando diz que nos cabe ajudar os alunos a ver a Matemática em toda a sua beleza, mas respeitando *"sua singularidade pessoal"*[4] (A. K.) a visão, a releitura, a autoria que cada aluno dá ao saber trabalhado –, para nós é um indicativo de que a metodologia utilizada no curso e o espaço para relatos de sala de aula, onde damos voz ao aluno/professor, garantem-nos que esses alunos possuem um espaço para se desenvolver profissionalmente em busca de sua identidade.

Recortamos, também, alguns textos da vida profissional de C. R. (2005), que nos apontam mudanças de postura em sua prática de sala de aula e nas relações com pais, alunos e colegas de trabalho, no sentido de vê-los como parceiros no desenvolvimento de seu trabalho em sala de aula. Voltando a falar do aluno C. R., reitero que já era professor há mais de cinco anos e, sempre alegre e brincalhão, passava, inclusive a falsa impressão de que não era responsável.

---

[3] Grifo nosso.

[4] Grifo nosso.

Possuía um bom rendimento em Matemática, mas não dava importância à sua formação didático-pedagógica, por considerar que sua experiência de trabalho já lhe garantia bagagem suficiente para ser professor. Por esse motivo ele faz parte da amostra e seu depoimento foi incluído neste artigo. São suas palavras:

> A partir do momento em que entrei na Faculdade Cesat, minha vida profissional mudou muito. Enquanto eu estudava na UFES, os meus horários eram muito complicados, aulas de manhã, de tarde e de noite e a escola na qual trabalhava queria que eu me liberasse pela manhã e eu não podia por causa de uma ou duas matérias.
>
> Ao chegar na Cesat (curso noturno) com os horários todos bem-organizados, essa parte de horários de aula foi resolvida. Não foi o mais importante, com o passar dos dias, as matérias pedagógicas e de didática foram me ajudando a me tornar um educador de verdade, compreendendo melhor o conteúdo, contextualizando mais as minhas aulas, escutando mais meus colegas de trabalho e principalmente o próprio aluno.
>
> Ao ter aulas com professores extremamente qualificados, minha capacidade de raciocinar, estabelecer relações e de "passar" os conteúdos foi se aprimorando. Daí o que ocorre é que minha didática, minha organização no quadro, minhas conversas com os alunos, pais e colegas de trabalho, todas giram em bases científicas e nas experiências de meus professores. Atitudes que adquiri após iniciar o curso de matemática do Cesat.

Podemos constatar que o aluno C. R. chegou ao Cesat para resolver problemas relativos ao seu trabalho, mas encontrou um curso no qual aprendeu a valorizar os conteúdos pedagógico-disciplinares, as relações pessoais, mudando sua postura como professor. Percebe-se a mudança em sua prática e na forma como fazia "a transposição didática" dos conteúdos de Matemática.

Quando nos diz que "as conversas com os alunos, pais e colegas de trabalho, todas giram em bases científicas", entendemos que as teorias trabalhadas no curso e os momentos de reflexão sobre a sua experiência e dos colegas o ajudam a sentir-se mais confiante e com mais embasamento científico em suas argumentações.

Entre os diversos relatos dos alunos que cursavam o terceiro período em 2005, optamos por colocar o da aluna R. R., que possui um bom conhecimento matemático, mas apresenta dificuldades de interação com os colegas e professores, as quais vêm sendo trabalhadas no decorrer do curso:

> Comecei a lecionar quando estava no 1º período do curso de Matemática; eram 7 turmas de 6ª série. Lembro que, quando entrei em uma sala de aula pela primeira vez como professora, não sabia o que fazer. Conversei com os alunos para ver o que eles já haviam estudado e me vi em um grande desafio: ensinar crianças que mal conheciam os números [...] Apesar de estar no 3º período da faculdade, hoje já consigo colocar em prática o que aprendo dentro da sala de aula, percebo que as minhas aulas hoje são mais compreendidas pelos meus alunos, bem diferente

de quando comecei a dar aulas, em que pra mim o importante era seguir o livro e não buscar a construção do saber pelo aluno. Outra coisa muito importante é a troca de experiência na faculdade, tanto com os alunos quanto com os professores. Essa troca me possibilita crescer e aprender como profissional, e melhorar a minha didática de sala de aula.

Esse relato nos aponta que R. R. tem consciência da mudança em sua prática. Mudança essa que se faz sentir a partir da insegurança da primeira vez, quando não sabia o que fazer, a não ser seguir o conteúdo do livro, e da constatação de que hoje já começa a se pautar por uma prática voltada para que o aluno construa significados para os conceitos trabalhados. Vemos que R. R. não se via como professora no começo de carreira, mas que agora já se refere ao seu fazer de sala de aula de uma forma mais profissional. Ela enfatiza a troca de experiências com colegas e professores da faculdade como um fator de crescimento pessoal e profissional, responsável pela melhora de sua prática de sala de aula. Constatamos, mais uma vez, que esta prática, além do crescimento pessoal e profissional, é fortemente favorecida pela construção de saberes proveniente da troca de experiências.

Conclusão

A trajetória do curso do Cesat, até o presente momento, mostra-nos que o projeto pedagógico tem sido cumprido, levando em conta a realidade de nossos alunos e da comunidade na qual estamos inseridos. Além das questões relativas a problemas sociais, há aquelas relativas à falta de conteúdo básico de matemática: alunos sem os conhecimentos prévios que esperávamos, inclusive os referentes à escrita e leitura. Nos depoimentos inseridos neste artigo, esse fato pouco aparece, já que gostaríamos de enfocar mais a questão do fazer de sala de aula e de como o curso contribui para que o aluno se veja como um professor. No entanto, todos os temas relativos à formação global de nossos alunos são trabalhados, ações próprias são traçadas e metas são estabelecidas.

Os diagnósticos iniciais, via vestibular, entrevistas e discussões em aula, levam-nos a traçar estratégias para que a maioria das dificuldades seja sanada no primeiro ano de curso. Esses três anos de curso nos mostraram que grande parte dos alunos, com defasagem de conteúdo, que se engajam em grupos de estudo e assumem suas dificuldades, consegue superá-las e acompanham o curso de forma razoável. Os trabalhos em grupo e os seminários em aula fazem com que esses alunos fiquem mais confiantes e conscientes de suas dificuldades.

A estrutura do curso, no qual o Cálculo I só se inicia no terceiro período, mostra-se acertada, pois há, no primeiro ano, tempo de resgatarmos os conhecimentos do ensino fundamental e médio não adquiridos na formação básica e refletirmos sobre esses conteúdos numa ótica de relações e articulações necessárias a uma construção com significado. Os projetos interdisciplinares, integradores, também avaliamos como um ponto positivo em busca dessa formação integral, como nos afirmam vários alunos.

Outras questões muito presentes em nossas aulas são: a preocupação com as relações pessoais, as dificuldades individuais, a interação do grupo, a ética na profissão e a reflexão sobre as ações. Ao dar voz aos alunos e professores, e refletir com eles, num processo de ação-reflexão-ação, acreditamos que, na formação inicial, estamos introduzindo a formação continuada, preparando-os para assumirem sua identidade como profissionais da educação que se formam continuamente e na prática.

A primeira turma formou-se ao final de 2005, e, em outubro do mesmo ano, o curso foi reconhecido pelo MEC com nota máxima, sendo que o depoimento dos alunos sobre o curso e a formação que estavam tendo foram fatores que impressionaram a equipe de pareceristas do MEC. Somando-se a isso, obtivemos resultados excelentes nas monografias de final de curso. Com base nesses resultados, por meio dos depoimentos dos alunos na aula de final de curso, dos relatos de experiência coletados e apresentados e dos relatórios dos professores, podemos afirmar que alcançamos com essa primeira turma, que tinha características bem diversas das demais, o perfil almejado de um profissional comprometido com a sua função de educador matemático e que, sobretudo, se vê como tal.

A pesquisa continua neste ano de 2006, com a pretensão de que novos relatos de experiências sejam concluídos e de que, com as demais histórias de vida profissional, possamos verificar o quanto estamos avançando no sentido de formar professores competentes para assumirem sua profissão com segurança técnica e pessoal.

Este trabalho nos mostrou que, de uma forma geral, os alunos, a princípio, embora não percebam a complexidade, veem a formação como algo oferecido pelos professores, por meio da competência destes.

Nesta pesquisa, ainda em andamento, temos como questões centrais verificar de que modo, ao longo da formação, esses alunos se percebem como professores e que metodologias de formação propiciam a construção de saberes próprios da profissão e do desenvolvimento da identidade profissional.

Em busca do significado desta pesquisa, ao revermos os alunos que passaram pelo curso, a primeira turma, os que estão em formação e ao vermos os que iniciam nesse semestre de 2006, deparamo-nos com pessoas, em sua maioria, ávidas de conhecimentos, pessoas interessantes, tímidas e interessadas. Como diz Sztjan (2000, p.134), "pessoas que pelo simples fato de estarem estudando, estão se transformando" e continua: "é preciso intensificar o processo de troca entre professor e pesquisador, permitindo que ainda mais mudanças se implementem em sala de aula". Na nossa busca de uma formação de professores de Matemática, precisamos ter em mente que não existe separação entre os que formam e os que são formados, e sim um enfrentamento conjunto de desafios que nos levem a mudanças de concepções e à busca de identidade profissional.

Ao analisar as histórias de vida desses alunos, sem a pretensão de qualquer generalização, percebemos os modos singulares como cada um se forma e constrói sua identidade profissional, interagindo com todos os seus espaços de vivência. Ficou claro que, para cada um, as interações vividas nos vários segmentos de sua vida, principalmente na faculdade, garantiram mudanças de concepções sobre o que é Matemática, qual Matemática ensinamos e sobre o processo de ensino-aprendizagem.

Referências

BRASIL/MEC/CNE. Lei nº 9.394, de 20 de dezembro de 1994: diretrizes e bases da Educação Nacional, Brasília, 1994.

CHACÓN, I. M. G. *Matemática Emocional: os afetos na aprendizagem da matemática*. Trad. MORAES, Daise Vaz de. São Paulo: ARTMED Editora Ltda., 2003.

CHEVALLARD, Yves. *La transpostion didactique: du savoir savant au savoir enseigné*. La Pensée Sauvage Éditions: Grenoble- France, 1985.

CHEVALLARD, Yves, et al. *Estudar Matemáticas: o elo perdido entre o ensino e a aprendizagem*. Trad. MORAES, Daisy Vaz. Porto Alegre: ARTMED Editora Ltda., 2001.

FIORENTINI, D. & PEREIRA, E. M.(Orgs.). *Cartografias do Trabalho Docente: professor(a)-pesquisador(a)*. Campinas: ALB e Mercado de Letras, 1998. p.137-152.

FIORENTINI, D.; SOUZA JR. A & MELO, G. A. Saberes docentes: um desafio para acadêmicos e práticos. In: GERALDI, C. M. G.; FIORENTINI, D.; PEREIRA, E. M. (Orgs.). *Cartografias do Trabalho Docente: professor(a)-pesquisador(a)*. Campinas: ALB e Mercado de Letras, 1998. p. 307-335.

FIORENTINI, D.; NACARATO, A.; PINTO, R. A. Saberes da experiência docente em matemática e educação continuada. *Quadrante: Revista Teórica e de Investigação*. Lisboa: APM, 1999a.

FIORENTINI, D. *Os professores como pesquisadores e produtores de saberes*. Univ. Contestado- Concórdia, SC.: I Jornada de Educação Matemática, 1999b.

GARNICA, A., V., MARTINS, R. M. *Avaliação de um projeto pedagógico para a formação de professores de Matemática: um estudo de caso*. Bauru: Faculdade de Ciências da UNESP de Bauru, 2002, mimeo.

GAUTHIER, C.; TARDIF, M. Elementos para uma Análise Crítica dos Modos de Fundação do Pensamento e da Prática Educativa. In: *Contexto e Educação*, ano 12: (48). Ijuí: Ed. Unijuí, 1997. p. 37-39.

GAUTHIER, C.; MARTINEAU, S.; DESBIENS, J.F.; SIMARD, D. *Por uma teoria da Pedagogia: pesquisas contemporâneas sobre o saber docente*. Ijuí: Ed. Unijuí, 1998.

GOODSON, I. F. D. Dar voz ao professor: as histórias de vida dos professores e o seu desenvolvimento profissional. In: NÓVOA, A. *Vidas de professores*. Porto: Porto Editora, 2000.

HUBERMAN, M. O ciclo de vida profissional dos professores. In: NÓVOA, A. *Vidas de professores*. Porto: Porto Editora, 2000.

NÓVOA, A. Formação de professores e profissão docente. In: *Temas e Educação*, Coord. Antônio Nóvoa. Portugal: Dom Quixote, 1992. p. 15-34.

NÓVOA, A. Os professores e suas histórias de vida. In: NÓVOA, A. *Vidas de professores*. Porto: Porto Editora, 2000.

PAIVA, M., A. *Concepções do ensino de Geometria: um estudo a partir da prática docente*. Tese de Doutorado, PUC-RIO, Rio de Janeiro, 1999.

PAIVA, M. A. V. A Formação do professor de matemática. In: *Caderno de pesquisa do PPGE/UFES*. Vitória: UFES, 1999.

PAIVA, M. A. V. Saberes profissionais de professores que ensinam Matemática: um diálogo com professores experientes. In: *Anais do XII SIEM*, Vila Real- Portugal, 2001.

PAIVA, M. A. V. Saberes do Professor de Matemática: uma reflexão sobre Licenciatura. In: *Educação Matemática em Revista- Licenciatura em Matemática um curso em discussão*. São Paulo: SBEM, abril de 2002, ANO 9 n° 11, p. 95-104.

PERRENOUD, P. O Trabalho sobre habitus na Formação de Professores: análise das práticas e tomada de consciência, In: PERRENOUD, P. *et al. Formando Professores Profissionais: quais estratégias? Quais competências?* 2. ed. Porto Alegre: ARTMED Editora, 2001.

PONTE, J. P. *Concepções dos professores de Matemática e processos de Formação em Educação Matemática*. Portugal: Coleção Temas de Investigação, Seção de Educação Matemática da Sociedade Portuguesa de Ciências da Educação de Lisboa, 1992. p. 187-239.

PONTE, J. P.; ABRANTES, P.; LEAL, L. C.; *Investigar para aprender Matemática*. Lisboa, Portugal: Associação de Professores de Matemática, 1996.

SALGADO, Maria Umbelina Caiafa. O professor e sua formação. In: *Desafios da escola: uma conversa com os professores*. Disponível em: <www.tvebrasil.com.br/salto/boletins2003>. Acesso: dezembro de 2004.

SCHÖN, D. Formar professores como profissionais reflexivos. In: *Os professores e sua formação*. Coordenação de Antonio Nóvoa. Lisboa: Publicações Dom Quixote, 1992.

SHULMAN, L. S. *Those who understand: knowledge growth in teaching*. EUA: Educational Researcher, 1986. v. 15(2) p. 4-14.

SZTAJN, P. Sem óculos e sem mau humor: somos professores de matemática. In: V. M. F. CANDAU (Org.). *Reinventar a Escola*. Petrópolis: Vozes Editora, 2000. p. 221-237.

SZTAJN, P. O que precisa saber um professor de Matemática? Uma revisão da literatura americana dos anos 90. *Educação Matemática em Revista*, n. 11, abr. 2002.

TARDIF, M.; LESSARD, C.; LAHAYE, L. *Os professores face ao saber*: esboço de uma problemática do saber docente. *Teoria & Educação*. Rio de Janeiro, 1991. v. 4, p. 215-234.

TARDIF, M. *Saberes docentes e formação profissional*. Petrópolis-RJ: Editora Vozes, 2002.

ZEICHNER, K. M. Para além da divisão entre professor- pesquisador e pesquisador acadêmico. In: Geraldi, c. M. G.; Fiorentini, D; Pereira, E. M. (Orgs.). *Cartografias do trabalho docente: professor(a)-pesquisador(a)*. Campinas: ALB e Mercado de Letras, 1998. p. 207-236.

Reflexões sobre a formação inicial de professores de Matemática, a partir de depoimentos de coordenadores de curso de licenciatura

Célia Maria Carolino Pires
Márcio Antonio da Silva
Roberto Cavalcante dos Santos

Este artigo é o resultado de trabalhos de investigações realizadas no âmbito do Programa de Estudos Pós-Graduados em Educação Matemática da PUC/SP e está inserido no projeto de pesquisa "Formação de Professores de Matemática". Esse projeto reúne um conjunto de pesquisas que se propõem a investigar os processos de formação inicial e continuada de professores de Matemática, analisando em que medida a construção das diferentes competências profissionais é estimulada ao longo desses processos de formação e identificando propostas de atividades curriculares que propiciem um conhecimento da Educação Matemática – de suas motivações, dos conteúdos de suas investigações, das implicações e resultados sobre o ensino e a aprendizagem da Matemática.

O grupo de pesquisadores reúne-se semanalmente com a finalidade de estudar e debater fundamentos teóricos e metodologias de pesquisa, em especial os que se relacionam à área de formação de professores. No início de seu funcionamento, o grupo fez um levantamento de currículos de cursos de Licenciatura em Matemática de diferentes estados brasileiros e contatou coordenadores[1] para participar de um fórum virtual. A intenção era produzir um documento com os debates, tanto para subsidiar as pesquisas individuais dos componentes do grupo, como para enviá-lo às instituições formadoras, no sentido de contribuir para as reflexões sobre os cursos de licenciatura.

Uma primeira dificuldade enfrentada foi a pequena adesão. Dos 245 coordenadores de instituições aos quais foram enviados *e-mails*, apenas 27 responderam

---

[1] Utilizou-se a *internet* como forma de comunicação para o contato com os coordenadores, tomando-se como referência os dados do Instituto Nacional de Estudos INEP – 2002, que divulgou um levantamento feito a respeito das instituições brasileiras que possuem o curso de Licenciatura em Matemática. A partir dessa relação, o nome e o *e-mail* de cada coordenador foi identificado, possibilitando o primeiro contato. Para uma discussão mais produtiva, havia necessidade de uma ferramenta de integração de ideias, o que motivou a organização de um fórum de discussões na *internet*. Com isso, haveria a possibilidade de controlar de forma organizada, por meio de regras de convivência, o acesso e a permanência e dar visibilidade às ideias veiculadas e aos debates.

e, destes, somente 21 inscreveram-se na lista de discussões. A segunda dificuldade foi a própria dinamização do Fórum, com os 21 coordenadores participantes. O fato é que houve grande dificuldade de obter informações sobre os cursos, sobre o processo de discussão dos projetos institucionais e curriculares; na verdade, a tônica do fórum girou em torno de uma única e forte preocupação: o que fazer com as 400 horas de prática de ensino propostas na legislação.

Neste artigo, será feito um recorte de dois trabalhos desenvolvidos no âmbito desse projeto, apresentando entrevistas realizadas com coordenadores de cursos de Matemática, em que eles expressam interpretações e opiniões a respeito da atual legislação para formação de professores, e expõem as formas pelas quais está sendo implementada nos cursos que coordenam. Os trabalhos mencionados são as dissertações de mestrado de Silva (2004), denominada "A atual legislação educacional brasileira para formação de professores: origens, influências e implicações nos cursos de Licenciatura em Matemática", e, de Santos (2005), "Conteúdos Matemáticos da Educação Básica e sua Abordagem em Cursos de Licenciatura em Matemática".

Essas entrevistas foram realizadas com os coordenadores dos cursos de Licenciatura em Matemática do estado de São Paulo que participaram do fórum virtual e manifestaram interesse na discussão. A escolha desses coordenadores deveu-se também à possibilidade de deslocamento para a realização das entrevistas. Além disso, as instituições de Ensino Superior com cursos de Licenciatura em Matemática do Estado de São Paulo representam quase um terço das inscrições no Exame Nacional de Cursos do Ensino Superior ocorrido em 2003, segundo o INEP. Das quatro instituições do estado de São Paulo, em que os coordenadores foram entrevistados, uma é federal, a outra estadual, e há ainda uma comunitária e uma particular.

Silva (2004) propôs-se a pesquisar a formação de professores de Matemática, analisando as propostas apresentadas e interpretações que estão sendo feitas pelos coordenadores de cursos de Licenciatura em Matemática a respeito da atual legislação oficial para formação de professores, no momento atual. Para tanto, investigou a origem histórica, as influências teóricas principalmente a prática reflexiva, segundo Donald Schön, e as competências, segundo Philippe Perrenoud, as relações entre teoria e prática e as interferências de agências de fomento internacional, como o Banco Mundial, na elaboração das diretrizes oficiais, buscando respostas às seguintes questões: qual a influência teórica presente na atual legislação de formação de professores? Essa influência teórica leva em consideração os aspectos relativos à realidade da formação de professores no Brasil? Quais as alternativas e novas experiências que as universidades e faculdades estão buscando para otimizar as experiências obtidas na realização desses estágios? Como é feita a articulação entre a prática e as disciplinas cursadas (principalmente as disciplinas referentes aos componentes curriculares matemáticos)? Como é discutida a questão teoria-prática nos cursos de Licenciatura em Matemática, principalmente no que tange aos componentes curriculares "matemáticos" e "pedagógicos"?

Santos (2005) focalizou a abordagem dos conteúdos matemáticos da educação básica no curso de Licenciatura, utilizando referências teóricas de Shulman (1986, 1987, 1992), Pires (2002) e Elbaz (1983) e buscando responder as seguintes questões: como estão sendo feitas articulações entre os conteúdos matemáticos ensinados na licenciatura e aqueles que serão futuramente ensinados pelos graduandos licenciados? Como está sendo pensada a abordagem dos conteúdos matemáticos no curso de Licenciatura em Matemática?

Os coordenadores de curso, sua atuação e seus desafios

Silva (2004), além de uma análise da legislação referente aos cursos de licenciatura, realizou entrevistas semiestruturadas e as iniciou buscando uma familiarização com o entrevistado e o curso, para conhecer as atribuições dos coordenadores nas instituições de ensino superior, avaliar a autonomia que os coordenadores possuem no exercício de seu trabalho, inferir sobre o trabalho colaborativo da equipe de professores e atestar as possíveis decisões no grupo, além de tomar ciência do(s) principal(ais) problema(s) do curso na época da entrevista.[2]

Com relação às atribuições dos coordenadores nas instituições de ensino superior, Silva verificou que a figura de coordenador de curso resolve, além das questões burocráticas, uma série de problemas relacionados à relação professor-aluno:

> Estou descobrindo pouco a pouco (risos)... Ele é a pessoa que vai fazer a ponte entre o aluno, o professor, fazer as mediações pedagógicas, certo? Cuidar dessa unidade pedagógica do curso... Análise de currículos, análise de grades, é o coordenador que faz. Um aluno que quer fazer desistência de tal ou tal disciplina é o coordenador que faz. Seria garantir que o curso vá caminhando... de uma forma sólida, de uma forma unida, sem as coisas fragmentadas, tentar lutar contra a fragmentação. (Coordenador da Inst. Comunitária, SILVA, 2004, p. 176)

Um aspecto que merece destaque é que, além das atribuições burocráticas, os coordenadores mencionam atribuições variadas. Aqui, a primeira pista de que o projeto pedagógico do curso é apenas mais uma das inúmeras preocupações do cotidiano desse profissional e que esse projeto é realizado solitariamente

---

[2] As questões formuladas para essa discussão inicial foram: desde quando a coordenação foi implantada em sua instituição? Os professores do curso têm horas de reunião com a coordenação? Quantas? Quais são suas principais atribuições como coordenador? Existem propostas de trabalho que você gostaria de desenvolver, mas não tem conseguido? Quais? Como você avalia o trabalho coletivo e colaborativo da equipe de professores? Quais são os problemas do curso que você elegeria como de alta prioridade de resolução?

pelo coordenador, com pouca participação dos grupos de professores que o colocarão em prática:

> [...] o projeto pedagógico nós é quem temos que escrever. Horário de professor, nós é quem elaboramos. Horário de prova, nós é quem elaboramos. Então acabamos fazendo todas as tarefas administrativas, burocráticas e além das pedagógicas que seriam os projetos pedagógicos, escrever ementa de curso, tudo isso daí junto com o corpo docente, mas o coordenador é quem dá a cara final para esse tipo de coisa. (Coordenador da Inst. Particular, Silva, 2004, p. 144)

Nas instituições públicas e na comunitária, os coordenadores participaram de assessorias dentro da própria instituição, e foram elaborados documentos comuns a todos os cursos de licenciatura:

> Tivemos um movimento geral da Universidade... Então foi criado um Fórum de Licenciatura... quando eu peguei o projeto, o projeto pedagógico já estava pronto... aí chegaram para mim e disseram: "agora você tem que fazer a grade curricular"... Esse foi um dos problemas que eu tive. Nós fizemos uma redação, chegou na instância superior falaram "não, porque tem que ter uma coisa mais ou menos igual para todo mundo". Aí tive que escrever de novo? Depois escrever outra vez. É uma seqüência...? (Coordenador da Inst. Federal, Silva, 2004, p. 154)

Outra constatação, em quase todas as instituições pesquisadas, foi a disputa entre grupos, o que provoca uma cisão no curso de licenciatura: matemáticos *versus* educadores, ou então, matemáticos *versus* educadores matemáticos:

> É, são dois grupos: um acredita naquilo que está sendo proposto e o outro grupo critica, mas não propõe nada de novo. Então é aquele grupo que já está num período para se aposentar, já não está querendo muitas mudanças, está querendo mais é empurrar. E esse grupo, a fala deles, é que com essa proposta nova de curso o aluno vai sair com pouca Matemática. Essa é a fala. (Coordenador da Inst. Particular, Silva, 2004, p. 145)

> Alguns professores são muito acessíveis e auxiliam nosso trabalho, inclusive estão preocupados com a qualidade da licenciatura. Então tem um grupo de professores, da área de Matemática mesmo, que apóiam bastante. Mas esse grupo ainda é pequeno no departamento. O departamento aqui tem uma tradição muito grande em Matemática pura e assim... demoraram para assimilar a idéia do curso de licenciatura quando ela foi implantada e ainda hoje eles acham que tem muita gente já trabalhando com essa área que não precisa expandir e são bastante refratários com relação a se abrir um curso de pós-graduação. (Coordenador da Inst. Estadual, Silva 2004, p. 165)

Com relação aos problemas considerados como de alta prioridade para esse grupo de coordenadores, verificou-se uma grande variedade. No entanto, o que mais se destaca é "a falta de conhecimentos matemáticos dos alunos" que ingressam ou se transferem para o curso de Licenciatura em Matemática:

> Primeiro o nível de chegada dos alunos. Esse é o problema número um. Nós temos alunos semianalfabetos. O que eu chamo de um aluno semianalfabeto? Que ele mal sabe ler. Escreve o nome dele, lê muito mal. Então você não acredita que passou pelo ensino fundamental e médio, e ele acaba chegando no terceiro grau. (Coordenador da Inst. Particular, Silva, 2004, p. 143)

Outro problema ressaltado por mais de um coordenador refere-se à inexistência de uma visão interdisciplinar, à necessidade de ultrapassar fronteiras que separam os componentes curriculares e os tornam estanques:

> Alta prioridade de resolução... O diálogo das disciplinas. Aquela coisa da Álgebra Linear está estanque, a Álgebra está estanque, as disciplinas não se falam. A gente ainda não conseguiu fazer... na prática ainda está difícil de montar... Esse diálogo das disciplinas. (Coordenador da Inst. Comunitária, Silva, 2004, p. 176)

Nessa mesma direção, um coordenador enfatiza as dificuldades para quebrar as tradições e realizar novas experiências de caráter metodológico e didático:

> Então, os professores, eles têm a sua história, foram formados naquele esquema de aulas expositivas e tudo mais... e, no momento, nós já fizemos muitas transformações, mas são difíceis, são lentas, existe uma resposta do corpo docente, mas não é fácil. Então esse é um dos problemas, e o outro problema é a própria estrutura de tudo... você pega, por exemplo, Cálculo Diferencial e Integral, existe ali a ementa, certo? Que o professor precisa desempenhar aquilo, de um certo modo. Será que o professor poderia lecionar só a metade daquilo lá e fazer o resto tudo em projetos, trabalhos? Então fica complicado, porque se um professor faz isso ele vai quebrar o sistema ali e o que vem depois: "mas você não ensinou isso, como é que eu faço agora?" (risos). (Coordenador da Inst. Federal, Silva, 2004, p. 155)

Os coordenadores e a reorientação dos cursos, em face das novas demandas da legislação.

Após esse primeiro levantamento feito com os coordenadores, Silva (2004) buscou verificar se, em função das Resoluções CNE/CP1/2002, CNE/CP2/2002 e também das discussões e das próprias pesquisas referentes à formação de professores, os cursos de licenciatura vêm sendo reestruturados e se essa reformulação está apenas "no papel" ou já existem ações implementadas. Mais especificamente, procurou investigar como se dá a apropriação do texto legal pelos coordenadores.[3]

---

[3] As questões formuladas aos coordenadores foram as seguintes: na sua instituição, existe algum movimento de reorientação do curso de Licenciatura em Matemática? Quais os principais aspectos que estão envolvidos nesse processo? Como ela vem sendo implementada? Houve algum estudo conjunto ou discussão sobre a Resolução CNE/CP1/2002 ou sobre algum texto referente à formação de professores?

A primeira constatação foi a de que o processo de reformulação dos cursos estava em fase de implementação, naquele momento, e que alguns projetos estavam tramitando dentro das instituições.

Os coordenadores ressaltaram que as discussões realizadas para "adaptar os cursos às novas instruções oficiais" proporcionaram o ressurgimento de debates como o da superação do modelo "três mais um":

> Então, uma coisa que a gente percebeu nessas discussões, é que havia ainda aquela caracterização do três mais um, das licenciaturas. É como se o aluno cursasse o bacharelado e depois complementasse com mais um ano das disciplinas pedagógicas isoladas, e isso ficava desconectado do resto da formação. Então a comissão procurou ultrapassar esse formato e colocar disciplinas ligadas à formação do educador e do professor, docente numa área específica. Mas que dessem idéias gerais para essa formação desde o início. (Coordenador da Inst. Estadual, Silva, 2004, p. 167)

Outra constatação é a de que as "diretrizes oficiais" nem sempre são lidas na íntegra, envolvendo um processo de discussão. O mesmo ocorre com textos da literatura sobre formação de professores que, inclusive, permeiam o texto oficial. A alegação principal para justificar essa despreocupação é a falta de tempo causada pelo excesso de atribuições dos coordenadores e a dificuldade em reunir o corpo docente. Para os coordenadores, o que a legislação prescreve está muito longe da realidade dos cursos:

> Com certeza é uma utopia. Porque para você fazer tudo aquilo, teria que parar os cursos de licenciatura por um bom tempo e formar quem vai dar aula na licenciatura... Como é que uma professora de Álgebra vai de anel quociente e fazer o link com o que ele faz lá na escola, o link com a parte de Educação da Álgebra? ... Se eu sou matemática, quem que me falou de prática? Eu estou tendo que estudar sozinha. "Pode parar ... eu não quero ser professor dela não, eu quero entrar nessa licenciatura para aprender tudo!". E essa foi a reação geral do grupo de professores quando nós começamos a ler os documentos legais. (Coordenador da Inst. Comunitária, Silva, 2004, p. 177-178)

Os coordenadores e o conceito de "competências profissionais"

Para compreender como esse conceito está sendo ou não incorporado nos cursos e buscar saber, dentro da ampla variedade de competências a serem desenvolvidas, quais estão mais próximas da realidade de um curso de Licenciatura em Matemática, Silva (2004) perguntou aos coordenadores se consideram interessante a discussão sobre competências profissionais de professor, se existem restrições a ela e se elas estão contempladas no projeto do curso de Licenciatura em Matemática.

Em nenhuma das entrevistas os coordenadores questionaram a concepção de "competência profissional", mas as respostas dão indícios sobre as interpretações feitas, principalmente quando as competências são apresentadas pelo pesquisador.[4] Curioso notar que algumas competências, por não estarem presentes na grade curricular do curso em forma de componente curricular ou conteúdo, são contestadas e consideradas "marginais":

> [...] existem competências que são competências de ação institucional, como por exemplo, pautar-se por princípios da ética democrática. Nós não temos uma atividade curricular sobre ética, uma disciplina... a instituição agindo com ética em todos os seus setores, então é aí que vai... o estudante vai se formar com essa competência... Muitas competências gerais nós não temos no currículo... Agora existem outras que podem ser gerais mas também estão presentes, por exemplo, "criar, planejar"... Agora as competências específicas dos professores que ensinam Matemática, aí essas daí, realmente a gente procura que estejam todas bem trabalhadas. Naturalmente que não é fácil... (Coordenador da Inst. Federal, Silva, 2004, p. 158)

Ainda a respeito dessas competências, sua incorporação ao curso parece não ocorrer, ficando somente no papel:

> No papel, todas são [contempladas]... Na prática, eu precisaria estar assistindo a aula de todos os meus professores, coisa que eu não faço. Eu acho que isso é uma ingerência muito grande, entrar em aula e tentar saber. Então, você sabe bem que quando você faz uma discussão, você fala... "Mas professor, como é que o senhor está abordando esse tema?". Ele vai te dar um discurso maravilhoso... e na prática ele entra, dá a definição, exemplo, exercício "nos" alunos sem discutir... então nem conteúdo ele está passando, porque a partir do momento que ele faz isso ele não está construindo o conhecimento do aluno. Quanto mais uma discussão nesse nível. (Coordenador da Inst. Comunitária, Silva, 2004, p. 178)

O ENTENDIMENTO DOS COORDENADORES A RESPEITO DO CONCEITO DE PRÁTICA REFLEXIVA

Silva (2004) relata depoimentos dos coordenadores a respeito de um dos artigos da Resolução CNE/CP1/2002, o que propõe que "a aprendizagem deverá ser orientada pelo princípio metodológico geral, que pode ser traduzido pela ação-reflexão-ação e que aponta a resolução de situações-problema como uma das estratégias didáticas privilegiadas".

---

[4] Competências referentes ao comprometimento com os valores inspiradores da sociedade democrática. Competências referentes à compreensão do papel social da escola. Competências referentes ao domínio do conhecimento pedagógico. Competências referentes ao conhecimento de processos de investigação que possibilitem o aperfeiçoamento da prática pedagógica. Competências referentes ao gerenciamento do próprio desenvolvimento profissional.

No diálogo com os coordenadores, o pesquisador destacou que, na discussão sobre formação de professores, há um razoável consenso entre diferentes autores, no sentido de que a formação deve possibilitar ao professor em formação uma relação de autonomia no trabalho, que lhe permita criar propostas de intervenção pedagógica; lançar mão de recursos e conhecimentos pessoais e disponíveis no contexto; integrar saberes; ter sensibilidade e intencionalidade para responder a situações reais, complexas, diferenciadas. Enfim, ele deve ser capaz de apropriar os saberes já produzidos pela comunidade educativa para elaborar respostas originais.

Perguntados sobre seu posicionamento com relação a essas ideias e se (e como) elas estão "traduzidas" no curso de licenciatura de suas respectivas instituições, os coordenadores revelaram que a implementação de ações metodológicas que privilegiam a ação-reflexão-ação e a resolução de problemas encontra muita resistência por parte do corpo docente, em parte devido à própria divergência de opiniões a respeito do que é importante ensinar aos alunos e, em parte, em função da falta de tempo para preparar aulas com essa preocupação:

> A gente tenta trabalhar bastante isso nas disciplinas mais voltadas para a formação de professores, porque as outras disciplinas de cunho geral da Matemática e das áreas afins, elas são todas desenvolvidas por professores que muitas vezes não têm formação nenhuma em Educação Matemática ou em Educação... e muitos deles nem fizeram uma Licenciatura. Então, embora tenham uma boa vontade muito grande, não têm um conhecimento sobre essas propostas, para colocarem em prática em suas disciplinas. Então o que acaba acontecendo é que a gente tenta, mas na prática acaba acontecendo uma dicotomização com as disciplinas... específicas de Matemática são trabalhadas de um modo e as outras são trabalhadas de outro modo. E os alunos percebem isso naturalmente e reclamam, e reivindicam. (Coordenador da Inst. Estadual, SILVA, 2004, p. 169)

> Então o que a gente faz? Primeiro nós introduzimos esta disciplina [Ensino da Matemática Através de Problemas] e alguns professores mais atentos e que conhecem essa metodologia começaram a lecionar. Ali, depois, esses professores param de lecionar e entram outros. Então, com isso a gente conta de que essa ação vai espalhando a idéia no corpo docente. E de fato existe uma melhora. Se nós formos ver o curso como é hoje e como era em 1985, existe uma diferença muito grande. Agora, naturalmente ainda não chegamos no ponto dessa metodologia estar presente em todas as disciplinas... ainda não chegamos nesse ponto. (Coordenador da Inst. Federal, SILVA, 2004, p.159)

Alguns coordenadores explicitaram sua crítica ao excesso de competências, apontadas na legislação, a serem contempladas num curso de formação inicial:

> Agora... eu acho que esse texto, por exemplo, ele é um pouco exagerado, sinceramente... Eu acho que é bastante... Me dá a sensação de que a gente tem que formar um super-herói quando lê isso daqui... Que o

> professor vai ser a pessoa que sabe mais de tudo o que é possível. Porque ele tem que saber fazer ação-reflexão, tem que saber resolver problemas de todos os tipos, ele tem que saber trabalhar autonomamente no ensino, criar propostas de intervenção pedagógica... Como se todas as outras profissões exigissem profissionais que tivessem tantas habilidades assim. E eu vejo que a gente precisa ser um pouco mais "pé no chão". Os outros profissionais, em quatro anos, não conseguem ter tantas habilidades assim, eu não sei porque a gente acha que um professor vai conseguir. Ninguém é super-herói... (Coordenador da Inst. Estadual, SILVA, 2004, p. 170)

Por outro lado, os mesmos coordenadores afirmam que é possível iniciar um processo de conscientização na formação inicial, que deverá ter continuidade durante toda a vida profissional do docente:

> Mas eu acho assim, não é que ele seja utópico, não, mas eu acho que ele não vai sair daqui pronto para fazer tudo, mas com autonomia para buscar fazer... Com autonomia para buscar fazer... Espera-se que ...? Tudo o que eu estou falando é "espera-se que"... (Coordenador da Inst. Comunitária, SILVA, 2004, p. 181)

O COORDENADOR E A DISCUSSÃO SOBRE ARTICULAÇÃO ENTRE OS DIFERENTES COMPONENTES CURRICULARES DO CURSO E TAMBÉM SOBRE PRÁTICA DE ENSINO E ESTÁGIO SUPERVISIONADO

Silva (2004) investigou como os coordenadores interpretaram a inserção de quatrocentas horas de prática no curso de Licenciatura em Matemática, perguntando a eles: como as quatrocentas horas de prática foram programadas no currículo do curso? Elas estão articuladas com os conhecimentos teóricos (tanto os da Matemática como os da Educação)? De que modo? A prática e o estágio ainda são atividades isoladas no curso de licenciatura ou elas estão partilhadas com os demais componentes curriculares? Em outras palavras: os demais componentes curriculares têm uma dimensão prática? Qual?

Nessa discussão, ficou evidente que as interpretações feitas pelos coordenadores são bastante distintas. Alguns relacionaram a "dimensão prática", presente na legislação, a ações incumbidas aos alunos, como preparar aulas simuladas, fazer entrevistas, fazer observações, atuar em projetos de intervenção nas escolas:

> [...] essas quatrocentas horas de prática nós já temos há muito tempo... por exemplo, nós já temos aqui há quase vinte anos a disciplina "Instrumentação para o Ensino da Matemática"... Criamos uma disciplina só para isso: para fazer a transposição didática. Então, nessa disciplina de Instrumentação, que é dada pelo departamento de Matemática, são feitas aulas simuladas. (Coordenador da Inst. Federal, SILVA, 2004, p. 160)

> Já [foram inseridas as 400 horas de prática no curso]... Nós colocamos... As nossas disciplinas pedagógicas... elas já tinham um cunho prático... Então agora o que nós fizemos foi regulamentar essas atividades do aluno sair da sala de aula e ir para a escola fazer entrevistas, fazer observações, atuar com um projeto de intervenção, e em cursos, dentro da própria sala de aula em cada uma das diversas disciplinas que trabalham as questões referentes à formação de professores especificamente. (Coordenador da Inst. Estadual, Silva, 2004, p. 171)

Parece também existir uma concepção de que somente os componentes curriculares "pedagógicos" poderiam discutir a prática:

> É [...] são mais as disciplinas voltadas para a formação de professores. Porque são essas que discutem a prática, não é? Então a gente acabou pensando nessas daí... (Coordenador da Inst. Estadual, Silva, 2004, p. 173)

Alguns depoimentos relataram a busca de inserir a prática em todo o curso e discuti-la em todos os componentes curriculares, inclusive nos específicos de Matemática:

> Colocamos um espaço reservado na grade, na matriz curricular, com o componente curricular prática que será um professor que, em cada semestre vai coordenar toda a prática que está sendo desenvolvida em todas as disciplinas daquele semestre. Então, nós diluímos essas 400 horas em todos os semestres com um momento presencial que é para discussão, que é próprio chamado de Prática, que vai dar uma média de 40 horas por semestre, então cada um dos semestres tem 40 horas dedicadas exclusivamente para prática, com um professor coordenador da prática e, além disso, nós diluímos mais ou menos uma média de 10, 12 horas para cada disciplina em que cada professor deverá durante o seu conteúdo, que ele está trabalhando, buscar... solicitar aos alunos que observem onde que seria aplicado na prática aquilo que ele está vendo. (Coordenador da Inst. Particular, Silva, 2004, p. 147)

O maior obstáculo detectado pelos coordenadores para que essas instruções ainda não tivessem sido implementadas, ou o tivessem sido parcialmente, é a variedade de formações, concepções e ideias encontradas no grupo de docentes que trabalham nas Licenciaturas em Matemática:

> [...] nós temos essa limitação ainda quanto à formação desses professores que dão aula de Cálculo, de Geometria, de Álgebra... Então, nessas disciplinas a gente não tem feito, mas a gente retoma, por exemplo, conceitos do Cálculo quando nós vamos fazer essa Prática de Ensino e Metodologia de Ensino para justificar coisas que nós fazemos lá no ensino fundamental e médio. (Coordenador da Inst. Estadual, Silva, 2004, p. 172)

Por outro lado, um coordenador destaca que essa diversidade na composição do grupo de professores pode ser revertida em benefício do curso:

> Veja bem, o professor de Matemática, ele vai ter que estar aberto para discutir aspectos da Educação. Mas o pessoal da Educação vai ter que estar aberto para entender as especificidades de Matemática. É mão dupla. Se a Educação tentar centralizar e fechar essa discussão "educação é minha", não vai funcionar. Se o matemático se fechar "eu não discuto educação porque eu sou matemático", também não vai funcionar. Aí não vai sair do papel nunca... infelizmente não vai estar na mão de lei, não... vai estar na mão das pessoas, porque aí é predisposição. Eu posso dizer que me abro, e a hora que eu fecho a porta da minha sala de aula eu não me abro. (Coordenador da Inst. Comunitária, SILVA, 2004, p. 184)

O coordenador e a reflexão sobre articulação entre teoria e prática

Buscando identificar concepções que estes coordenadores possuem sobre a relação entre teoria e prática e conhecer quais as principais barreiras para implementar, no curso, atividades que contemplem a articulação entre teoria e prática, Silva (2004) apresentou algumas questões para discussão envolvendo tais assuntos.

Depoimentos dos coordenadores revelam uma visão de unidade entre teoria e prática, ponderando que, inclusive nas aulas expositivas, é possível realizar essa articulação:

> [...] em qualquer tipo de aula eu acho que pode ser articulada a teoria e a prática, não é só porque eu estou no laboratório que é lá que eu vou fazer prática. Não é uma questão de *"locus"*. Eu acho que é a todo momento. Você está dando uma aula expositiva mas, de repente, ali, aquele conceito, ele saiu de algum lugar e ele vai para algum lugar, ele tem uma aplicação. E aí você já está fazendo a articulação teoria e prática. Não é fazer o conceito matemático pelo conceito matemático. (Coordenador da Inst. Comunitária, SILVA, 2004, p. 185)

A ênfase, porém, quando se fala em prática, é citar atividades relacionadas ao uso de laboratórios, uso de recursos como informática, *internet*, calculadora, vídeos, computadores com programas que podem ser usados com fins didáticos, materiais manipuláveis para construções geométricas e coleções de livros didáticos de várias séries para serem analisados pelos alunos:

> [...] a gente tem uma disciplina específica que faz uso desses recursos como informática, *internet*, calculadora, vídeos, tv... Então, dentro dessa disciplina, a gente usa todos os laboratórios e, em outras disciplinas os alunos sempre têm à disposição os laboratórios também. A gente tem um laboratório de Educação Matemática onde temos computadores com programas que podem ser usados para a nossa aula e fazer atividades diversas dentro da prática. Tem o laboratório de Educação Matemática de... Laboratório de Ensino da Matemática que tem materiais mais manipuláveis,

com construções geométricas, materiais já bastante divulgados no ensino fundamental e médio. Nós temos várias disciplinas que usam recursos audiovisuais, principalmente nessas envolvendo questões do ensino da Matemática especificamente. (Coordenador da Inst. Estadual, SILVA, 2004, p. 173)

O tratamento dos conteúdos da Educação Básica nos cursos de Licenciatura em Matemática na opinião dos coordenadores

Em sua investigação, Santos (2005) colocou o foco em "como os conteúdos matemáticos da Educação Básica são abordados nos cursos de Licenciatura em Matemática". Partiu da análise de ementas de disciplinas de cursos ministrados em diferentes estados da federação, concluindo que a abordagem desses conteúdos se dá como mera revisão e como suporte para o estudo de outros conteúdos. Na sequência, entrevistou os mesmos coordenadores de curso que haviam participado da pesquisa de Silva (2004), buscando identificar o seu posicionamento a respeito das articulações realizadas entre os conteúdos matemáticos ensinados na licenciatura e aqueles que serão futuramente ensinados pelos licenciandos.

Optou por apresentar, aos entrevistados, três discussões enfocando alguns pontos de vista encontrados na literatura sobre o assunto, como estudos de Shulman (1986, 1987, 1992), Pires (2002) e Elbaz (1983). Esse procedimento de apresentação de textos teóricos baseou-se na experiência, já mencionada, de debate no Fórum Virtual, em que a exposição de alguns textos sobre formação de professores estimulou o debate entre os participantes. A seguir, estão destacadas as finalidades de cada discussão e respostas às questões formuladas a eles.

AS REFLEXÕES DOS COORDENADORES SOBRE OS CONHECIMENTOS DOS PROFESSORES PARA ENSINAR MATEMÁTICA COM BASE NOS ESTUDOS DE SHULMAN

Santos (2005) utilizou um texto inicial para a reflexão sobre as três vertentes propostas por Shulman[5] e depois perguntou aos coordenadores se, em

---

[5] "Shulman (1986, 1987, 1992) considera que cada área do conhecimento tem uma especificidade própria e justifica a necessidade de se estudar o conhecimento do professor, tendo em vista a disciplina que ele ensina. Ele identifica três vertentes no conhecimento do professor, quando se refere ao conhecimento da disciplina para ensiná-la: o conhecimento do conteúdo da disciplina, o conhecimento didático do conteúdo da disciplina e o conhecimento do currículo. Se o conhecimento do conteúdo da disciplina a ser ensinada envolve a compreensão e a organização da disciplina, o professor deve compreender a disciplina que vai ensinar a partir de diferentes perspectivas e estabelecer relações entre vários tópicos do conteúdo disciplinar e entre sua disciplina e outras áreas do conhecimento. Evidentemente o conhecimento do currículo engloba o conhecimento não só de objetivos e conteúdos, mas também de materiais que o professor disponibiliza para ensinar sua disciplina, a capacidade de fazer articulações horizontais e verticais do conteúdo a ser ensinado,

sua opinião, essas três vertentes apontadas por Shulman estão contempladas no curso que coordenam, e de que modo.

Alguns relatos revelam que existem dificuldades que permeiam essa discussão, tanto em razão da formação em "Matemática pura" dos professores, quanto pela falta de "tempo" para aprofundar essa questão:

> Agora eu tenho uma certa dificuldade, eu não sei assim fazer um comentário com você, porque a minha formação é de Matemática, entendeu e naturalmente como eu sou professor, eu sempre faço a reflexão sobre a minha prática pedagógica. (Coordenador da Inst. Federal, SANTOS, 2005, p. 83)

> [...] quais são os problemas que nós encontramos? Primeiro a formação de alguns professores que não têm essa visão, eles estão mais dentro de uma linha tradicional que chega e apresenta o conteúdo deste então, exemplos e exercícios então acaba indo contra a aquilo que nós estamos buscando, desenvolvendo no curso... o outro problema que nós temos é o comprometimento do professor com a instituição, fica meio que ameaçada a partir do momento em que o professor só tem apenas quatro horas aulas dentro da instituição... (Coordenador da Inst. Particular, SANTOS, 2005, p. 83)

> [...] quando a gente traz um texto para ler a experiência tem mostrado que está muito complicado, pois quando chega pasta de reunião que você é obrigado a aprovar é lida na hora, imagina um texto teórico em discussão... a reflexão está ficando sob a responsabilidade de cada um... (Coordenador da Inst. Particular, SANTOS, 2005, p. 83)

No entanto, constatou-se que há tentativas no sentido de reverter esse quadro:

> [...] nós temos tentado procurar inclusive, na atribuição, olhar o perfil, ou seja, se a pessoa tem perfil para trabalhar com o curso de licenciatura para ela lembrar que ela está formando um professor que vai se espelhar nele em algum momento... (Coordenador da Inst. Comunitária, SANTOS, 2005, p. 84)

No que se refere ao conhecimento do conteúdo da disciplina, os coordenadores destacaram:

> Todas as disciplinas do curso buscam relacionar, até a Análise Matemática está trabalhando, além do conteúdo específico dentro da própria Matemática, também trabalha com conteúdos que ele vai trabalhar na Educação Básica... (Coordenador da Inst. Particular, SANTOS, 2005, p. 85)

---

a história da evolução curricular do conteúdo a ser ensinado. Esse saber não está formalizado em teorias, mas traça as diretrizes do trabalho do professor em sala de aula. É interessante destacar que a expressão denominada por Shulman (1986, 1987, 1992) *"pedagogical content knowledge"*, traduzida por alguns autores como "conhecimento pedagógico disciplinar" e por outros como "conhecimento didático do conteúdo', é uma combinação entre o conhecimento da disciplina e o do "modo de ensinar" e de tornar a disciplina compreensível para o aluno. Esse tipo de conhecimento incorpora a visão de conhecimento da disciplina como saber a ser ensinado, incluindo os modos de apresentá-lo e de abordá-lo de forma que seja compreensível para os alunos, e ainda as concepções, crenças e conhecimentos dos estudantes sobre a disciplina".

> [...] o conhecimento da disciplina do professor é muito bom e bem desenvolvido porque a gente já conseguiu melhorar um pouco essa formação Matemática do licenciando incorporando os conteúdos básicos que eles vão ensinar... (Coordenador da Inst. Estadual, Santos, 2005, p. 84)

Já em relação ao conhecimento didático do conteúdo da disciplina, os coordenadores fazem comentários que demonstram uma preocupação em reverter a desarticulação entre conhecimentos matemáticos e didáticos:

> Esse conhecimento didático do conteúdo da disciplina, eu acredito que nós estamos começando a desenvolver com esta interface que fazemos com as disciplinas pedagógicas e com aquilo que eles aprendem lá nas outras disciplinas específicas da Matemática... (Coordenador da Inst. Estadual, Santos, 2005, p. 85)

> [...] nós não trabalhamos separadamente a parte didática só com teoria, isso nós não fazemos no curso agora com a nova proposta, a nossa didática já é uma didática voltada para a Matemática, então além de envolver conteúdos didáticos ela também tem a característica de apresentar objetos matemáticos que deverão ser estudados pelos alunos... (Coordenador da Inst. Particular, Santos, 2005, p. 86)

Dentre os depoimentos, chamou a atenção uma espécie de crença na existência de professores intuitivos, de um "conhecimento intuitivo" de ensinar bem, uma habilidade pessoal:

> Naturalmente, que só conhecer o conteúdo não é suficiente, em geral, pois existem aqueles que são professores intuitivos, ou seja, a pessoa só aprendeu o conteúdo, mas por uma habilidade pessoal ele já tem um conhecimento intuitivo de ensinar bem, isto existe mais de um modo geral, eu acho que é preciso ser trabalhado, então aí é um problema que só o conhecimento não é suficiente, mas realmente sem um conhecimento não dá, pois o professor sempre tem que estar se aprimorando no conhecimento matemático e o conhecimento didático e curricular, de preferência, sempre andarem juntos. (Coordenador da Inst. Federal, Santos, 2005, p. 86)

Em relação ao conhecimento do currículo, Santos (2005) destaca que apenas em uma das instituições analisadas foi verificada uma ementa direcionada ao conhecimento do currículo. Nela, há indicações do planejamento de atividades didáticas e de elaboração de material didático para laboratório de ensino, mas na própria fala do respectivo coordenador surgem indícios de que esta abordagem não é muito trabalhada, pois não há professores especializados para isto. Porém, de modo geral, os coordenadores não consideram que essa dimensão seja contemplada satisfatoriamente:

> Agora, o conhecimento do currículo, eu acho que o nosso corpo em especial trabalha pouco, trabalham poucas questões de planejamento escolar e de desenvolvimento do currículo, porque a gente não tem pessoas especializadas para trabalhar no mais com isso... (Coordenador da Inst. Estadual, Santos, 2005, p. 87)

mas nós discutimos estas questões de forma menos direta em outras disciplinas... Agora, esses conhecimentos do currículo de esquemas formais de teoria sobre a questão curricular a gente não discute muito não, acaba discutindo questões de materiais, de planejamento prático das coisas, mas não de uma forma que articula mais com a teoria. Mas eu acho que tem sido suficiente para os alunos que se dedicam na parte pedagógica dentro do curso tem um bom desenvolvimento, agora não tem uma preocupação que insista em discutir a parte mais teórica e formal dessa questão do conhecimento do currículo. (Coordenador da Inst. Estadual, Santos, 2005, p. 87)

AS REFLEXÕES DOS COORDENADORES SOBRE A ABORDAGEM DOS CONTEÚDOS DA EDUCAÇÃO BÁSICA, NOS CURSOS DE LICENCIATURA

Para conhecer a opinião dos coordenadores de cursos a respeito da abordagem dos conteúdos da educação básica, nos cursos de licenciatura, Santos apresentou um texto[6] e propôs o debate das seguintes questões: qual sua opinião sobre as ideias apresentadas no texto? Você considera que elas estão contempladas no curso de licenciatura de sua instituição? De que modo? Existe alguma disciplina específica que aborda os conteúdos do Ensino Básico no curso de Licenciatura em Matemática de sua instituição? Em qual momento do curso, essa disciplina é desenvolvida e por quê?

De modo geral, os coordenadores posicionaram-se favoráveis às propostas apresentadas no texto:

> Bem, eu acho positivo, aqui no departamento de Matemática nós temos essa consciência... nós precisamos trabalhar com o conteúdo da Educação Básica e isso nós temos presente em nosso curso de Licenciatura... (Coordenador da Inst. Federal, Santos, 2005, p. 89)

Um dos coordenadores explicita que no curso que coordena existe a abordagem dos conteúdos do Ensino Básico e que ela não é "apenas uma revisão".

---

[6] "Nos cursos de licenciatura, a conotação dada aos conteúdos da educação básica não deve ser apenas a de revisão daquilo de que os futuros professores estudaram (ou 'deveriam' ter estudado); se por um lado essas revisões acabam causando desinteresse dos ingressantes, por outro lado, é necessário construir conhecimento aprofundado e consistente para ampliação do universo de conhecimentos matemáticos e adequá-los às atividades escolares próprias das diferentes etapasme modalidades da educação básica. Os cursos de licenciatura, que adotam uma perspectiva de preparação para a docência, devem contemplar: o tratamento especial aos conteúdos matemáticos da educação eásica com ênfase no processo de construção desses conhecimentos, sua origem, seu desenvolvimento, em disciplinas específicas, em que os estudantes possam consolidar e ampliar conteúdos com os quais irão trabalhar no ensino básico e as articulações desses conteúdos de forma articulada com sua didática. O domínio desses conhecimentos matemáticos sustenta o processo de transformação do saber científico para o saber escolar e a compreensão do processo de aprendizagem dos conteúdos da Educação Básica pelos alunos". Pires, C. M. C. In: Reflexões sobre os cursos de Licenciatura em Matemática, tomando como referência as orientações propostas nas Diretrizes Curriculares Nacionais para formação de professores da Educação Básica. *Educação Matemática em Revista*. Edição Especial. 2002.

> [...] todo o conteúdo do ponto de vista geral está presente e todos os professores aqui, a gente já conversou sobre isso várias vezes, estão conscientes de que a gente não deve fazer apenas uma revisão, ou seja, do jeito que a gente imagina que é pra ser feito lá (ensino básico) a gente pega e faz aqui, então isto já é do conhecimento geral e todo mundo trabalha assim. Agora, naturalmente que na hora de implementar não é muito simples... a proposta é que nenhuma delas seja de revisão pura, sempre tenha um adicional... (Coordenador da Inst. Federal, Santos, 2005, p. 90)

No entanto, a análise de ementas de disciplinas revela objetivos de revisão e de nivelamento dos alunos, o que nos faz supor que existe, sim, uma abordagem dos conteúdos do ensino básico, mas com a ideia de retomada, para amparar outras disciplinas do curso. A propósito dessa mesma temática, outros coordenadores revelaram as seguintes preocupações:

> [...] eu acho que é necessária a retomada desses conteúdos da educação básica visto que o aluno tem a perspectiva de aluno daquele conteúdo e ele precisa ter a visão como professor, então isso já seria um dos motivos de abordar esse conteúdo novamente. O segundo motivo, que eu acredito ser necessária a abordagem é que os alunos chegam no ensino superior com um conhecimento muito frágil... (Coordenador da Inst. Particular, Santos, 2005, p. 91)

> [...] por exemplo, na disciplina Análise crítica de livros didáticos, em que a gente, a partir da análise dos conteúdos básicos, que deveriam ensinar nas escolas do ensino fundamental e médio, eles pudessem olhar para os conteúdos avançados e ver a interferência da Matemática como área do conhecimento, como área de investigação sobre esses conteúdos e como esses estudos anteriores deles ajudavam nesta compreensão, então a gente começou a fazer por aí, mas nós vimos que isto não era suficiente... (Coordenador da Inst. Estadual, Santos, 2005, p. 92)

> [...] nós temos a disciplina Fundamentos da Matemática Elementar I que é dada no primeiro semestre que tem como objetivo estudar as funções e geralmente ela é dada para o curso de Cálculo... Fundamentos da Matemática II é continuar trabalhando com as funções, aquilo que não for possível trabalhar no primeiro semestre... Acreditamos que não vá dar tempo de *varrer* (grifo nosso) todas as Funções no primeiro semestre e também já começar a fazer alguma coisa de Álgebra que é discutir inequações, sistemas lineares, matrizes, determinantes que prepara para o curso de Álgebra Linear no terceiro semestre. (Coordenador da Inst. Particular, Santos, 2005, p. 93)

As reflexões dos coordenadores sobre a especificidade do saber docente

A discussão sobre esse tema foi realizada a partir da apresentação de ideias de Elbaz.[7] Os coordenadores apresentaram sua opinião sobre a especificidade

---

[7] "Elbaz (1983) considera o contexto escolar como parte integrante dos conhecimentos dos professores. Essa faceta do conhecimento dos professores, segundo Elbaz (1983), inclui os estilos de aprendizagem dos alunos, os interesses, as necessidades e as dificuldades que os alunos possuem, um repertório de técnicas de ensino e competências de gestão de sala de aula. Evidentemente, esses estudos estariam vinculados a um conhecimento profundo dos conteúdos matemáticos que

dos saberes docentes e fizeram conjeturas sobre o provável pensamento dos professores do curso que coordenam, a esse respeito.

> Eu acho que é muito importante você ter um saber da disciplina com um olhar diferenciado para ensinar, isso a gente tenta trabalhar bastante com os alunos do nosso curso... nós não vamos formar todos os alunos para ser especialistas em Matemática, então eu acho que é muito importante você ter esse olhar diferenciado em relação ao saber específico pra poder olhar para aquela disciplina como algo que vai ser ensinado para pessoas de conhecimentos muito diversos daqueles dos especialistas... (Coordenador da Inst. Estadual, SANTOS, 2005, p. 96)

> [...] eu concordo que tem que ser diferente, pois o curso de licenciatura tem uma característica e o curso de bacharelado tem uma característica diferente e o de Licenciatura obrigatoriamente deve tratar das especificidades dos saberes docentes, não só desenvolvendo os conhecimentos matemáticos, mas também como que os conhecimentos serão trabalhados na Educação Básica. Diferentemente do curso de bacharelado que a gente já teria mais que observar quais são os conhecimentos e como são desenvolvidos esses conhecimentos matemáticos. (Coordenador da Inst. Particular, SANTOS, 2005, p. 96)

> Quanto aos professores do nosso curso, eu acredito que eles ainda tenham uma forte inclinação de que quanto mais Matemática de especialista que você ensinar, melhor você vai estar formando um professor e muitos deles têm essa visão ainda embora haja um grupo de outro departamento que eu te falei que tenha uma visão diferenciada que acha que a licenciatura tenha um outro caráter que não é o mesmo da formação de um bacharel que tem o objetivo de formar especialistas, então existe esse grupo menor que pensa a licenciatura de uma outra forma, mas existe esse outro grupo também que, no meu ponto de vista ainda acha que se você formar um especialista que sabe muita Matemática ele vai dar conta de ensinar Matemática em qualquer nível, e a gente vê que não é bem assim... (Coordenador da Inst. Estadual, SANTOS, 2005, p. 98)

É importante mencionar que os relatos dos coordenadores, embora mostrem que muitos problemas do curso persistem, também identificam uma mudança de comportamento do corpo docente:

> [...] isto tem sido uma coisa difícil dentro da formação dos professores no Brasil, pois eu acho que há muito pouco tempo a gente está começando a olhar dessa maneira... queremos pessoas que se dediquem ao ensino, que sejam profissionais tanto quanto os outros que se dedicam a outras atividades, como você não pode sair por aí, sendo engenheiro e querendo ser médico, você não vai sair por aí querendo ser professor se você não teve formação para isso. (Coordenador da Inst. Estadual, SANTOS, 2005, p. 99)

> [...] para dar aulas você tem que ter uma consciência, e o que forma esta consciência? é você ter consciência desta diferença entre você saber o conteúdo e saber ensinar aquele conteúdo... (Coordenador da Inst. Comunitária, SANTOS, 2005, p. 99)

---

serão objeto de ensino. Também são indicadores de que os cursos de licenciatura, que não se distinguem dos cursos de bacharelado, ficam 'devendo' esse aspecto da formação."

Algumas conclusões

A atual legislação para formação de professores criou um espaço nas instituições de ensino superior para debates e reformulações nos cursos de licenciatura. No entanto, as investigações, como as de Silva e Santos, mostram que parece haver muita dificuldade por parte dos coordenadores desses cursos no que se refere a discutir temas como competências profissionais e prática reflexiva, entre outros. Ao que tudo indica, a energia e o tempo dos coordenadores são dirigidos à solução de problemas burocráticos; a "apagar incêndios" provocados pela existência de diferentes grupos que provocam a cisão no quadro docente do curso; a buscar alternativas para enfrentar o chamado "analfabetismo matemático" de boa parte dos alunos que ingressam nos cursos de Matemática, vítimas de políticas educacionais e sociais e de práticas docentes inadequadas.

Pelo que se pode inferir dos depoimentos, há grande dificuldade de exercer uma liderança positiva no grupo de professores de seu curso. Assim, mesmo fazendo análises interessantes a respeito de problemas a serem enfrentados, os coordenadores deixam patente a dificuldade de buscar soluções coletivas, em especial nas instituições em que há uma divisão entre "matemáticos" e "educadores matemáticos", com concepções muito diferentes sobre o que significa formar um professor de Matemática.

No caso dos coordenadores de cursos de Licenciatura em Matemática entrevistados, as discussões em torno dos conceitos fundamentais veiculados pela atual legislação tornam-se menores, diante dos graves problemas que esses cursos enfrentam atualmente. Notou-se também que, embora as propostas contidas nas diretrizes não tenham sido colocadas em prática nos cursos, os coordenadores propuseram alternativas para superar problemas. Provavelmente, a disseminação das pesquisas existentes sobre formação de professores venha a impulsionar as instituições de ensino superior a obterem melhores resultados na reformulação de seus cursos.

A tradição de trabalhar os conteúdos matemáticos da educação básica nos cursos de Licenciatura em Matemática com o caráter de revisão e com o objetivo de que o aluno constitua "pré-requisitos" para a aprendizagem de diferentes disciplinas do curso parece manter-se, sem uma reflexão sobre a importância de retomá-los tendo em vista as transposições e abordagens didáticas necessárias.

Entendemos que, sendo concebidos como cursos de formação inicial em Educação Matemática, os cursos de licenciatura devem apoiar-se em conhecimento matemático visceralmente vinculado ao tratamento pedagógico e histórico. Desse modo, conteúdos que deverão ser explorados pelos futuros professores na educação básica precisam ser trabalhados na licenciatura, ainda que sejam "conhecidos" pelos licenciandos em sua vivência como alunos dos ensinos fundamental e médio, uma vez que é necessário um aprofundamento, seja em seus aspectos epistemológicos, históricos, em suas articulações com outros conteúdos matemáticos em outras disciplinas educacionais e de seu papel na formação dos alunos.

Para finalizar, gostaríamos de ressaltar a importância de ampliar as pesquisas sobre formação inicial de professores de Matemática e, principalmente, estimular a realização de programas de formação, eventos especiais (como seminários, colóquios etc.) destinados a coordenadores e professores dos cursos, com a finalidade de veicular os resultados de pesquisa existentes e colocá-los em prática e também de produzir conhecimentos sobre essa formação – única possibilidade de construir uma formação de professores de Matemática, rica, rigorosa, com qualidade.

Referências

CONSELHO NACIONAL DE EDUCAÇÃO. Resolução n. 2, de 26 de junho de 1997. Dispõe sobre os programas especiais de formação pedagógica de docentes para as disciplinas do currículo do ensino fundamental, do ensino médio e da educação profissional em nível médio. Disponível em: <http://portal.mec.gov.br/cne/arquivos/zip/cne0297.zip. Acesso em: 14/09/06

CURI, E. *Formação de professores de Matemática: realidade presente e perspectivas futuras.* São Paulo, 2000. 244 f. Dissertação (Mestrado em Educação Matemática) Pontifícia Universidade Católica de São Paulo.

CURI, E. O tratamento dos conteúdos de Educação Básica nos cursos de licenciatura em Matemática. I Seminário Nacional de Licenciaturas em Matemática. Salvador, 2003.

ELBAZ, F. *Teacher thinking: A study of practical knowledge.* London: Croom Helm, 1983.

FIORENTINI, D. O Estado da Arte da Pesquisa Brasileira sobre Formação de Professores que Ensinam Matemática. In Anais do I Seminário Nacional de Licenciaturas em Matemática Salvador Bahia 3 a 5 de abril de 2003.

PERRENOUD, P. *Dez novas competências para ensinar.* Tradução de: Patrícia Chittoni Ramos. Porto Alegre: Artes Médicas do Sul, 2000.

PIRES, C. M. C. Novos desafios para os cursos de Licenciatura em Matemática. *Educação Matemática em Revista*, São Paulo, n. 8, p. 10-15, 2000b.

PIRES, C. M. C. Reflexões sobre os cursos de Licenciatura em Matemática. *Educação Matemática em Revista*, São Paulo, ano 9, p. 44-56, 2002.

PIRES, C. M. C. Reflexões sobre Cursos de Licenciatura em Matemática, tomando como referência as orientações propostas nas Diretrizes Curriculares Nacionais para a formação de professores da Educação Básica. *Educação Matemática em Revista*. ano 9, n. 11 A (Edição Especial), abr. 2002. São Paulo: 2002.

SANTOS, R. C. *Conteúdos Matemáticos da Educação Básica e sua Abordagem em Cursos de Licenciatura em Matemática.* São Paulo, 2005. 234 f. Dissertação (Mestrado em Educação Matemática) Pontifícia Universidade Católica de São Paulo.

SCHÖN, D. A. *Educando o profissional reflexivo: um novo design para o ensino e a aprendizagem.* Tradução de Roberto Cataldo Costa. Porto Alegre: Artes Médicas Sul, 2000.

SHULMAN, L. S. *Those who understand: Knowledge Growth.* Teaching. Educational Researcher, v. 15, n. 2, p. 4-14, 1986.

SHULMAN, L. S. *Knowledge and teaching: Foundations of the new reform.* Harvard Educational Review, 57, p. 1-27, 1987.

SILVA, M. A. *A atual legislação educacional brasileira para formação de professores: origens, influências e implicações nos cursos de Licenciatura em Matemática.* São Paulo, 2004. 186 f. Dissertação (Mestrado em Educação Matemática) Pontifícia Universidade Católica de São Paulo.

SOCIEDADE BRASILEIRA DE EDUCAÇÃO MATEMÁTICA. *Síntese das discussões realizadas durante o Fórum Nacional de Licenciatura em Matemática.* Disponível em: <www.mat.ufmg.br/~syok/diretrizes/ForumSBEM.DOC. 2002>.

Relações com saberes na formação de professores[1]

Ana Lúcia Manrique
Marli E. D. A. André

O tema formação de professores tornou-se alvo de atenção dos pesquisadores nos últimos anos, tanto em nosso país quanto no exterior. Uma grande parte dessas pesquisas aborda questões relacionadas aos cursos e processos de formação inicial ou continuada. Outras investigam as crenças, representações e as práticas do professor. São raros os trabalhos que focalizam mudanças associadas aos processos de formação e mais raros ainda os que estudam as relações do docente com os conhecimentos de sua área específica.

Essa constatação nos levou a tomar esses dois aspectos como pontos de partida para a nossa investigação. Os questionamentos eram muitos, por exemplo: as mudanças têm origem em fatores internos ou externos? Ou em ambos? Qual o peso das motivações, dos interesses, das crenças, das concepções e das representações dos professores nas mudanças? Em que medida as mudanças são afetadas pelas relações interpessoais que ocorrem em diferentes ambientes, como a sala de aula, o contexto escolar e o próprio processo de formação? A relação do professor com sua área de especialização interfere nas mudanças? Como? A elaboração dessas questões nos auxiliou na delimitação de nosso objeto de estudo, porém não conseguimos respondê-las neste texto – apenas fornecer alguns elementos que contribuam para outras investigações.

Alguns pressupostos orientaram as escolhas e a forma de condução da pesquisa. Decidimos acompanhar um processo de formação continuada, planejado e desenvolvido por um grupo de docentes e de pesquisadores da PUC-SP. Nossa intenção era focalizar os participantes do processo de formação nas situações por eles vivenciadas e nas suas relações com o outro. Ou seja, consideramos que, num processo de formação, planejam-se ações que serão desenvolvidas com professores que, por sua vez, reagem às ações planejadas, dependendo de fatores pessoais e sociais, tais como: concepções, sentimentos, formas de socialização e de relação. Propusemo-nos, assim, a investigar as

---
[1] Este artigo toma por base o trabalho de doutorado de Manrique (2003), orientado por Marli André.

relações vividas em situações de formação, que podem desencadear mudanças de atitudes, concepções e práticas.

Para realizar o trabalho, recorremos ao uso de instrumentos que fornecessem, com detalhes e de forma longitudinal, uma compreensão em profundidade de como se realizam as relações com o saber, no contexto de um processo de formação em Geometria que envolveu sete professores de Matemática da rede pública do estado de São Paulo, sob a responsabilidade de um grupo de docentes e pesquisadores da PUC-SP, que se reuniam semanalmente com os professores, durante três anos. Esse projeto obteve auxílio da FAPESP – Fundação de Amparo à Pesquisa do Estado de São Paulo.

Procedimentos metodológicos

Por assumirmos que o contexto é importante para a compreensão do processo de mudança, por considerarmos que o observador afeta a situação e é por ela afetado e, ainda, por acreditarmos que a compreensão das mudanças ocorridas nos professores exige uma aproximação à perspectiva do outro, é que denominamos esta pesquisa qualitativa.

Os procedimentos de coleta de dados foram: questionários aplicados aos professores e seus alunos; observação não apenas dos encontros de formação realizados durante dois anos mas também de aulas ministradas pelos docentes durante esse período; entrevistas, em dois momentos distintos, com os participantes; relatórios; e um diário para os docentes registrarem suas experiências e reflexões. Fizemos uso desses instrumentos com o intuito de abranger várias dimensões do processo de mudança.

Um questionário inicial foi elaborado e aplicado aos professores, com o objetivo de obter uma caracterização dos participantes e de suas concepções sobre o ensino e a aprendizagem da Matemática, em especial da Geometria. Como tínhamos a intenção de estudar mudanças na prática do professor, também foram elaborados questionários para serem respondidos pelos seus alunos. O objetivo era fornecer um panorama dos conteúdos que estavam sendo trabalhados com os alunos do ensino fundamental.

Além disso, realizamos observações dos encontros de formação. Como o termo observação pode ter diferentes significações, dependendo da orientação do pesquisador, torna-se necessário esclarecer o seu significado nesta pesquisa. Realizamos uma observação participada (ESTRELA, 1994, p. 35), ou seja, observamos e acompanhamos de perto as atividades de formação. O professor ou grupo de professores era observado de forma a que se obtivesse uma descrição das suas ações e reações durante as atividades. A observadora fazia intervenções na atividade que o professor realizava, tanto para ajudá-lo, se necessário, quanto para solicitar esclarecimentos de suas ações como, por que, para que estava agindo daquela maneira. Dessa forma, era possível confirmar ou descartar inferências anteriores, esclarecer dúvidas ou construir novas pistas sobre as situações observadas. Além dos encontros de formação, foram feitas observações nas salas de aula dos participantes, para identificar possíveis mudanças na prática docente.

Outro recurso utilizado foi a entrevista do tipo semiestruturado, com um roteiro básico de questões, aberto a adaptações segundo o aprofundamento de pontos levantados pelos entrevistados. Procuramos manter um respeito muito grande pela pessoa que estava sendo entrevistada e um clima de confiança para que ela pudesse expressar-se livremente. Para isso, a entrevista iniciava-se com questões muito simples e progressivamente abordava temas mais complexos e pontos de vista pessoais. Como o interesse era que o professor falasse sobre as mudanças que estavam ocorrendo em sua prática, decidimos realizar as entrevistas na própria escola e após a observação de uma de suas aulas. Evitamos o ambiente de formação para que o docente não se colocasse no papel de professor em formação, mas no de professor-formador (Nóvoa, 1995).

Foram também usados documentos escritos pelos professores, que tinham o objetivo de obter a perspectiva do sujeito. Era solicitado que cada professor elaborasse um relatório do que havia ocorrido nos encontros de formação, explicitando suas expectativas, conteúdos aprendidos, dificuldades encontradas e acrescentando qualquer tipo de comentário que desejasse fazer. Escolhemos esse tipo de instrumento por acreditarmos que:

> A narrativa provoca mudanças na forma como as pessoas compreendem a si próprias e aos outros. Tomando-se distância do momento de sua produção, é possível, ao "ouvir" a si mesmo ou ao "ler" seu escrito, que o produtor da narrativa seja capaz, inclusive, de ir teorizando a própria experiência. (Cunha, 1997, p. 188)

Esperávamos, com esses relatórios, obter acesso ao processo de mudança operado pelos professores, identificando alterações de concepções, de posturas, de práticas, além de dilemas enfrentados, escolhas realizadas, experiências formativas significativas, campos de tensão e qualquer outro elemento que considerassem desencadeadores ou inibidores de mudanças.

No segundo ano de formação (2001), eles não mais elaboraram esses relatórios. No entanto, em virtude de a narrativa constituir um instrumento valioso para o acesso às experiências dos professores, foi solicitado que eles registrassem, numa espécie de diário, como se deu a elaboração e implementação, em sala de aula, de uma sequência de ensino, que era o foco do segundo ano de formação. Esses diários funcionavam como momentos de reflexão distanciada (Darsie, 1996; Darsie, Carvalho, 1998), pois não eram escritos nos encontros, mas durante a elaboração das sequências – com comentários sobre as dificuldades encontradas e os avanços conseguidos – e após a aplicação da sequência de ensino, com reflexões sobre a experiência realizada.

Reunimos as informações obtidas pelos diversos instrumentos e procedemos à sua triangulação, que não foi efetuada no sentido de validar e, sim, de enriquecer as análises dos processos de mudança. Segundo Spink e Menegon (1999, p. 87),

> [...] o sentido da triangulação foi se modificando, abandonando-se a referência à validação a favor do enriquecimento da interpretação. A triangulação assim reconceituada busca a combinação de métodos heterogêneos, capazes de trazer à baila resultados contrastantes ou complementares que possibilitam uma visão caleidoscópica do fenômeno em estudo, constituindo-se em um dos caminhos de busca de credibilidade perante a comunidade científica.

Um outro estudo relacionado

As primeiras pesquisas com as quais tivemos contato e que abordam os processos de mudança foram as de Polettini (1996, 1998, 2000). Seus trabalhos têm como sujeitos professores de Matemática, da mesma maneira que esta pesquisa. Entretanto, a autora adotou uma metodologia diferente história de vida para investigar as eventuais mudanças. Ela queria identificar as percepções que as próprias professoras pesquisadas tiveram de mudanças que ocorreram em seus pensamentos e/ou em suas práticas. Assim, a história de vida forneceu o ponto de vista do próprio sujeito, após ter ocorrido o processo. Além disso, associou observações do cotidiano escolar, entrevistas e documentos oficiais (Proposta Curricular do Estado de São Paulo e Atividades Matemáticas).

As discussões que ela apresenta sobre o pensamento do professor foram interpretadas em relação aos conhecimentos e às crenças sobre a Matemática, seu ensino e sua aprendizagem. Dessa maneira, as categorias consideradas para as análises em relação ao conhecimento do professor foram: conhecimento do conteúdo, conhecimento de como lecionar o conteúdo e conhecimento do currículo (conforme modelo proposto por Shulman [1986]).

Polettini conclui que, na formação de professores, a abordagem que mais contribui nos processos de mudança é a que integra conhecimento do conteúdo, de como lecionar o conteúdo e do currículo, pois fornece exemplos de atividades que os professores podem utilizar. Em relação às mudanças, aponta o apoio próximo como decisivo no início do processo de mudança. Além disso, ela faz uma distinção entre as mudanças: as duradouras e as abrangentes. As duradouras seriam aquelas produzidas pelo professor quando as ideias adquirem um sentido de propriedade, ou seja, as ideias não são mais de outras pessoas, mas do próprio professor. As abrangentes estariam mudando a visão que o professor tem de seu trabalho em um sentido amplo.

Como a pesquisadora assumiu também o papel de docente do curso de formação, os procedimentos metodológicos por ela adotados também foram diferentes dos da presente pesquisa.

Os professores participantes

Para uma melhor compreensão das mudanças que podem ter ocorrido nos professores que passaram por um processo de formação continuada em Geometria, faz-se necessária uma breve caracterização desses participantes. Vamos designá-los por nomes fictícios, para preservar sua privacidade: Airton, Beatriz, Carla, Daniel, Elaine, Fátima e Gerson. O Quadro I, a seguir, resume a caracterização geral dos professores, obtida nos dados dos questionários por eles respondidos:

Quadro I – Caracterização geral dos professores

Professor	Sexo	Idade	Tempo de magistério	Efetivo na escola	Ensina Geometria?
Airton	masculino	40	11	Sim	Sim
Beatriz	feminino	41	20	Sim	Não
Carla	feminino	35	5	Não	Não
Daniel	masculino	52	14	Não	Não
Elaine	feminino	33	7	Não	Sim
Fátima	feminino	39	2	Não	Sim
Gerson	masculino	45	9	Não	Sim

De uma maneira geral, temos um grupo composto por três homens e quatro mulheres, com idades entre 33 e 52 anos, cujo tempo de experiência varia entre os que têm pouca experiência no magistério (dois anos) até um longo período (20 anos). Professores que lecionam para diversas séries do ensino fundamental e médio. Apenas dois dos sete participantes são efetivos na escola. Quatro professores, no início do processo de formação, relataram ensinar Geometria em alguma das séries que lecionam, e três, não. Entretanto, com exceção de um desses (professor Daniel), os outros disseram, em outras questões do questionário, lecionar alguns conteúdos geométricos. Isso nos faz pensar na maneira que esses conteúdos são trabalhados em sala de aula. Talvez estejam dando apenas um tratamento numérico aos conteúdos geométricos, trabalhando com cálculos e fórmulas. Assim, a resposta de não ensinar Geometria teria algum sentido. Essas informações mostram um grupo heterogêneo em relação ao sexo, ao tempo de magistério, a ser efetivo ou não na escola, ao fato de ensinar Geometria e à maneira de lecionar esse conteúdo.

Um componente relacional no processo de mudança

Quando se pensa nas relações em que os professores, em sua prática pedagógica, se veem inseridos, percebe-se que fazem uso de múltiplos saberes.

Tardif e Raymond (2000, p. 212) atribuem "à noção de 'saber' um sentido amplo que engloba os conhecimentos, as competências, as habilidades (ou aptidões) e as atitudes dos docentes, ou seja, aquilo que foi muitas vezes chamado de saber, de saber-fazer e de saber-ser". Esses autores consideram que os conhecimentos da matéria, os modos de planejar as aulas e as experiências de trabalho compõem o saber docente.

Tardif (2002) afirma que os saberes dos docentes são plurais e heterogêneos. Procuramos um modelo que tentasse representá-los. O modelo proposto por Shulman (1986) baseia-se no fato de que a preocupação das políticas avaliativas oscilam entre o domínio do conteúdo a ser ensinado e o das habilidades puramente pedagógicas. Sugere, então, um terceiro domínio que integra os dois anteriores: conhecimento do conteúdo no ensino. Allain (2000, p. 33) apresenta um quadro que representa os três domínios apresentados por Shulman.

Quadro II Representação do Modelo de Shulman (1986) para os saberes docentes.

	Domínios do saber docente	
I	II	III
Conhecimento do conteúdo (Content Knowledge)	Conhecimento do conteúdo no ensino (Content Knowledge in Teaching)	Conhecimento pedagógico (Pedagogical Knowledge)
	Categorias do conhecimento do conteúdo no ensino	
	Conhecimento sobre a matéria (Subject matter content knowledge)	
	Conhecimento didático da matéria (Pedagogical content knowledge)	
	Conhecimento curricular da matéria (Curricular knowledge)	

Neste esquema, notamos que o domínio que recebe maior atenção, por fazer a integração de um complexo conjunto de saberes que são exclusivos dos professores, é o do conhecimento do conteúdo no ensino, o qual é subdividido em três categorias:

1) conhecimento sobre a matéria: contempla os conhecimentos de que o professor faz uso quando reconhece dificuldades que os alunos enfrentam em determinado conteúdo e os relacionamentos deste com outras disciplinas;

2) conhecimento didático da matéria: inclui as analogias e os exemplos que o professor utiliza para que o aluno compreenda o assunto;

3) conhecimento curricular da matéria: engloba os materiais e recursos que o professor escolhe para abordar o assunto, bem como a ordem e o modo de apresentá-lo.

Shulman (1986) argumenta que esses conhecimentos são construídos na prática do professor, ou seja, à medida que ele se confronta com os desafios da prática docente cotidiana.

Não obstante a pertinência desse modelo, sentimos falta de uma maior atenção às relações nas quais o sujeito se envolve, assim como aos processos de construção e de mudança dos saberes docentes, pois nosso objetivo é investigar as relações vividas em situações de formação, que podem desencadear mudanças de atitudes, concepções e práticas. Por isso, recorremos ao escritos de Charlot (2000, p. 61), para quem "a idéia de saber implica a de sujeito, de atividade do sujeito, de relação do sujeito com ele mesmo (deve desfazer-se do dogmatismo subjetivo), de relação desse sujeito com os outros (que co-constroem, controlam, validam, partilham esse saber)". Essa maneira de considerar o saber permite que se explicite o seu caráter dinâmico e em constante transformação.

Charlot situa o saber em uma relação do sujeito; segundo ele, não existe saber sem relação. É uma relação não apenas com o conteúdo a ser estudado, mas inclui as atividades necessárias para que se efetive o conhecimento. Além disso, outros fatores devem ser considerados nessa relação, por exemplo: a linguagem e o tempo. Sem o uso da linguagem, a relação se torna restrita e incompleta; e é necessário permitir que o tempo concretize as relações do sujeito. As relações é que darão significado ao conteúdo estudado, posicionando esse conteúdo, em termos pessoais e em relação aos indivíduos com os quais o sujeito convive e ao mundo que o rodeia. Assim, o ato de aprender assume um sentido ativo para o indivíduo, está vinculado ao momento e à situação da relação em que ocorre a aprendizagem. "Aprender, então, é dominar uma relação, de maneira que, nesse caso tampouco, o produto do aprendizado não pode ser autonomizado, separado da relação em situação" (CHARLOT, 2000, p. 70).

Dessa maneira, por querermos estudar mudanças em saberes docentes, nosso objeto de análise serão as relações nas quais os sujeitos se envolvem. Elas fornecerão subsídios para que compreendamos os motivos que levam ao desencadeamento ou à não efetivação dos processos de mudança dos professores.

Relações com o saber

Para tentarmos compreender melhor o papel das relações dos docentes com o saber e as mudanças, buscamos subsídios em Charlot (2001, p. 22), que afirma que estudar a relação com o saber, na verdade, é analisar um conjunto de relações nas quais o sujeito se envolve.

> [...] a relação com o saber é constituída de um conjunto de relações, do conjunto de relações que um indivíduo mantém com o fato de aprender, com o saber, com tal ou tal saber ou "aprender". Essas relações variam de acordo com o tipo de saber, com as circunstâncias (inclusive as institucionais), não apresentando uma perfeita estabilidade no tempo. Em outras palavras, um indivíduo está envolvido em uma pluralidade de relações com o(s) saber(es).

Questionar esse conjunto de relações com o saber é interessar-se pelo processo no qual o sujeito se integra. Vamos, pois, discutir os dados coletados nesta pesquisa tomando como aporte teórico as proposições de Charlot sobre a relação com o saber.

Comecemos pela seguinte proposição: "Aprender é um movimento interior que não pode existir sem o exterior" (CHARLOT, 2001, p. 26).

Essa proposição salienta um papel ativo do próprio sujeito que aprende uma mobilização para apropriar-se de um saber, ou seja, um movimento interior que tem uma origem exterior. Podemos ilustrar essa ideia com um relato do professor Daniel, em sua segunda entrevista, em que ele mostra sua reação em decorrência de ações externas provocadas pelos formadores, na situação de aprendizagem. Ele aponta a dinâmica dos encontros como fator propulsor de reflexão sobre suas ideias e ações:

> Foram as atividades em si, porque se você, por exemplo, fosse à lousa e começasse a explicar: "porque o teorema de Tales é assim, assim, assado" aula expositiva, talvez eu fosse dormir. Não me interessasse. Mas, foi mesmo a dinâmica, o que pesou mesmo foi a dinâmica. Foi isso, vocês não davam nada pronto para nós. A gente tinha que pensar em cima da proposição de vocês. Isso que foi muito bom, que pesou mais. (Professor Daniel, entrevista 2, 24/09/2002)

Esse professor afirma que a dinâmica adotada nos encontros de formação, privilegiando a discussão de possíveis soluções das atividades propostas, conforme observação, foi um elemento que alimentou sua relação com o saber.

Outra proposição de Charlot (2001, p. 26) é a seguinte: "Aprender é uma construção de si que só é possível pela intervenção do outro."

O sentido dessa afirmação está muito próximo do sentido da anterior, mas a preocupação está em encontrar o sujeito em construção para que a aprendizagem ocorra. Nesse aprender, o indivíduo necessita estar em construção para que a ação do outro possa interferir no processo de aprendizagem.

A professora Carla narra um episódio que julgamos representar essa proposição. A situação é a de elaboração da sequência de ensino. Essa professora, em conjunto com outra, deveria planejar e desenvolver algumas atividades envolvendo o conceito de medida para alunos de 5ª série. Elas estavam muito indecisas e julgamos, na ocasião da observação, que estavam receosas pelos resultados que poderiam obter, principalmente com os alunos.

> Quando começamos a montar sobre as medidas, as ideias vieram. As coisas foram aparecendo e as dificuldades também vieram. E, para minha surpresa, eu levei um tombo grande dos alunos. Porque eles estavam além, muito além, parecia que eles estavam muito a minha frente. E eu achei que eles fossem sentir dificuldade e não; eles corresponderam muito mais a altura do que eu esperava. Eu gostei. Eu cresci. (Professora Carla, entrevista 2, 25/9/2002)

Notamos, nesse relato, que a professora tentava construir e reconstruir seus saberes no desenvolvimento da sequência de ensino. Julgamos que essa construção decorreu de sua participação no processo de formação em Geometria, que tinha por objetivos produzir um movimento interior para o aprendizado e a socialização dos saberes docentes.

Observamos que, durante a aplicação da sequência de ensino, conforme observação, os alunos interagiram com a professora, o que desencadeou nela uma série de questionamentos a respeito de seus saberes docentes.

Charlot (2001, p. 27) afirma ainda que: "Toda relação com o saber é também relação consigo."

O autor argumenta que todo processo de aprendizagem envolve um sujeito que se relaciona com o que aprende e com ele mesmo. Ou seja, todo aprender constitui um construir-se e um apropriar-se de algo do mundo exterior.

Assim, uma maneira de estudarmos a relação com o saber é questionar o sentido e o valor do que é aprendido, pois ambos estão indissociavelmente ligados ao sentido e ao valor que o sujeito atribui a ele próprio em uma situação de aprendizagem.

O professor Daniel explicita essa indissociabilidade apontada por Charlot, quando atribui sentido e valor a ações docentes desenvolvidas no processo de formação e reflete sobre as suas próprias ações, procurando ressignificá-las.

> Eu comecei a perceber que lá na PUC a gente trocava conhecimentos, que vocês, como orientadores nossos, deixavam a gente à vontade. Eu percebi que, se eu desconhecia um assunto, o outro também desconhecia. Então, houve troca de ideias. E eu aprendi a fazer isso, coisa que eu não fazia. Eu achava que se eu perguntasse alguma coisa para outro professor da área, ele poderia achar que eu não sabia a minha matéria. Eu perdi essa inibição. Para nós foi muito útil, porque nós, professores de Matemática, aqui trocamos ideias a toda hora, as nossas experiências em sala de aula. Se tem uma questão que eu não sei ou que tenho dúvida, pergunto, eles perguntam, trocamos ideias. Então isso foi muito benéfico para nós. (Professor Daniel, entrevista 2, 24/9/2002)

Esse professor mostra o valor e o sentido que atribuía a posturas e ações docentes: revelar dúvidas, trocar e pedir informações sobre a matéria que leciona podem parecer sinônimos de incompetência profissional. Como enfrentar essas dificuldades sem exposição pessoal?

No início, pudemos perceber, pela observação realizada, que alguns dos professores participantes do processo de formação em Geometria apresentaram dificuldades para compreender alguns conteúdos matemáticos e para manusear materiais didáticos. A maneira de enfrentar os obstáculos que surgiam nas situações de aprendizagem esteve intimamente ligada aos sentidos e aos valores atribuídos à postura e às ações dos docentes. O professor Daniel necessitou alterar sentidos e valores que possuía para processar suas mudanças.

Outra proposição de Charlot (2001, p. 27) é a de que: "Toda relação com o saber é também relação com o outro".

Na relação com o saber, o sujeito envolve-se também com o outro. Esse outro, segundo Charlot, pode assumir três formas: um mediador do processo de aprendizagem, a imagem psíquica do outro que cada um traz dentro de si e a humanidade existente nas obras produzidas pelo homem.

A presença do outro na relação com o saber pode ser ilustrada por dois relatos dos participantes do processo de formação. No primeiro, a professora Beatriz aponta a interferência do outro no processo de aprendizagem, considerando esse outro, ora os formadores, ora os colegas.

> Os formadores, na primeira etapa, foram muito exigentes e persistentes com a gente. Aí, com o passar do processo, a coisa foi mais relaxada. O pessoal ficou mais tranqüilo, mas o começo foi muito difícil. Às vezes, nós achávamos assim: "não, nós vamos desistir. Nós não vamos agüentar". Mas aí, sabe, a insistência foi grande, até que realmente nós conseguimos atingi-la. Foi a insistência de vocês: "não, tem que fazer, que reaprender o método". Aí que deu vontade. Nós fomos sentindo que realmente era por aí mesmo, que a gente tinha que ficar e continuar para ver o que é que iria acontecer. Foi um projeto e no meio você vai desistir? Muitas vezes nós pensamos: "Gente, não dá mais". Mas, eu fui uma assim que dizia: "Não, nós vamos continuar". Uma faltava, a outra faltava: "Não, não podemos faltar". Para ver aonde é que dava. (Professora Beatriz, entrevista 2, 4/10/2002)

Nesse relato, a professora mostra o papel que os formadores tiveram em sua relação com o saber e o papel dos outros professores participantes do processo de formação. O outro esteve presente na relação com o saber dessa professora e foi visto como estimulador de sua aprendizagem.

No segundo relato, o professor Daniel aponta seus alunos fazendo o papel do outro na relação com o saber. E são os alunos que alimentam o processo de aprendizagem desse professor:

> Eu mudei minha dinâmica de aula. Estou aprendendo muito com a Geometria. Aprendendo demais. E consegui resgatar vários alunos que achavam a aula chata, resgatando esses alunos que não faziam nada. Estão fazendo, estão participando, estão interessados. Tem aluno que vem trazer livro pra mim de Geometria. "Ah, professor, tem um livro de Geometria lá em casa e tem uns desenhos lá. A gente pode fazer?" Eles estão trazendo para mim, eles querem fazer os desenhos. Tem aluno que faz desenho por conta própria e mostra para mim. Então, isso para mim é muito significativo. (Professor Daniel, entrevista 2, 24/9/2002)

O outro pode ser representado por diferentes personagens dos diversos contextos nos quais o professor se encontra. Nesse caso, são os alunos que interferem na relação desse professor com o saber. Eles orientam o tipo de postura do docente na situação de aprendizagem: o interesse dos alunos mobiliza o professor para elaborar atividades diferentes.

Ainda segundo Charlot (2001, p. 27): "Toda relação com o saber é também relação com o mundo."

Nesta proposição, Charlot chama a atenção para o meio no qual o indivíduo aprende. A pessoa que está em uma relação com o saber pertence a um momento histórico, vive em uma sociedade e possui uma determinada cultura. É a esse mundo que devemos nos referir quando investigamos relações com o saber. Esse mundo no qual o indivíduo está imerso é construído, interpretado e organizado por ele. Portanto, necessitamos observar o sentido e o valor que essa pessoa atribui ao mundo, pois eles são indissociáveis do sentido e do valor que ela atribui ao saber.

Os dois relatos transcritos abaixo mostram o sentido e o valor que os professores atribuem ao mundo, na sua relação com o saber. No primeiro, a professora Elaine situa o Estado agentes governamentais que decidem os rumos da educação na escola pública no Estado de São Paulo como um dos mundos, com o qual ela necessita relacionar-se:

> A relação com o Estado, no meu caso, é bastante complexa. É um "amor e ódio" uma relação bastante complicada. Porque o Estado, ao mesmo tempo em que tem muita coisa gratificante, é muito desgastante. É muito frustrante. Mesmo na parte técnica, de você pegar uma turma ou não. Você pega uma turma, no ano seguinte você está com outra. Você pega aula em substituição, daqui a um mês você não está mais com essa turma. Então, com relação ao Estado é muito complicado, o professor se sente muito..., o Estado trata o professor de uma maneira muito inferiorizante. Eu não sei qual é o objetivo, mas na prática é isso que acontece. (Professora Elaine, entrevista 2, 24/9/2002)

A professora apresenta situações de seu ambiente de trabalho que julgamos terem um efeito bloqueador em sua relação com o saber, por atribuírem um sentido e um valor negativos às situações do mundo, pois não consideram as possíveis contribuições individuais ou a construção coletiva e participada. Assim, procuramos nas observações dos encontros de formação, situações que se pudessem contrapor a esses efeitos. Detectamos atividades que permitiram diálogo e discussão das soluções encontradas pelos professores. Um exemplo é o da elaboração, pelos próprios professores, de questões que utilizassem o Teorema de Pitágoras em sua resolução:

> A criação de exercícios pelos professores foi bastante estimulante e gerou discussões interessantes. Fez com que percebêssemos os cuidados necessários na redação de questões, o momento certo para cada questão (pré-requisitos necessários) e, principalmente, fez-nos ver que temos capacidade de elaborar nossas próprias questões. (Professora Elaine, relatório 10, 23/11/2000)

Nessa atividade, notou-se que cada professor tem uma forma de elaborar exercícios e que, mesclando as diversas formas, obtém-se uma estratégia rica e proveitosa para todos.

> Durante a criação e análise dos exercícios surgiu uma discussão bastante importante sobre o modo como nós ensinamos. Esta discussão realmente me abalou. Fez com que eu pensasse seriamente sobre modificações não só na forma de ensinar como também no que ensinar. (Professora Elaine, relatório 10, 23/11/2000)

A professora revela que esse tipo de atividade a levou a pensar seriamente em modificar o conteúdo e a forma de ensinar. Ela também afirma, em seu relatório, que a profissão de professor necessita estar em constante "perturbação", ou seja, faz muito bem aos professores submeterem-se, de tempos em tempos, a questionamentos:

> Acho que nós, professores, devido principalmente às condições precárias de trabalho e ao retorno financeiro irrisório, acabamos passando por fases, em nossas carreiras, de absoluto marasmo. Tendemos a deixar o barco correr sem nos preocuparmos muito com o que fazemos. É muito importante que, de tempo em tempo, sejamos "cutucados" e comecemos a pensar novamente em "mudar o mundo".
>
> Adorei essa discussão. Deixou-me extremamente perturbada e, nessa profissão, é muito importante estar constantemente perturbada. (Professora Elaine, relatório 10, 23/11/2000)

As afirmações anteriores mostram que essa professora atribui valores e sentidos positivos às situações que propiciam a construção de saberes de forma coletiva e participada no grupo.

No outro relato, o professor Airton situa a direção da escola na qual leciona como um dos mundos que interferem na relação com o saber.

> Quando se fala em relacionamento com a direção da escola, nós conseguimos, sim, abertura de novos espaços. Com esse profissional [o diretor], que tem o histórico dele, que permite que você leve adiante. Com esse diretor, nós temos oportunidades de trocar o horário pedagógico por uma vivência que é muito apropriada, já que o tema é o pedagógico. E essa situação não era assim anteriormente, pois era uma questão de iniciativa pessoal sem o engajamento da escola como um todo. Então, aí, eu acredito que o avanço aconteceu em função dessa possibilidade de outros aproveitarem seu trabalho de uma forma grupal, de levar a comunidade a acreditar em novos procedimentos, em novas dinâmicas, ou seja, de um trabalho individual acabar se traduzindo numa situação de comunidade. (Professor Airton, entrevista 2, 26/9/2002)

O contexto da entrevista esclarece que ele trata de dois momentos distintos na relação com a direção da escola. No início do processo de formação, a direção não aparentava estar interessada no que o professor fazia. Era relegada à iniciativa própria a participação em cursos e projetos fora do horário de trabalho. Como os professores relatavam frequentemente nos encontros de formação dificuldades enfrentadas no contexto escolar, reservou-se em todos os encontros uma parte do tempo para que falassem sobre suas experiências educacionais, ideias, valores, sentimentos e emoções.

Um outro momento a que o professor se refere na entrevista é mais recente. Há uma nova direção na escola, que valoriza as ações realizadas pelos professores fora do horário de trabalho e que estuda possibilidades de inserção de atividades significativas em horário de trabalho pedagógico.

As proposições de Charlot ajudaram-nos a entender as falas dos professores e em especial o papel das relações com o saber nos processos de mudança. Evidenciaram que é importante o papel das ações externas para a mobilização de recursos em um indivíduo e que é preciso haver abertura para que as ações do outro possam interferir na aprendizagem. Ou seja, o sujeito e o outro são personagens essenciais nas relações com o saber.

Considerações finais

O importante papel que podem ter as relações vividas no processo de ensino e de aprendizagem, ou seja, nas situações de formação, justificou um estudo mais aprofundado sobre as relações específicas que influenciaram os processos de mudança dos professores participantes do processo de formação em Geometria. As proposições de Charlot esclareceram questões relacionadas ao aprender e à relação com o saber, bem como evidenciaram ações externas para a mobilização de recursos pelo professor. Entretanto, trouxeram à tona a necessidade de o docente investir pessoalmente nas próprias ações e nas do outro para que haja interferências no processo de aprendizagem. Além disso, deixaram mais uma vez claro que toda relação com o saber envolve sentidos e valores, atribuídos – pelo professor que aprende ao saber, ao mundo e a si próprio.

Os processos de mudança estudados mostraram uma interdependência entre mudanças pessoais, profissionais e organizacionais, ocorridas nos professores. Salientaram, também, a importância de um processo de formação que valorize os saberes docentes (porque são construídos e reconstruídos nas interações e relacionamentos do professor) e que atue sobre as capacidades individuais, propiciando a construção de meios de ação.

Referências

ALLAIN, Luciana R. De professor a especialista em ensino de Ciências: transformações e dilemas face a um curso de Pós-Graduação Lato Sensu. 2000. 144 f. Dissertação (Mestrado em Educação). Faculdade de Educação UFMG, Belo Horizonte.

CHARLOT, Bernard. *Da relação com o saber: elementos para uma teoria*. Tradução de Bruno Magne. Porto Alegre: Artes Médicas Sul, 2000. 93 p.

CHARLOT, Bernard. A Noção de relação com o saber: bases de apoio teórico e fundamentos antropológicos. In: CHARLOT, Bernard (Org.). *Os jovens e o saber: perspectivas mundiais*. Tradução de Fátima Murad. Porto Alegre: ARTMED Editora, 2001. p. 15-31.

CUNHA, Maria Isabel da. CONTA-ME AGORA! As narrativas como alternativas pedagógicas na pesquisa e no ensino. *Revista da Faculdade de Educação da USP*, São Paulo, v. 23, n. 1/2, p. 185-195, 1997.

DARSIE, Marta M. P. Avaliação e aprendizagem. *Cadernos de Pesquisa*, São Paulo, n. 99, p. 47-59, 1996. Fundação Carlos Chagas.

DARSIE, Marta M. P.; CARVALHO, Anna M. P. A reflexão na construção dos conhecimentos profissionais do professor de Matemática em curso de formação inicial. *Zetetiké*, Campinas, v. 6, n. 10, p. 57-76, 1998. CEMPEM-FE/UNICAMP.

ESTRELA, Albano. *Teoria e prática de observação de classes: uma estratégia de formação de professores*. 4. ed. Portugal: Porto Editora, 1994. 479 p.

MANRIQUE, Ana Lúcia. *Processo de formação de professores em geometria: mudanças em concepções e práticas*. 2003. Tese (Doutorado em Educação: Psicologia da Educação). PUC-SP, São Paulo.

NÓVOA, Antonio. Formação de professores e profissão docente. In: NÓVOA, Antonio (Coord.). *Os professores e sua formação*. Tradução de Graça Cunha, Cândida Hespanha, Conceição Afonso e José A. S. Tavares. Portugal: Porto Editora, 1995. p. 13-33. (Temas de Educação, 1).

POLETTINI, Altair F. F. História de vida relacionada ao ensino da Matemática no estudo dos processos de mudança e desenvolvimento de professores. *Zetetiké*, Campinas, v. 4, n. 5, p. 29-48, 1996. CEMPEM-FE/UNICAMP.

POLETTINI, Altair F. F. Mudança e desenvolvimento do professor – o caso de Sara. *Revista Brasileira de Educação*, São Paulo, n. 9, p. 88-98, 1998. ANPED.

POLETTINI, Altair F. F. Mathematics teaching life histories in the study of teachers' perceptions of change. *Teaching and Teacher Education*, n. 16, p. 765-783, 2000.

SHULMAN, Lee S. Those who understand: knowledge growth in teaching. In: *Educational Researcher*. n. 2, v. 15, p. 4-14, 1986.

SPINK, Mary Jane P.; MENEGON, Vera M. A pesquisa como prática discursiva: superando os horrores metodológicos. In: SPINK, Mary Jane (Org.). *Práticas discursivas e produção de sentidos no cotidiano*: aproximações teóricas e metodológicas. São Paulo: Cortez, 1999. p. 63-92.

TARDIF, Maurice; RAYMOND, Danielle. Saberes, tempo e aprendizagem do trabalho no magistério. *Educação & Sociedade: revista quadrimestral de Ciência da Educação*, Campinas, n. 73, p. 209-244, 2000. CEDES.

O trabalho colaborativo como ferramenta e contexto para o desenvolvimento profissional: compartilhando experiências

Ana Cristina Ferreira

A formação inicial e continuada dos professores que ensinam Matemática tem sido foco de inúmeras pesquisas, propostas, críticas e discussões. As dificuldades inerentes à realização de cursos iniciais Licenciatura em Matemática, Pedagogia etc. , bem como os obstáculos encontrados na continuidade dessa formação cursos, palestras, seminários, voltados para o professor em exercício, trazem consigo uma visão ainda dicotômica do processo de desenvolvimento profissional do professor que leciona Matemática. Pensa-se e planeja-se em termos de momentos isolados e predefinidos. Nesse contexto, existe um momento de formação inicial que praticamente não se comunica com o momento da formação continuada. Na graduação, o futuro professor recebe uma bagagem teórica de conteúdo muito superior à bagagem prática do "aprender-a-ensinar". Já a formação continuada, geralmente, relaciona-se à ideia de frequentar cursos que buscam atender às *carências* do professor e alcançar resultados predeterminados (como, por exemplo, a implementação de determinado currículo ou metodologia de ensino). Nessa perspectiva, a teoria geralmente desenvolvida longe da escola é o ponto de partida, e as propostas tendem a ser desenvolvidas de modo fragmentado, compartimentalizado e, muitas vezes, descontextualizado da realidade do futuro professor e do professor em exercício, desconsiderando suas opiniões, experiências e necessidades.

Ao contrário de visões parciais que privilegiam momentos vistos como distintos e isolados, propomos um outro olhar, que contemple o desenvolvimento desse aprendiz.[1]

Entendemos o desenvolvimento profissional como um processo que se dá ao longo de toda experiência profissional com o ensino e a aprendizagem da Matemática, que não possui uma duração preestabelecida e nem acontece de

---

[1] Entendemos que tanto o futuro professor quanto o professor em exercício são aprendizes constantes de seu ofício.

forma linear. Esse processo – influenciado por fatores pessoais, motivacionais, sociais, cognitivos e afetivos – envolve a formação inicial e a continuada, bem como a história pessoal como aluno e professor. As características do indivíduo, sua vida atual, sua personalidade, sua motivação para mudar, os estímulos ou pressões que sofre socialmente e sua própria cognição e afeto crenças, valores, metas etc. possuem importante impacto sobre esse processo.

Nesse sentido, entendemos que o processo de desenvolver-se profissionalmente abarca duas vertentes: uma de desenvolvimento pessoal e outra de desenvolvimento de conhecimentos, atitudes, habilidades e competências mais específicas (OLIVEIRA, 1997). Isso significa que as mudanças no campo profissional não se dissociam das transformações vividas no nível pessoal, mas, sim, integram-nas e sustentam-nas. Esse processo "envolve a pessoa do professor numa multiplicidade de vertentes, dentre as quais se destacam as formas de apreensão e organização dos conhecimentos, os valores, as crenças, as atitudes, os sentimentos e as motivações" (OLIVEIRA, 1997, p. 95).

Pretendemos, neste artigo, apresentar o trabalho colaborativo do qual participam professores, futuros professores e pesquisadores como contexto e ferramenta para o desenvolvimento profissional dos envolvidos. Consideramos que a parceria entre a universidade e a escola seja um caminho fecundo e viável para uma mudança significativa no ensino e na aprendizagem da Matemática em todos os níveis. Com isso, queremos dizer que não apenas o futuro professor e o professor dos níveis Fundamental e Médio necessitam aprofundar seus saberes e aprimorar suas práticas, mas que também o professor universitário, muitas vezes, pesquisador, necessita rever suas próprias práticas e saberes e tem muito a aprender com os demais. Reforçamos essa visão em contraposição à ideia implícita (em muitas das atuais práticas e propostas de formação) de que o professor pesquisador que leciona nas universidades já está "pronto" para seu trabalho e é quem mais tem a oferecer nas propostas de formação. A nosso ver, todos os professores e os que se constituirão professores muito têm a contribuir para o desenvolvimento de práticas mais significativas de ensino e aprendizagem da Matemática, a partir da construção conjunta de saberes mais condizentes com as mesmas.

Embasando essas ideias está nossa concepção de trabalho colaborativo e nossas próprias experiências. Procuramos, a seguir, definir[2] o trabalho colaborativo, apresentando suas características e diferenciando-o de termos próximos e, muitas vezes, empregados como sinônimos.

---

[2] Entendemos toda definição como provisória resultado de nosso atual estágio de leitura, estudo e reflexão e sempre sujeita à revisão e reformulação, nunca estática. Sua importância, apesar de seu caráter provisório, reside no fato de nos permitir comunicar ideias de forma mais clara e objetiva, permitindo ao leitor identificar as premissas que nos orientam, bem como ideias que fundamentem nosso trabalho.

Caracterizando a noção de trabalho colaborativo

Há algum tempo, os conceitos de trabalho em grupo, aprendizagem cooperativa e colaborativa, trabalho colaborativo, entre outros começaram a ser aplicados de forma mais significativa no contexto da pesquisa educacional. No entanto, esses conceitos têm sido utilizados e entendidos de várias formas, muitas vezes como sinônimos, o que dificulta a comunicação. Termos como cooperação e colaboração apresentam distinções significativas e, no entanto, isso nem sempre é considerado. Portanto, torna-se importante esclarecer não apenas o nosso entendimento do conceito de trabalho colaborativo, diferenciando-o de termos próximos, mas também seu sentido e importância no presente estudo.

Embora cooperação e colaboração se relacionem à ideia de um grupo de pessoas mobilizado por uma meta, existem algumas diferenças. Segundo Dillenburg *et al.* (1996, p. 189):

> a cooperação e a colaboração não diferem em termos de se a tarefa é dividida ou não, mas em virtude da forma pela qual é distribuída; na cooperação a tarefa é dividida (hierarquicamente) em subtarefas independentes; na colaboração os processos cognitivos podem ser (sem hierarquia) divididos em camadas entrelaçadas. Na cooperação, a coordenação apenas é requerida quando se reúnem resultados parciais, enquanto que a colaboração é [...] uma atividade coordenada, sincronizada que é resultado de uma tentativa contínua de construir e manter uma concepção compartilhada de um problema.

Para Panitz (1996), a diferença-chave entre ambos os termos está no foco do controle. Enquanto a cooperação envolve um centro de controle, ou seja, é controlada por alguém (um professor, um pesquisador, uma autoridade) com uma meta específica em mente, na colaboração, a autoridade é transferida para o grupo. Dessa forma, a colaboração implica a distribuição e o compartilhamento da liderança, dos recursos, dos riscos, do controle e dos resultados (HAMMOND-KAARREMAA, 2002).

A cooperação é aplicada, frequentemente, como uma estratégia de ensino. A chamada aprendizagem cooperativa, geralmente, vem associada a estratégias de trabalho em pequenos grupos nos quais os alunos procuram solucionar problemas e/ou produzir conhecimento de modo conjunto (DAVIDSON e KROLL, 1991; YACKEL; COBB; WOOD, 1991; SLAVIN, 1996; ANTIL *et al.*, 1998; HOPKINS, BERESFORD e WEST, 1998; etc.). Nesses ambientes, a participação dos alunos é mais ativa, e eles, em pequenos grupos, buscam construir soluções para as atividades propostas. Contudo, a organização das aulas, bem como a escolha das tarefas, geralmente cabe ao professor. Em outras palavras, o poder de decisão e escolha dos alunos não é muito amplo. Do mesmo modo, muitos programas de educação continuada são organizados de forma que o professor disponha de alguma autonomia e participe de atividades e propostas de modo mais ou menos ativo.

Contudo, a proposta norteadora do curso, seminário ou grupo de estudo é trazida de fora, elaborada por alguém (como, por exemplo, coordenador, formador etc).

O termo colaboração tem sido usado tanto para a aprendizagem colaborativa quanto para designar formas de trabalho envolvendo profissionais. Na colaboração, cada indivíduo participa da maioria das decisões: escolher a meta, definir as estratégias, definir as tarefas, avaliar o resultado; e o faz consciente de que é algo realmente importante para ele, algo que tanto beneficia o grupo como um todo, quanto a ele diretamente. Assim, a quantidade de esforço empregado, o gasto de recursos e o grau de compromisso são maiores que nos relacionamentos de cooperação e coordenação, uma vez que as duas últimas envolvem a ideia de trabalhar junto, mas com menos compromisso em relação às metas comuns.

Para Hall e Wallace (1993), os relacionamentos de colaboração implicam que "todos os parceiros valorizem esta forma de trabalhar o suficiente para comprometerem-se a fazê-lo: eles escolhem se engajar em um trabalho conjunto para alcançar metas comuns" (p. 105). A colaboração envolve um grau significativo de parceria voluntária, que a distingue de um relacionamento de dominação e submissão.

Um ponto relevante na constituição de grupos colaborativos é, a nosso ver, a percepção da participação no grupo como fonte de aprendizagem. Ou seja, o grupo torna-se o contexto no qual são criadas oportunidades para o professor explorar e questionar seus próprios saberes e práticas, bem como para conhecer saberes e práticas de outros professores, permitindo-lhe aprender por meio do desafio das próprias convicções.

No Brasil, inúmeras iniciativas de trabalhos de natureza cooperativa e colaborativa começam a se desenvolver. Pesquisas como a de Araújo (1998), Nacarato (2000), Volquind (2000), Souza Jr. (2000), Cancian (2001), Lopes (2003), dentre outras, ilustram esse movimento na área da formação e desenvolvimento profissional do professor que leciona Matemática.

Apresentamos a seguir algumas experiências de trabalho coletivo envolvendo professores e/ou pesquisadores, desenvolvidas em diferentes partes do mundo. Depois, analisaremos brevemente uma experiência, iniciada em 2003, da qual participamos. Essa última, ainda em processo, não está totalmente registrada e analisada; contudo, representa uma iniciativa interessante e que tem começado a evidenciar seus resultados.

Compartilhando experiências de trabalho coletivo

Em diversos países do mundo, experiências envolvendo a colaboração entre professores e pesquisadores têm sido desenvolvidas. Menos frequentemente, encontramos algumas tentativas de envolver o futuro professor em propostas dessa natureza. Destacaremos aqui apenas algumas experiências que incluem professores de Matemática, a título de exemplo.[3]

Uma proposta interessante foi desenvolvida por Sowder e Schappelle (1995) e Sowder *et al.* (1998). Nesse projeto, financiado pela Universidade de San Diego juntamente com o National Center for Research in Mathematical Sciences Education (NCRMSE), participaram pesquisadores e professores voluntários que sentiam a necessidade de aprofundar seus conhecimentos de Matemática. O projeto aconteceu na forma de seminários quinzenais de três horas cada. Algumas vezes, aconteciam apresentações formais; outras vezes, ocorriam discussões de muitos tipos (tópicos de Matemática selecionados pelos pesquisadores ou requisitados pelos professores, pensamentos dos próprios professores sobre itens de um teste de conhecimento matemático que eles haviam realizado, desempenho de alunos etc.); ou, ainda, questões originadas a partir das apresentações. Os professores eram observados durante diversas aulas e as pesquisadoras conduziram estudos de caso como uma forma de responder às suas próprias questões de pesquisa.

Esse estudo chamou-nos a atenção por diversos motivos: a organização dos encontros, o envolvimento dos pesquisadores e as atividades propostas. Nesse tipo de trabalho, a organização dos encontros tem como base a preocupação central que parece reunir os participantes o desejo de aprofundar os conhecimentos matemáticos e desenvolve-se por meio de atividades orientadas pelos pesquisadores. Ou seja, foge à ideia, passada por alguns estudos, de que o grupo é um espaço pouco estruturado, sem metas bem definidas e objetivos claros de estudo. No caso em pauta, as atividades envolviam estudo, leitura, testes, dentre outras; os participantes buscavam uma meta específica e empenharam-se em alcançá-la de modo persistente e esforçado. Além disso, os pesquisadores demonstravam uma participação ativa. Não parece ter havido o receio de trazer contribuições da academia textos e convidados como algo que sugerisse que apenas esses conhecimentos fossem válidos. Também não existia o receio de assistir às aulas dos professores. Em outras palavras, pareceu-nos que o grupo tinha uma preocupação séria e que havia respeito, confiança e responsabilidade permeando a relação.

Uma experiência envolvendo apenas professores é apresentada por Stein, Silver e Smith (1998). Esses pesquisadores acompanharam o desenvolvimento do projeto QUASAR em algumas escolas e analisaram os processos vividos pelos professores. Nesse projeto, "os professores planejavam juntos, discutiam a prática de ensino uns com outros, desenvolviam um consenso nas formas de avaliar o pensamento de seus alunos e davam suporte uns aos outros durante momentos difíceis no processo de mudança" (STEIN SILVER e SMITH, 1998, p. 20-21). Essa proposta fundamentava-se em uma nova perspectiva em relação à formação e

---

[3] Para conhecer outras experiências com maiores detalhes, ver Ferreira (2003).

ao desenvolvimento profissional, na qual os professores, reunidos com colegas dentro da escola, empenhavam-se em proporcionar experiências matemáticas de qualidade para seus alunos.

Esse estudo indica que, quando existem as condições e o apoio necessários, os professores podem vir a perceber as oportunidades de trabalhar colaborativamente com os colegas sobre questões importantes (como, por exemplo, planejamento do currículo e desenvolvimento de avaliação), essenciais para seu crescimento profissional.

> As observações dos professores (e o padrão geral de suas respostas) sugerem que alguma coisa importante estava acontecendo entre os professores, especialmente à medida que seu tempo de envolvimento com o projeto se estendia. Não existe dúvida que suas experiências com o apoio de companheiros durante os primeiros anos do projeto foram fontes iniciais importantes de aprendizagem do professor, como foi afirmado pelos professores. Contudo, a história de sua aprendizagem não pára aqui. [...] os professores claramente viam suas interações uns com os outros em uma variedade de ambientes como influências importantes sobre seu crescimento e desenvolvimento. [...] eles perceberam a si mesmos – e eram percebidos pelos outros como um grupo identificável de indivíduos unidos por sua meta comum de desenvolver uma abordagem visualmente embasada para o ensino de Matemática em suas salas de aula. (STEIN; SILVER; SMITH, 1998, p. 28)

Um estudo que trata da colaboração entre uma professora e uma pesquisadora é o de Raymond e Leinenbach (2000). Nesse artigo, Anne Raymond, educadora matemática da universidade, e Marilyn Leinenbach, professora de Matemática da 8ª série, apresentam "a história da transformação de uma professora de Matemática que resultou de seu engajamento em uma pesquisa ação colaborativa" (p. 283). Essa pesquisa colaborativa, tal como denominado pelas autoras, concentrou-se em investigar os resultados da implementação da abordagem *hand-on equations*[4] para o ensino de álgebra. Este estudo algébrico é brevemente relatado e serve às autoras como base para examinar as questões, reflexões e mudanças produzidas por Marilyn, por meio do processo colaborativo. Assim, o projeto de investigar o ensino e a aprendizagem de álgebra pode ser visto como um *subestudo* dentro do estudo maior a respeito dos efeitos da pesquisa – ação colaborativa sobre o professor de Matemática envolvido na investigação. Questões relacionadas ao estudo mais amplo da pesquisa – ação colaborativa na matemática em sala de aula, que estão conectadas à transformação de Marylin, são discutidas. Estas incluem a caracterização e as metas, bem como os desafios nas salas de aula de Matemática.

---

[4] Essa expressão significa algo como "mãos sobre as equações" ou "manipulando equações".

Em todos os exemplos, o grupo tem como meta comum o propósito de conhecer melhor a cultura de sala de aula e, mais especificamente, a prática pedagógica. Como a prática seus problemas e o desejo de fazer melhor é geralmente o elemento que une seus participantes, o grupo estuda, reflete e produz saberes, sempre com o objetivo de superar coletivamente as dificuldades aí encontradas. Dessa forma, elementos como: o questionamento, a reflexão individual e coletiva, o confronto entre as próprias práticas e a dos colegas, bem como os aportes teóricos e as investigações desenvolvidas nas universidades e nas escolas, são propiciados pela participação em um grupo colaborativo. E, nesse sentido, estamos nos referindo a um objetivo de interesse não apenas dos professores que desenvolvem a prática pedagógica analisada, mas de todos os envolvidos, pois também os pesquisadores e professores da universidade se interessam e têm muito a aprender sobre essa cultura real da sala de aula. Em suma, todos aprendem e todos ensinam, em diferentes níveis e de diferentes formas.

Participamos de duas experiências brasileiras envolvendo professores de Matemática. A primeira, desenvolvida com pesquisadoras da UNICAMP e professores de Matemática do ensino fundamental e médio de escolas de Campinas, e a segunda, em andamento, envolvendo pesquisadoras da UFOP, professores/alunos do curso de especialização em Educação Matemática da UFOP, alunos do curso de Licenciatura em Matemática da UFOP e professores de Matemática de Ouro Preto e região.

Experiências brasileiras: o caso de Campinas e o caso de Ouro Preto

O "caso de Campinas"

A primeira experiência aconteceu ao longo do ano de 2001. De janeiro a dezembro desse ano, duas pesquisadoras e quatro professoras de Matemática[5] reuniram-se, sistematicamente, aos sábados pela manhã.

Iva lecionava há cerca de 20 anos, sempre em escolas públicas. Na época da experiência aqui relatada, trabalhava em várias escolas públicas cumprindo uma jornada de três turnos, em praticamente todos os dias da semana. É uma pessoa extremamente humana, sensível e generosa. Devotada ao trabalho, envolvia-se afetivamente com os alunos e gostava de acompanhá-los ao longo das séries quando isso era possível e costumava conhecer um pouco sobre cada um deles. A ideia de formar um grupo para estudar e produzir atividades não era

---

[5] Os nomes citados são reais. Essa opção foi feita pelas professoras, cientes todo o tempo de que as atividades do grupo faziam parte de uma pesquisa desenvolvida pelas pesquisadoras.

nova para ela. Tratava-se de um anseio antigo, e já havia, inclusive, proposto a Maria que iniciassem um grupo de estudo.

Maria também possui uma longa experiência no magistério. Lecionava Matemática há 25 anos, sempre em escolas públicas. Dinâmica, ativa e pragmática, expressava-se sempre de modo honesto e aberto, sendo firme em suas opiniões e ideias. Possui valores fortes e mostra-se responsável, organizada e compromissada. Em 2001, trabalhava em apenas uma escola, porém em dois turnos. Além disso, é casada e mãe de dois filhos adolescentes. Ou seja, a tripla jornada absorvia boa parte de seu tempo. Mesmo assim, é uma pessoa inquieta, curiosa e gosta de aprender, de trocar ideias e de buscar alternativas para problemas encontrados na prática. O grupo representou para ela a oportunidade de realizar um antigo desejo: criar um espaço de estudo e elaboração de propostas para as aulas de Matemática.

Fernanda havia cursado a licenciatura em Matemática na UNICAMP e lecionava há cerca de quatro anos. Nesse período, havia trabalhado em escolas públicas e particulares nos diversos ciclos. Compromissada e responsável, dedicava-se com afinco às suas classes. É carinhosa, compreensiva e amiga, porém firme e exigente. Demonstrava muita segurança e uma elevada autoestima. Participante assídua de cursos e oficinas oferecidos pelo Estado, sempre buscava oportunidades de conhecer novas estratégias e alternativas metodológicas. Casada, dividia-se entre sua casa e as diversas escolas e turnos nos quais trabalhava. Sua participação no grupo refletia seu anseio por trocar experiências e construir alternativas coletivamente.

Andréa, a caçula do grupo, havia se formado na UNICAMP, há pouco mais de dois anos e desde então lecionava Matemática e Física. Já havia trabalhado em escolas públicas e particulares. Meiga, alegre, introvertida e um pouco tímida, combina uma mistura de energia e vontade de aprender com receio de se expor. A solidão das escolas e a vontade de voltar a estudar os conteúdos matemáticos mobilizaram-na a participar do grupo.

Maria Ângela é professora doutora da UNICAMP, há vários anos, e sua área de interesse centrava-se basicamente na História e Filosofia da Educação Matemática. Contudo, aceitando a tarefa de orientar uma pesquisa na área de formação de professores, envolveu-se profundamente com todo o processo vivido pelo grupo. Gostava de conversar com as professoras, conhecer suas concepções, suas experiências em sala de aula e também de compartilhar com elas suas próprias experiências e conhecimentos. É uma pessoa tranquila, amável e muito envolvida com o seu trabalho. Sempre demonstra simplicidade e sinceridade em seu modo de agir e de falar.

Ana Cristina, na época, era doutoranda em Educação Matemática e desenvolvia sua pesquisa sob a orientação de Maria Ângela. Seu interesse pela área vinha das próprias experiências como professora e como formadora de professores.

É uma pessoa franca, esforçada e atenciosa. Porém costuma falar rápido e, às vezes, exige muito de quem está ao redor.

Nesse grupo, professoras de Matemática e pesquisadoras da área reuniram-se voluntariamente, movidas pelo desejo de aprender e transformar sua prática. Cada qual com sua história, suas experiências profissionais e seu olhar definido pelo lugar que ocupava no mundo, contribuiu para o crescimento coletivo à sua maneira. Como em grupos descritos por outros pesquisadores (como, por exemplo: Cochran-Smith, 1999 e Pekhonen; Törner, 1999), todas se sentiam membros de um grupo e compartilhavam conhecimentos, ideias e dificuldades.

O grupo, no entanto, não começou colaborativo, tal como definimos esse termo. No início, as professoras da escola esperavam que as professoras da universidade preparassem os encontros e trouxessem as contribuições. Porém, gradativamente, todas passaram a participar de modo mais intenso nas decisões e responsabilidades do trabalho do grupo, preparando textos e materiais, realizando investigações em sala de aula, enfim, participando ativamente do movimento do grupo. Nesse processo, passou-se da cooperação para a colaboração por meio do respeito mútuo, do espaço compartilhado e da tomada de decisões coletivas.

Temas como frações, funções e probabilidades foram estudados em profundidade pelo grupo. Leituras sobre o surgimento e a evolução histórica de cada conceito, sobre as dificuldades enfrentadas por professores e alunos no processo de ensinar e aprender o conceito, bem como alternativas propostas para um trabalho mais significativo com o mesmo, foram analisadas cuidadosamente. Cada nova atividade foi experimentada e analisada criticamente, buscando compreender seu potencial para as salas de aula. Algumas foram, inclusive, implementadas em diferentes classes e os distintos resultados obtidos foram compartilhados. Também se organizou uma dinâmica na qual as professoras assistiam às aulas umas das outras, em alguns momentos, e se ajudavam mutuamente.

Ao final do ano, era perceptível uma ampliação dos saberes e dos processos metacognitivos de todas as professoras. Entretanto, o processo de aprendizagem e mudança não ocorreu da mesma forma para todas. Observou-se que o grupo cumpriu funções distintas para cada um de seus membros e que as diferenças se mostram associadas à experiência, ao estágio de vida, à história pessoal e profissional e às características pessoais de cada professora. Todas as professoras ampliaram seus conhecimentos acerca dos conteúdos estudados no grupo, acerca da didática desses conteúdos e acerca da forma de pensar de seus alunos; contudo, de acordo com a experiência, o momento de vida e características pessoais de cada uma, os saberes foram assimilados e relacionados de uma forma distinta. Em outras palavras, cada professora deu um sentido próprio à experiência proporcionada pela participação no grupo.

O grupo tornou-se um espaço para o qual cada participante trazia suas expectativas, experiências e pontos de vista epistemológicos e do qual buscava extrair respostas. Logo ficou claro que o tempo é um elemento essencial, e a perseverança e o empenho são qualidades imprescindíveis para se alcançarem os objetivos.

O sucesso desse grupo talvez se deva, em parte, ao fato de ter sido possível reunir a maior parte das condições desejáveis para esse tipo trabalho: o tamanho do grupo não foi superior a seis pessoas; estabeleceu-se uma agenda regular de reuniões, com datas combinadas coletivamente e com antecedência; implicitamente havia condições estabelecidas (como, por exemplo, realização de tarefas); desenvolveu-se um plano de ação coletivo, ou seja, os encontros seguiam uma meta delineada pelo grupo (como, por exemplo, aprofundar o conhecimento sobre o tema funções, desenvolver novas estratégias para construir os conceitos em sala de aula); houve um constante estímulo aos registros pessoais e coletivos, bem como à reflexão individual e coletiva; procurou-se garantir o mesmo *status* a todos os membros (todos possuíam o mesmo direito de opinar e expressar-se e sempre eram ouvidos com atenção); o foco estava sobre o ensino e a aprendizagem da Matemática; realizavam-se avaliações periódicas etc. (MURPHY; LICK, 1998). O grupo conseguiu se organizar de tal forma que as pessoas envolvidas realmente sentiram-se ativas, agentes do próprio processo de desenvolvimento profissional, dentro de um grupo efetivamente dedicado ao estudo, à troca e à construção de conhecimento e de alternativas para os problemas enfrentados.

Além disso, ao contrário de pesquisas que defendem a constituição de grupos formados apenas por professores (como, por exemplo, ANTÚNEZ, 1999), nesse grupo, a parceria professor-pesquisador, escola-universidade, mostrou-se um aspecto construtivo, positivo e que imprimiu uma dinâmica particular aos trabalhos. Percebemos que, dependendo das características dos membros do grupo e de seus propósitos coletivos, essa parceria pode trazer grandes benefícios para ambos.

Essa experiência mostrou que fatores como tempo, compromisso, foco no conteúdo e sua didática, registro pessoal e coletivo, e, principalmente, afeto, respeito e companheirismo, fizeram a diferença. Inúmeras foram as dificuldades enfrentadas, porém a vontade de crescer e o apoio coletivo permitiram a vencê-las. Para maiores detalhes, ver Ferreira (2003).

O "CASO DE OURO PRETO"

Há quase dez anos, o NIEPEM (Núcleo Interdisciplinar de Estudo e Pesquisa em Educação Matemática da UFOP) vem envolvendo alunos da Licenciatura em Matemática e alunos da Especialização em Educação Matemática nas atividades desenvolvidas pelo núcleo. Dentre elas, destacamos o *Projeto Matemática na Escola*, que se propõe a oferecer cursos, oficinas e seminários a professores que lecionam Matemática no ensino fundamental e médio. Nesse contexto, alunos, professores/alunos (da especialização) e a pesquisadora têm organizado e desenvolvido os trabalhos coletivamente. Todas as atividades realizadas são cuidadosamente registradas e organizadas, de modo que, tanto os alunos que "entram" para o projeto a cada semestre, bem como as pessoas que buscam conhecê-lo, possuem uma rica fonte de informações sobre cada curso, oficina ou seminário.

Iniciamos, em 2003, um curso de extensão para professores de Matemática que lecionam para o ensino médio, ou que se interessam pelos conteúdos desse nível de ensino. Nosso trabalho começou no primeiro semestre, quando nos reunimos pesquisadoras, alunos da Licenciatura em Matemática e da Especialização em Educação Matemática[6] para discutir sobre a necessidade de constituir um grupo de estudos e prática sobre as questões do ensino médio e envolver os professores da região nessa discussão. Escolhemos o tema Geometria como "um começo de conversa" e organizamos a ementa de um primeiro curso de uma série que batizamos *Repensando a Matemática no ensino médio*.

No grupo de estudo envolvendo pesquisadoras, professores/alunos (da especialização) e alunos da licenciatura organizamos encontros semanais de leitura e discussão de textos, além de preparação de atividades. Todas as etapas, da escolha do tema à divulgação do curso nas escolas, da escolha do dia dos encontros às atividades a serem desenvolvidas, foram decididas coletivamente.

Embora não tenha iniciado como um grupo de trabalho colaborativo, uma vez que existe uma coordenação das ações por parte da pesquisadora, há o claro propósito de seguir nessa direção. Evidências disso surgem a cada novo encontro. Juntos, estudamos algumas brochuras portuguesas produzidas para professores do ensino médio e combinamos de selecionar e preparar atividades para compartilhar com o grupo. Cada membro agiu à sua maneira: adaptou uma atividade, realizou um experimento etc. Rapidamente, configurou-se um espaço de autonomia e valorização da expressão individual.

O curso iniciou e, juntos, o desenvolvemos. Combinamos a dinâmica de cada encontro, dividimos tarefas e, após o mesmo, avaliamos nossa atuação e levantamos possibilidades de melhorá-lo. Paralelamente a isso, foi proposto aos participantes do curso a construção de uma parceria, na qual, gradativamente, passassem a envolver-se mais nas atividades do núcleo e que, ao final desse curso, definissem qual seria o próximo tema a ser desenvolvido. Apresentamos a eles a possibilidade de constituirmos um grande grupo de estudo, pesquisa e desenvolvimento de alternativas para o ensino da matemática no ensino médio. Em nosso primeiro encontro, expressamos as ideias que dão suporte a nosso projeto:

> Nossa proposta é procurar estabelecer uma parceria entre pesquisadores, futuros professores e professores, de modo a construir coletivamente novas alternativas para o ensino de Matemática. Ou seja, além de proporcionar

---

[6] Optamos, nesse segundo caso, por não citar nomes, uma vez que não foi solicitada permissão aos participantes. Além disso, o grupo variou bastante ao longo do tempo. O número de participantes dos "encontros de quarta" gira em torno de 15 a 20 pessoas.

oportunidades de desenvolvimento profissional aos professores de Matemática já inseridos no mercado de trabalho, também nos propomos a contribuir para crescimento profissional do professor em formação, oferecendo-lhe a chance de conviver com professores experientes, de aprender com eles e também de participar da elaboração de propostas de ensino, oferecendo sua criatividade como contrapartida. Observamos que existem inúmeras propostas interessantes criadas por alunos da Licenciatura que, muitas vezes, nunca são implementadas. Tanto seria benéfico para a formação desses futuros professores aplicar na prática suas ideias e propostas, quanto seria rico para os professores das escolas entrar em contato com essa produção e contribuir para a formação de seus futuros colegas. E, tudo isso, mediado pela participação do professor pesquisador, cujo papel é organizar a dinâmica dos encontros, trazendo a contribuição da produção acadêmica e mediando o diálogo entre as diversas dimensões envolvidas.

Não nos propomos a apresentar 'receitas', nem a implantar novas metodologias de modo acrítico. Buscamos, na realidade, constituir um espaço de colaboração no qual cada esfera pesquisa, formação inicial, prática possa oferecer suas contribuições e proporcionar elementos para o crescimento de todos. (Projeto de Extensão, 2003)

Ao final de cada encontro, reunimo-nos para refletir criticamente sobre o mesmo e planejar o próximo. Além disso, os encontros de estudo e experimentação de propostas alternativas continuaram acontecendo. Cada participante se empenhou em trazer suas contribuições e todos pareciam entusiasmados com a experiência. Uma certeza é comum: juntos, todo o grupo aprendeu muito sobre Geometria, sobre o trabalho com professores, sobre o trabalho coletivo e sobre nós mesmos, como profissionais.

Concluindo o primeiro curso, ao final de 2003, era perceptível uma ampliação dos saberes de todos os participantes. Entretanto, o processo de aprendizagem e mudança não ocorreu da mesma forma para todos. Os trechos a seguir, extraídos de uma avaliação escrita realizada no último encontro, evidenciam essa idéia:

> Foi meu primeiro contato com a Geometria do ensino médio. [...] esse curso me mostrou a importância de conteúdos trabalhados no ensino Fundamental que são relevantes para o desenvolvimento de ensino médio. [...] agradeço de coração. Vocês contribuíram muito para um ensino de qualidade. (Professora do ensino fundamental)
>
> O tempo foi o vilão. Precisaremos mais tempo para abordar todas as atividades oferecidas. [...] minha formação foi tradicional e por isso procuro aperfeiçoar técnicas para trabalhar com o concreto e aos poucos estou conseguindo. (Professora do ensino médio, com vários anos de experiência; leciona em uma escola pública)
>
> O curso atendeu plenamente minhas expectativas [...] a partir de agora, tenho novas ideias a serem implementadas em sala de aula. [...] Por que as pessoas aprendem fazendo, não apenas observando. Essa é a maior lição

do curso. (Professor do ensino médio, com vários anos de experiência; leciona em um Centro Federal Tecnológico).

Acho que pode atrair, de modo eficiente, mais alunos para o estudo de Geometria. O que não se conseguiria somente com quadro e giz. (Aluno do 2º período do curso de Licenciatura em Matemática)

Observamos que o grupo cumpriu funções distintas para cada um de seus membros e que tais diferenças se relacionam à experiência, ao estágio de vida, à história pessoal e profissional e às características pessoais de cada um. Todos ampliaram seus conhecimentos acerca dos conteúdos estudados no grupo, acerca da didática desses conteúdos e acerca da forma de pensar dos alunos; contudo, os saberes foram assimilados e relacionados de uma forma particular. Em outras palavras, cada participante deu um sentido próprio à experiência proporcionada pela participação no grupo.

A partir desse primeiro curso, decidimos coletivamente o tema, o dia do encontro e sua dinâmica, para o semestre seguinte. Em nosso primeiro encontro, preparamos algumas atividades introdutórias, voltadas para a história da Trigonometria, e entregamos aos participantes a proposta de curso para ser preenchida coletivamente.

Nesse momento, percebemos quão pouco estão os professores acostumados a decidir e a opinar sobre a organização de cursos. Como disse uma professora: "é a primeira vez que alguém quer saber o que eu penso em um curso! Não sei o que dizer...". Combinamos então que eles pensariam um pouco mais nos tópicos dentro do tema central e na dinâmica dos encontros. Decidimos apenas uma ou duas atividades que eles gostariam de vivenciar.

Ao longo do semestre, incentivamos os participantes a compartilharem suas experiências (como alunos e como professores) envolvendo a Trigonometria e a desenvolver com o grupo atividades que tivessem estudado, realizado em suas classes e/ou adaptado de uma atividade que houvéssemos realizado ou comentado.

Timidamente, os participantes começaram a participar mais. Tanto os futuros professores como os professores com longa experiência assemelhavam-se no nervosismo das primeiras "apresentações". Gradativamente, o grupo começou a sentir-se mais confiante e a expressar-se de modo mais tranquilo. Contudo, isso não significa que todos tenham participado e trazido ideias para compartilhar. Alguns ainda se sentiam melhor quietos e ouvindo mais que falando.

Ao final desse curso, o grupo se encontrava mais entrosado e quase todo ele se manteve no 2º semestre de 2004. Dessa vez, o tema escolhido foi funções. Propusemo-nos a dividir nosso tempo entre o estudo dos conceitos básicos (mais uma vez a brochura portuguesa nos ajudou muito) e a troca de experiências desenvolvidas pelos participantes.

Os professores, em sua maioria, tinham pouquíssimo contato com os computadores e programas matemáticos, mas gostaram da experiência vivida em uma oficina desenvolvida por um futuro professor, que utilizou o Winplot.[7] O futuro professor sentiu-se orgulhoso por ter algo a compartilhar com o grupo.

Ao longo do semestre, passamos a incentivar os participantes a registrarem as experiências que desenvolviam em sala de aula e a compartilharem-nas com o grupo.

Alguns textos interessantes começaram a surgir. A ideia entusiasmou várias pessoas e planejamos publicar nosso primeiro livro em breve (ver em anexo um texto produzido pela professora Amália[8]).

Ao final do curso, algumas das avaliações foram:

> O curso foi muito agradável. Esse contato direto com os professores e indireto com as salas de aula é um aprendizado excelente para minha formação. Só tenho a agradecer e esperar o próximo. (Futuro professor)
> O curso me incentivou a pesquisar mais sobre o assunto "função". Deu-me mais base teórica e prática para melhorar minhas aulas. Adorei participar desse curso! (Professora do ensino médio)
> Agora me sinto mais à vontade para ensinar esse assunto. [aprendi] a olhar esse conteúdo de forma mais carinhosa, pois posso influenciar um aluno a amá-lo ou odiá-lo. Saber que isto às vezes está em minhas mãos... Adoro estar aqui. (Professora do ensino fundamental)

Ao final de 2004, o tema escolhido foi análise combinatória. Todos os professores expressaram dificuldades em ensinar esse conteúdo e os alunos da Licenciatura, embora inicialmente acreditassem "saber" bastante, logo perceberam que, quando se trata de buscar o significado das fórmulas e regras memorizadas, deixa de ser tão simples. Foi um curso intenso, de discussões animadas. Estudamos a história da análise combinatória, analisamos livros didáticos e os PCN,[9] discutimos inúmeras situações-problema e fomos construindo cada conceito gradativamente.

Estamos concluindo agora o quinto curso probabilidade –, em que nos dedicamos a estudar propostas curriculares, PCN, PCNEM e livros didáticos, além de textos históricos e científicos acerca do ensino e aprendizagem da probabilidade. Desenvolvemos inúmeras atividades nos encontros e estimulamos

---

[7] É um programa gratuito, idealizado para a construção de gráficos 2D e 3D, desenvolvido pelo Professor Richard Parris "Rick" (rparris@exeter.edu), da Philips Exeter Academy, por volta de 1985. Escrito em C, chamava-se PLOT e rodava no antigo DOS. Com o lançamento do Windows 3.1, o programa foi rebatizado de "Winplot". A versão para o Windows 98 surgiu em 2001, e está escrita em linguagem C++. Para maiores informações: http://www.mat.ufpb.br/~sergio/winplot/winplot.html.

[8] Nome fictício da professora. Amália é professora de Matemática há cerca de 8 anos e leciona para classes do ensino fundamental e médio.

[9] Tivemos como apoio para todas essas três atividades a Dissertação de Mestrado de Inês Esteves (PUC SP, 2001): Investigando os fatores que influenciam o raciocínio combinatório em adolescentes de 14 anos – 8ª série do ensino fundamental.

a criação de tarefas. Retomamos o processo de produção de textos (episódios de sala de aula) relacionados a experiências com probabilidade.

Enfim, além do crescimento relacionado ao domínio do conteúdo e de sua didática, é evidente o entusiasmo de todos em aprender.

O quadro abaixo sintetiza os temas estudados em cada semestre e dá uma ideia dos participantes dos cursos. Alguns destes se mantêm desde o primeiro, em 2003, porém, alunos recém-chegados à licenciatura incorporaram-se neste último semestre e os alunos/professores do curso de Especialização em Educação Matemática têm se alternado ao longo do tempo.

Semestre/ano	Participantes	Tema
2º/2003	Duas pesquisadoras (Profa. Dra. Roseli de Alvarenga Corrêa e Profa. Dra. Ana Cristina Ferreira) Quatro alunos/professores do Curso de Especialização em Educação Matemática Cinco alunos da Licenciatura em Matemática da UFOP Oito professores de Matemática	Geometria
1º/2004	Uma pesquisadora (Profa. Dra. Ana Cristina Ferreira) Três alunos/professores do Curso de Especialização em Educação Matemática Cinco alunos da Licenciatura em Matemática da UFOP Dez professores de Matemática Trigonometria	Trigonometria
2º/2004	Uma pesquisadora Três alunos/professores do Curso de Especialização em Educação Matemática Sete alunos da Licenciatura em Matemática da UFOP Dez professores de Matemática Funções	Funções
1º/2005	Uma pesquisadora Quatro alunos/professores do Curso de Especialização em Educação Matemática Dez alunos da Licenciatura em Matemática da UFOP Oito professores de Matemática Análise Combinatória	Análise combinatória
2º/ 2005[10]	Dois pesquisadores (Profa. Dra. Ana Cristina Ferreira e Prof. Dr. Daniel Clark Orey da CSUS) Dois alunos/professores do Curso de Especialização em Educação Matemática Cinco alunos da Licenciatura em Matemática da UFOP Oito professores de Matemática Probabilidade	Probabilidade

---

[10] Esse curso aconteceu de agosto a dezembro de 2005, período no qual a UFOP estava em greve. Tal fato reduziu a participação dos futuros professores.

Ao contrário de pesquisas que defendem a constituição de grupos formados apenas por professores (como, por exemplo, ANTÚNEZ, 1999), em nosso grupo, a parceria professor/futuro, professor/pesquisador, escola-universidade mostrou-se um aspecto construtivo, positivo, que imprimiu uma dinâmica particular aos nossos trabalhos. Percebemos que, dependendo das características dos membros do grupo e de seus propósitos coletivos, essa parceria pode trazer grandes benefícios para ambos.

Considerações finais

Entendemos que a aprendizagem é o "motor" do desenvolvimento profissional e da mudança. Aprender é alterar/ampliar/rever/avançar em relação aos próprios saberes, à própria forma de aprender e à prática pedagógica. Sabemos, contudo, que, muitas vezes, as pressões e preocupações da rotina cotidiana na sala de aula inibem a adoção de novas propostas, frutos da reflexão pessoal, do contato com outros profissionais ou da participação em cursos ou seminários. Nesse caso, diminui a possibilidade de aprender e mudar.

Professores e futuros professores trazem consigo o potencial da mudança e, ao aliar seus saberes e práticas ao estudo, aprendizagem e reflexão conjunta sobre temas trazidos por eles, mas fundamentados pela produção realizada em diversas instâncias (escola, universidade, governo etc.), torna-se possível desenvolver uma nova cultura escolar de investigação e construção coletiva. Contudo, é importante ressaltar que, embora esse processo possa, visto de fora (e usualmente também pelos próprios indivíduos), parecer um crescimento uniforme e contínuo, na realidade, o ritmo do crescimento varia de pessoa para pessoa.

Esse é um processo que depende do tempo, das experiências vividas, das oportunidades, do apoio de outros, da forma pessoal de reagir e lidar com obstáculos, dentre outras variáveis.

Nesse sentido, como Baird (1997, p. 7-8), entendemos que o tempo se torna "um elemento crucial da mudança, por dois motivos: é o recurso mais importante para se alcançar a mudança e muitas vezes, são necessários alguns anos para se implementar mudanças duráveis". Ou seja, a mudança depende do desejo e da atividade do futuro professor e/ou professor, associados a condições favoráveis (apoio, suporte intelectual, espaço e tempo).

Para isso, a colaboração como construção coletiva da visão que norteia o movimento tem muito a oferecer. Uma visão construída a partir de muitas vozes vozes de professores, futuros professores, pesquisadores é o que buscamos construir. Como Hargreaves (1998, p. 284), acreditamos que "tanto um mundo de voz sem visão é um mundo reduzido a um falar ininteligível e caótico, no qual não existem formas de arbitragem entre as vozes, que as possam reconciliar ou aproximar", quanto uma visão desprovida de voz, na qual os propósitos são impostos e o consenso é fabricado, perdem seu papel transformador. Isso envolve a construção da confiança nas pessoas e nos processos, bem como uma valorização de mudanças culturais, mais que estruturais, e de processos, mais que propósitos; o fortalecimento dos professores e de seu poder de tomada de decisão, bem como das culturas escolares e de todos os envolvidos, de modo que possam, eles próprios, realizar as mudanças necessárias, de modo gradativo e contínuo.

Propostas como as apresentadas sinalizam que existem professores interessados em mudar, em desenvolver-se profissionalmente, e que a colaboração constitui um tipo de relacionamento promissor, embora difícil, para o processo de desenvolvimento profissional. Tais propostas poderiam se desenvolver de modo mais ágil e promissor se contassem com maior apoio governamental (como, por exemplo, criando condições e oportunidades para professores das redes públicas e privadas organizarem-se em grupos dessa natureza e incentivando as iniciativas existentes) e maior empenho das universidades, Secretarias de Educação e escolas, na estruturação de parcerias de sucesso equitativas, baseadas no diálogo e no compromisso mútuo para com a melhoria da nossa educação.

Referências

ANTIL, Laurence; JENKINS, Joseph; WAYNE, Susan; VADASY, Patricia. Cooperative learning: prevalence, conceptualizations, and the relation between research and practice. *American Educational Research Journal*, v. 35, n. 3, 1998, p. 419-454.

ANTÚNEZ, Serafí. El Trabajo en equipo de los profesores y profesoras: factor de calidad, necesidad y problema. El papel de los directivos escolares. *Educar*, 24, 1999, p. 89-110.

ARAÚJO, Elaine Sampaio. *Matemática e Formação em Educação Infantil: biografia de um projeto*. (Mestrado, Universidade de São Paulo, 1998).

BAIRD, John R. *Orientaciones para un Efectivo Desarrollo Profesional del Docente. Lecciones basadas en Investigaciones realizadas en Escuelas Australianas*. (Documento apresentado no Seminário Internacional de Formación de Profesores, Santiago, 10-12 março de 1997).

CANCIAN, Ana Karina. *Reflexão e Colaboração Desencadeando Mudanças – Uma Experiência de Trabalho junto a Professores de Matemática*. Capivari – SP. (Dissertação de Mestrado, UNIVERSIDADE EST.PAULISTA JÚLIO DE MESQUITA FILHO/RIO CLARO, 2001).

COCHRAN-SMITH, M.; LYTLE, S. Relationships of knowledge and practice: teacher learning in communities. In: IRAN-NEJAD, A.; PEARSON, P. D. (Eds.). *Review of Research in Education*, 24, 1999, p. 249-305.

DAVIDSON, Neil; KROLL, Diana L. An overview of research on cooperative learning related to mathematics. *Journal for Research in Mathematics Education*, v. 22, n. 5, 1991, p. 362-365.

DILLENBOURG, P., BAKER, M., BLAYE A.; O'MALLEY, C. The evolution of research on collaborative learning. In: P. REIMANN; H. SPADA (Eds.). *Learning in humans and machines. Towards an interdisciplinary learning science*. London: Pergamon, 1996, p. 189-211.

FERREIRA, Ana Cristina. *Metacognição e desenvolvimento profissional: uma experiência de trabalho colaborativo*. (Tese de Doutorado, FE/UNICAMP, 2003).

FERREIRA, Ana Cristina. *Repensando o ensino da Matemática no Ensino Médio*. Projeto de Extensão apresentado à Pro-reitoria de Extensão da Universidade Federal de Ouro Preto, 2003.

HALL, Valerie; WALLACE, Mike. Collaboration as a subversive Activity: a professional response to externally imposed competition between schools? *School Organization*, v. 13, n. 2, 1993, p. 101-117.

HAMMOND-KAARREMAA, Liz. *Supporting Faculty Communities of Practice using Collaborative Technologies* (Thesis of Master of Arts in Distributed Learning, Royal Roads University, 2002).

HARGREAVES, Andy. *Os Professores em tempos de mudança: o trabalho e a cultura dos professores na idade pós-moderna*. Alfragide: McGraw-Hill, 1998.

HOPKINS, David; BERESFORD, John; WEST, Mel. Creating the conditions for classroom and teacher development. *Teacher and Teaching: theory and practice*, v. 4, n. 1, 1998, p. 115-141.

LOPES, Celi A. Espansandin. *O conhecimento profissional dos professores e suas relações com estatística e probabilidade na educação infantil*. (Tese de Doutorado, FE/UNICAMP, 2003).

MURPHY, Carlene U.; LICK, Dale W. *Whole_Faculty Study Groups: a powerful way to change schools and enhance learning*. California: Corwin Press, Inc., 1998.

NACARATO, Adair Mendes. *Educação continuada sob a perspectiva da pesquisa-ação: currículo em ação de um grupo de professores ao aprender ensinando Geometria*. (UNICAMP, 2000, Tese de Doutorado).

OLIVEIRA, Lúcia. A acção-investigação e o desenvolvimento profissional dos professores: um estudo no âmbito da formação continuada. In: SÁ-CHAVES, I. (Org.). *Percursos de formação e desenvolvimento profissional*. Porto (Portugal): Porto Editora, 1997, p. 91-106.

PANITZ, T. (1996). *Collaborative versus cooperative learning – A comparison of the two concepts which will help us understand the underlying nature of interactive learning*. Disponível: <http://home.capecod.net/~tpanitz/tedsarticles/coopdefinition.htm> Acessado em ago. 2004.

RAYMOND, Anne; LEINENBACH, Marylin. Collaborative action research on the learning and teaching of algebra: a story of one mathematics teacher's development. *Educational Studies in Mathematics*, 41, p. 283-307, 2000.

SLAVIN, Robert E. Research on Cooperative Learning an Achievement: What we know, what we need to know. *Contemporary Educational Psychology*, 1996, 21, p. 43-69.

SOUZA JÚNIOR, Arlindo José de. *Trabalho Coletivo na Universidade: Trajetória de um grupo no processo de ensinar e aprender Cálculo Diferencial e Integral*. (UNICAMP, 2000, Tese de Doutorado).

SOWDER, Judith T.; SCHAPPELLE, Bonnie P. (Eds.) *Providing a Foundation for Teaching mathematics in the Middle Grades*. New York: State University of New York Press, 1995.

STEIN, Mary K.; SILVER, Edward A.; SMITH, Margaret S. Mathematics Reform and Teacher development: a community of practice perspective In: GREENO, J.; GOLDMAN, S. (Orgs.). *Thinking practices in Mathematics and Science Learning*. Hilldale: Lawrence Erlbaum Ass., 1998, p. 17-52.

VOLQUIND, Lea. *O processo de mediação e a construção do conhecimento matemático: vivência de professores de séries iniciais de uma escola de professores*. (Tese de Doutorado. Pontifícia Universidade Católica do Rio Grande do Sul, 2000).

YACKEL, Erna; COBB, Paul; WOOD, Terry. Task-related verbal interaction and mathematics learning in small groups. *Journal for Research in Mathematics Education*, v. 22, n. 5, 1991, p. 390-408.

Formação continuada de professores: uma experiência de trabalho colaborativo com matemática e tecnologia[1]

Nielce Meneguelo Lobo da Costa

Neste texto, analiso um programa de formação continuada desenvolvido no lócus escolar, com educadores das séries iniciais do ensino fundamental, no qual foram explorados conteúdos de Matemática e Estatística, com uso do computador. Em particular, discuto: a experiência do grupo de professores que, ao longo do processo de formação, veio a se constituir como um grupo de trabalho colaborativo; e a pesquisa que empreendi sobre esse grupo. Discorro sobre trabalho colaborativo e sua influência na formação e desenvolvimento profissional dos participantes do grupo.

O processo de formação aqui discutido ocorreu por um projeto de parceria entre a universidade (PUC-SP) e uma escola pública, aqui denominada Escola São Paulo. Foi constituído um grupo de trabalho para o desenvolvimento do projeto, que designei Grupo Ação, formado por quatro pesquisadoras da universidade e cinco participantes da escola. Esse grupo atuou como formador dos demais professores da escola e, ao longo do trabalho, tornou-se um grupo colaborativo.

Ao analisar programas de formação continuada de educadores, é importante pontuar que estes não são autônomos, como diz Pérez Gómez (1997); pelo contrário, estão inseridos em contexto e suas orientações dependem dos conceitos de escola, ensino e currículo dominantes em cada época histórica. "São familiares as metáforas do professor como modelo de comportamento, como transmissor de conhecimentos, como técnico, como executor de rotinas, como planificador, como sujeito que toma decisões ou resolve problemas etc. (p. 96)"; para cada uma dessas metáforas existe em correspondência uma concepção de formação do professor. Os programas formativos e a própria concepção da função docente advêm das diferentes formas de se entender a prática educativa. A perspectiva adotada para o programa de educação continuada aqui investigada foi a da reflexão na prática para a reconstrução social,

---

[1] O texto refere-se à pesquisa de tese de doutorado da autora, do Programa de Pós-Graduação em Educação: currículo, sob orientação do prof. Dr. Marcos Tarcísio Masetto.

com enfoque na investigação-ação e na formação para a compreensão. Nessa perspectiva, o conceito de prática reflexiva é ampliado, de forma a considerar não só o processo que leva o professor a refletir durante as ações pedagógicas e sobre tais situações, mas também o de refletir sobre situações de conflito, analisando-as a partir disso e planejando e executando novas ações. O objetivo é a reconstruir tanto os pressupostos teóricos básicos de ensino (PÉREZ GÓMEZ, 1998), quanto a si próprio como professor. Distinguem-se, na perspectiva da reconstrução social, dois enfoques de formação de docentes: o de crítica e reconstrução social e o de investigação-ação e formação do professor para a compreensão. Esta última, a adotada no programa em questão, defende o desenvolvimento de uma formação orientada por princípios e métodos democráticos, que, contudo, não exija que se explicite a orientação política dos envolvidos; isto é, nesta linha o professor não precisa atuar como um ativista político, como ocorre no primeiro dos enfoques.

O processo de formação do educador foi entendido na investigação como um processo contínuo de aprendizagem – ao longo de toda a vida –, que visa o desenvolvimento profissional, na acepção de Ponte (1997).[2]

O contexto de trabalho foi o ensino da Matemática e Estatística, com recurso computacional. Em particular, foram estudadas noções básicas de Estatística para o tratamento e a análise de informações, conteúdos esses do bloco denominado, nos PCN,[3] "Tratamento da Informação e Noções de Estatística". Foi utilizado o *software* de banco de dados TABLETOP (Tabletop TM, 1994).

Quanto ao conteúdo "Tratamento de Informações", adotou-se como pressuposto na formação que ele deve ter no currículo o papel de desenvolver o pensamento matemático da criança e colocá-la em contato com a linguagem estatística, além de desenvolver habilidades para o tratamento de dados e a interpretação de resultados. Pesquisadores, tais como Lopes (2003), enfatizam a importância de que as atividades de ensino incluam todo o processo do tratamento da informação, e não apenas parte dele. A pesquisadora, em seu estudo sobre formação de professores da educação infantil, esquematizou o processo de tratamento de dados como sendo formado por etapas que definem um ciclo: primeiro a definição da questão ou problema a ser investigado, a seguir, coleta dos dados, depois a representação dos dados seguida de sua interpretação, fazendo deduções ou tomando decisões que levam novamente à definição de uma questão a investigar,

---

[2] Desenvolvimento profissional entendido como sendo composto por todos os movimentos, empreendidos pelo professor, que levam à reestruturação de sua prática pedagógica, partindo de reflexão, ação e nova reflexão. É "um processo de crescimento na competência em termos de práticas lectivas e não lectivas, no autocontrolo da sua atividade como educador e como elemento da organização escolar"(PONTE, 1997, p. 44).

[3] Parâmetros Curriculares Nacionais.

fechando o ciclo. Assim sendo, esta foi a abordagem adotada durante o programa na Escola São Paulo, ou seja, procurou-se, a cada atividade desenvolvida, abarcar todas as etapas do processo de tratamento de dados.

O projeto de formação

A formação continuada de professores das séries do ensino fundamental aqui discutida ocorreu por um projeto de parceria entre a universidade (PUC-SP) e uma escola estadual. Nós, pesquisadores da universidade, procuramos a Escola São Paulo e propusemos o desenvolvimento de um projeto conjunto de formação continuada[4] que se estenderia por um período de dois anos e incluiria a montagem de um laboratório de informática na escola e a formação de um grupo de seus professores.[5]

Inicialmente, o projeto fora planejado para a formação de seis elementos da escola, a saber: a coordenadora pedagógica, a diretora e quatro professoras escolhidas pela coordenação pedagógica e direção. Contudo, durante nossas primeiras reuniões, por decisão do grupo envolvido, liderado pela diretora, foi estabelecido que o projeto se estenderia aos outros professores da escola. Ficou acordado que, em vez de atingir apenas alguns elementos da escola, todo o corpo docente participaria da formação. Para tanto, elementos da escola atuariam como formadores dos demais, e nós, da universidade, daríamos suporte a este segundo trabalho, estando presentes nas oficinas a serem desenvolvidas com tais professores. Para atender a essa modificação e implementar o projeto na escola, foi constituído um grupo de trabalho, que designei Grupo Ação, formado por quatro pesquisadoras da universidade[6] e cinco participantes da Escola São Paulo: as professoras Rosa, Margarida e Orquídea, a diretora Hortênsia e a coordenadora pedagógica Violeta.[7]

O acordo descrito acima viabilizou o acompanhamento de dois grupos de educadores, com características distintas, atuando simultaneamente na escola: um deles, formado pelo núcleo composto pelas professoras, coordenadora e diretora, participantes do que aqui denomino Grupo Ação, e o outro, designado Grupo Vivência, constituído por todos os dezesseis professores das 3as e 4as séries da escola.[8] Com o

---

[4] O projeto proposto foi inserido no Programa de Pesquisas Aplicadas sobre a melhoria do ensino público do Estado de São Paulo (Fapesp/ N.º 2000/04112-8) e dele teve financiamento.

[5] A escola em questão foi escolhida por nós por estar próxima ao campus, ser uma escola voltada para o estabelecimento de parcerias e o desenvolvimento de projetos, além de ter em momentos anteriores alguns de seus docentes envolvidos em cursos e em atividades da universidade.

[6] Lulu Healy, Sandra Magina, Sandra Santos e Nielce M. Lobo da Costa.

[7] Os nomes da escola e dos participantes são fictícios. A intenção foi preservar a identidade da escola e dos participantes do projeto.

[8] Embora a formação dirigida pelo Grupo Ação atingisse todo o corpo docente, acompanhei a formação dos professores que atuavam nas 3as e 4as séries, equipe à qual denominei Grupo Vivência.

primeiro grupo, foi possível estabelecer um processo colaborativo de trabalho.

O projeto de formação da Escola São Paulo foi desenvolvido ao longo de dois anos. Os elementos do Grupo Ação pertencentes à escola receberam nesse período uma bolsa da instituição que financiou o projeto, o que foi muito importante, pois, para merecê-la, as participantes dedicavam vinte horas semanais ao projeto. Essas horas eram cumpridas, parte na escola pela participação nas reuniões internas do grupo e nos encontros de formação dos demais professores e parte, em local livre para estudos e/ou preparo do material a ser utilizado nas atividades. O comprometimento de cada integrante certamente foi influenciado pela existência dessa bolsa-auxílio, que viabilizou a transferência de diversas das tarefas do projeto, atribuídas em princípio a nós, da universidade, para o âmbito de atuação dos elementos da escola.

O Grupo Ação, equipe constituída de elementos da escola e da universidade, durante todo o projeto, foi o que tomou as decisões necessárias para a adequação das atividades de formação ao contexto da escola; o outro grupo de professores recebia a formação. No princípio, estritamente, havia um conteúdo determinado a ser explorado com o uso do computador, e um *software* previamente escolhido, mas o projeto na escola não estava completamente fechado e predeterminado por nós, pesquisadores da universidade: as particularidades do lócus escolar interferiram e orientaram todo o planejamento e o desenrolar do projeto apresentou características não previstas inicialmente, que delinearam um tipo de formação na qual ações foram implementadas a partir da análise situacional, da observação das reações dos professores e do *feedback* obtido a cada intervenção.

Neste texto, analiso o trajeto percorrido pelos elementos da escola que fizeram parte do Grupo Ação e atuaram como formadores dos demais professores da Escola São Paulo. O "caminho" que descrevo foi parte do processo de minha pesquisa e, em meu entender, é a essência da pesquisa com grupos colaborativos.

O "caminho" da formação pode ser dividido para análise em quatro fases: uma na universidade e três no lócus escolar. Estas últimas foram de desenvolvimento da formação na escola. Ao longo de todas as fases, o Grupo Ação reuniu-se semanalmente durante duas horas e meia para as providências de implantação do projeto, a saber:

Fase 1 destinada aos primeiros encontros ocorridos na universidade, englobou o conhecimento do *software* e o planejamento da formação a ser desenvolvida na Escola São Paulo.[9]

---

[9] A primeira fase foi desenvolvida no campus da universidade e não na escola, uma vez que, na ocasião, o laboratório de informática estava em fase de montagem e implantação, sem condições de uso.

Fase 2 relativa ao primeiro semestre letivo. A equipe passou a ter uma identidade como grupo, iniciou a formação dos demais professores da escola, desenvolveu uma atividade fora do ambiente computacional e duas atividades com o uso do *software* TABLETOP, iniciou oficinas com os alunos das professoras integrantes do Grupo Ação, preparou apresentações com vistas à participação em encontro educacional e, além disso, assumiu a investigação sobre a prática docente como parte do projeto.

Fase 3 foi desenvolvida no segundo semestre na escola, fase de solidificação do projeto, na qual a formação do Grupo Vivência entrou na etapa de criação das sequências didáticas para as crianças. Assim, o Grupo Ação ampliou sua esfera de atuação, pois, além de conceber e desenvolver as ações de formação, também acompanhou e auxiliou os docentes da escola no trabalho com alunos. Além disso, cada elemento produziu o seu primeiro relatório parcial de pesquisa e seu relato de sequência didática esse foi o momento de reflexão sobre o projeto, de colocar no papel as ações, de avaliar o caminho percorrido e de redefinir as metas. Nesta fase, foi possível a cada elemento do Grupo Ação refletir não apenas sobre a sua própria atuação como formador mas também sobre a prática do colega.

Fase 4 foi desenvolvida nos últimos meses do projeto, no ano letivo seguinte à fase 3, quando a equipe não mais contava com a participação da coordenadora pedagógica e nem da diretora.[10] Com uma nova direção na escola, a retomada da formação do corpo docente apresentava-se como se fosse um novo trabalho, com espaços a conquistar. A formação do Grupo Vivência foi reiniciada por meio de uma nova atividade no TABLETOP. Para as professoras do Grupo Ação, esse foi um período tanto de revisão e aprofundamento de conceitos na Matemática e na Informática, quanto de retomada do trabalho docente no laboratório. As professoras passaram a assumir total responsabilidade pela gestão dessas sessões tanto com seus alunos quanto com os professores, além da assessoria aos outros professores da escola para o uso do laboratório. Afora isso, elas escreveram um relatório final de pesquisa e o segundo relato de sequência didática aplicada aos alunos. Como última atividade, o Grupo Ação participou novamente de encontro científico, apresentando o projeto de formação da Escola São Paulo.

Durante o processo de formação, procedi à coleta de dados de pesquisa, cujas fontes estão no quadro a seguir:

---

[10] Ambas removidas da escola por concurso, motivadas por interesses particulares, independentes do projeto.

Quadro 1

Instrumento	Descrição	Fase de ocorrência
Questionários preenchidos	Dois questionários com as mesmas questões: um no início e um no final da pesquisa na escola	Fases 2 e 4
Entrevistas	Duas entrevistas semi-estruturadas com a coordenadora pedagógica	Fase 3 e três meses depois do final
	Duas entrevistas semi-estruturadas com Rosa	Fases 2 e 3
	Duas entrevistas com Orquídea	Fase 2 e três meses depois do final
Gravações em fita cassete	Sessões internas do G.A.	Fases 2, 3 e 4
	Oficinas com o G.Vi.	Fases 2, 3 e 4
Gravações em vídeo	Oficinas com os alunos de Rosa, Margarida e Orquídea.	Fase 2
Materiais produzidos pelo G.A.	Relatório de expectativas e preocupações	Fase 1
	Dois relatórios de pesquisa por integrante do G.A.	Fases 3 e 4
	Dois relatos de seqüência didática	Fases 3 e 4
	Relatórios dos pesquisadores sobre as sessões do G.A.	Fases 2, 3 e 4
	Atividades no TABLETOP	Fases 1, 2, 3 e 4
	Arquivos digitais	Fases 1, 2, 3 e 4
	Meu diário de notas	Fases 1, 2, 3 e 4

Fontes de dados coletados, por fase da pesquisa.

Ao longo do "caminho" percorrido, as educadoras do Grupo Ação (G.A.) desempenharam diversos papéis: foram aprendizes; formadores dos colegas os professores do Grupo Vivência (G.Vi) ; atuaram como docentes, criando e desenvolvendo as oficinas para seus alunos; foram monitoras e assistentes dos professores, tanto na concepção, quanto no desenvolvimento das oficinas destes com os alunos; foram, também, pesquisadoras, escrevendo relatórios de pesquisa e relatos de suas sequências didáticas, refletindo e pesquisando sobre a própria prática e refletindo em grupo sobre sua prática e sobre a dos colegas.

Apresento, a seguir, um resumo das fases do projeto e dos acontecimentos considerados por mim como "marcos do caminho" do grupo e fornecedores de subsídios para as análises dos dados de pesquisa e da constituição do grupo colaborativo. Por questões de espaço, neste texto não discuto todos os detalhes apontados no quadro.[11]

---

[11] Para maiores detalhes consultar: Lobo da Costa, 2004.

Quadro 2

Grupo Ação: Processo formativo	"Marcos" do caminho
Fase 1 – Primeiros encontros. Os quatro primeiros meses	
Formação Inicial – encontros na universidade (PUCSP – Exatas)	Formação da equipe, fase repleta de expectativas e medos.
Fase 2 – Primeiro semestre letivo na escola	
Agir como professor-formador. Gestão das sessões do G.Vi. Monitoramento dos professores (orientação quanto ao *software* TABLETOP e a Matemática) A Atividade *Confete* – fora do computador Construção das sessões do G.Vi. (estratégias, gestão, Matemática envolvida) Primeira atividade no computador: Banco de dados Atlquint.TDB Ampliando os dados, criação do banco Todos.TDB Preparação das seqüências didáticas para seus alunos (articular teoria e prática) Aplicação das seqüências e discussão nas reuniões de G.A. (reflexão sobre a ação docente) Preparar a apresentação do projeto para encontro com supervisores da DE Evolução nos conhecimentos de Informática (momento de reflexão sobre a ação – como formador e como docente)	A perda de um dos elementos da equipe inicial do G.A. Enfrentar os primeiros problemas (intrigas na escola) Reunião do Conselho de Escola dando "sinal positivo" ao projeto e aos horários de reunião Estabelecimento de uma rotina de trabalho nas reuniões do G.A. Levar os alunos para aulas no laboratório (decisão influenciada pela direção e coordenação) A preparação e aplicação das seqüências didáticas das professoras do G.A. para seus alunos, bem como as discussões nos G.A. sobre as práticas. Saída da diretora, que não mais participa diretamente do projeto. Preparo da apresentação para os supervisores da região na DE (Diretoria de Ensino).
Fase 3 – Segundo semestre letivo na escola	
Exposição do projeto de formação na DE e na Escola Retomada da formação do G.Vi. com alta credibilidade Preparação do Primeiro Relatório de Pesquisa Orientação aos professores do G.Vi. no preparo de atividades para os alunos Atuação como assistentes do G.Vi. junto aos alunos na aplicação das atividades didáticas Organização das atividades dos seus alunos e preparo de apresentação para participação em evento educacional (Bebedouro)	Apresentação do projeto para supervisores da DE Apresentação na Escola - entusiasmo e credibilidade Visita do diretor e equipe de outra escola - orgulho do G.A. e motivação do G.Vi. PONTO ALTO DO PROJETO A elaboração do 1º relatório parcial de pesquisa O conteúdo modificado para atender expectativas do grupo Estruturas aditivas e o banco Milagres.TDB no TABLETOP O G.Vi. começa a levar os alunos ao laboratório O papel do Grupo Ação como assistente do G.Vi. Preparo para apresentação em Bebedouro e a recusa do trabalho A saída da coordenadora pedagógica
Fase 4 – – Terceiro semestre letivo na escola – Os últimos meses	
Etapa final da formação do G.Vi., com o TABLETOP: A atividade da Imaginária Apresentação do projeto em encontro educacional (Unicamp) Responsabilidade total pela condução dos encontros com o G.Vi. A ida ao laboratório com os alunos, sem os pesquisadores. Elaboração do segundo relatório de pesquisa	A mudança de direção da escola - mudança no comprometimento Um novo ano letivo - Começar de novo Relatar o projeto no encontro realizado na Unicamp O relatório final do projeto de formação: avanços e retrocessos

No "caminho", existem quatro ramificações que considerei "dimensões formativas" do Grupo Ação e simbolizei, nos quadros seguintes, com diferentes cores. Cada uma dessas dimensões leva o professor a desempenhar um papel no grupo, de modo a atuar como aprendiz, ao receber formação técnica de Matemática, de Estatística e de Informática; a atuar como formador de outros professores, ao trabalhar com o Grupo Vivência; a atuar como docente, planejando e aplicando atividades informatizadas para seus alunos; e a atuar como pesquisador em diversas situações, como, por exemplo, refletindo sobre a própria prática e participando de encontros educacionais. Representei em verde a atuação como aprendiz; em azul, como docente; em vermelho, como pesquisador; e em laranja, como formador. No "caminho" do Grupo Vivência, três das "dimensões formativas" são encontradas: o professor atuou como aprendiz, ao receber formação técnica; como professor, ao planejar e aplicar atividades informatizadas para seus alunos; e como pesquisador, refletindo a própria prática. Contudo, a comparação entre os dois esquemas acima evidencia que foi diferente a atuação dos grupos em cada papel: enquanto um dos grupos participava das decisões, compunha e aplicava as ações e assumia um caráter colaborativo, o outro poderia, com otimismo, ser considerado tão somente um grupo cooperativo.

O "caminho" do Grupo Ação

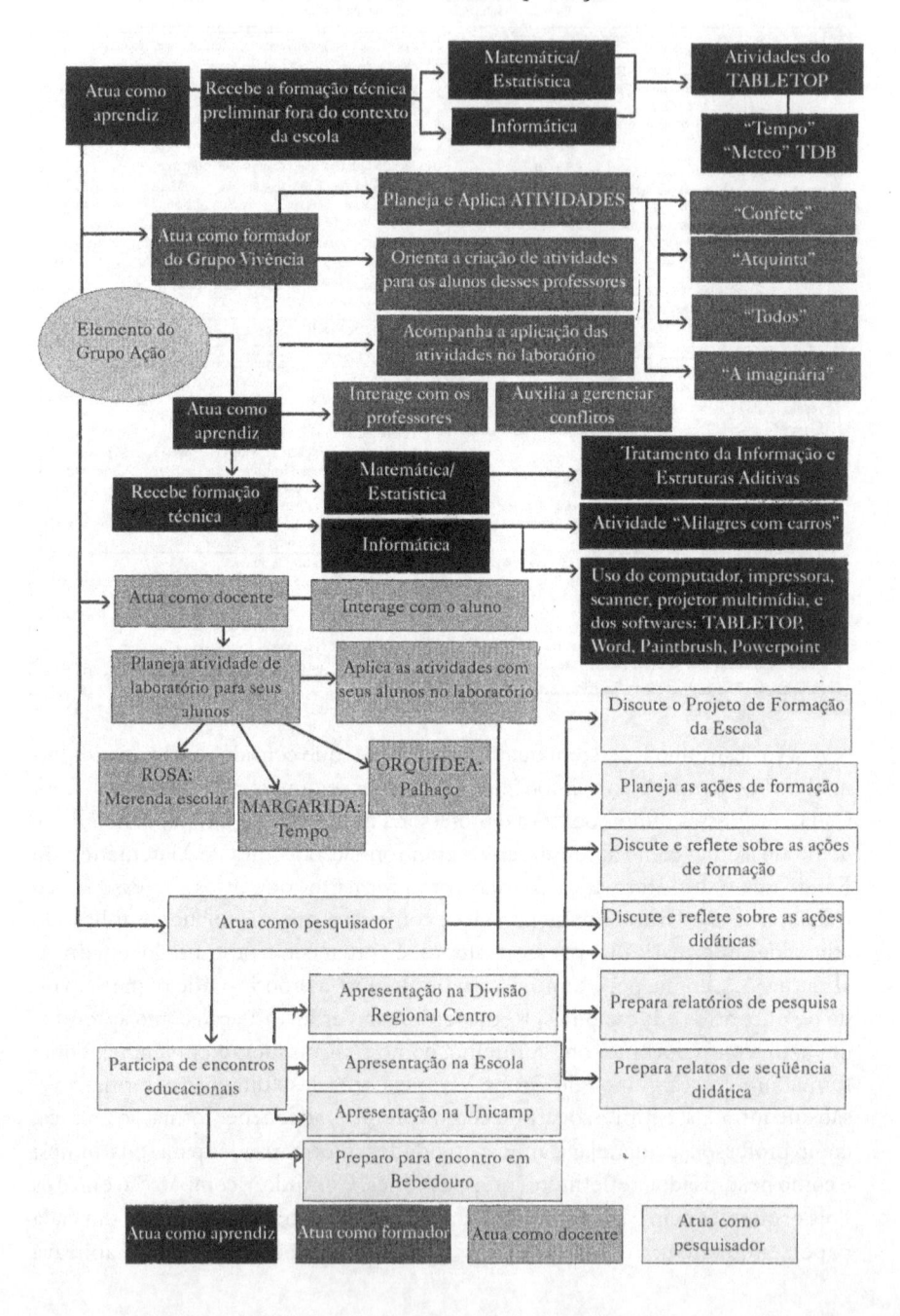

```
Atua como aprendiz → Recebe a formação técnica preliminar fora do contexto da escola → Matemática/Estatística → Atividades do TABLETOP
                                                              → Informática      "Tempo" "Meteo" TDB

Elemento do Grupo Ação
    → Atua como formador do Grupo Vivência → Planeja e Aplica ATIVIDADES → "Confete"
                                           → Orienta a criação de atividades para os alunos desses professores → "Atquinta"
                                           → Acompanha a aplicação das atividades no laboraório → "Todos"
                                                                                                 → "A imaginária"
    → Atua como aprendiz → Interage com os professores
                         → Auxilia a gerenciar conflitos
                         → Recebe formação técnica → Matemática/Estatística → Tratamento da Informação e Estruturas Aditivas
                                                                            → Atividade "Milagres com carros"
                                                   → Informática → Uso do computador, impressora, scanner, projetor multimídia, e dos softwares: TABLETOP, Word, Paintbrush, Powerpoint
    → Atua como docente → Interage com o aluno
                        → Planeja atividade de laboratório para seus alunos → Aplica as atividades com seus alunos no laboratório
                                                                            → ROSA: Merenda escolar
                                                                            → MARGARIDA: Tempo
                                                                            → ORQUÍDEA: Palhaço
    → Atua como pesquisador → Discute o Projeto de Formação da Escola
                            → Planeja as ações de formação
                            → Discute e reflete sobre as ações de formação
                            → Discute e reflete sobre as ações didáticas
    → Participa de encontros educacionais → Apresentação na Divisão Regional Centro → Prepara relatórios de pesquisa
                                          → Apresentação na Escola → Prepara relatos de seqüência didática
                                          → Apresentação na Unicamp
                                          → Preparo para encontro em Bebedouro

Atua como aprendiz | Atua como formador | Atua como docente | Atua como pesquisador
```

174

Formação empreendida pelo Grupo Ação: o caminho do Grupo Vivência

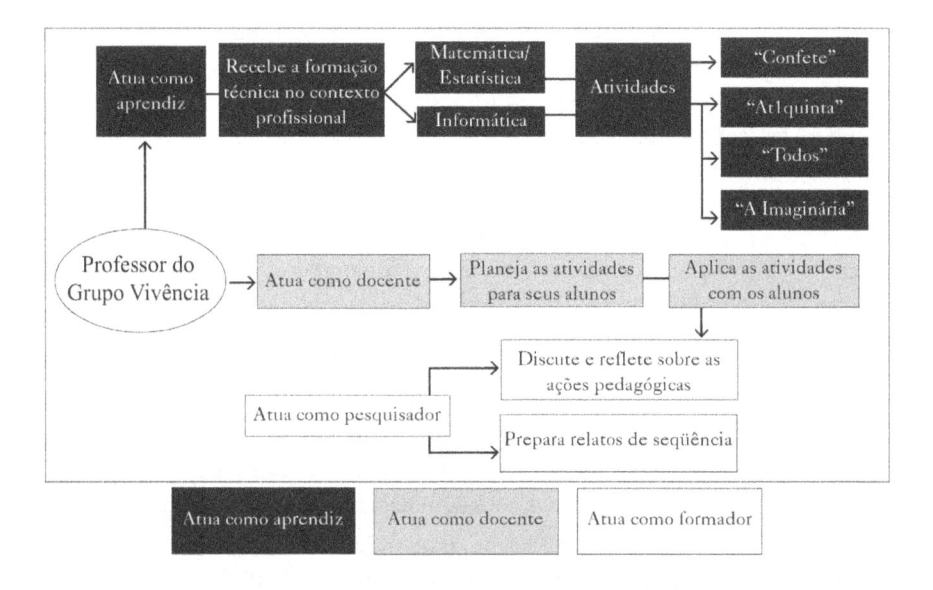

```
[Atua como aprendiz] → [Recebe a formação técnica no contexto profissional] → [Matemática/Estatística] → [Atividades] → "Confete"
                                                                              [Informática]                              "At1quinta"
                                                                                                                         "Todos"
                                                                                                                         "A Imaginária"

[Professor do Grupo Vivência] → [Atua como docente] → [Planeja as atividades para seus alunos] → [Aplica as atividades com os alunos]

                                                      [Discute e reflete sobre as ações pedagógicas]
                                [Atua como pesquisador]
                                                      [Prepara relatos de seqüência]
```

[Atua como aprendiz]   [Atua como docente]   [Atua como formador]

Colaboração, cooperação e grupos colaborativos

Na linguagem corrente, as palavras colaboração e cooperação têm significados muito semelhantes, respectivamente de "laborar com" (trabalhar com) e "operar com". Contudo, diversos pesquisadores, tais como Boavida e Ponte (2002, p. 46), as têm distinguido considerando que: "Operar é realizar uma operação em muitos casos relativamente simples e bem definida; é produzir determinado efeito funcionar ou fazer funcionar de acordo com um plano ou sistema"; enquanto que colaborar é "desenvolver actividade para atingir determinados fins; é pensar, preparar, reflectir, formar, empenhar-se". Na cooperação, as operações conjuntas podem estar todas planejadas previamente. Já na colaboração, o plano de trabalho não pode ser rígido e predefinido completamente. Além disso, o desenvolvimento do trabalho exige uma interação efetiva, um comprometimento na execução e um compartilhamento de decisões.

Partindo do pressuposto de que nem toda situação em que pessoas trabalham em conjunto pode ser considerada, por si só, colaborativa, passo a analisar sob quais características uma situação pode ser assim considerada. Para Boavida e Ponte (2002) isso ocorre em "casos nos quais diversos intervenientes trabalham conjuntamente, não numa relação hierárquica, mas numa base de igualdade de modo a haver ajuda mútua e a se atingirem objetivos que a todos beneficiem" (p. 45). Considero que nos processos colaborativos os papéis dos parceiros podem ser diferenciados, e o estatuto dos elementos da equipe não precisa ser idêntico, mas não deve haver um chefe a centralizar as decisões que são cumpridas pelos demais: todos participam democraticamente das tomadas de decisão e são responsáveis pelas ações.

Um grupo colaborativo pode ser estabelecido quando se constitui uma equipe de professores e investigadores profissionais (BOAVIDA; PONTE, 2002). Nesse caso, existe a vantagem de múltiplos olhares sobre a situação educacional o que, como consequência, permite que se produzam quadros interpretativos consistentes sobre a questão investigada. Contudo, os autores alertam sobre o fato de que esse sistema acarreta dificuldades para o desenvolvimento da pesquisa e para a implementação das ações, em razão da variedade de linguagens, de estilos de trabalho e de referenciais teóricos divergentes que podem surgir na equipe. Em relação à atuação dos elementos no grupo de trabalho colaborativo, eles argumentam que é natural a existência de diferentes papéis a desempenhar em uma equipe, sem que isso espelhe necessariamente desigualdade entre os membros: essa diversidade ocorre como consequência dos objetivos do trabalho a ser desenvolvido. Na pesquisa sobre grupos colaborativos, as relações humanas são de fundamental importância, assim como as negociações para se estabelecer consenso. Em nosso caso, as negociações permearam todo o processo investigativo.

Um importante aspecto a considerar quando se trabalha com grupos colaborativos diz respeito ao tipo de colaboração. Hargreaves (1998) considera duas formas diversas de colaboração: a "colaboração espontânea" e a "colaboração forçada". Segundo ele, ocorre colaboração espontânea quando a iniciativa da participação vem dos próprios elementos da equipe, ao passo que a colaboração é forçada quando obtida por imposição de superiores da instituição, que têm poder sobre os participantes do grupo. Ainda que sejam louváveis as intenções dos responsáveis pela instituição ou dos dirigentes em interferir exigindo que profissionais da instituição cooperem com investigadores externos, a colaboração forçada pode originar fenômenos de rejeição difíceis de serem contornados.

No caso aqui estudado havia, no Grupo Ação, elementos da escola: a diretora, a coordenadora e três professoras, todos trabalhando voluntariamente conosco (pesquisadores da universidade) num esquema democrático, partilhando decisões e ações e assumindo papéis diversificados, sem a hierarquia característica dos cargos exercidos pelos diferentes elementos do grupo. O conhecimento foi sendo gerado em conjunto, em prol da resolução dos problemas do contexto. Quanto ao outro grupo de professores, Grupo Vivência, esse fora convocado para receber a formação, de modo que, logo na constituição, um dos grupos se compôs por colaboração espontânea, e o outro por colaboração forçada, no sentido dado por Hargreaves e discutido acima.

Metodologia da investigação: aspectos teóricos

A pesquisa qualitativa que empreendi foi ligada ao processo formativo dos membros da escola componentes do Grupo Ação. O projeto no qual a pesquisa se alojou não foi concebido por iniciativa da comunidade escolar: nós, da universidade, apresentamos uma proposta de trabalho conjunto que introduzia, na escola, uma situação nova, ligada à implantação do uso de Informática. A proposta foi então acolhida pelo grupo da escola e, a partir daí, desenvolvida em conjunto. Caracterizei a metodologia da pesquisa como pesquisa qualitativa, constituída sobre grupos colaborativos e dotada das características de uma investigação-ação de cunho co-generativo.

Estabelecida a partir de uma parceria entre a universidade e a escola, a pesquisa gerou um tipo de situação considerado por diversos pesquisadores, entre os quais Greenwood e Levin (2000), como uma nova forma de agenda colaborativa entre pesquisadores profissionais e atores sociais. Isso porque elementos representantes da organização colaboram com os pesquisadores profissionais da universidade na definição dos objetivos e na construção da questão de pesquisa. Dessa forma, pessoas pertencentes à organização pesquisada aprendem, desenvolvem tarefas de pesquisa, contribuem com conhecimentos e esforços na condução da investigação, interpretam resultados e aplicam o que tem sido aprendido para produzir mudanças sociais concretas. Greenwood e Levin (*ibid*em) denominam esse tipo de pesquisa "investigação co-generativa", visto que ela poderia superar as barreiras entre a pesquisa acadêmica pura e a social aplicada, gerar conhecimentos e resolver problemas reais da sociedade. A pesquisa co-generativa encaixa-se na colaborativa, e entre seus objetivos está a geração de novos conhecimentos.

A investigação co-generativa é um tipo particular de pesquisa-ação que visa resolver problemas pertinentes a determinados contextos. Ela é conduzida de forma democrática com os pesquisadores profissionais, que colaboram com representantes locais na procura e no desenvolvimento de soluções dos problemas de maior importância para esses representantes. Isso significa que uma intervenção é co-generativa se construída em parceria entre os pesquisadores profissionais e os líderes sociais específicos do contexto, a quem os autores denominam "stakeholders" (sustentáculos), que são os representantes autênticos da instituição: os responsáveis pelo desenvolvimento das ações e não necessariamente pelas chefias de departamento. Esse tipo de pesquisa apresenta as seguintes características:

> 1. uma investigação na qual os participantes e pesquisadores co-geram o conhecimento por um processo de comunicação colaborativa no qual todas as contribuições dos participantes são levadas a sério. O significado construído no processo de investigação leva à ação social, ou aquelas reflexões sobre a ação conduzem à construção de novos significados;
>
> 2. a pesquisa-ação trata a diversidade de experiências e capacidades dentro do grupo local como uma oportunidade para o enriquecimento do processo de pesquisa-ação;
>
> 3. a pesquisa-ação produz resultados válidos de pesquisa;
>
> 4. a pesquisa-ação está centrada no contexto e objetiva resolver os problemas da vida real no seu contexto. (GREENWOOD; LEVIN, 2000, p. 96)

Para Greenwood e Levin (2000), a pesquisa-ação co-generativa não romantiza o conhecimento local, isto é, não supervaloriza os conhecimentos advindos dos integrantes do contexto nem denigre o conhecimento dos pesquisadores profissionais. Ela apenas considera que ambos os tipos de conhecimento, o prático e o acadêmico, são essenciais para o desenvolvimento da investigação.

Embora esta pesquisa não tenha apresentado todos os tópicos de colaboração listados acima, ocorreu a maioria das características da investigação co-generativa. Não obstante fosse eu, como pesquisadora, a dar a última palavra em relação a minha pesquisa, não se pode desconsiderar o sistema de reflexão em grupo que ocorreu e me auxiliou na análise. Os sujeitos de pesquisa (educadores da escola integrantes do Grupo Ação) formaram um grupo de pesquisadores investigando a própria prática, construindo ações de formação dos professores da escola e gerando conhecimentos em conjunto e a pesquisa que eles empreendiam ao longo do processo de formação continuada em curso era distinta da minha. Ou seja, eu acompanhava e investigava o processo de formação vivido na Escola São Paulo e, em especial, centrava as atenções no Grupo Ação, de modo que este texto discute uma pesquisa sobre grupos colaborativos e não uma pesquisa colaborativa.

Análise e resultados

Coletados os dados de pesquisa, procedi a uma análise interpretativa, por triangulação dos dados (MATHISON, 1988), e considerei o processo vivido pelo Grupo Ação. Levei em conta o uso pedagógico dos recursos computacionais, a prática pedagógica e o processo de aprendizagem. Considerei, ao lado das interações entre os elementos envolvidos no projeto (professores-formadores, alunos e professores-participantes), os materiais desenvolvidos e as atividades por eles criadas. Isso significa dizer que os fatores significativos do processo de formação foram identificados sob o ponto de vista da mediação da aprendizagem e que tais aspectos foram analisados quando o professor atuava em diferentes papéis no grupo de trabalho colaborativo.

Vertentes de Análise

Papéis desempenhados no grupo de trabalho colaborativo

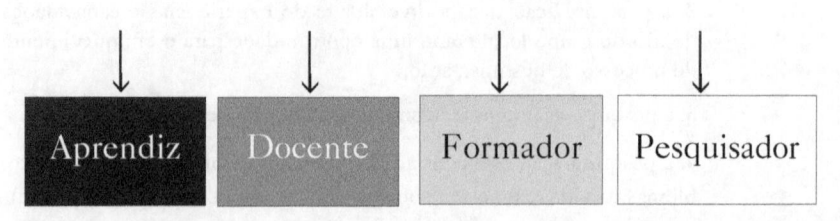

| Aprendiz | Docente | Formador | Pesquisador |

A análise apontou que cada um dos papéis de aprendiz, de docente, de formador e de pesquisador desempenhados no seio do grupo colaborativo foi responsável pelo desenvolvimento profissional dos participantes de uma forma particular. Naturalmente tais papéis não são estanques, estão interligados.

Papel de aprendiz

Foi o papel que apareceu com a maior clareza em todas as fases do processo: impulsionado pelo desempenho dos outros papéis, ele foi a tônica da equipe ao longo de todo o programa de formação.

Foi possível analisar o desenvolvimento do papel de aprendiz em dois momentos distintos: fora do contexto da escola, na fase 1, e no contexto da escola, quando os elementos do Grupo Ação desempenhavam os outros papéis.

O esquema abaixo resume conceitos e situações abordadas em cada contexto de aprendizagem: Matemática e Estatística, Pedagogia e Informática.

Fase 1 — Professor-aprendiz

Matemática/Estatística	Pedagogia	Informática

• Variáveis;
• Tipos de dados (categóricos e numéricos);
• Hipótese;
• Gráficos de uma entrada;
• Gráficos de duas entradas;
• Média aritmética;
• Porcentagem.
	• Discussões sobre o projeto de formação da escola;
	• Discssões sobre a metodologia a ser usada com o G. Vi.
		• Criação da tabela no TABLETOP:
		  Adicionar registros (linhas);
		  Adicionar campos (colunas);
		  Definir o tipo de campo;
		  Inserir ícone;
		  Criar ícone.
		• Criação de representações gráficas no TABLETOP;
		• Uso do botão "COMPUTE";
		• Abrir e salvar arquivos;
		• Uso de ambiente Windows.

Fases 2, 3 e 4 — Professor-aprendiz

Matemática/Estatística	Pedagogia	Informática
• Estimativa; coleta de dados; • Geração de hipóteses; • Rol e organização de dados em uma tabela. Consulte a tabela; • Gráficos de linhas e de colunas; • Leitura pontual de gráfico e tabela; • Noções de moda; • Discussão sobre tendências; • Elaboração de um banco de dados computacional; definição de campos e categorias; • Leitura e interpretação de gráficos de frequências de duas entradas; Contagem; Porcentagem; • Estruturas aditivas.	• Discussões sobre o projeto de formação da escola; • Planejamento das ações de formação; • Planejamento e implementação das ações didáticas; • Reflexão sobre as ações didáticas; • Investigação do conhecimento dos alunos, com relação às Estruturas aditivas, e diagnóstico de suas dificuldades.	• Criação da tabela no TABLETOP: • Adicionar registros e campos; • Definir campo, inserir e criar ícones; • Criar gráficos no modo TABLETOP, uso do botão "COMPUTE"; • "NEW TABLETOP"; • Interligar bancos (JOIN); • Usar impressora, scanner, projetor multimídia; • Usar os softwares: Word, Paint brush, PowerPoint.

Resumindo: O papel de APRENDIZ contribuiu na formação para instigar o grupo a:
- Ressignificar o que é ensinar Matemática;
- Modificar a visão do que é fazer Matemática com a criança;
- Ressignificar os conteúdos matemáticos a ensinar;
- Adquirir novos conhecimentos;
- Desenvolver estratégias para o tratamento de dados;
- Desenvolver competências de uso da informática;
- Dominar recursos disponibilizados pelo *software*.

Papel docente

Esse papel revelou-se interligado ao de formador e ao de pesquisador. Agir como docente e ser tratado como tal foi – acompanhado pelo papel de aprendiz – o primeiro papel das participantes do projeto. E, desde as primeiras reuniões do G.A., esteve em evidência. Entre as metas da fase 1 estavam a constituição de um grupo de trabalho, o delineamento inicial das ações a serem implementadas na escola e o aprendizado e manipulação do TABLETOP pelas participantes. As professoras eram vistas por nós como docentes e aprendizes, e elas correspondiam a essa expectativa, agindo como tal. Um exemplo que mostra alguns aspectos do pensamento docente no início do projeto pode ser observado pelo seguinte registro.

> *Eu não tive Estatística no Curso Normal e nem na Faculdade de Pedagogia. Quando o assunto "Tratamento da Informação e Noções de Estatística" foi introduzido como um dos conteúdos das séries iniciais, eu comecei a pesquisar nos livros didáticos, e tudo o que encontrava de gráfico eu procurava trazer para a sala. Eu sempre me interessei muito e gostei do trabalho de gráficos, então eu me baseava nos livros e fazia as adaptações. Nos últimos cinco ou seis anos, eu tenho lecionado para a 2ª série e, por isso, as médias, frequências e porcentagens não são enfocadas, pois elas não teriam significado para a criança.* (**Rosa** 1ª entrevista)

A última frase desse registro sugere que, naquele momento, a professora entendia que o conhecimento se desenvolve de forma linear e que determinados assuntos não devem ser enfocados com crianças pequenas.

Para iniciar a formação do G.Vi. (fase 2), foi preciso construir atividades e material de apoio. Nesse momento, exercer o papel de formador ganhou importância. Não obstante, foi a prática docente que "balizou" e subsidiou o trabalho de preparação dos demais professores da escola. Julgo que isso tenha ocorrido porque, paralelamente a essa formação, começou o desenvolvimento das oficinas com os alunos; então, para o G.A., havia a necessidade de construção de práticas pedagógicas e de tomada de decisões quanto à metodologia de aplicação dessas práticas.

Entendo que a docência contribuiu no sentido de subsidiar o desempenho do papel de formador, sendo a primeira função tão importante quanto esta última. A evidência para a interpretação de que o saber docente subsidiava a formação vem da fala de Orquídea, ao relembrar a fase em questão:

> *No ano passado, tudo era desenhado antes pelos alunos para criar uma familiaridade e para quando chegassem no laboratório eles pudessem reconhecer cada objeto, comando etc., que eu havia mencionado na classe. Os cartazes que estão na sala de Informática foram colocados por mim para a formação dos professores porque eu achei que foi bom para os alunos e então resolvi fazer para auxiliar os professores, mas para os alunos não usei.* (**Orquídea** 2ª entrevista)

Quando os alunos passaram a ir ao laboratório, as reuniões do G.A. tinham como tema predominante o trabalho docente. Isso fica evidente no trecho abaixo, no qual se discute a disposição dos computadores, de modo a achar uma posição que facilite o trabalho em dupla ou em trio, entre outras questões ligadas ao gerenciamento dos alunos no laboratório.

> **Margarida** – *... é muito difícil trabalhar com 30 alunos no laboratório.*
> **Sandra** – *...você trabalhe com toda a turma, só que uma parte nos computadores e outra num trabalho paralelo.*
> **Margarida** – *... quem não está no computador pode ficar desestimulado.*
> **Orquídea** – *tem que se adaptar à realidade da escola e armar uma estratégia em que ela assuma a turma inteira. No meu caso, eram três atividades, quem não veio, quem estava muito atrasado e atividade extra pra quem estava muito adiantado. "Problemas: alunos não alfabetizados, aluno com problema de comportamento, que não se relaciona com mais de um indivíduo, ou ele está sozinho bem, ou ele está com quem ele escolhe ou com mais ninguém, novos alunos..."* (EN 24 sessão do G.A.)

Questões sobre gestão das oficinas e sobre metodologia eram discutidas no G.A., e as professoras procuravam sugerir possibilidades. Reflexões sobre o aprendizado dos alunos, sobre as estratégias e os significados matemáticos eram feitas e ouvidas pelo grupo. A metodologia e a gestão de classe eram preocupações centrais. A formação associou-se à prática de sala de aula em vários momentos com os primeiros contatos com *software*; propostas das atividades; análise didática dessas atividades; interações com os alunos; reflexão e avaliação do desenvolvimento das atividades. Dessa forma, acredito que foi possível às professoras do G.A. refletir sobre cada uma das situações.

No trecho abaixo, Margarida procura deixar claro para o grupo que procurou definir objetivos didáticos na atividade "Tempo", que estava desenvolvendo com seus alunos:

> **Margarida:** *O que a gente espera que eles aprendam analisando aquele tipo de gráfico? Qual seu objetivo? Primeira coisa: que eles saibam analisar cada ícone, porque eles vão ter que contar os ícones pra realmente saber: quantos dias fez sol? Quantos dias fez chuva? Interpretar aquelas aqueles dados, ah, 12 dias fez sol, 12 dias ficaram nublados, o restante... choveu. Isso que eu quero que meus alunos de 1ª série façam.* (EN 24 – sessão do G.A.)

As professoras, nas reuniões do G.A., tinham espaço para relatar suas experiências e estratégias didáticas, para discutir as dificuldades e procurar a validação do grupo para suas atitudes pedagógicas. Essas discussões passaram a constituir substancial parte dos encontros.

A interpretação do desenvolvimento do papel docente permite afirmar que os seguintes pontos foram fundamentais no processo de formação do Grupo Ação:

✓ Exercer a docência e ter a possibilidade de discutir o que ocorrera em sala de aula nas reuniões do Grupo Ação e, assim, refletir de forma compartilhada;

✓ Comparar o que ocorrera nas oficinas com os professores e nas oficinas das crianças e discutir semelhanças e diferenças, refletindo sobre as práticas.

A importância dos pontos citados acima já fora constatada em outras formações, tais como a analisada na pesquisa de Nacarato (2000), que concluiu: "as reflexões e conflitos produzidos nesse processo apontam como essenciais à educação continuada: as narrativas reflexivas de aulas, a valorização e a produção coletiva de um currículo escolar" (*Abstract*).

Em síntese, a interpretação do desenvolvimento do papel de docente ao longo do processo formativo do G.A. permite-me afirmar que:

✓ Em relação à mediação da aprendizagem na construção do conhecimento, observou-se que houve:

(a) Tentativa de auxiliar o aluno na construção do significado dos objetos matemáticos envolvidos, por meio de uma melhor compreensão dos conceitos estatísticos e das representações gráficas.

(b) Desenvolvimento de estratégias pedagógicas para tentar aproximar a dimensão pessoal da dimensão institucional dos conceitos (Godino; Batanero, 1998).

(c) Inovação nas formas de apresentação do conteúdo desenvolvimento de novas metodologias usando pedagogicamente o computador e de procedimentos do tratamento da informação, tais como: construção de diversos tipos de representação do conjunto de dados, utilização de técnicas de validação dos resultados, cruzamento de dados e crítica para a identificação da veracidade da informação.

(d) Exploração pedagógica das características do *software*: análise de informações por meio de dados numéricos, por meio de dados categóricos, por meio de imagens; utilização da mobilidade dos ícones; exploração da visualização simultânea de cada informação fixada no dado e sua relação com o conjunto dos dados; exploração da personalização dos dados para auxiliar conexões entre o significado pessoal e o institucional; discussão de diferentes estratégias de resolução para o mesmo problema.

✓ Em relação à mediação pedagógica na relação professor/aluno, as atitudes demonstraram: (a) disponibilidade para o diálogo, (b) disposição do professor para sair da condição de conhecedor absoluto do conteúdo, (c) intenção em promover a interação e o debate para a construção do conhecimento, (d) intenção em promover a pesquisa para a construção do conhecimento, (e) interferência do computador para a interação.

✓ Em relação à prática pedagógica, foi possível observar a existência de: (a) processo de reflexão sobre a prática; (b) processo de reflexão compartilhada sobre a prática; (c) referências à reestruturação da prática; (d) intencionalidade pedagógica evidenciada por meio de estabelecimento de objetivos, planejamento da ação, avaliação das atividades e objetivos; (e) reflexão sobre o contato da criança com o tratamento da informação e a linguagem estatística; (f) influência do computador e do *software* usado no desenrolar da prática.

Resumindo: O papel DOCENTE contribuiu na formação para instigar o grupo a:

- Criar situações de aprendizagem com o *software*;
- Intervir mediando a aprendizagem do aluno;
- Observar as estratégias de resolução dos problemas pelos alunos;
- Preparar materiais de apoio para as atividades;
- Discutir metodologia e gestão da sala de aula na presença do computador;
- Refletir sobre a prática e a teoria;
- Ressignificar os saberes e o papel da Matemática no currículo;
- Ressignificar o conteúdo de Estatística e o currículo em ação;
- Desenvolver novas competências profissionais;
- Dominar recursos disponibilizados pelo *software* e utilizá-los pedagogicamente.

```
DOCENTE
   │
   ▼
Medir a aprendizagem ──► Planejar atividades ──► Estabelecer os obje-
                         para os alunos              tivos
   │                         │                   e a metodologia
   ▼                         ▼
Interagir com o aluno ◄── Aplicar as atividades ──► Desenvolver
                          com os alunos              materiais de apoio
                             │
                             ▼                   ──► Decidir sobre a ges-
                          Refletir sobre as          tão da classe
                          ações didáticas
```

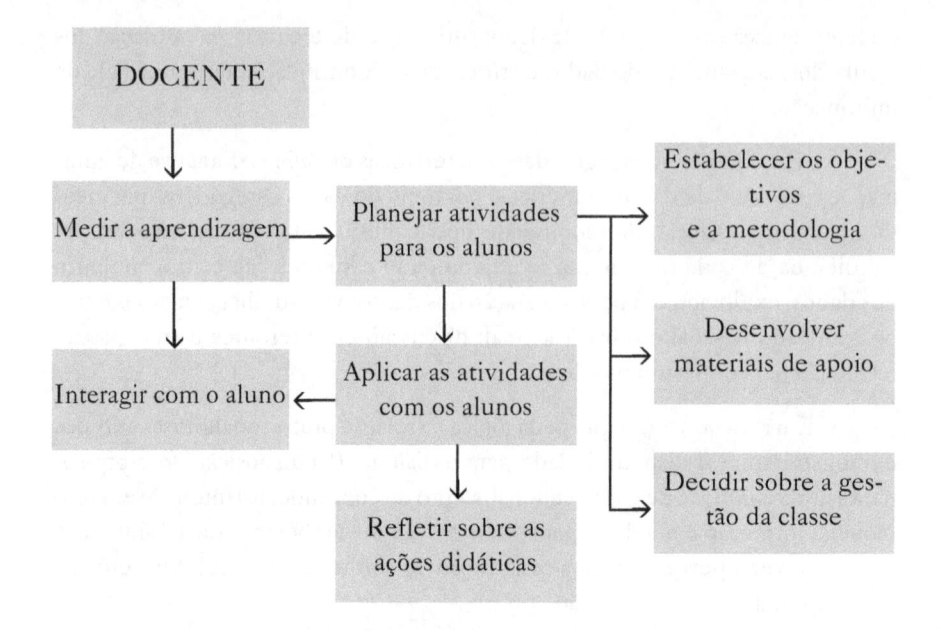

Papel de formador

Ao longo do projeto, o Grupo Ação mediou a aprendizagem dos outros professores da escola. Exercer esse papel de formador foi fundamental para o próprio desenvolvimento profissional dos elementos do grupo, por envolver, entre outros aspectos, tanto a análise da interação entre os dois grupos de professores quanto o gerenciamento de conflitos.

O início do relacionamento entre esses grupos foi particularmente conflituoso, e teve desdobramentos que interferiram no processo formativo, motivo pelo qual foram analisados no decorrer da pesquisa. Entendo que o trabalho com grupos colaborativos é muitas vezes permeado pelas questões e situações vivenciadas na particular equipe envolvida nesta pesquisa. Assim sendo, optei por discutir, neste texto, de forma mais detalhada, o desenvolvimento deste papel profissional – o de formador.

No começo, para a viabilização da formação continuada, foram fundamentais a existência do espaço físico do laboratório de Informática, a cultura da escola – que tem o hábito de abrigar diversos projetos pedagógicos e o horário fixo de trabalho com os professores, cedido pela coordenadora pedagógica. Dos dois horários semanais normais de reuniões de HTPC[12] da coordenação, um foi cedido para o projeto de formação e, nesse horário, os professores da escola encontravam-se semanalmente com os formadores (Grupo Ação) no

---
[12] Horário de Trabalho Pedagógico Coletivo (HTPC).

laboratório de Informática. Isso considerado, formou-se uma divisão no corpo docente e ficaram constituídos dois grupos: o das "bolsistas" do Grupo Ação, com vantagens pecuniárias e horários específicos de dedicação ao projeto, e o dos demais professores, que eram convocados a participar em seus horários de HTPC. Estabeleceu-se uma situação de *balcanização*, na acepção de Hargreaves (1995, 1998). Essa metáfora,[13] criada por ele, refere-se às diferentes subdivisões existentes num mesmo ambiente de trabalho escolar, que podem dificultar e muitas vezes até impedir a constituição global de um grupo de trabalho colaborativo. A *balcanização* apresenta quatro características: PERMEABILIDADE REDUZIDA os subgrupos estão completamente apartados, não sendo comum que um indivíduo pertença a vários grupos, isto é, em geral os professores balcanizados pertencem a um só subgrupo e a aprendizagem profissional se desenvolve, sobretudo dentro do próprio subgrupo, de tal maneira que os saberes, crenças e formas de pensar tornam-se completamente distintos entre grupos; PERMANÊNCIA DURADOURA poucos elementos trocam de grupo de um ano para outro, de modo que o professor se vê como pertencente àquele grupo. "Os professores deixam de se considerar como docentes em geral e passam a se sentir, por exemplo, como professor primário, professor de química ou professores de educação especial" (HARGREAVES, 1995, p. 237). IDENTIFICAÇÃO PESSOAL há uma segregação na escola que apresenta como consequência a identificação do profissional com um determinado subgrupo, o que pode levar o professor a analisar as questões educacionais a partir da perspectiva dos interesses do subgrupo. CARÁTER POLÍTICO além da identificação, as subculturas dos professores são também elementos promotores de interesses pessoais; isto é, os recursos disponibilizados, as promoções e as influências exercidas na instituição estão ligadas a um ou outro subgrupo em particular.

Como os professores do Grupo Vivência participavam do projeto em seu horário normal de trabalho pedagógico, houve, de um lado, a vantagem de se atingir todo um segmento da escola e, por outro, uma grande desvantagem, qual seja, pouco engajamento e comprometimento nas tarefas. Como consequência, a colaboração desse grupo não era espontânea, no sentido dado por Hargreaves (1998), mas, ao contrário, era forçada.

Para Hargreaves (*ibid*em), na cultura profissional escolar, são identificadas duas diferentes formas de comportamento: o individualismo e a colegialidade. O individualismo é a característica dos que trabalham isoladamente, e sua motivação nem sempre está ligada à autossuficiência e à autonomia do indivíduo, senão a um comportamento avesso à interferência externa; ou vincula-se, ainda,

---

[13] O termo balcanização, proposto por Hargreaves, teve inspiração na situação vivida pela Iugoslávia, que era considerada a pérola da Europa Oriental, porém, quando houve a ruptura do bloco, vieram à tona conflitos linguísticos e étnicos que estiveram represados por longo tempo e deflagraram uma guerra sangrenta.

às singularidades do contexto escolar. Ele considera a colegialidade que é o comportamento corporativo assumido pela equipe pedagógica como fundamental para o desenvolvimento profissional e esclarece que ela se traduz principalmente pela tomada de decisões em grupo, pela realização de consultas entre os colegas e pelo empreendimento de ações planejadas em conjunto.

No trabalho colegiado, as relações podem ocorrer de três formas: por coordenação, por colaboração ou por cooperação. Quanto à relação por coordenação, observa Ferreira (2003) que ela é o tipo de relação na qual:

> [...] a maioria obedece a uns poucos e muitas vezes não possui o conhecimento da meta como um todo, apenas executa a tarefa que lhe é destinada. Na medida em que a meta é alcançada, todos são beneficiados em alguma proporção; porém, o envolvimento é pequeno. A função do coordenador aparece claramente, e a hierarquia é estabelecida de forma mais ou menos explícita. Na maioria das escolas, a coordenação é a forma de organização mais comum. Embora os professores possam participar de algumas decisões, existe uma estrutura da qual eles devem fazer parte, e a hierarquia é clara. (p. 101)

Dentre as três formas de estruturação das relações humanas, é a colaboração, porém, para Hargreaves, que promove o desenvolvimento profissional, visto que ela, quando presente no ambiente escolar, potencializa as reflexões individuais dos professores e possibilita a aprendizagem mútua. A colaboração tem como características fundamentais a existência de diálogo, de negociação, e o contrato de reciprocidade e confiança. O diálogo é o que possibilita a troca de ideias e a participação efetiva, sobretudo se envolver todos os participantes.

Hargreaves distingue entre cultura de colaboração e o que ele designa como *colegialidade artificial*. Enquanto a colaboração ocorre, em geral, de forma voluntária e por iniciativa espontânea dos professores, com metas e tarefas definidas em conjunto, mas sem uma agenda com horário regular, a *colegialidade artificial* define-se pela estrutura administrativa e pelo trabalho coletivo compulsório, cuja finalidade, na maioria das vezes, é a implementação de propostas feitas por outras instâncias, que não a dos professores.

As relações de *balcanização* e de *colegialidade artificial* já estavam instaladas na instituição e foram acentuadas pela existência do projeto. Isso se explicita pela análise das falas da coordenadora pedagógica. Para ela, o papel da coordenação pedagógica é o de promover a interação entre os professores e desenvolver trabalhos coletivos. Contudo, ela declarou que, na escola, essa é uma tarefa muito difícil, porque os professores são acostumados à gerência autônoma de suas salas de aula e não gostam de se expor nem de "dar satisfação do que fazem" (**Violeta – *1ª entrevista***). Assim sendo, ela testemunhou que, geralmente, eles não mostram e sequer discutem seu trabalho pedagógico. Isso evidencia o caráter solitário da atividade docente que se mantinha na escola: tanto a colegialidade quanto a colaboração estavam longe de ocupar lugar na hierarquia das condutas profissionais.

Ainda segundo ela, o acompanhamento do trabalho pedagógico dos professores permite avaliar se as reuniões de HTPC interferem na prática profissional. Ela relatou que, os professores, na maioria, aceitavam as propostas de atividades no momento das reuniões, mas não as implantavam em suas salas de aula e, quando o faziam, adaptavam de forma totalmente própria, muitas vezes distorcendo os objetivos dessas atividades. A percepção da coordenadora era: as propostas eram aplicadas nas salas apenas com o objetivo de cumprir ordens, pois diversas delas eram deixadas incompletas e não eram consideradas nas provas, ou seja, não se avaliava o aprendizado do aluno como normalmente ocorre em outras atividades pedagógicas. A conclusão desses fatos, para ela, foi a de que o professor talvez considerasse sem sentido ou utilidade, para a classe, a realização de tais atividades, muito embora, na concepção da coordenadora, isso fosse intrigante, porque as atividades que normalmente ela propunha eram pensadas por especialistas e calcadas em uma linha de trabalho construtivista. Além do mais, durante as reuniões de HTPC, discute-se a pertinência da aplicação das tarefas, quando então são feitas adaptações pela equipe da escola para adequá-las à realidade local. Conforme seu relato, o professor muitas vezes se cala nos momentos apropriados para análise e sugestão de implementação de atividades, mas... "quando eu passo em sua sala e pergunto sobre o trabalho, existem observações assim: isso é bobeira" (**Violeta –** *1ª entrevista*).

Pela fala de Violeta, pode-se inferir a ocorrência da *colegialidade artificial*, na acepção de Hargreaves (1998). Nota-se, também, a existência da *colaboração forçada* nessa cultura escolar, uma vez que aos professores cabia a execução técnica de propostas orientadas para o alcance de objetivos pedagógicos que não foram definidos por eles e cujas estratégias de ações tampouco foram traçadas por eles. Por melhores que tenham sido as intenções da coordenadora e ainda que se tenham feito propostas consistentes e interessantes de atividades para a prática docente, o currículo em ação mantinha-se dissociado do processo de criação e planejamento, o que pode explicar a atitude de resistência dos docentes. Diversas das falas das entrevistas que fizemos com os elementos dos dois grupos evidenciaram que a proposição de projetos de trabalho conjunto universidade-escola, por si só, não garante aceitação e credibilidade por parte dos docentes.

A análise dos dados coletados permitiu afirmar sobre o desenvolvimento do papel de formador que:

- ✓ Em relação à mediação da aprendizagem na construção do conhecimento, foram observados: desenvolvimento do conhecimento matemático, estatístico, informático e pedagógico; desenvolvimento de estratégias para facilitar a reflexão sobre a prática; reconhecimento das hipóteses de trabalho; desenvolvimento de atividades e materiais de apoio para a formação; existência de reflexão sobre a prática; reconhecimento de que o professor também é um aprendiz.
- ✓ Em relação à mediação pedagógica, na relação professor-formador e professor-participante, as atitudes demonstraram a presença de:

colaboração, diálogo, parceria (no sentido de procurar caminhar com o professor), intencionalidade pedagógica (planejamento de atividades para o professor), procura por agir na zona de desenvolvimento proximal (z.d.p).do professor, intenção de instigar as reflexões sobre a prática, desenvolvimento de estratégias para facilitar a reflexão sobre a prática, motivação para aprender.

- ✓ Em relação à prática pedagógica, observaram-se desenvolvimento de metodologias inovadoras de apresentação do conteúdo e de atividades, integrando o computador na prática, empreendimento de ações de acompanhamento da prática, reflexões sobre as ações de formação e reflexões sobre as ações de acompanhamento da prática.

Resumindo: O papel de FORMADOR contribuiu na formação para instigar o grupo a:

- Ressignificar o papel do educador e da Educação;
- Ressignificar o conteúdo de Matemática e Estatística;
- Criar situações de aprendizagem com o *software*;
- Preparar materiais de apoio para as atividades;
- Intervir pedagogicamente, mediando a aprendizagem do professor;
- Observar as estratégias de resolução dos problemas pelos professores;
- Desenvolver novas competências em informática;
- Refletir em grupo sobre a prática e a teoria.

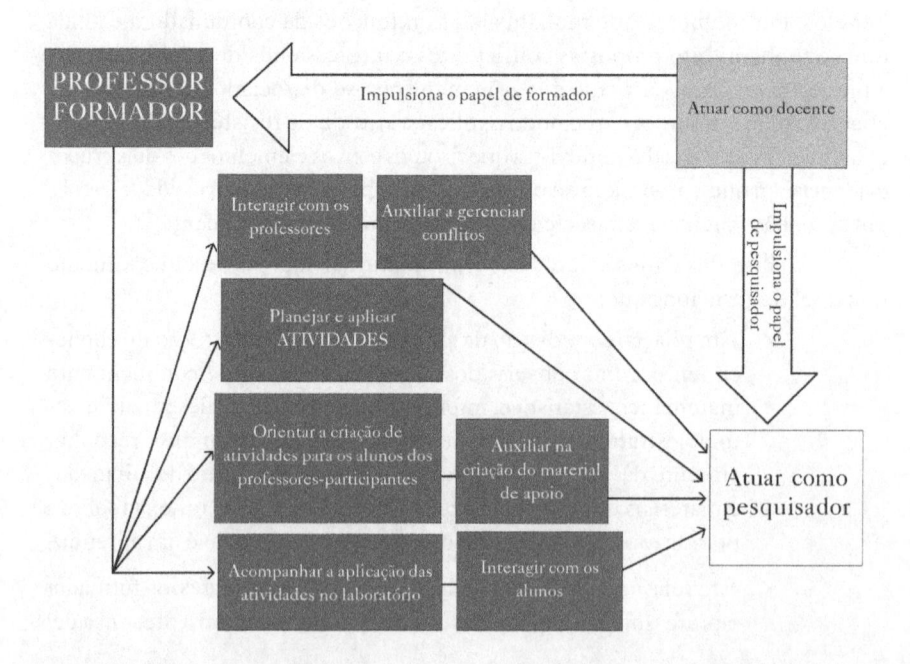

Papel de pesquisador

Quanto ao papel de pesquisador, foram analisadas: (1) as sessões internas do Grupo Ação, em particular quanto às discussões e reflexões externadas sobre as ações docentes e de formação, (2) a atuação dos sujeitos ao participarem de eventos educacionais e ao se prepararem para isso, (3) os relatórios de pesquisa e os relatos de sequência didática. A partir da análise do papel de pesquisador, desempenhado pelos elementos do G.A. ao longo do processo formativo, posso afirmar que, nas interações entre os professores-formadores, foi possível desenvolver no grupo: afetividade, emoção (alegria, medo, tristeza, raiva, desgosto, surpresa, interesse), confiança, aceitação, compreensão, perseverança, diálogo, pertinência, colaboração, parceria, motivação para aprender e responsabilidade.

O papel de pesquisador floresceu realmente no G.A. a partir da fase 3, ou seja, com quase um ano de desenvolvimento do projeto. Embora desde o início existisse no projeto o comprometimento com pesquisa, e, para referi-lo nas reuniões com o G.A., o termo usado fosse sempre "projeto de pesquisa", a percepção das professoras parecia ser a de que esse papel de pesquisador era reservado a nós, da universidade. Nas duas primeiras fases, as discussões sobre o currículo e o planejamento da escola, sobre as ações de formação dos outros professores e sobre as ações docentes foram produzindo reflexões e criando condições para o aparecimento do formador e do pesquisador em cada elemento do G.A. Este último papel tomou vulto quando as professoras produziram o primeiro relatório parcial de pesquisa e o relato de sequência aplicada aos alunos, e consolidou-se na fase 4, quando o relatório final de pesquisa e o segundo relato de sequência didática foram elaborados.

A perspectiva de formação foi a reflexão na prática para a reconstrução social; nesse aspecto, sobretudo nos relatórios de pesquisa e nos relatos de sequência didática redigidos pelas componentes do Grupo Ação, surgem indícios de que houve reflexão sobre as práticas docentes e de que isso contribui para o desenvolvimento profissional.

Os seguintes temas surgiram nos dados coletados: *Os primeiros encontros; O início da implantação do projeto na escola; O desenvolvimento do processo de formação dos professores da escola; O trabalho docente em paralelo ao de formador; A parceria com os elementos da universidade; Contribuições das atividades de pesquisa para o desenvolvimento profissional; A participação em encontros educacionais; O apoio recebido da escola e Considerações relevantes*. No Anexo, acrescento, a título de exemplos, alguns registros sobre os temas que emergiram dos relatórios de pesquisa.

Pelos depoimentos que enfocam os dois primeiros temas, conclui-se que o início do processo de formação dos professores da escola, ou seja, a atuação introdutória do G.A. no papel de formador, foi fundamental para a constituição do grupo. Sentimentos como medo e insegurança são expressos, mas predominam as sensações de confiança, apoio e amparo, indícios do início do desenvolvimento de um processo colaborativo.

A análise dos dados evidencia que, ao refletir sobre o papel docente, os sujeitos integraram e ressignificaram o conhecimento matemático, o informático e o pedagógico. O desenvolvimento de materiais de apoio e atividades foi um importante aspecto nesse processo, que concorreu para que o papel de docente servisse de auxiliar no norteamento das ações como formador. O apoio da instituição e da comunidade escolar foi significativo para o desenvolvimento desses dois papéis.

Para o grupo, a parceria com a universidade foi fundamental para a descoberta de novas possibilidades e aprendizados. Os sentimentos de amparo, satisfação e confiança aparecem fortemente nos registros, bem como apontamentos de que, ao final do trabalho conjunto, observou-se o desenvolvimento de apreciável autonomia. A presença constante dos elementos da universidade foi considerada pelo grupo importante e significativa.

A percepção das professoras sobre a interferência do processo de formação no próprio desenvolvimento profissional surge em considerações sobre: aprendizagem, aprendizagem dos alunos, prática docente, o papel de formador e as reflexões provocadas no processo formativo.

Participar de encontros educacionais foi outro ponto fundamental no projeto, para desencadear o processo reflexivo e para consolidar o grupo, efeitos que, do ponto de vista dos sentimentos, significaram melhoria na autoestima, na conscientização da importância do trabalho desenvolvido e na valorização da participação de cada elemento do grupo.

O papel de pesquisador, desenvolvido no grupo colaborativo, foi extremamente integrador, pois, para expor sua atuação na escola, nos encontros científicos dos quais participou, cada elemento aprendeu muito (foi aprendiz), refletiu sobre o seu papel como formador e como docente e foi primeiro formador, para então poder escrever e relatar sua experiência; também atuou como docente, para depois relatar sua prática. Assim, considero que passar pelo papel de pesquisador, no grupo de trabalho colaborativo, foi um dos fatores mais significativos do processo de formação.

Resumindo: Aspectos que denotam a importância, para a própria formação, de exercer o papel de PESQUISADOR

- Consolidação do grupo de trabalho colaborativo;
- Reflexão sobre a prática;
- Reflexão sobre o papel do educador e da Educação;
- Desenvolvimento dos conhecimentos matemáticos e pedagógicos;
- Desenvolvimento de competências em informática;
- Desenvolvimento de autonomia e autoestima.

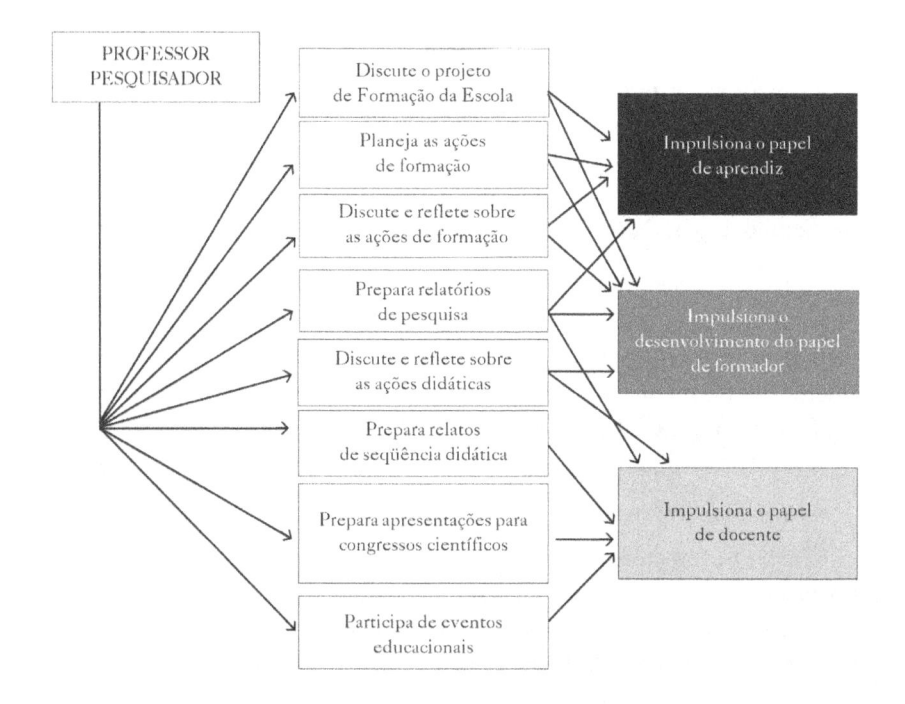

```
PROFESSOR          Discute o projeto
PESQUISADOR        de Formação da Escola
                                              Impulsiona o papel
                   Planeja as ações           de aprendiz
                   de formação

                   Discute e reflete sobre
                   as ações de formação

                   Prepara relatórios
                   de pesquisa               Impulsiona o
                                             desenvolvimento do papel
                   Discute e reflete sobre   de formador
                   as ações didáticas

                   Prepara relatos
                   de seqüência didática
                                             Impulsiona o papel
                   Prepara apresentações para de docente
                   congressos científicos

                   Participa de eventos
                   educacionais
```

Considerações finais

A análise dos dados de pesquisa apontou os seguintes fatores como os mais significativos do processo formativo:

- *Ser desenvolvido no local de trabalho (a escola) e levar em conta o contexto escolar, isto é, ser desenhado para atender necessidades específicas de uma particular comunidade.*

Tudo indica que, ao dar especial atenção ao contexto de atuação do professor, abre-se a possibilidade de aliar a teoria à prática na formação e de interferir na cultura escolar e transformá-la.

- *Ocorrer em períodos contínuos e prolongados de tempo.*

É preciso tempo. Tempo para estabelecer uma relação baseada em confiança – e despertar o interesse; para superar a insegurança e o medo – e estabelecer um vínculo entre os envolvidos; para constituir um grupo colaborativo; promover ações de formação, de construção e de acompanhamento da prática didática; fomentar a reflexão e a discussão das ações docentes, a investigação sobre a prática; produzir relatórios de pesquisa e relatos de experiência docente; e participar de encontros científicos. Para tudo isso, enfim, é preciso que haja tempo. Neste estudo, ficou constatado que mesmo o espaço de dois anos de duração do projeto foi pouco para a exploração de todas as possibilidades de desenvolvimento da formação.

- *Criar atividades e materiais didáticos*

A pesquisa mostrou que se deve oportunizar a produção de muitos materiais e que estes devem ser diversificados e distribuídos ao longo de todo o processo formativo. A tarefa de produção deve ser desempenhada tanto individualmente quanto com o apoio do grupo, e os materiais produzidos devem ser reformulados, algum tempo depois da produção e da utilização.

- *Utilizar a Informática, integrada a outros recursos, em todas as etapas do processo*

Na pesquisa, a utilização dos recursos da Informática no cumprimento dos diversos papéis foi fator significativo e contribuiu para a expansão das competências de seu uso. Todavia, a incorporação de outros recursos didáticos ao recurso computacional por considerar o saber da experiência e, a ele, agregar o novo revelou-se significativa para o desenvolvimento da prática pedagógica.

- *Criar na escola grupos de trabalho entre os educadores e torná-los colaborativos*

Uma vez estabelecida a colaboração entre os pares, surgem oportunidades para a reflexão compartilhada, o aprendizado mútuo e o desenvolvimento profissional. Contudo, não há uma receita pronta para se produzir na escola um ambiente propício para a colaboração e, *a priori*, não se pode dizer que, ao se criar um grupo, este será colaborativo. O estudo evidenciou, entretanto, que se deve estar atento para a "balcanização" e a "colegialidade artificial", que, uma vez presentes e instaladas, podem segmentar o corpo docente e dificultar a criação do ambiente colaborativo.

- *A parceria entre pesquisadores da universidade e elementos da escola para formação*

A análise dos dados indicou que o grupo de trabalho constituído pelas pesquisadoras da universidade e pelos elementos da escola definiu-se como um grupo colaborativo, característica que possibilitou ao longo do processo formativo, enquanto as participantes atuavam como aprendizes, docentes, formadores e pesquisadores o desenvolvimento profissional dos envolvidos. O processo envolveu ciclos de reflexão compartilhada sobre as ações individuais e do grupo. Assim, toda ação deveria conduzir a uma reflexão e reformulação coletiva, que levaria a uma nova ação. Cada ação individual demandava um retorno ao grupo para reflexão, e cada ação coletiva exigia do próprio grupo novas reflexões e discussões.

No início do processo de constituição do grupo, as professoras do G.A. agiam prioritariamente como aprendizes, e a preocupação central era o domínio da técnica e o uso do computador. Paulatinamente, começaram a assumir, no grupo, outras funções, além de adotarem uma postura crítica e questionadora, expondo suas preocupações didáticas. No começo da formação no lócus escolar, deixavam para as pesquisadoras as funções de fechamento e discussão das oficinas com os demais professores. Porém, depois de consolidado o grupo, todas passaram a se responsabilizar pela preparação e pelo desenvolvimento dos encontros e a compartilhar, com interesse crescente, das decisões – que eram tomadas, realmente, de forma coletiva. Ao final, a responsabilidade pela condução e pelo fechamento das oficinas passou a ser exclusiva dos elementos da escola.

Algumas características do trabalho em parceria universidade-escola que contribuíram para a constituição do grupo de trabalho colaborativo (G.A.) foram:

– Participação voluntária dos elementos da escola. Relação igualitária, e não hierárquica, entre as participantes.

– Garantia de cada elemento do grupo ter "voz", isto é, ter suas contribuições analisadas e valorizadas.

– Estabelecimento de uma relação de confiança entre as participantes do grupo.

– Incorporação da prática pedagógica dos professores às discussões e ao projeto.

– Concordância entre os envolvidos para a utilização dos dados de pesquisa, de forma que as informações a serem usadas pelas pesquisadoras possam ser negociadas e controladas.

– Possibilidade de uso do conjunto de materiais e documentos do projeto por todos os participantes.

– Presença das pesquisadoras da universidade em todas as etapas do projeto.

A análise dos dados evidenciou que cada função profissional desempenhada pelos sujeitos de pesquisa contribuiu para seu desenvolvimento profissional de uma forma particular. As funções foram acionadas simultaneamente e uma interferiu no desenvolvimento da outra. Para que isso ocorresse, foi essencial o processo de reflexão compartilhada, incidente sobre as ações executadas em cada papel, assumido e apoiado no grupo de trabalho colaborativo.

Com base na análise dos dados, considerei o grupo de trabalho colaborativo como o contexto para o desenvolvimento profissional, conforme indica o esquema apresentado a seguir.

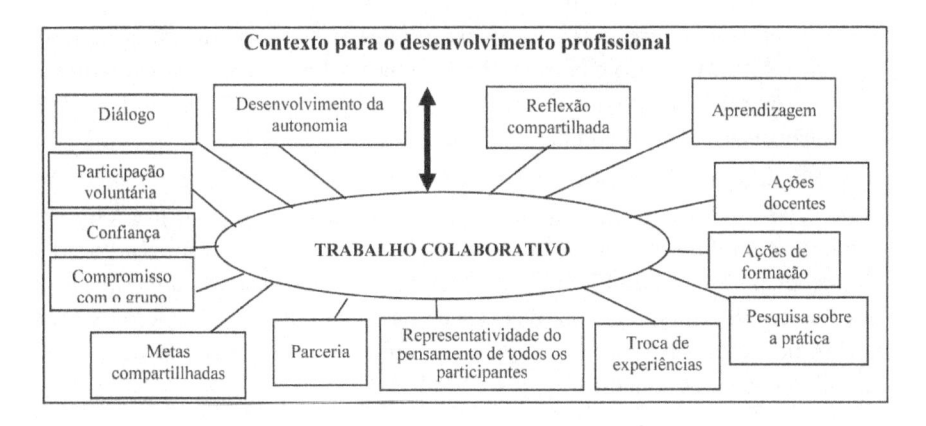

Contexto para o desenvolvimento profissional

- Diálogo
- Desenvolvimento da autonomia
- Reflexão compartilhada
- Aprendizagem
- Participação voluntária
- Confiança
- Compromisso com o grupo
- Metas compartilhadas
- Parceria
- Representatividade do pensamento de todos os participantes
- Troca de experiências
- Ações docentes
- Ações de formação
- Pesquisa sobre a prática

TRABALHO COLABORATIVO

- *Levar o professor a atuar como professor-aprendiz, professor-prático: docente, professor-formador, professor-pesquisador.*

O estudo evidenciou que aliar a docência às ações de formação significa mobilizar os saberes técnicos adquiridos e favorecer a comparação entre as duas formas de mediar a aprendizagem: quando ela é voltada para o aluno, no caso, crianças de sete a onze anos aproximadamente, e quando ela se dirige a colegas professores, cujo aprendizado tem como motivação principal a aplicação do aprendido na prática docente. Assim sendo, no processo investigado a prática docente auxiliou no exercício do papel de formador.

A pesquisa indicou que a formação desenvolvida no lócus escolar se alimentou da prática docente e possibilitou a existência de reflexões sobre esta. Exercer o papel docente impulsionou o desenvolvimento do aprendiz, talvez pela necessidade de aprofundar o conhecimento tanto do conteúdo como do seu tratamento didático, para desempenhar a docência. As oficinas com os alunos estimularam as discussões sobre a atividade docente. A necessidade de mediar a aprendizagem de professores e alunos e a possibilidade de receber apoio do grupo de trabalho colaborativo modificaram a dinâmica do processo de formação, estabelecendo uma relação quase de causa e efeito.

Na investigação, a função de pesquisador foi a última a ser assumida pelos sujeitos, o que é um indício de que o professor das séries iniciais não se percebe como um pesquisador. A participação em encontros educacionais e o desenvolvimento de investigações sobre a prática docente foram fundamentais para a constituição do grupo. Em especial para as professoras, a possibilidade de relatar as experiências didáticas para outros públicos tanto por escrito quanto oralmente foi significativa para estimular as reflexões sobre as ações.

- *Levar o professor a refletir sobre cada uma das funções desempenhadas (aprendiz, docente, formador, pesquisador).*

As funções de docente, aprendiz, formador e pesquisador foram se interligando e ocorrendo concomitantemente. Assim sendo, o desenvolvimento de um papel impulsionou e/ou foi impulsionado pela atuação em um segundo papel. A reflexão apresentou-se como o processo que possibilita a consolidação dos conceitos envolvidos na formação, além da ressignificação não só do que é ensinar Matemática e do que é fazer Matemática com as crianças mas também da função desta no currículo das séries iniciais.

Em relação à Estatística, a estratégia de levar o professor a experienciar as diversas fases do método estatístico mostrou-se eficaz para o processo de aprendizagem e de consolidação dos conceitos. A cada fase definição do problema, levantamento de hipóteses, coleta de dados, estocagem, organização e tratamento , foi possível promover discussões para possibilitar às professoras ressignificar a fase anterior, estabelecendo um ciclo que contribuiu para o desenvolvimento dos conceitos.

O estudo evidencia que houve desenvolvimento profissional, notadamente: ampliação do conhecimento referente aos conceitos matemáticos e estatísticos, aumento das competências de uso do computador, fortalecimento da autonomia e da postura crítica e desenvolvimento da prática de refletir sobre a docência, sobre o currículo e sobre o processo de ensino e de aprendizagem.

Finalizando, este estudo permitiu levantar algumas necessidades na área de formação de educadores, que apresento a seguir:

1. Estudos sobre grupos colaborativos de professores que desenvolvam sistemáticas de trabalho para favorecer o desenvolvimento profissional na perspectiva da aprendizagem ao longo da vida.

2. Pesquisas sobre formas de manutenção dos grupos colaborativos de modo que, uma vez constituídos, possam ter continuidade ao término dos projetos de formação.

3. Criação e manutenção de comunidades de aprendizagem contínua e de pesquisa sobre a prática.

4. Pesquisas que levem ao desenvolvimento e à utilização de suporte tecnológico específico e ações que possam integrar todo o corpo docente, sem distinção.

Referências

BOAVIDA, Ana Maria; PONTE, João Pedro. *Investigação colaborativa: potencialidades e problemas*. In: GTI (Ed.). Reflectir e investigar sobre a prática profissional. Lisboa: APM, 2002. p. 43-55.

FERREIRA, Ana Cristina. *Metacognição e desenvolvimento profissional de professores de matemática: uma experiência de trabalho colaborativo*, 2003. 411 p. Tese (Doutorado em Educação). Universidade Estadual de Campinas.

GODINO, Juan D., BATANERO, Carmem. Clarifying the meaning of mathematical objects as a priority area of research in mathematics education. In: SIERPINSKA, Ana; KILPATRICK, Jeremy (Eds.). *Mathematics Education as a research domain: a search for identity*. Dordrecht: Kluwer A. P., 1998, p. 177-195.

GREENWOOD, Davydd; LEVIN, Morten. Reconstructing the relationships between universities and society through action research. In: DENZIN, Norman; LINCOLN, Yvonna (Eds.). *Handbook for Qualitative Research*. 2nd ed. Thousand Oaks, California: Sage Publications Inc. p. 85-106, 2000.

HARGREAVES, Andy. *Os professores em tempo de mudança: O trabalho e a cultura dos professores na idade pós-moderna*. Lisboa: Mc Graw-Hill, 1998.

HARGREAVES, Andy. Professorado, cultura y postmodernidad. Madri: Morata, 1995.

LOBO DA COSTA, Nielce Meneguelo. *Formação de professores para o ensino da matemática com a informática integrada à prática pedagógica: exploração e análise de dados em bancos computacionais*. 2004. 300f. São Paulo: PUC. Tese (Doutorado em Educação: Currículo).

LOPES, Celi Aparecida Espasandin. *O conhecimento profissional dos professores e suas relações com Estatística e Probabilidade na Educação Infantil*. 2003, 281 p. Campinas: FE/Unicamp. Tese (Doutorado em Educação: Educação Matemática).

MATHISON, Sandra. *Why Triangulate?* Educational Researcher, 17 (2), p.13-17, 1988.

NACARATO, Adair Mendes. *Educação continuada sob a perspectiva da pesquisa-ação: currículo em ação de um grupo de professoras ao aprender ensinando Geometria*. 2000. 332f. Tese (Doutorado em Educação). Faculdade de Educação UNICAMP, Campinas.

PÉREZ GÓMEZ, Angel. O pensamento prático do professor: a formação do professor como profissional reflexivo. In: NÓVOA, António (Coord.) *Os professores e sua formação*. Tradução por Graça Cunha, Cândia Hespanha, Conceição Afonso e José Antonio Sousa Tavares. 3. ed. Lisboa: Publicações Dom Quixote Instituto de Inovação Educacional. (Nova Enciclopédia Temas de Educação. vol.1), 1997. p. 93-114.

PÉREZ GÓMEZ, Angel. A função e formação do professor/a no ensino para a compreensão: diferentes perspectivas. In: SACRISTÁN, José Gimeno; PÉREZ GÓMEZ, Angel. *Compreender e transformar o ensino*. Tradução por Ernani F. da Fonseca Rosa. 4. ed. Porto Alegre: ARTMED Editora, 1998, p. 353-379.

PONTE, João Pedro da. *O conhecimento profissional dos professores de matemática*. Relatório final de Projecto "O saber dos professores: Concepções e práticas". Lisboa: DEFCUL, 1997.

TABLETOP TM. *New computers tools for Logic, Information, Graphing and Data Analysis*. Hands on! 17 (2), U.S.A., 1994. Documento digital. Disponível em: <http://www.terc.edu/handsonIssues/f94/tabletop.html>. Acesso em: 15/10/2003.

VYGOTSKY, Lev Semenovich. *Formação social da mente: o desenvolvimento dos processos psicológicos superiores*. Tradução por J. Cipolla Neto. São Paulo: Editora Martins Fontes, 1984.

Professores e futuros professores compartilhando aprendizagens: dimensões colaborativas em processos de formação

Adair Mendes Nacarato
Regina Célia Grando
Luana Toricelli
Miriam Tomazetto

A formação de professores, centrada em grupos de trabalho coletivo e/ou colaborativo, vem se fazendo presente nas pesquisas nacionais e internacionais. O mapeamento das pesquisas brasileiras sobre formação de professores realizado para o I SIPEM (FERREIRA *et al.*, 2001) já evidenciou que essa temática vinha ganhando destaque desde o ano de 2000.

Acrescente-se a isso o fato de participarmos[1] do Grupo de Estudos e Pesquisas sobre Formação de Professores de Matemática (GEPFPM), vinculado ao Prapem/Unicamp, no qual temos realizado estudos e pesquisas sobre grupos de trabalho colaborativo.[2]

Essas experiências, aliadas a nossa preocupação constante, como formadoras de professores, com a produção de um repertório de saberes docentes, motivaram-nos à constituição de um grupo de trabalho no interior da universidade. Com base em pesquisas anteriores (LOPES, 2003; NACARATO, 2000), constatamos que a constituição de grupos vinculados a um tema específico do saber matemático, de certa forma, propicia um debate mais direcionado, gerando comprometimento e possibilitando uma produção coletiva de saberes docentes, tanto pelos participantes quanto pelos professores formadores.

Além desta constatação, temos observado em nossa prática, nos contextos de formação de professores que ensinam Matemática, no Brasil, o quanto a Geometria, apesar de todos os avanços nas pesquisas, continua distante da maioria das salas de aula de educação básica. Acrescenta-se a isso a reduzida carga horária dedicada a esse conteúdo nos cursos de licenciatura (formação inicial de professores especialistas). Tais constatações motivaram-nos a eleger a Geometria como o conteúdo norteador das discussões a serem processadas num ambiente acadêmico denominado "Oficina de Geometria". O termo oficina, de

---

[1] No caso, as docentes Adair Mendes Nacarato e Regina Célia Grando.
[2] Por exemplo, Miskulim *et al.*(1995).

certa forma, já está incorporado à cultura da nossa universidade como atividade extracurricular envolvendo graduandos e/ou professores em exercício.

O grupo constituiu-se em agosto de 2003 com o objetivo inicial de criar um ambiente propício para o desenvolvimento de pesquisas *na* e *sobre* a prática pedagógica. Visando à constituição de uma documentação, sentimos a necessidade de contarmos com duas auxiliares de pesquisa que já compunham o grupo. Dessa forma, a equipe responsável pelas oficinas passou a ser composta por duas professoras formadoras e duas alunas do curso de Licenciatura em Matemática, que juntas planejaram, aplicaram e analisaram as atividades. Durante a realização dessas atividades, as auxiliares de pesquisa acompanharam as discussões e ficaram responsáveis pelos diários de campo.

Consideramos esse grupo de formação como objeto de estudo, e a temática de Geometria torna-se "pano de fundo" nas discussões aqui realizadas. O objetivo deste artigo é analisar as possíveis dimensões colaborativas que emergiram num grupo formado por professores e futuros professores que se propuseram a estudar e investigar a própria prática pedagógica em Geometria.

Trata-se de uma pesquisa de abordagem qualitativa, cuja documentação foi constituída de: questionário inicial; diário de campo; trabalho escrito produzido em grupos relativo à preparação, aplicação e análise de uma aula de geometria na educação básica; registros verbais videogravados da apresentação e discussão desses trabalhos; e registros verbais audiogravados da avaliação final das atividades da oficina.

Neste artigo, inicialmente apresentamos o grupo de trabalho, sua constituição, caracterização e expectativas iniciais dos participantes e, num segundo momento, discutimos as dimensões colaborativas no trabalho desenvolvido ao longo de um semestre; e, finalmente, os processos de aprendizagem compartilhada no grupo.

O grupo de trabalho: constituição, caracterização e expectativas

O grupo, objeto deste estudo, vem se reunindo regularmente, no ambiente da universidade, desde 2003, em um dia da semana, das 17 às 19 horas. Neste trabalho, o foco será o período de agosto a dezembro de 2003, quando as reuniões ocorriam às quartas-feiras.

Ao todo, o grupo era formado por dezesseis participantes, sendo duas professoras formadoras, duas auxiliares de pesquisa/alunas e catorze alunos/professores (quatro homens e dez mulheres). Dentre os alunos/professores, seis já atuavam como docentes na rede pública, com tempos de experiência diferentes – um, dois, três, cinco, dez e vinte anos – e diferentes níveis de atuação: um professor do ensino fundamental I, dois professores do ensino fundamental II, um professor do ensino fundamental II e ensino médio, um professor somente do ensino médio e um professor de educação de jovens e adultos (EJA).

Quanto à procedência dos participantes, identificamos seis cidades diferentes: Itatiba, Bragança Paulista, Atibaia, Jundiaí, Francisco Morato e Campo Limpo Paulista, todas no estado de São Paulo, num raio aproximado de 80 km do *campus* da universidade.

No primeiro encontro, os participantes responderam a um questionário que possibilitou não apenas a caracterização do grupo como também a identificação de suas expectativas e interesses quanto a esse espaço de discussão e formação.

Ao analisarmos o questionário inicial, notamos que a maioria buscava adquirir conhecimentos específicos e/ou pedagógicos, ou ainda, conhecer recursos didáticos para ensinar Geometria. Apenas dois participantes (PP e JA)[3] apontaram a importância desse espaço de formação para a troca de experiências e compartilhamento de saberes.

A motivação para a participação por parte dos alunos da graduação, muitas vezes, dizia respeito à busca por conhecimentos específicos com relação à geometria, visto que muitos declararam que pouco aprenderam com relação a esse campo da Matemática durante o ensino básico. Provavelmente, essa geração seja fruto do abandono do ensino da Geometria nas décadas de 1980 e 1990. Embora desde 1980 a comunidade de educadores matemáticos venha se preocupando com o resgate do ensino dessa área de conhecimento, esse aspecto se restringiu às pesquisas, com poucas contribuições para a prática pedagógica, na qual continuam prevalecendo os enfoques na aritmética e álgebra (PAVANELLO,1993; ANDRADE, 2004).

Além disso, os graduandos apontaram que, de certa forma, o curso superior pouco supria a lacuna com relação ao conteúdo de geometria e sua forma de abordagem metodológica, declarando uma certa insegurança para o desenvolvimento desse conteúdo em sua futura prática docente. Vale destacar que a carga horária dedicada à Geometria Euclidiana do curso de Licenciatura de nossa instituição era de apenas 68 horas-aula.

Por parte dos professores participantes, a motivação centrava-se na busca por materiais e sugestões metodológicas. A maioria desses docentes apresentava experiências anteriores como participantes em cursos de formação continuada e demonstrava interesse pela oficina como mais um espaço de aprendizagem.

Na verdade, esse espaço havia sido concebido pelas professoras formadoras com o objetivo de possibilitar a troca e a produção de saberes coletivos, aspectos estes apontados por dois participantes:

---

[3] Utilizaremos as iniciais do nome e sobrenome de cada participante como forma de identificação.

> Aprender formas diferentes de trabalhar a geometria a partir de reflexões teóricas. (PP)
>
> Adquirir uma experiência maior com a ajuda dos colegas. (EC)

A fala de PP contempla mais uma de nossas expectativas iniciais: promover reflexões teóricas a partir de experiências práticas e vice-versa. No trabalho aqui apresentado, o fato de constituir-se em uma "oficina" não representa um caráter puramente ativista, mas possibilita um ambiente de geometria experimental, no sentido atribuído por Andrade (2004, p. 200-201), ou seja, uma abordagem que rompe com o modelo euclidiano, supera os tratamentos puramente lúdicos e manipulativos e direciona-se "para uma perspectiva mais exploratória, problematizadora e construtiva da Geometria, contemplando abordagens fundamentadas teórico-epistemologicamente nas perspectivas sociocultural e dinâmico-computacional, com vistas aos processos de validação".

No nosso entender, esses alunos/professores buscaram esse espaço de formação como possibilidade de aprendizagem e desenvolvimento profissional.[4]

Essas expectativas dos participantes vieram ao encontro daquilo que consideramos fundamental quando elegemos um campo específico da Matemática: a produção de saberes de conteúdo, saberes pedagógicos do conteúdo e saberes curriculares (Shulman, 1988) em Geometria, em um movimento de tecitura entre teoria e prática. Temos defendido que o saber profissional do professor se constitui na e a partir da prática pedagógica. É a partir da problematização da prática que o professor passa a refletir e produzir significados para os acontecimentos que vivencia. Os saberes específicos do conteúdo muitas vezes adquiridos nos cursos de licenciatura sofrem (re)significações quando trabalhados em sala de aula, pois passam a ser imbricados com as questões pedagógicas e curriculares. Constituem, assim, uma unidade em que não é mais possível separar o conteúdo específico, do pedagógico e do curricular.

Defendemos, ainda, que os contextos que privilegiam a problematização, análise e reflexão da prática pedagógica são potencializadores do desenvolvimento profissional do professor.

As dimensões colaborativas propiciadas pelas dinâmicas estabelecidas no grupo

O trabalho colaborativo vem sendo apontado como um potencializador de aprendizagem e desenvolvimento profissional (Fiorentini, 2004; Fiorentini *et*

---

[4] Partilhamos das ideias de Ferreira (2003, p. 36) para caracterizar a aprendizagem e o desenvolvimento profissional dos professores: "Desenvolver-se profissionalmente poderia ser entendido como aprender e caminhar para a mudança, ou seja, ampliar, aprofundar e/ou reconstruir os próprios saberes e prática e desenvolver formas de pensar e agir coerentes.

Dessa forma, os conceitos de aprendizagem, mudança e desenvolvimento profissional se encontram entrelaçados."

al., 2004; BOAVIDA; PONTE, 2002; FERREIRA, 2003). Boavida e Ponte (2002, p. 45), apoiando-se em Wagner (1997), afirmam que "a colaboração representa uma forma particular de cooperação que envolve trabalho conjuntamente realizado de modo a que os actores envolvidos aprofundem mutuamente o seu conhecimento". Dentre as características de um trabalho colaborativo, Fiorentini (2004) destaca: voluntariedade, identidade e espontaneidade.

A participação no grupo é voluntária, no sentido de que cada membro deseja fazer parte de um determinado grupo, com predisposição para contribuir e aprender com os seus pares, a partir de um interesse comum o que imprime ao grupo uma identidade. Segundo Fiorentini (2004, p. 54):

> Tal identificação não significa a presença de sujeitos iguais a ele (com os mesmos conhecimentos ou do mesmo ambiente cultural), mas de pessoas dispostas a compartilhar espontaneamente algo de interesse comum, podendo apresentar olhares e entendimentos diferentes sobre os conceitos matemáticos e os saberes didático-pedagógicos e experienciais relativos ao ensino e à aprendizagem da matemática.

A constituição de um grupo colaborativo, ao mesmo tempo em que adquire uma identidade própria constituída pelos objetivos comuns, não provoca a perda dos objetivos individuais, ou seja, mantém a singularidade e a identidade de cada um de seus membros. Essa identidade pessoal, segundo Ferreira (2003), vai se transformando pela aprendizagem no grupo: "A aprendizagem pode ser vista como uma experiência de identidade na medida em que transforma quem somos e o que podemos fazer. Como tal, a aprendizagem pode tornar-se uma fonte de significado e energia pessoal e social [...] Aprender transforma nossa identidade" (FERREIRA, 2003, p. 91-92).

A essas características, acrescentaríamos a afetividade, ressaltada por Ferreira (2003), como elemento fundamental para a construção de um grupo de trabalho colaborativo que se vai constituindo pelas relações de respeito, negociações, trocas e contribuições entre os participantes. A afetividade manifestou-se ao longo de todo o trabalho e foi explicitada, pela licencianda LA, no momento de avaliação, ao final do semestre:

> O mais importante foi a professora, na nossa aqui foi a MA, que eu tive mais contato, porque ela quando discutia o trabalho, parecia que era a minha professora, me explicando como era o trabalho, onde eu nunca entrei. Pois eu não sei como que é, como ensinar, como explicar e então isso foi importante, essa troca de experiência. A experiência dela me mostrando como é lá dentro. (LA)

Esse depoimento não apenas revela a afetividade estabelecida no grupo como também evidencia o papel da experiência na formação docente, na concepção defendida por Larrosa (2002, p. 21): "A experiência é o que nos passa, nos acontece, que nos toca." Esse autor defende ainda o potencial da experiência para a (trans)formação. Segundo ele, para que essa transformação ocorra, é necessário que estejamos prontos para "abrir os olhos e os ouvidos, falar sobre o que nos acontece, aprender a lentidão, escutar aos outros, cultivar a arte do encontro, calar muito, ter paciência e dar-se tempo e espaço" (LARROSA, 2002, p. 24).

A professora MA, ao aceitar a parceria da licencianda LA, exerceu essa "arte de encontro", acolhendo-a na realização do trabalho conjunto, compartilhando saberes e se expondo; LA, por sua vez, ao se sentir acolhida, fez da arte do encontro um momento significativo de aprendizagem: a experiência de MA a tocou.

Considerando essas características do trabalho colaborativo, focalizamos nossa análise na dinâmica instaurada no nosso grupo. Entendemos que a voluntariedade é condição necessária para a própria participação no grupo. Nesse sentido, na análise das expectativas iniciais, o grupo tinha um interesse comum que era o ensino e aprendizagem da Geometria, e seus atores participaram de forma voluntária.

Nesse grupo, os participantes apresentavam estatutos e papéis diferenciados: graduandos de séries variadas, pós-graduandos, professores em exercício e professoras formadoras. No entanto, desde o primeiro semestre de sua existência, o grupo vem adquirindo sua identidade no âmbito da universidade.

No que diz respeito ao estatuto e papel das formadoras, já sabíamos, por experiência e conhecimento de pesquisas sobre grupos colaborativos, que, *a priori*, não há como prever se um grupo se constituirá ou não colaborativo. No entanto, já tínhamos como hipótese inicial que algumas dinâmicas podem potencializar o trabalho colaborativo. Assim, planejamos propor ao grupo, desde o seu início, uma dinâmica de trabalho para propiciar uma reflexão sobre a prática pedagógica em Geometria, possibilitando aos licenciandos em Matemática a convivência com professores experientes e suas situações de sala de aula relativas ao ensino de Geometria. A proposta, planejada e colocada em prática, era partir dos próprios interesses e experiências do grupo, que se revelam no decorrer das atividades realizadas. O papel das formadoras seria o de articular essas experiências com as discussões quanto aos fundamentos teórico-epistemológicos e metodológicos para o ensino da Geometria. Assim, não havia uma programação preestabelecida para os encontros, embora o tema fosse Geometria.

Os encontros constituíram-se de momentos de leitura e discussão de textos e realização de atividades práticas. Nas atividades práticas, eram utilizados vários materiais pedagógicos, tais como jogos, geoplanos, poliminós, bem como a realização de tarefas investigativas.

A dinâmica para a realização das atividades práticas consistia de uma discussão inicial em pequenos grupos, elaboração do registro das diferentes estratégias de resolução e socialização destas com o grupo todo. Uma sistematização coletiva, orientada pelas professoras formadoras momento de teorização dos construtos envolvidos nas atividades realizadas –, complementava a tarefa. Prevíamos ainda a produção de registros reflexivos ao final das atividades como forma de sistematização dos conceitos trabalhados a cada encontro. Entretanto, no decorrer do semestre, esta proposta se inviabilizou: o envolvimento do grupo gerou discussões muito ricas sobre as atividades que realizavam, e julgávamos prudente não interrompê-las. Muitas vezes, o momento final do encontro era reservado à socialização e sistematização das atividades com o grupo todo, o que acabava comprometendo o tempo necessário ao registro reflexivo. No nosso entender, esse momento de reflexão individual teria sido fundamental para a aprendizagem individual e para o desencadeamento de processos metacognitivos, possibilitando a reflexão e tomada de consciência sobre o próprio processo de aprendizagem.

No primeiro encontro com o grupo momento de se firmarem os acordos para o trabalho , combinamos a realização de uma aula conjunta entre professores e alunos da graduação, ao final do semestre, sobre um tema de Geometria. Esta proposta incluía a preparação prévia das atividades; aplicação destas em sala de aula; registros produzidos pelos alunos e pelos elementos do grupo; análise da aula realizada; culminando com a produção de um trabalho escrito e posterior apresentação e discussão no grupo.

Assim, foram constituídos seis subgrupos, de forma a contar, cada um deles, com um professor (eram seis, no total) e alunos da graduação e/ou pós-graduação. Desses seis subgrupos, um desenvolveu a aula no ensino fundamental I (séries iniciais), outro na EJA, outro no ensino médio e os demais no ensino fundamental II (11, 12 e 14 anos). As temáticas abordadas foram: polígonos e mosaicos (3ª série); áreas e perímetros (5ª série); paralelas e perpendiculares (5ª série); teorema de Pitágoras (8ª série e ensino médio); e sólidos geométricos (EJA).

A preparação da aula ocorreu em três encontros, possibilitando a cada subgrupo o amadurecimento das ideias a serem desenvolvidas, reflexões sobre possíveis atitudes dos alunos na resolução das atividades e socialização de diferentes materiais pedagógicos de conhecimento dos membros do grupo. Nesse momento, professores e licenciandos puderam compartilhar as diferentes expectativas quanto à realização da aula que haviam preparado.

As atividades foram aplicadas na sala de aula do professor do subgrupo, contando com a participação de um ou mais alunos da graduação, cuja função era colaborar tanto na aplicação quanto no registro das atividades na sala de aula. O material coletado registro dos observadores e dos alunos foi recolhido e analisado por todos os membros do subgrupo, gerando um texto para a apresentação no grupo. Este, por sua vez, durante as apresentações, discutia e propiciava novas análises da aula.

Entendemos que o grupo assume, nesse momento três encontros de preparação, dois encontros de análise nos subgrupos e dois encontros de apresentação e discussão no grupo, uma dimensão colaborativa.

Portanto, consideramos essenciais, para a constituição de um grupo de trabalho colaborativo, as dinâmicas implementadas no grupo. Dentre elas, destacamos as que se fizeram presentes: o compartilhamento de saberes durante as atividades práticas; tempo de preparação da aula e amadurecimento de ideias; momento de análise, apresentação e discussão da aula; possibilidade de reflexão sobre a própria prática e avaliação do processo vivenciado. Esses elementos possibilitaram a identificação de indícios de aprendizagem profissional da e sobre a docência.

O grupo como uma comunidade de aprendizagem compartilhada

A dinâmica implementada no grupo para a realização das atividades práticas – trabalho em subgrupos, registro, socialização e sistematização – conferiu momentos de compartilhamento de saberes sobre a Geometria e, ao mesmo tempo, possibilitou aos participantes a vivência de um fazer pedagógico que, posteriormente, foi reproduzido em muitas das aulas ministradas pelos subgrupos. A fala do aluno JA, da pós-graduação, evidenciou esse fato:

> O diferencial dessa oficina é a maneira que ela foi oferecida, tanto no grupo quanto com relação às professoras, porque elas nos mostraram, alguns já sabendo há algum tempo, ou muitos já sabendo há muito tempo, que é possível dar uma aula diferente, construir conhecimentos [...] muitas das oficinas que a gente participa não tem esse formato, então acho que a oficina acabou nos inspirando para nossa própria aula, para a importância do convívio no grupo. (JA)

Essas aulas, com certeza, foram planejadas e executadas partindo de uma vivência comum com reelaborações pessoais. Nesse sentido, novamente nos apropriamos das concepções de Larrosa (2002, p. 27):

> Se a experiência não é o que não acontece, mas o que nos acontece, duas pessoas ainda que enfrentem o mesmo acontecimento, não fazem a mesma experiência. O acontecimento é comum, mas a experiência é para cada qual sua, singular e de alguma maneira impossível de ser repetida. O saber da experiência é um saber que não pode separar-se do indivíduo concreto em que encarna.

O movimento entre a coletividade e a singularidade da experiência, vivenciado na oficina, foi destacado pela professora AG:

> acho que é super importante para o professor trocar experiências com outros professores, porque isso que faz o serviço da gente ter uma prática

boa, porque às vezes eu tenho uma maneira de ensinar que não é igual a de outros professores e eu posso aprender.

Essa experiência foi enriquecida pelos momentos de compartilhamento de saberes na preparação da aula. A fala do aluno PP, da pós-graduação, destaca a importância desses momentos:

> A gente que está estudando, participando de grupos de pesquisa, começa a ter outras leituras e começa a pôr em prática tudo aquilo que a gente ouve de prática pedagógica, mas o legal que eu achei foi a gente sentar junto para organizar uma aula, desde o primeiro momento. Decidir o tema, que foi o teorema de Pitágoras. A partir do momento que a gente começou a trabalhar em grupo, vimos que não era uma situação tão problemática, da mesma forma a mudança da nossa visão de aula, a gente não vai ficando mais com medo, e se a gente começar a fazer, a gente vai aprendendo. (PP)

O aluno PP aponta um diferencial, nessa atividade de preparação da aula, que é o aspecto de trabalhar junto numa atividade que, geralmente, é realizada de forma solitária pelo professor, sem a possibilidade desse compartilhamento de saberes. Nesse sentido, concordamos com as ideias de Cochran-Smith e Lytle (1999): a produção de conhecimento da prática é um processo social, que ocorre no interior de comunidades de aprendizagem, ou seja, "o conhecimento é construído coletivamente em comunidades locais e amplas" (p. 274). Para as autoras, os professores aprendem colaborativamente "em comunidades de investigação e/ou redes, onde os participantes lutam entre si para construir significados locais e onde a investigação é vista como parte de um grande esforço para transformar o ensino, a aprendizagem e a cultura escolar" (p. 278). Tais comunidades de investigação envolvem, frequentemente, a participação de professores e pesquisadores que trazem tipos diferentes de conhecimento e experiências para compartilhar na coletividade. Nesse sentido, novas relações de colaboração são estabelecidas entre os participantes.

As autoras destacam, ainda, a importância de "professores trabalhando juntos para investigar suas próprias questões, seu próprio ensino e desenvolvimento curricular e as políticas e práticas de sua escola e comunidade" (p. 279).

No caso do grupo objeto deste estudo, esse momento de investigação sobre a própria prática evidenciou-se quando, após a elaboração e aplicação das aulas, cada subgrupo ficou responsável pela elaboração de um texto explicitando as situações de aplicação da atividade e análise da aula. A possibilidade de reflexão coletiva sobre a aula, uma prática, na maioria das vezes, incomum na atividade do professor, é destacada pela professora AD:

> Escolher o nosso tema, discutir com nossos colegas e levar para a sala de aula e voltar aqui de novo, foi isso que eu achei interessante, isso eu

nunca tinha visto. Tem retorno, que trabalho legal, você fica pensando, nossa eu fiz tudo isso! Quer dizer, eu não, meu grupo.

Notamos, pela fala de AD, a falta de consciência que muitas vezes o professor apresenta em relação às próprias atividades desenvolvidas por ele. No seu trabalho solitário na escola, na maioria das vezes, o professor não toma a sua prática como objeto de reflexão e investigação. Assim, ao fazer parte de um grupo que planeja, discute, executa, registra e analisa junto as atividades desenvolvidas em sala de aula, ele não apenas se conscientiza de seu fazer pedagógico, como adquire uma postura de professor-investigador.

Nesse sentido, Cochran-Smith e Lytle (1999) apontam que um dos maiores exemplos do aprendizado por conhecimento da prática é a imagem de professores empenhados em investigações orais. Por investigações orais, as autoras entendem um processo que envolve uma rica conversação a respeito de trabalhos de alunos, observações e investigações de salas de aula, práticas de currículo, artefatos e materiais utilizados no dia a dia. Essas conversas são gravadas e permitem que os participantes voltem a elas para analisar (p. 279). Na presente pesquisa, as investigações realizadas em sala de aula pelos subgrupos vieram para a análise na forma de texto escrito e registros escritos dos alunos.

A prática de registro das atividades realizadas foi uma das dinâmicas adotadas durante o semestre e, de certa forma, tornou-se significativa para os participantes quando estes se apropriaram desta metodologia e aplicaram-na em suas aulas. Isso porque a grande maioria das aulas apresentadas continha os registros escritos dos alunos, demonstrando a importância que os participantes da oficina passaram a atribuir a eles, como forma de "dar voz ao aluno", sistematizar os conceitos trabalhados na atividade e documentar para posterior análise. Tal fato foi evidenciado no texto final do subgrupo de PP, AD e MT:

> Este trabalho mostra que é possível fazermos aulas de matemática diferenciadas, onde o aluno possa participar, falar e escrever. O papel do professor é fundamental no sentido de instigar e levar o aluno a pensar sobre sua própria fala. Ao mesmo tempo em que a fala de um aluno certamente contribui para a reflexão e aprendizado dos outros alunos [...], também para nós professores tais manifestações possibilitam novas tomadas de decisão nos importantes momentos de sistematização dos conceitos matemáticos.

Entendemos que esse movimento, que envolveu a preparação da atividade (nos subgrupos com a intervenção, quando necessária, das formadoras), aplicação, registro, análise nos subgrupos, apresentação ao grupo e discussão oral coletiva, possibilitou a reflexão e a investigação do professor sobre sua própria prática, rompendo com um modelo de formação pautado na racionalidade técnica. A fala de CS comprova esse fato:

> A oficina, além de trazer muita coisa para a gente mesmo, a prática para você, e tem essa possibilidade para aplicar. Então a oficina é ótima, não tem como se comparar a outros cursos que a gente faça, porque a gente teve tempo de analisar, discutir todo o processo que teve, os trabalhos, ter trazido para cá, discutindo e a gente pode trabalhar melhor e guardar na memória, porque a gente trabalhou e ficou gravado todo o assunto.

Essa prática contribui para o movimento de "pesquisa dos educadores",[5] segundo Diniz-Pereira (2002). Esse autor, apoiando-se em Cochran-Smith e Lytle (1993, *apud* DINIZ-PEREIRA, 2002, p. 33) afirma que essa modalidade de pesquisa vem crescendo em todo o mundo e

> representa um desafio radical para concepções tradicionais da relação teoria e prática, das parcerias entre escola e universidades, e entre estruturas das escolas e reforma educacional [...] tem o potencial para redefinir a noção de um conhecimento básico para o ensino e desafiar a hegemonia da universidade na geração de conhecimento especializado e de currículo.

No presente estudo, essa modalidade de pesquisa foi enriquecida, pois o professor escolar contava com a colaboração de um ou dois licenciandos ou pós-graduandos na análise da aula realizada. Os diferentes olhares para o mesmo fenômeno possibilitam, sem dúvida, a (re)significação deste.

Essa atividade compartilhada contribuiu, também, para a aprendizagem do futuro professor, como destacado pela licencianda MT:

> Eu achei que foi ótimo, acho que foi muito interessante trocar experiência com pessoas que estão chegando agora e pessoas que estão há anos, e foi muito importante para a gente que está começando agora, e teve muitas coisas que a gente viu que tive a possibilidade de estar aprendendo.

Os futuros professores puderam, ao longo da convivência e da troca com professores experientes, compartilhar aprendizagens e saberes sobre a docência. As oficinas vêm se constituindo em espaços intersticiais de formação docente no âmbito da universidade. Como afirma Guérios (2005, p. 142):

> Espaço intersticial, em minha interpretação, não se caracteriza como um espaço materializado, mas como espaço do livre pensar, pela ação em rotas inovadoras, pela ousadia. É quando professores e alunos embarcam na arte de criar, para a qual não há tempo marcado; convivem com o predeterminado para ser aprendido e ensinado (os programas escolares), desprendendo-se das amarras que predeterminam o fazer (modelos e técnicas estáticas, mortas). [...] Os espaços intersticiais estimulam a realização de projetos e de inovações no modo de fazer, no modo de agir, no modo de pensar.

---

[5] Por "pesquisa dos educadores", o autor entende a pesquisa realizada por professores em sala de aula, "com o propósito de entender e transformar sua própria prática, promovendo transformações educacionais e sociais" (DINIZ-PEREIRA, 2002, p. 32).

Assim, da mesma forma que Guérios identificou nas ações do Laboratório de sua instituição (UFPR), também consideramos que as oficinas vêm se constituindo em espaços de formação docente nos quais as modalidades e estratégias pedagógicas adotadas são importantes e deflagradoras de processos de transformação, de desenvolvimento profissional, mas o que conta é a "busca compartilhada de sentido para aquilo que faziam e para o modo como o faziam, que os fez evoluir, que os levou a ser outros sujeitos, a produzir outras práticas e a estabelecer outras relações com o conhecimento escolar" (*Ibid*, p. 147-148).

No grupo, evidenciou-se o que Cochran-Smith e Lytle (1999, p. 284) defendem nas comunidades de aprendizagem:

> Iniciativas na formação inicial, que situam a aprendizagem do professor dentro de comunidades, são deliberadamente estruturadas de modo que múltiplos pontos de vista sejam representados, incluindo leitura de pesquisas relativas à escola tanto de acadêmicos quanto de professores. Um tempo é destinado para os grupos trabalharem juntos para resgatar questões, escrever sobre suas próprias experiências e compartilhar dados de sala de aula. A chave disso é que futuros professores são socializados no processo de ensinar ao fazerem parte de uma comunidade de pesquisadores e aprendizes que veem o processo de questionar como parte da tarefa de ensinar ao longo da vida.

Tal característica da aprendizagem desenvolvida em comunidade tem se evidenciado no grupo nos momentos da sistematização e discussão do trabalhos práticos, ou seja, quando o subgrupo formado por um docente e alunos da graduação e/ou pós-graduação escreve sobre a atividade trabalhada com os alunos da educação básica. As questões postas pelo grupo, como um todo, mobilizam os participantes a refletirem e a produzirem significados para a experiência que está sendo relatada e, muitas vezes, isso gera uma reescrita do texto inicial.

Outra evidência da importância do trabalho colaborativo para a aprendizagem do professor, já destacada no trabalho de Ferreira (2003), é o suporte que o grupo oferece ao trabalho profissional do docente. Na avaliação final das atividades da oficina, a professora CS destaca esse aspecto:

> Na verdade, a gente tem que agradecer por ter tido essa oportunidade; se a gente tivesse o curso [licenciatura] nesse estilo, o nosso trabalho seria diferente. Isso eu chamo de amparo para a gente ter uma ideia de trabalho, conhecendo as experiências de outras pessoas. Por exemplo, aqui são pessoas que eu não convivo, não sei como trabalham e é muito bom ver isso, por exemplo, ela fez um trabalho que eu não tinha tido essa ideia, e é muito legal porque você vai pegando experiência para você, então isso é importante e a oficina sem dúvida nenhuma foi excelente.

Como em todo trabalho desenvolvido por um grupo, sendo este heterogêneo, as disponibilidades pessoais, a participação nas discussões, a predisposição para o acompanhamento das atividades desenvolvidas em sala de aula ou o tempo gasto com as atividades propostas nem sempre são os mesmos. Muitas dificuldades surgem ao longo do processo. No nosso grupo, embora houvesse a expectativa de que todos os graduandos participassem das aulas nas escolas, nem sempre isso foi possível, principalmente por serem alunos trabalhadores e com pouca disponibilidade de tempo. Vale ressaltar que as atividades desenvolvidas na sala de aula ocorreram ou durante o dia horário em que a maioria estava trabalhando ou à noite período regular do curso de licenciatura. Nesse caso, o licenciando não acompanhou o professor em sala de aula, mas participou das demais etapas do trabalho.

Alguns obstáculos com relação à realização de atividades diferenciadas nas aulas de Matemática que se aproximam destas desenvolvidas na oficina foram categorizados em um dos trabalhos apresentados: (1) tempo para pesquisar e organizar o material na opinião do grupo, para o professor sozinho preparar uma aula desse tipo, torna-se quase inviável; a sugestão do grupo seria o aproveitamento dos horários destinados ao HTPC (horário de trabalho pedagógico coletivo)[6]; (2) custo do material o grupo destacou que essa tarefa exige material diferenciado, nem sempre disponível na escola pública e que acaba exigindo a aquisição pelo próprio professor; (3) programa curricular segundo o grupo, o professor sempre tem a preocupação em cumprir o programa planejado para o ano letivo, sem, muitas vezes, questionar o significado desse cumprimento. "Temos o currículo pro(im)posto pelos documentos oficiais nos quais nos orientamos, os nossos planejamentos, que são recortes dos primeiros, mas nem sempre pensamos naquele currículo que de fato é efetivado e aprendido pelo aluno" (texto produzido por PP, AD, MT).

No entanto, entendemos que discutir esses obstáculos e dificuldades para o trabalho docente também se constituiu em momentos de aprendizagem profissional.

Considerações finais

O trabalho desenvolvido ao longo dos quatro meses superou as expectativas iniciais tanto das formadoras quanto dos participantes. As formadoras que, inicialmente, concebiam a oficina como um ambiente de produção de saberes *na* e *sobre* a docência em Geometria, ao proporem a realização de uma aula compartilhada entre professores e licenciandos, possibilitaram a emergência de uma dimensão colaborativa no grupo. Os alunos/professores, por sua vez, superaram a expectativa desse espaço para suprir lacunas na aprendizagem de Geometria e de seu ensino, reconhecendo a importância da dinâmica das atividades desenvolvidas para a sua aprendizagem profissional.

---

[6] Trata-se de um tempo remunerado reservado ao trabalho coletivo nas escolas públicas do Estado de São Paulo e que, via de regra, acaba se resumindo a trabalhos burocráticos.

No momento da sistematização do material documentado, identificamos que esse grupo adquiriu características de uma comunidade de aprendizagem, no sentido adotado por Cochran-Smith e Lytle (1999), pois ficou claro que, para cada participante do grupo, houve uma aprendizagem profissional que extrapolou os limites da Geometria: para os licenciandos, foram momentos de aprendizagem sobre Geometria, sobre seu ensino e sobre a prática de sala de aula; para os professores, mudança da sua própria prática, principalmente no que diz respeito ao papel do registro das atividades que o aluno realiza; para as auxiliares de pesquisa, a aprendizagem de como documentar os encontros, organizar esses dados e selecionar episódios para a análise; para as formadoras, a aprendizagem sobre dinâmicas favoráveis de constituição de grupos de trabalho colaborativo e metodologia de pesquisa sobre formação de professores; e, para todos os envolvidos, a aprendizagem sobre as dinâmicas de um trabalho em grupo: discutir com os colegas, ouvir e dar voz ao outro, registrar a memória, analisar os registros produzidos por alunos e respeitar o ritmo, tempo e interesse de cada colega.

Identificamos duas dimensões colaborativas no trabalho desenvolvido: aquela que ocorreu entre licenciandos, pós-graduandos e docentes na atividade da aula conjunta e a que ocorreu entre a equipe de pesquisa: as duas formadoras e as duas licenciandas, auxiliares de pesquisa. Essa equipe reunia-se, semanalmente, para analisar os resultados do trabalho do encontro anterior, pensar em novas estratégias e dinâmicas, a partir das observações dos diários de campo produzidos. Nesse sentido, podemos dizer que houve a produção de uma pesquisa colaborativa, tal como defende Fiorentini (2004, p. 67):

> A pesquisa colaborativa, portanto, implica parceria e trabalho conjunto isto é, um processo efetivo de co-laboração e não apenas co-operação, ao longo de todo o processo investigativo, passando por todas as suas fases, as quais vão desde a concepção, planejamento, desenvolvimento e análise do estudo, chegando, inclusive, a co-participar do processo de escrita e de autoria do relatório final.

O grupo, como um todo, não pode ser caracterizado como um grupo colaborativo, uma vez que as formadoras, por mais que deem voz e escutem seus participantes, já trazem consigo a marca de "docentes da universidade" perante os graduandos e os professores escolares e, portanto, os estatutos e papéis dificilmente serão homogêneos. O graduando, por sua vez, ao participar de um espaço de formação como esse, não rompe com a cultura escolar, da qual faz parte como aluno mantém-se na passividade, esperando que as docentes lhe digam o que deve fazer e como deve proceder. O mesmo se pode dizer do professor escolar que raramente tem voz e é ouvido quando participa de projetos de formação e, quando isso ocorre, precisa de um tempo para a alteração de papéis. Por outro lado, as docentes formadoras também acabam por cumprir seu papel de alguém da academia. Assim, a possibilidade de o grupo tornar-se colaborativo exige tempo e um repensar sobre os papéis desempenhados por cada um dos participantes.

No entanto, mesmo o grupo não se constituindo como colaborativo, acreditamos que a assimetria existente é que possibilita a aprendizagem. As experiências relatadas pelos professores escolares são discutidas, problematizadas e refletidas pelo grupo. Os estranhamentos produzidos ou as similaridades identificadas, tanto pelos licenciandos quanto pelas formadoras, é que possibilitam essa reflexão compartilhada, gerando novas aprendizagens e novos saberes profissionais.

Embora o foco do trabalho fosse (tivesse sido) Geometria, a produção de novos saberes foi além. Isso reforça o nosso entendimento, compartilhando com Tardif (2002, p. 19), de que o saber profissional é plural e está

> de um certo modo, na confluência de vários saberes oriundos da sociedade, da instituição escolar, dos outros atores educacionais, das universidades etc. A conseqüência disso é que as relações que os professores estabelecem com esses saberes geram, ao mesmo tempo, relações sociais com os grupos, organizações e atores que os produzem.

Poderíamos dizer que as diferentes aprendizagens adquiridas possibilitam promover mudanças na cultura da universidade e (re) discutir o seu papel frente a projetos de formação de professores.

A experiência aqui vivida não se encerrou com o trabalho em 2003, visto que o grupo deu continuidade a ela em 2004 e 2005, com a mobilidade de saída e ingresso de novos participantes e mudança no foco do trabalho, embora mantendo a Geometria como tema central. No entanto, alguns participantes, bem como as auxiliares de pesquisa, fizeram-se presentes nos três anos.

A nossa aprendizagem como formadoras, com os acertos e desacertos junto ao grupo no semestre aqui relatado, bem como as novas leituras e discussões teóricas provocaram reflexões que motivaram novas dinâmicas de trabalho nos semestres seguintes mas que não se constituíram em objeto de discussão no presente artigo.

Referências

ANDRADE, José Antônio Araújo. *O ensino de Geometria: uma análise das atuais tendências, tomando como referência as publicações nos anais dos ENEM's*. Dissertação (Mestrado em Educação). Itatiba, SP: Universidade São Francisco, 2004. 249p.

BOAVIDA, Ana Maria; PONTE, João Pedro. Investigação colaborativa: potencialidades e problemas. In: GTI (Ed.). *Reflectir e investigar sobre a prática profissional*. Lisboa: APM, 2002, p. 43-55.

COCHRAN-SMITH, Marilyn; LYTLE, Susan L. Relationships of Knowledge and Practice: teacher learning in communities. In: *Review of Research in Education*. USA, 24, 1999, p. 249-305.

DINIZ-PEREIRA, Júlio E. A pesquisa dos educadores como estratégia para construção de modelos críticos de formação docente. In: DINIZ-PEREIRA, Júlio E.; ZEICHNER, Kenneth M. (Org.). *A pesquisa na formação e no trabalho docente*. Belo Horizonte: Autêntica, 2002, p. 11-42.

FERREIRA, Ana Cristina; LOPES, Celi A. E.; FIORENTINI, Dario; JARAMILLO, Diana; MELO, Gilberto F. A.; CARVALHO, Valéria de; SANTOS-WAGNER, Vânia M. Estado da arte da pesquisa brasileira sobre formação de professores que ensinam Matemática: uma primeira aproximação. *I Seminário Internacional de Pesquisa em Educação Matemática*. Livro de Resumos. Serra Negra, SP: 2000, p. 264-272.

FERREIRA, Ana Cristina. *Metacognição e desenvolvimento profissional de professores de Matemática: uma experiência de trabalho colaborativo*. Tese (Doutorado em Educação: Educação Matemática). FE/UNICAMP. Campinas, SP, 2003, 368 p.

FIORENTINI, Dario. Pesquisar práticas colaborativas ou pesquisar colaborativamente? In: BORBA, Marcelo de Carvalho; ARAÚJO, Jussara de Loyola (Org.). *Pesquisa qualitativa em Educação Matemática*. Belo Horizonte: Autêntica, 2004.

FIORENTINI, Dario *et. al.* Brazilian Research on Collaborative Groups of Mathematics Teacher. *10° ICME*, Copenhagen/Dinamarca, 2004. Trabalho apresentado no TSG 23: Education professional life and development of mathematics teachers. Disponível em: <www.icme-10.dk>.

GUÉRIOS, Ettiène. Espaços intersticiais na formação docente: indicativos para a formação continuada de professores que ensinam matemática. In: FIORENTINI, Dario; NACARATO, Adair M. (Org.). *Cultura, formação e desenvolvimento profissional de professores que ensinam Matemática*. São Paulo: Musa, 2005, p. 128-151.

LARROSA, Jorge. Notas sobre a experiência e o saber da experiência. *Revista Brasileira de Educação*. Rio de Janeiro, n. 19, jan./fev./mar./abr. 2002, p. 20-28.

LOPES, Celi E. *O Conhecimento profissional dos professores e suas relações com Estatística e Probabilidade na Educação Infantil*. Tese (Doutorado em Educação: Educação Matemática). FE/UNICAMP, Campinas, SP, 2003, 281p.

MISKULIN, Rosana G. S. *et al*. Pesquisas sobre trabalho colaborativo na formação de professores de matemática: um olhar sobre a produção do Prapem/Unicamp. In: FIORENTINI, Dario; NACARATO, Adair M. (Org.). *Cultura, formação e desenvolvimento profissional de professores que ensinam Matemática*. São Paulo: Musa, 2005, p. 196-219.

NACARATO, Adair Mendes. *A educação continuada sob a perspectiva da pesquisa-ação: currículo em ação de um grupo de professoras ao aprender ensinando geometria*. Tese (Doutorado em Educação: Educação Matemática). FE/UNICAMP, Campinas, SP, 2000, 323p.

PAVANELLO, Regina Maria. O abandono do ensino de Geometria no Brasil. *Zetetiké*, CEMPEM / FE / UNICAMP, ano 1 n. 1, Março / 1993, p. 7-17.

SHULMAN, Lee. Those who understand: the knowledge growths in teaching. *Educational Researcher*, fev. 1986, p. 4-14.

TARDIF, Maurice. *Saberes docentes e formação profissional*. Petrópolis, RJ: Vozes, 2002.

Aprendizagem da docência: conhecimento específico, contextos e práticas pedagógicas

Maria das Graças Nicoletti Mizukami

Vivemos em sociedades complexas, em constante mudança e que apresentam contradições: alto grau de desenvolvimento tecnológico x qualificação precária do trabalhador; acesso à informação e construção de conhecimentos x analfabetismo funcional; necessidade de profissionais que apresentam uma sólida formação geral x necessidade de especializações cada vez mais focalizadas. Na assim denominada "sociedade do conhecimento", convivem pessoas com acesso rápido, diversificado e atualizado de conhecimentos com pessoas à margem desse mundo. Tais contradições são globalizadas, respeitados os condicionantes sócio-histórico-culturais de cada povo.

A educação surge como arena importante de análise e investimento e como uma ferramenta de preparação do cidadão para viver e atuar nesse mundo. As reformas educacionais (nacionais e internacionais) trazem para foco do debate a formação do docente. Políticas públicas educacionais são elaboradas e implementadas, objetivando qualificar o professor, tendo em perspectiva a melhoria de aprendizagem do aluno. Vivemos um momento em que a retórica das reformas valoriza o professor, seus conhecimentos e a natureza de processos de aprendizagem e desenvolvimento da docência. Esse mesmo momento é marcado por condições objetivas de trabalho, processos formativos oferecidos por algumas instituições de ensino superior e valorização da profissão, paradoxalmente incompatíveis com o que as reformas advogam.

Políticas públicas educacionais também se ancoram em resultados de importantes pesquisas realizadas principalmente nas últimas duas décadas sobre processos de aprendizagem e desenvolvimento profissional da docência. O fato de se apropriarem de resultados de várias pesquisas, muitas vezes desconsiderando seus referenciais teóricos e metodológicos, assim como o significado que um mesmo conceito por exemplo, o de aprendizagem tem para cada uma das investigações, oportuniza a preconização de um profissional com um rol de características, habilidades, competências etc. impossíveis de serem aprendidas em cursos de formação inicial e em programas de formação continuada.[1] Embora as pesquisas, pois, tenham uma contribuição necessária e importante, é preciso contextualizá-las teórica e metodologicamente quando se apropria de seus resultados para elaboração de políticas públicas, assim como para desenhos curriculares e promoção de processos formativos da docência.

Nesse sentido, os textos contidos nessa coletânea, por serem contextualizados teórica e metodologicamente e por serem relacionados ao eixo básico – referente ao ensino da Matemática, seus professores, seus alunos e as escolas , oferecem contribuições para uma melhor compreensão de estratégias e de processos formativos da docência, dos contextos nos quais tais processos se desenvolvem, das aprendizagens dos professores e dos alunos, assim como de práticas pedagógicas envolvendo a Matemática. Contribuem, igualmente, para a compreensão de processos investigativos sobre o ensino e aprendizagem e para a construção de conhecimento na área.

Os processos de aprender a ensinar, de aprender a ser professor e de desenvolvimento profissional de professores são lentos, iniciam-se antes do espaço formativo dos cursos de licenciatura e se prolongam por toda a vida. A escola e outros espaços de conhecimento são contextos importantes nessa formação. Conhecimentos teóricos diversos assim como aqueles que têm como fonte a experiência pessoal e profissional são objetos de aprendizagens constantes. A literatura voltada para a compreensão de processos de aprendizagem da docência vem indicando o caráter individual e coletivo de tal aprendizagem; a força das crenças, valores, juízos na configuração de práticas pedagógicas; a reflexão como um processo de inquirição da própria prática no sentido de, por meio dela, superar desafios, dilemas e problemas; a importância das comunidades de aprendizagens e de processos colaborativos para o desenvolvimento individual e coletivo; as escolas como organizações que aprendem a partir da aprendizagem de seus participantes; as aprendizagens docentes como sendo situadas e socialmente distribuídas; diferentes tipos de conhecimentos necessários à docência que passam gradativamente a compor a base de conhecimento de cada professor; processos cognitivos acionados pelos professores para a construção da referida base; a importância dos conteúdos e níveis de reflexão.

Focalizando-se a formação de professores de educação básica, questões antigas e recorrentes continuam sendo muito atuais, considerando diferentes contextos. Elas são permeadas tanto pela necessidade de se formar bons professores para cada sala de aula de cada escola, quanto pelo desafio de oferecer processos formativos pertinentes a um mundo em mudança. Especificando

---

[1] Ver TORRES, R. M. ¿Nuevo rol docente: qué modelo de formación, para qué modelo educativo? In: FUNDACIÓN SANTILLANA. Aprender para el futuro. Nuevo marco de la tarea docente, Documentos en Debate, Madrid, 1999. p. 99-112.

algumas dessas questões, sem a intenção de exauri-las, têm-se: características, limites e desafios da formação inicial; estabelecimento de relações teoria-prática-teoria; formação continuada e aprendizagem ao longo da vida; a escola como um dos possíveis locais de aprendizagem e desenvolvimento profissional; a construção de comunidades de aprendizagem como instâncias que possibilitam o desenvolvimento profissional de professores; estratégias formativas e não invasivas de formação e o desenvolvimento de atitude investigativa como ferramenta de desenvolvimento profissional.

A docência é uma atividade complexa e permeada por variáveis de diferentes naturezas. Embora se reconheça a importância das variáveis macro e das condições objetivas de trabalho na configuração de práticas pedagógicas, de identidades profissionais e de construção da profissionalidade docente,[2] o recorte adotado no presente capítulo contempla variáveis micro de processos de ensino e aprendizagem da docência. Consideram-se como pontos centrais em qualquer processo formativo da docência inicial ou continuado dois aspectos importantes para se preparar bons professores que possam propiciar condições que seus alunos aprendam: a organização das situações de ensino que possibilitem aprendizagens para alunos diferentes e de trajetórias pessoais e culturais diversas e a construção de conhecimentos sobre o ensino dos diferentes componentes curriculares.

A partir dessa perspectiva, os processos formativos da docência em diferentes contextos, ao considerarem o ensino como uma profissão numa sociedade democrática, em constante transformação,[3] deveriam enfatizar três eixos essenciais à constituição de uma base de conhecimento para a docência e que estão presentes, de diversas maneiras, nos capítulos que compõem essa coletânea. Tal base incluiria necessariamente **conhecimentos sobre:** a) **os alunos**, seus processos de desenvolvimento e seus contextos socioculturais, o que envolve conhecimento sobre aprendizagem, desenvolvimento humano e aquisição e desenvolvimento da linguagem; b) **a matéria que os professores ensinam** e o currículo em face de objetivos educacionais mais amplos e c) **o ensino de diferentes matérias**, de diferentes alunos, de formas de avaliação

---

[2] Profissionalidade docente é aqui entendida como [...] "sendo a expressão de uma profissão exercida com autonomia por um sujeito, em constante formação, situado num determinado contexto e em permanente relação com outros sujeitos" (MERCADANTE, 2004, p. 55). Grifos da autora.

[3] Esse texto está baseado em: NATIONAL RESEARCH COUNCIL. *How people learn: brain, mind, experience and school* (Expanded ed.) Washington DC: National Academies Press, 2000. HAMMERNESS, K.; DARLING-HAMMOND, L.; BRANSFORD, J.; BERLINER, D.; COCHRAN-SMITH, M.; McDONALD, M.; ZEICHNER, K. How teachers learn and develop. In DARLING-HAMMOND, L.; BRANSFORD, J. (Eds.). *Preparing Teachers for a Changing World. What teachers should learn and be able to do. The National Academy of Education.* Jossey-Bass-CA: San Francisco, 2005, p. 358-389. DARLING-HAMMOND, L.; BARATZ-SNOWDEN, J. (Eds.). *A good teacher in every classrooum. The National Academy of Education Committee on Teacher Education.* San Francisco, Ca:Jossey Bass, 2005.

e de manejo de classe. Essa base é dinâmica, em constante transformação e envolve aprendizagem individual e coletiva, assim como investimentos de natureza político-social, institucional, profissional e pessoal, ou seja, variáveis macro. Objetiva-se, com o detalhamento e análise com três eixos, oferecer um panorama geral da área, assim como enfatizar a importância de análises realizadas ao longo dos capítulos que compõem essa coletânea.

Ao se considerar aprendizagem e desenvolvimento profissional da docência como processos que se desenvolvem ao longo da vida, a formação inicial do professor deve ser destacada como um momento formal em que processos de aprender a ensinar e aprender a ser professor começam a ser construídos de forma mais sistemática, fundamentada e contextualizada.

A formação inicial, no entanto, tem funções e limites bem circunscritos: conhecimentos, habilidades, atitudes e valores não podem ser totalmente desenvolvidos no período a ela destinada. Constitui o espaço que deveria possibilitar, aos futuros professores, a compreensão e o comprometimento com a aprendizagem ao longo da vida como sendo aspectos essenciais de seu desenvolvimento profissional. Para tanto, deve oferecer aos futuros professores uma sólida formação teórico-prática que alavanque e alimente processos de aprendizagem e desenvolvimento profissional ao longo de suas trajetórias docentes. Aprender ao longo da vida implica mudanças de teorias pessoais, de valores, de práticas. É função da formação inicial ajudar os futuros professores a compreenderem esse processo e a conceberem a profissão não reduzida ao domínio de conceitos de uma área específica, mas implicando igualmente o desenvolvimento de habilidades, atitudes, comprometimento, investigação da própria atuação, disposição de trabalhar com os pares, avaliação de seus próprios desempenhos e procura constante de formas de melhoria de sua prática pedagógica em relação a populações específicas com as quais interage.

Para Hammerness *et al.* (2005), dada a natureza e o tempo destinados a essa formação, bem como o fato de que não se pode ensinar e tão pouco aprender tudo nesse momento de formação profissional, é importante que se tomem decisões sobre quais conteúdos e estratégias seriam mais importantes e apropriadas para preparar futuros professores para que os mesmos sejam capazes, a partir desse momento formativo, de aprender com suas próprias práticas, com a contribuição dos pares e com resultados de pesquisas, estudos teóricos etc. Os autores indicam três problemas relacionados ao "aprender a ensinar", bem delimitados pela literatura educacional. O primeiro deles refere-se à necessidade de que "aprender a ensinar" requer que os futuros professores compreendam e pensem o ensino de maneiras diferentes daquelas que aprenderam a partir de suas próprias experiências como estudantes. Os autores utilizam o termo cunhado por Lortie (1975) de "aprendizagem da observação" para se referirem às aprendizagens decorrentes de experiências ao longo das trajetórias de escolarização em ambientes tradicionais de sala de aula e que têm impacto na construção de preconcepções sobre ensino e aprendizagem que os futuros professores trazem ao entrarem em um curso de formação para a docência.

O segundo problema apontado por Hammerness *et al.* (2005) envolve não apenas oferecer condições para que os futuros professores desenvolvam a habilidade de "pensar como professor" mas que também coloquem seus pensamentos em ação. Durante o período da formação inicial, os futuros professores não apenas deveriam compreender mas também realizar uma variedade ampla de atividades, muitas delas simultaneamente. Para fazer isso não basta que eles memorizem fatos, procedimentos, ideias. Para os autores, conhecer algo não é igual a conhecer "o porquê" e o como desse algo.

O terceiro problema refere-se à complexidade da profissão. Há simultaneidade de exigências nas situações escolares usuais, e os professores têm de aprender a conhecê-las e a lidar com elas: muitos alunos com ritmos de aprendizagem e necessidades diferentes, múltiplas exigências acadêmicas e metas sociais do processo de escolarização; exigências burocráticas; exigências de políticas públicas; relações com as famílias dos alunos etc. Essa multiplicidade de exigências implica negociações e reajustes a todo o momento. Até mesmo os aspectos rotineiros da ação docente são afetados por imprevistos, mudanças e rearranjos. Nesse âmbito, é importante que os futuros professores possam aprender a investigar sua própria prática e contextos diferenciados em que ela ocorre de forma a ter elementos para fundamentar suas decisões, selecionar quais tipos de práticas são adequadas para situações e momentos específicos a se desenvolver cotidianamente.

Algumas práticas usuais em programas construídos a partir do modelo de racionalidade técnica não são propícias à formação desse futuro professor. Dar aulas sobre estratégias que podem ser utilizadas em sala de aula, falar sobre modelos de ensino, elencar um rol de informações e procedimentos para realizar um diagnóstico da escola e da sala de aula, arrolar uma listagem de rotinas necessárias à vida docente nas escolas, sem vivências supervisionadas e problematizadas das mesmas em situações concretas de ensino-aprendizagem não conduzem, necessariamente, à compreensões mais aprofundadas de estratégias, modelos, demonstrações, rotinas etc., e de suas relações com práticas cotidianas. Falar sobre a necessidade do trabalho coletivo na escola sem que se iniciem e se propiciem trocas colaborativas no curso de formação inicial também não leva necessariamente o futuro professor à compreensão e ao posterior desenvolvimento de tais práticas em situações concretas de ensino e aprendizagem. É preciso começar a vivê-las nos cursos de formação inicial de forma a serem instaladas, nesse momento formativo, atitudes investigativas e comprometimento com a autoformação. A compreensão e a prática da atitude investigativa podem ajudar professores a controlarem suas aprendizagens ao mesmo tempo em que oferecem ferramentas para análise de episódios e situações complexas de sala de aula e da vida escolar.

Os cursos de formação inicial devem levar em conta que os futuros professores já chegam às instituições formadoras com preconcepções sobre ensino e aprendizagem, que são construídas em seus processos de 'aprendizagem por observação'. Tais preconcepções condicionam o que irão aprender em seus processos formativos. Caso não sejam explicitadas, trazidas à tona, discutidas, compreendidas e problematizadas essas aprendizagens podem comprometer a aprendizagem de novos conceitos ou mesmo possibilitar a tradução equivocada dos novos conceitos de forma que se conformem às 'aprendizagens por observação' anteriores, servindo o curso de formação, sob essa perspectiva, para reafirmar teorias pessoais dos professores. Muitas preconcepções são difíceis de serem mudadas e implicam intervenções complexas e que demandam tempo. Os cursos de formação deveriam considerar as 'aprendizagens por observação' dos seus futuros professores como sendo dados importantes e necessários para o processo formativo de mudança nas teorias pessoais.

O processo de 'aprendizagem por observação' apresenta contribuição limitada (e muitas vezes é dificultador de novas aprendizagens) quanto à construção de conhecimento profissional já que, por meio dele, os futuros professores não observam de forma fundamentada e contextualizada conhecimentos, habilidades, atitudes, planejamento e processos de tomadas de decisão dos professores.

Para Hammerness *et al.* (2005) tanto no período de formação inicial quanto no dos primeiros anos de atuação, professores iniciantes necessitam apoio para interpretar suas experiências e expandir seu repertório de forma que possam continuar a aprender a como se tornarem bons profissionais. Tal apoio evita inferência, por parte do profissional, de lições equivocadas, a partir de suas primeiras tentativas de ensino.

Analisando uma série de programas de formação inicial, esses autores argumentam que as formas pelas quais os processos formativos são concebidos e implementados podem ter impacto positivo no desenvolvimento de habilidades para colocar em ação o que aprendem em sala de aula. Segundo eles, estudos têm evidenciado que, quando uma experiência bem supervisionada de ensino do futuro professor precede ou é desenvolvida juntamente com o curso, este parece ser mais capaz de estabelecer relações teoria-prática-teoria, torna-se mais confortável em relação ao processo de aprender a ensinar e é mais eficiente ao colocar o que está aprendendo nos cursos em prática. Outros estudos, segundo eles, indicam que quando os futuros professores aprendem estratégias que são relacionadas ao conhecimento específico, compreendem a utilização de ferramentas adequadas para o ensino e são capazes de continuar a aperfeiçoar seu ensino juntamente com os pares em uma comunidade de aprendizagem. Eles são mais capazes de colocar em ação novas práticas.

Contribuições em relação à compreensão de processos de aprendizagem e de desenvolvimento profissional da docência também são oferecidas por teorias de aprendizagem em comunidades específicas (cunhadas com diferentes rótulos: de ensino, de aprendizagem, de prática, de discurso etc.). Estudos realizados por Cochran-Smith & Lytle (1999); Grossman e colaboradores (2001), por exemplo, têm mostrado como a aprendizagem profissional é situada e distribuída socialmente e como se constroem a constituição e consolidação de um grupo que possibilita aprendizagens individuais e coletivas.

Para Cochran-Smith & Lytle (1999), as pesquisas sobre desenvolvimento de professores dentro de comunidades de aprendizagem enfatizam a importância de um tipo particular de desenvolvimento de conhecimento: desenvolvido tanto em contextos de ensino como em contextos profissionais. As autoras se referem a várias abordagens para o desenvolvimento do conhecimento profissional especificando uma tipologia que envolve o conhecimento para a prática, na prática e da prática. O *conhecimento para a prática*, segundo as autoras, envolve os tipos de conhecimentos que o professor precisa ter para estruturar, desenvolver e avaliar situações concretas de ensino e aprendizagem: conhecimento da matéria, pedagógico, de teorias de aprendizagem e de desenvolvimento humano, de estratégias de ensino, de currículo, de fins e metas educacionais etc.[4] Trata-se, aqui, da base necessária para o ensino. O *conhecimento na prática*, por sua vez, refere-se ao conhecimento em ação, ou seja, ao que o professor constrói sobre o ensino. Trata-se de conhecimento situado e adquirido por meio de atitude investigativa, reflexão sobre a própria experiência. Depende de como "pensa como professor", ou seja, como observa os alunos em diferentes momentos e contextos, como reflete sobre suas necessidades, dilemas, problemas, sucessos e fracassos, como avalia opções curriculares e coloca seus planos em ação. O *conhecimento da prática*, segundo as autoras, refere-se ao relacionamento teoria-prática-teoria, assumindo-se que o "conhecimento que os professores necessitam para ensinar emana de investigação sistemática sobre o ensino, alunos e aprendizagem, currículo, escolas e escolarização. Esse conhecimento é construído coletivamente dentro de comunidades locais e mais amplas" (COCHRAN-SMITH; LYTLE, 1999, p. 274). Segundo as autoras, as concepções de desenvolvimento do professor dentro de comunidades profissionais oferecem fundamentação para as formas como professores experientes e professores iniciantes se relacionam.

---

[4] Há várias contribuições quanto a tipologias relativas à base de conhecimento. Boa parte delas surge e se desenvolve a partir da publicação do capítulo de Shulman analisando os programas de pesquisa sobre ensino. Ver Shulman, L. S. Paradigmas y programas de investigación en el estudio de la enseñanza: una perspectiva contemporánea. In: Wittrock, M. C. (Ed.) *La investigación de la enseñanza, I. Enfoques, teorías y métodos*. Barcelona/Es: Paidós Educador e M.E.C., 1989, p. 9-91.

> Trabalhando juntos em comunidades, tanto os professores iniciantes quanto os mais experientes colocam problemas, identificam discrepâncias entre teorias e práticas, desafiam rotinas comuns, se baseiam no trabalho de outros para referenciais férteis e tentam tornar visível muito do que é considerado garantido sobre ensino e aprendizagem. (COCHRAN-SMITH; LYTLE, 1999, p. 293)

O professor, segundo as autoras, é ao mesmo tempo um membro de uma comunidade profissional e um aprendiz ao longo da vida, o que pressupõe desenvolvimento ao longo da carreira e ao longo das instituições.

Analisando resultados de pesquisas e de experiências referentes à formação inicial de professores e aos processos de aprendizagem e desenvolvimento profissional da docência de professores iniciantes,[5] Darling-Hammond et Baratz-Snowden (2005), em publicação do "The National Academy of Education Committee on Teacher Education", indicam uma série de pontos a serem contemplados pelos programas de formação inicial e continuada de professores. Focalizando os professores iniciantes, é possível explicitar as relações entre dois momentos e dois espaços formativos diferentes, intimamente ligados a aprendizagens e ao desenvolvimento profissional de professores: a formação inicial e a continuada. É pertinente que se recorra aqui à síntese feita pelos autores: muitas das análises, recomendações, apostas e problemas também são encontrados, de forma contextualizada, nos capítulos que compõem essa coletânea, indicando que os mesmos não são apenas locais, mas que estão presentes igualmente em diferentes contextos e em diferentes culturas profissionais da docência.

Relacionada à parte inicial desse texto, a contribuição de Darling-Hammond e Baratz-Snowden (2005) refere-se inicialmente à apresentação do que os professores iniciantes necessitam conhecer para que possam ser responsáveis pela condução de situações estruturadas e formalizadas institucionalmente de ensino e aprendizagem, ou seja, o que os professores iniciantes precisam conhecer para que possam entrar em sala de aula; num segundo momento, os autores descrevem o que denominam de melhores práticas para que tal conhecimento seja construído.[6] A preocupação dos autores não é com o formato, duração ou local da formação dos professores, mas com o cerne dessa formação: o que os professores iniciantes precisam aprender e como eles devem ser melhor capacitados para aprender os conhecimentos necessários ao início da docência.

---

[5] DARLING-HAMMOND, L.; BRANSFORD, J. (Eds.). *Preparing Teachers for a Changing World. What teachers should learn and be able to do. The National Academy of Education.* Jossey-Bass-CA: San Francisco, 2005.

[6] Ver um exemplo específico de estratégia formativa e investigativa com professores iniciantes no Programa de Mentoria desenvolvido pela UFSCar com apoio da FAPESP, CNPq e MEC: www.portaldosprofessores.ufscar.br

Para Darling-Hammond e Baratz-Snowden (2005), a formação de professores não é uma tarefa simples. Semelhantemente a processos formativos de outros tipos de profissionais, há muitas formas de se atuar e de ser bem sucedido. Mesmo admitindo essa variação, os autores indicam que há práticas comuns que podem ser derivadas de uma compreensão partilhada de como promover a aprendizagem dos alunos. Análises do que as pesquisas sugerem como práticas comuns a professores bem-sucedidos e eficientes permitem identificar três áreas gerais de conhecimento que professores iniciantes deveriam construir / possuir, de forma a serem bem-sucedidos com seus alunos em termos de aprendizagem dos mesmos: conhecimentos sobre os alunos e sobre como eles aprendem e se desenvolvem em contextos sociais específicos (aprendizagem, desenvolvimento humano e linguagem); conhecimento da matéria e dos objetivos do currículo, metas educacionais e propósitos, envolvendo habilidades, conteúdos e a matéria; conhecimento do ensino (ensino da matéria; ensino para alunos com repertórios, estilos e ritmos de aprendizagem, contextos socioeconômico-culturais diversos; avaliação e manejo de classe). Essas três áreas gerais de conhecimento pressupõem que os programas de formação assumam o ensino como uma profissão e tenham como preocupação central propiciar processos formativos que preparem os professores para um mundo em mudança, para aprendizagens em uma democracia. A visão de preparação profissional adotada pelos autores envolve relações entre ensino e aprendizagem do aluno e requer que os professores sejam capazes de identificar se a aprendizagem ocorreu ou não, ou seja, que sejam capazes de construir, ao longo de sua vida profissional, indicadores que lhes possibilitem aferir o que o aluno, de fato aprendeu, de forma a fazer rearranjos que lhe permita ensinar de formas a atender as particularidades identificadas nos seus alunos. Também envolve a formação de um profissional que seja comprometido com o que significa educar os alunos em uma sociedade democrática, tendo em vista aprendizagens que lhes possibilitem participar na vida política, civil e econômica.

São detalhadas, a seguir, as três áreas de conhecimentos necessárias ao professor. Trata-se, aqui, da compreensão dos autores tanto do que consideram como sendo a base de conhecimento para o ensino quanto dos processos pelos quais essa base é construída.

1ª. Área – Conhecimento sobre os alunos, suas aprendizagens e seus desenvolvimentos

Essa área abrange, segundo Darling-Hammond e Baratz-Snowden (2005), os conhecimentos e habilidades referentes aos alunos (aprendizagem, desenvolvimento e aquisição da linguagem) que os professores precisam construir / possuir e integrar em seu planejamento. Precisam compreender como os alunos aprendem[7] considerando: a) o aluno com seus pontos fortes e fracos, seus interesses e preconcepções; b) o conhecimento, as habilidades e atitudes que se pretende que os alunos aprendam, assim como organizá-los de forma a possibilitar transferência por parte dos alunos; c) a avaliação que oferece indicadores do que foi aprendido pelos alunos e que constitui ponto de retomada do processo instrucional e d) a comunidade dentro da qual a aprendizagem ocorre, tanto dentro quanto fora da escola. Compreender o aluno e como ele aprende implica conhecer como esse aluno se desenvolve.

Os professores iniciantes deveriam, pois, conhecer a natureza construtiva do ato de conhecer, compreender o que os alunos já conhecem e se disporem a construir pontes entre as experiências prévias dos alunos e o novo conhecimento que está sendo ensinado e aprendido. Precisam também conhecer como os alunos lidam com, percebem e processam informações; como as pessoas aprendem a controlar suas próprias aprendizagens e pensamentos (o que implica conhecer como ensinar alunos a pensarem sobre o que eles já compreendem, sobre o que eles ainda precisam aprender e sobre quais estratégias podem ser mais apropriadas para esse processo); como motivar os alunos, o que implica conhecer diversos tipos de tarefas, representações e adaptações dos conteúdos, apoios, tipos de feedback, de forma a mantê-los com alto grau de envolvimento com a atividade proposta.

De forma a tomar decisões sobre o que, como, quando e para quê ensinar, os professores devem estabelecer relações constantes entre conhecimento geral e conhecimento local, entre o que as políticas públicas educacionais em seus diversos níveis decisórios apregoam e como isso pode ser traduzido em práticas pedagógicas que contemplem grupos específicos de contextos específicos. Para tanto, o conhecimento da estrutura da disciplina que ministra é necessário: como a disciplina é organizada e quais são os conceitos centrais, assim como diferentes formas de representação desses conceitos centrais da disciplina de forma que os mesmos possam ser aprendidos por alunos de diferentes idades, repertórios, estágios de desenvolvimento. Evidencia-se a importância de exemplos, demonstrações, analogias que sejam escolhidos em função das concepções prévias que os alunos possuem e dos conceitos novos a serem aprendidos de forma a superarem tais concepções iniciais. Para tanto, o conhecimento sobre avaliação também se torna indispensável. Os professores precisam conhecer como selecionar, construir e usar instrumentos de avaliação formal e informal de forma a ter quadros processuais que constituam referenciais para a identificação do que cada aluno aprendeu, de que tipo de feedback é necessário e de que reajustes devem ser feitos de forma a superar problemas detectados.

---

[7] Ver NATIONAL RESEARCH COUNCIL. How people learn: brain, mind, experience, and school (Expanded ed.). Washington, DC: National Academies Press, 2000.

Partindo do fato de que as interações em sala de aula bem como as construídas em ambientes familiares e em outros espaços de convívio influenciam como as pessoas aprendem, é importante que os professores conheçam os contextos de aprendizagem dos alunos de forma a criar aulas que possibilitem engajamento efetivo dos mesmos, assim como o desenvolvimento de redes por meio das quais eles possam aprender também com os pares e com os materiais disponíveis localmente. Dessa forma, o professor conseguiria construir os conhecimentos de sua área específica levando em conta aqueles já identificados nas comunidades dos alunos e ligá-los às experiências prévias adquiridas.

A compreensão dos professores sobre processos de desenvolvimento humano, da mesma forma que sobre a aprendizagem, é importante para que possam ter um manejo de aula adequado, selecionar tarefas apropriadas e guiar o processo de aprendizagem dos alunos. Eles devem compreender que o desenvolvimento se dá ao longo de trajetórias diversas (físicas, sociais, emocionais, cognitivas e linguísticas, por exemplo); que os vários estágios de desenvolvimento não necessariamente ocorrem na mesma idade cronológica para cada criança e o desenvolvimento em diferentes dimensões não ocorre necessariamente de forma homogênea num mesmo aluno, que aprendizagem afeta o desenvolvimento e vice-versa e ambos os processos estão profundamente embebidos em contextos culturais.

Independentemente da matéria que lecionam e nível e modalidade de ensino, os professores estão diretamente envolvidos com a linguagem. Os professores usam a linguagem de várias formas em suas atividades de ensino, em suas comunicações, nos tipos de orientações que oferecem e na forma como avaliam. Para Darling-Hammond e Baratz-Snowden (2005), há várias ideias que os professores iniciantes devem compreender sobre linguagem e diferenças de linguagem: os alunos apresentam variedades e dialetos dependendo de origem regional e de classe socioeconômica; apresentam igualmente variações de pronúncia, vocabulário, estrutura gramatical; muitas crianças vêm para a escola falando competentemente a linguagem falada em seus lares e comunidades, mesmo que não seja a linguagem padrão da escola; crianças cujas famílias usam a linguagem de forma similar à usada na escola irão adquirir regras para o uso da linguagem escolar mais facilmente do que as não expostas à linguagem escolar; os professores podem ajudar os alunos a expandirem seus repertórios de forma a incluir várias convenções acadêmicas sem pedir que os alunos abandonem estilos apropriados em outros contextos. Para tanto, independentemente de serem professores de Matemática, de História, de Química, de Física etc., os professores precisam conhecer fonologia (o sistema de sons), a estrutura das palavras (morfologia) e a estrutura das sentenças (sintaxe). Embora a realidade norte-americana seja diferente da brasileira em relação à multiplicidade de idiomas e dialetos que caracterizam a realidade escolar, os aspectos mencionados pelos autores, por serem genéricos, também se aplicam em nosso contexto.

2ª. Área Conhecimento da matéria e dos objetivos do currículo

Darling-Hammond e Baratz-Snowden (2005) indicam o conhecimento da matéria e dos objetivos do ensino como uma segunda área componente da base de conhecimento para o ensino. Para eles, o professor deve necessariamente conhecer a matéria que ensina e compreender como o currículo escolar é organizado tanto à luz das especificidades de alunos e escolas concretas quanto dos objetivos de aprendizagem das escolas. Devem possuir, para tanto, uma visão cultural que contemple os propósitos educacionais numa democracia que tenham fundamentação que guie suas decisões sobre o que e o porquê ensinar. Esse conhecimento é imprescindível para que o professor possa selecionar, adaptar, elaborar materiais e planejar aulas que possam atingir às metas pretendidas. As decisões a serem tomadas que vão desde a avaliação e seleção de materiais até o delineamento e à sequência das tarefas – devem ser baseadas nas necessidades evidenciadas dos alunos.

Essa segunda área de componente da base de conhecimento está intimamente relacionada à primeira. Para tomar decisões curriculares, os professores necessitam conhecer as diretrizes nacionais, estaduais e locais e equacioná-las às especificidades de seus alunos. Para compreender, interpretar e utilizar os descritores relacionados a esses três níveis de traduções de políticas educacionais os professores têm que ser capazes de identificar os conceitos centrais para a compreensão de sua matéria, diagnosticar o que seus alunos já sabem e o nível de compreensão que possuem e organizar o seu ensino a partir de temas centrais e de forma apropriada para os alunos particulares que ensinam.

Segundo Darling-Hammond e Baratz-Snowden (2005), os professores iniciantes deveriam possuir conhecimentos iniciais sobre currículo que lhes possibilitasse compreensões de como delinear planos curriculares e desenvolvê-los, explicitando claramente as metas e que estas estejam bem-refletidas nas atividades de aprendizagem e de avaliação.

3ª. Área Conhecimento sobre como ensinar a matéria

A terceira área componente da base de conhecimento para o ensino refere-se especificamente ao conhecimento de como ensinar a matéria: conhecimento de como ensinar Física, Biologia, Português, Matemática (de como ensinar frações, de como ensinar as quatro operações, de como ensinar perímetro, de como ensinar área etc.), por exemplo.

Darling-Hammond e Baratz-Snowden (2005) indicam que para um ensino bem sucedido, um ensino que possibilite que os alunos tenham acesso ao currículo, o professor deve, além de dominar o conhecimento específico de sua área, possuir pelo menos quatro tipos de conhecimentos e habilidades: o conhecimento pedagógico do conteúdo específico da matéria,[8] conhecimento de como ensinar alunos diferentes, conhecimento de avaliação e conhecimento sobre atividades apropriadas de manejo de classe de forma que os alunos possam trabalhar produtivamente.

Os fundamentos do conhecimento pedagógico do conteúdo são explicitados pelos autores como partindo do conhecimento aprofundado do conteúdo específico, do processo de aprendizagem desse conteúdo, da natureza do pensamento do aluno, do raciocínio, da compreensão e desempenho dentro de uma área de conhecimento. Trata-se, segundo eles, do conhecimento particular que os professores constroem de forma a tornar o conteúdo de sua matéria acessível aos estudantes. Para tanto, é importante que tenham compreensões flexíveis da matéria, criem múltiplos exemplos, demonstrações, analogias, representações das ideias chave que tornem o conteúdo acessível a uma ampla variedade de alunos. Essas representações[9] devem propiciar relações entre as novas ideias ainda não familiares aos alunos àquelas já presentes em seus repertórios.

Nesse sentido, a compreensão de processos de aprendizagem dentro de um campo específico se torna um foco importante dos processos formativos: quais são os conceitos básicos, quais são as habilidades, esquemas de pensamento, desempenhos necessários para que se torne um físico, um matemático, um biólogo, um historiador etc. proficiente. A estrutura da disciplina deve ser dominada (quais as suas ideias centrais, quais os modos de investigação que distinguem uma disciplina das demais, qual o tipo de linguagem e simbologia utilizada, lógica de resolução de problemas, linhas argumentativas etc.).

Segundo Darling-Hammond e Baratz-Snowden (2005), os professores iniciantes deveriam ser capazes de responder às seguintes questões sobre o ensino de suas áreas específicas:

- *Como nós definimos a matéria?* Quais são os conceitos e processos centrais envolvidos no processo de conhecer a matéria? [...] Como os padrões nacionais e estaduais ou os referenciais definem o conteúdo e o que significa conhecer o conteúdo?

---

[8] Termo utilizado por Shulman para indicar o único tipo de conhecimento em relação ao qual o professor mantém uma relação de protagonismo. Trata-se de conhecimento do ensino de algo, construído pelo professor ao longo de sua trajetória profissional e que amalgama os diferentes tipos de conhecimentos explicitados pelo autor em sua caracterização da base de conhecimento para a docência. Ver MIZUKAMI, M. G. N. Aprendizagem da docência: algumas contribuições de L. S. Shulman. *Educação*, Santa Maria, v. 29, n. 2, p. 33-49, 2004.

[9] Referente ao subprocesso transformação do modelo de raciocínio pedagógico proposto por Shulman, como sendo um modelo explicativo de processos de aprendizagem e de desenvolvimento profissional da docência. MIZUKAMI, M. G. N. Aprendizagem da docência: algumas contribuições de L. S. Shulman. *Educação*, Santa Maria, v. 29, n. 2, p. 33-49, 2004.

- *Quais são os diferentes propósitos para ensinar a matéria?* Porque a matéria é importante de ser estudada pelos alunos? Quais aspectos da matéria são mais importantes? Há diferentes propósitos referentes ao ensino da matéria dependendo da idade dos alunos?

- *Como se entende compreensão e desempenho efetivo considerando a especificidade da matéria?* Quais os diferentes aspectos da compreensão e do desempenho? O que os alunos são capazes de entender sobre a matéria em diferentes estágios de desenvolvimento? Como os alunos compreendem e desenvolvem proficiência e como a instrução pode servir de apoio a esse desenvolvimento?

- *Quais são os currículos básicos disponíveis para se ensinar a matéria?* Quais definições de matéria estão embebidas dentro dos materiais curriculares? Como os currículos estão alinhados aos padrões nacionais e estaduais? Como eles estão articulados entre as séries e níveis de ensino? Como podem os professores usar materiais curriculares efetivamente para apoiar aprendizagem dos alunos?

- *Como os professores avaliam as compreensões e os desempenhos dos alunos dentro de um domínio específico da matéria?* Quais ferramentas são mais úteis para avaliação da competência dos alunos? Como os professores usam os resultados dessas avaliações para informar o ensino?

- *Quais são as práticas que caracterizam o ensino de um conteúdo particular?* Quais práticas e abordagens têm mostrado serem mais efetivas para promover aprendizagem dos alunos? São tais práticas particularmente efetivas para um grupo específico de alunos? Quais representações, exemplos e analogias são particularmente úteis para ajudar os alunos a aprenderem conceitos ou idéias específicas? (p. 20-21).

Para que os professores possam assumir a responsabilidade de condução de uma classe, há muito que precisam conhecer de forma a oferecer um ensino para todas as crianças. Para oportunizar um processo formativo coerente com a complexidade e as exigências da profissão, os currículos deveriam ser construídos a partir do que os professores precisam aprender e como eles podem aprender por meio de um processo desenvolvimental de estudo, de inquirição e de aplicação. Os programas deveriam, segundo os autores citados, contemplar os problemas chave do aprender a ensinar e ajudar os professores a lidarem com as complexidades do ensino por meio de aprendizagens e como analisar seu próprio processo de aprendizagem da docência e do ensino por ele desenvolvido. Os programas deveriam, igualmente, assegurar oportunidades de supervisionadas de práticas relacionadas diretamente ao curso, por meio das quais os professores pudessem aprender a partir de exemplos de práticas e concepções de professores experientes. Deveriam, igualmente, ajudar os professores a desenvolverem um repertório amplo de estratégias de ensino, assim como compreensões de por que, como e quando usá-las de forma a contemplar diferentes propósitos e necessidades educacionais.

Para Darling-Hammond e Baratz-Snowden (2005), os programas que mais bem preparam os professores parecem ter um conjunto de características semelhantes:

- Um currículo comum fundamentado no conhecimento de desenvolvimento, aprendizagem, ensino da matéria e avaliação, ensinado no contexto da prática.
- Padrões bem definidos de prática e de desempenho usados para guiar o desenho e a avaliação das disciplinas dos cursos.
- Experiências clínicas ampliadas (ao menos 30 semanas) que sejam entrelaçadas com os cursos e cuidadosamente mentoradas.
- Relacionamentos estreitos entre universidades e escolas que partilham de padrões de bom ensino, consistentes em relação às disciplinas e ao trabalho clínico.
- Uso de método de casos de ensino, pesquisa do professor, avaliação de desempenho e análises de portfólios que evidenciem a aprendizagem dos professores em relação à prática de sala de aula (p. 38).

Segundo esses autores (2005, p. 38-43), a pesquisa tem indicado que os programas de formação de professores mais bem sucedidos e que geram professores iniciantes confiantes no que se refere a ajudar alunos a aprenderem partilham de muitas dessas mesmas características. A pesquisa indica que os programas alternativos mais bem sucedidos apresentam:

- Padrões elevados de ingresso.
- Sólida formação pedagógica em relação ao ensino da matéria, manejo de sala de aula, currículo e trabalho com alunos diversos.
- Mentoria intensiva e supervisão por meio de uma equipe de profissionais bem treinados e cuidadosamente escolhidos.
- Exposição dos futuros professores a um ensino de excelente qualidade e à modelagem de boas práticas.
- Desenvolvimento de relacionamentos fortes entre os pares.
- Oferta suficiente de prática fundamentada em planejamento de aulas e em atividades de ensino desenvolvidas e monitoradas antes do candidato se tornar responsável diretamente por atividades de ensino;
- Padrões elevados de saída.
- Clareza de metas, incluindo o uso de padrões que guiam o desempenho e as práticas a serem desenvolvidas.
- Modelagem de boas práticas por professores mais experientes nas quais os professores tornam visível seu pensamento.
- Oportunidades frequentes para prática com feedback contínuo e monitoramento.

- Múltiplas oportunidades para relacionar o trabalho nas salas de aula com os cursos da universidade.
- Responsabilidade gradual em relação a todos os aspectos de ensino na sala de aula.
- Oportunidades estruturadas para refletir sobre a prática tendo em vista melhorá-la.

Entre as ferramentas consideradas importantes para promoção de processos de aprendizagem e de desenvolvimento profissional da docência são indicadas: casos de ensino e método de casos,[10] o professor pesquisador em grupos colaborativos; o uso de registros via portfólios. Tais ferramentas oferecem possibilidade para que os futuros professores e os iniciantes tenham compreensões sobre a complexidade da sala de aula; estabeleçam relações teoria-prática-teoria; comecem a construir conhecimento pedagógico do conteúdo; tenham possibilidade de analisar incidentes críticos, levantando hipóteses e propondo soluções de enfrentamento e superação dos mesmos; tenham a possibilidade de identificar e discutir teorias de aprendizagem, desenvolvimento, conceitos da área, explicações provisórias de alunos etc. Essas ferramentas formativas também possibilitam a identificação de questões de interesse dos futuros professores e dos iniciantes, a busca de respostas por meio de coleta de dados usando instrumentos variados de pesquisa, a redação de relatórios de pesquisa, de diários reflexivos, a partilha de interpretações com os pares etc.

Para que o processo formativo aqui defendido seja levado a cabo com sucesso, é importante focalizar outros atores centrais: os formadores, que também precisam ser formados. Concebe-se aqui a formação do formador como um processo continuado de autoformação envolvendo dimensões individuais e coletivas – em contextos e momentos diversificados e em diferentes comunidades de aprendizagem constituídas por outros formadores. Tal formação é conceptualizada (COCHRAN-SMITH, 2003) como um processo contínuo e sistemático de investigação, no qual os participantes questionam suas hipóteses e as dos seus pares e constroem conhecimento local e público apropriado para contextos em mudança.

Para possibilitar processos de aprendizagem e de desenvolvimento profissional da docência que tenham impacto para os futuros professores e para os iniciantes, espera-se que os formadores (aqui considerados como sendo todos os docentes que estão envolvidos com as licenciaturas em geral)[11] criem situa-

---

[10] Ver: NONO, M. A; MIZUKAMI, M. G. N. Casos de ensino e processos de aprendizagem profissional docente. *Revista Brasileira de Estudos Pedagógicos*, Brasília, v. 83, n. 203-205, p. 72-84, 2004. NONO, M. A; MIZUKAMI, M. G. N.. Casos de ensino e processos formativos de professoras iniciantes. In: MIZUKAMI, M.G.N.; REALI, A.M.M.R. (Org.). Processos Formativos da Docência: conteúdos e práticas. São Carlos: EdUFSCar, 2005, v. 1, p. 143-162.

[11] Ver MIZUKAMI, M. G. N. Aprendizagem da docência: professores formadores. In: *E-Curriculum*, São Paulo, v. 1, n. 1, p. 1-17, 2005.

ções que possibilitem, ao longo do processo formativo, construção de atitude investigativa (em termos de explicação e tentativas de superação) de aspectos de processos educacionais gerais e específicos. Os processos formativos do formador deverão, sob essa ótica, serem produtos de concepções partilhadas em relação à formação de que profissional formar, vistos de forma tanto mais particularizada quanto mais ampliada, ou seja, considerando o processo como um todo, nos limites de tempo, espaço e de contextos locais e ampliados.

A atitude investigativa do formador é aqui considerada como ferramenta formativa por excelência (COCHRAN-SMITH, 2003), envolvendo a consideração de hipóteses e valores, conhecimentos profissionais e práticas, contextos das escolas e de diferentes instituições de ensino superior, as próprias aprendizagens dos formadores e as dos professores / futuros professores. A atitude investigativa é uma perspectiva intelectual, uma forma de questionar, dar sentido e relacionar o trabalho diário ao trabalho de outros e a contextos sociais, históricos, culturais e políticos mais amplos (COCHRAN-SMITH, 2003, p. 21). Tal atitude investigativa pressupõe análise constante de processos formativos envolvendo conhecimento de diferentes teorias e propostas educacionais que possibilite compreensão do fenômeno educacional e do processo de ensino e aprendizagem; a descrição de práticas pedagógicas em seus múltiplos determinantes e variáveis; a realização constante do movimento teoria-prática-teoria; a consideração do trabalho com a própria formação de professores como sendo a prática cotidiana dos formadores (COCHRAN-SMITH, 2003). Construir conhecimento local é compreendido como "um processo de construção, questionamento, elaboração e crítica de referenciais conceptuais que ligam ação e proposição de problemas tanto ao contexto imediato quanto a temas sociais, culturais e políticos mais amplos" (COCHRAN-SMITH, 2003, p. 24). Para a autora, é imprescindível que os formadores sejam capazes de trabalhar com certezas, incertezas, dilemas, problemas e de reconhecer que a investigação tanto surge de quanto geram questões que desafiam o sistema, envolvendo aprendizagens e desaprendizagens (COCHRAN-SMITH, *op. cit.*).

Por fim, considerando as contribuições dos vários textos apresentados nessa coletânea, as recomendações para uma inquirição científica oferecidas pelo National Research Council Report sobre pesquisa educacional (SHAVELSON; TOWNE, *apud* ZEICHNER, 2006, p. 740), podem tanto ajudar a análise de outras pesquisas voltadas para o ensino de temas específicos de diferentes áreas do currículo de diversos níveis e modalidades de ensino, para pesquisas que tenham como foco a formação de professores para essas áreas, assim como para a construção de novos delineamentos e metodologias para futuras pesquisas. Essas recomendações são frutos da análise de pesquisas na área e configuram uma agenda para a pesquisa educacional dos próximos anos:

1. Definição clara e consistente dos termos.
2. Descrição completa da coleta de dados, dos métodos de análise e dos contextos nos quais a pesquisa é conduzida.
3. Pesquisa situada em relação a referenciais teóricos relevantes.
4. Desenvolvimento de mais programas de pesquisa.
5. Maior atenção ao impacto da formação de professores sobre a aprendizagem dos professores e sobre as suas práticas.
6. Pesquisa que relacione formação de professores ao aprendizado dos alunos.
7. Portfólio completo de estudos que incluam abordagens multidisciplinares e multimetodológicas ao estudo das complexidades da formação de professores.
8. Desenvolvimento de melhores formas para mensuração do conhecimento e do desempenho dos professores
9. Pesquisa que examine a preparação dos professores em matérias diferentes além de Matemática e Ciências, e que considere as disciplinas ensinadas quando do exame dos efeitos dos componentes dos programas de formação de professores.
10. Análise mais sistemática das alternativas nitidamente identificáveis em formação de professores, usando técnicas de controle ou estudos aleatórios como estudos separados ou em conjunto com estudos de caso em profundidade.
11. Mais estudos de caso em profundidade sobre programas de formação de professores multi-institucionais e seus componentes.

Referências

COCHRAN-SMITH, M. Learning and unlearning: the education of teacher educators. In: *Teaching and Teacher Education* 19, 2003, p. 5-28.

COCHRAN-SMITH, M.; LYTLE, S. L. Relationships of knowledge and practice: Teacher learning in communities. In: *Review of Research in Education*, v. 24. Washington, DC: American Educational Research Association, 1999, p. 249-306.

DARLING-HAMMOND, L.; BARATZ-SNOWDEN, J. (Eds.). *A good teacher in every classroom*. The National Academy of Education Committee on Teacher Education. San Francisco, Ca: Jossey Bass, 2005.

DARLING-HAMMOND, L.; BRANSFORD, J. (Eds.). *Preparing Teachers for a Changing World. What teachers should learn and be able to do*. The National Academy of Education. Jossey-Bass-CA: San Francisco, 2005.

GROSSMAN, P., WINEBURG, S.; WOOLWORTH, S. (2001) Toward a theory of teacher community. *Teacher College Record*, v. 103, n. 6, p. 942-1012.

HAMMERNESS, K.; DARLING-HAMMOND, L.; BRANSFORD, J.; BERLINER, D.; COCHRAN-SMITH, M.; McDONALD, M.; ZEICHNER, K. How teachers learn and develop. In DARLING-HAMMOND, L.; BRANSFORD, J. (Eds.). *Preparing Teachers for a Changing World. What teachers should learn and be able to do.* The National Academy of Education. Jossey-Bass-CA: San Francisco, 2005, p. 358-389.

MERCADANTE, M.S. *Profissionalidade docente na educação profissional técnica de nível médio*. São Paulo: Pontifícia Universidade Católica. Programa de Pós-graduação em Educação: Currículo, 2004. (Dissertação de Mestrado).

MIZUKAMI, M. G. N. Aprendizagem da docência: algumas contribuições de L. S. Shulman. *Educação*, Santa Maria, v. 29, n. 2, p. 33-49, 2004.

MIZUKAMI, M. G. N. Aprendizagem da docência: professores formadores. *E-Curriculum*, São Paulo, v. 1, n. 1, p. 1-17, 2005.

NATIONAL RESEARCH COUNCIL. *How people learn: brain, mind, experience, and school* (Expanded ed.). Washington, DC: National Academies Press, 2000.

NONO, M. A; MIZUKAMI, M. G. N. Casos de ensino e processos de aprendizagem profissional docente. *Revista Brasileira de Estudos Pedagógicos*, Brasília, v. 83, n. 203-205, p. 72-84, 2004.

NONO, M. A; MIZUKAMI, M. G. N. Casos de ensino e processos formativos de professoras iniciantes. In: MIZUKAMI, M. G. N.; REALI, A. M. M. R. (Org.). *Processos formativos da docência: conteúdos e práticas*. São Carlos: EdUFSCar, 2005, v. 1, p. 143-162.

TORRES, R. M. Nuevo rol docente: qué modelo de formación, para qué modelo educativo? In: FUNDACIÓN SANTILLANA. *Aprender para el futuro. Nuevo marco de la tarea docente*. Documentos en Debate. Madrid, 1999, p. 99-112.

ZEICHNER, K. M. A research agenda for teacher education. In: COCHRAN-SMITH, M.; ZEICHNER, K. M.(Eds.). *Studying Teacher Education. The report of the AERA panel on Research and Teacher Education*. Washington, DC: AERA, Lawrence Erlbaum Associates, Inc., 2006, p. 737-759.

Os autores

ADAIR MENDES NACARATO

Licenciada em Matemática pela PUC – Campinas; mestre e doutora em Educação pela Faculdade de Educação/Unicamp. Docente do Programa de Pós-Graduação *Stricto Sensu* em Educação da Universidade São Francisco, Itatiba/SP. Atua como pesquisadora na área de formação de professores e prática pedagógica.

E-mail: *adamn@terra.com.br adair@saofrancisco.edu.br*

ANA CRISTINA FERREIRA

Mestre e Doutora em Educação Matemática pela UNICAMP. Docente da Universidade Federal de Ouro Preto. Atua como pesquisadora na área de formação e desenvolvimento profissional de professores de Matemática e prática docente.

E-mail: *anacf@iceb.ufop.br – anacfer@hotmail.com*

ANA LÚCIA MANRIQUE

Bacharel em Matemática (USP), mestre em Matemática (PUC/SP) e doutora em Educação: Psicologia da Educação (PUC/SP). Atua como docente e pesquisadora no Departamento de Matemática e no Programa de Estudos Pós-graduados em Educação Matemática da PUC/SP. Desenvolve pesquisas na formação de professores, inicial e continuada, sobre seus saberes e seu trabalho.

E-mail: *manrique@pucsp.br*

ARLETE DE JESUS BRITO

Mestre e Doutora em Educação pela Faculdade de Educação/Unicamp. Atuou como docente da UFRN; atualmente é docente do departamento de Educação da UNESP, campus de Rio Claro. Atua como pesquisadora na área de História da Matemática e da Educação Matemática e formação de professores.

E-mail: *arlete@digi.com.br*

CÉLIA MARIA CAROLINO PIRES

Mestre em Matemática pela PUC/SP; doutora em Educação pela USP. Docente do Programa de Estudos Pós-Graduados em Educação Matemática da PUC/SP. Coordenadora do Projeto de Pesquisa "Formação de Professores de Matemática".

E-mail: *celia@pucsp.br*

EDDA CURI

Mestre e Doutora em Educação Matemática. Atua como professora do Programa de Mestrado em Ensino de Ciências e Matemática da UNICSUL/SP. Realiza estudos na linha de pesquisa Formação de Professores, Ensino Aprendizagem e Construção do Conhecimento.

E-mail: *edda.curi@terra.com.br*

FRANCISCA TEREZINHA OLIVEIRA ALVES

Graduada em Pedagogia; Especialização em História da Matemática; Mestre em Educação e Doutoranda em Educação pela UFRN/Natal, RN.

E-mail: *ftoalves@yahoo.com.br*

LUANA TORICELLI

Graduada em Matemática pela Universidade São Francisco; docente da rede pública em Joanópolis/SP. Na época da pesquisa, atuava como bolsista de Iniciação Científica.

E-mail: *luanaca@hotmail.com*

MÁRCIA CRISTINA DE COSTA TRINDADE CYRINO

Licenciada em Matemática pela UNESP/Pres. Prudente, Mestre em Educação Matemática pela UNESP/Rio Claro e Doutora em Educação pela USP/São Paulo. Professora do Departamento de Matemática e do Programa de Pós-Graduação em Ensino de Ciências e Educação Matemática. Atua na área de Educação Matemática tendo como linha de pesquisa Formação do Professor de Matemática.

E-mail: *emcyrino@sercomtel.com.br*

MÁRCIO ANTONIO DA SILVA

Mestre em Educação Matemática pela PUC/SP. Professor e coordenador de estágios do curso de Natemática da Universidade Metodista de São Paulo e professor de Matemática do Colégio Civitatis.

E-mail: *marcio.silva@metodista.br*

Maria Auxiliadora Vilela Paiva

Licenciada em Matemática (UFES); Mestre em Matemática (Álgebra Comutativa, pelo IMPA/Rio) e Doutora em Matemática (Educação Matemática, PUC- Rio). Professora aposentada pela UFES. Diretora Acadêmica do Cesat. Pesquisa na área de Formação de Professores.

E-mail: *matematica@cesat.br – dora@tropical.com.br*

Maria da Graça Nicoletti Mizukami

Graduada em Pedagogia. Mestre e doutora em Educação pela PUC/RJ. Pós-doutorado pela Santa Clara University – Teacher Education Program, SCU, Estados Unidos. Docente da Universidade Presbiteriana Mackenzie e Universidade Federal de São Carlos.

E-mail: *dmgn@power.ufscar.br*

Marli E. D. A. André

Licenciada em Letras e Pedagogia; Mestre em educação pela PUC/RJ e Ph.D em Educação pela Universidade de Illinois, em Urbana-Champaign (USA). Professora Titular aposentada da Faculdade de Educação da USP, atualmente integra o Programa de Estudos Pós-Graduados em Educação-Psicologia da Educação da PUC/SP. Desenvolve pesquisas na área de formação de professores.

E-mail: *marliandre@pucsp.br*

Mirian Tomazetto

Graduada em Matemática pela Universidade São Francisco; docente da escola básica pública e privada em cidades na região de Itatiba/SP. Na época da pesquisa, atuava como bolsista de Iniciação Científica.

E-mail: *miriantomazetto@ig.com.br*

Nielce Meneguelo Lobo da Costa

Matemática e Pedagoga com Administração Escolar e Orientação Educacional. Mestre em Educação Matemática e Doutora em Educação pela PUCSP. Atua como docente em ensino fundamental, médio e superior e na área de Tecnologia Educacional. Atua como professora de Matemática do Colégio Dante Alighieri.

E-mail: *nielcelc@uol.com.br*

Regina Célia Grando

Licenciada em Matemática pela Unicamp; Mestre e Doutora em Educação pela Faculdade de Educação/Unicamp. Docente do Programa de Pós-Graduação

Stricto Sensu em Educação da Universidade São Francisco, Itatiba/SP. Atua como pesquisadora no campo da formação de professores e prática pedagógica, com ênfase nas questões lúdicas na Educação Matemática.

E-mail: *regina.grando@terra.com.br*

ROBERTO CAVALCANTE DOS SANTOS

Mestre em Educação Matemática pela PUC/SP. Atua como professor titular e membro da Coordenação de Iniciação científica das Faculdades Radial.

E-mail: *robertopucsp@yahoo.com.br*

ZAÍRA DA CUNHA MELO VARIZO

Licenciada e Bacharel em Matemática pela Universidade do Brasil (1958-1961), atual UFRJ. Mestre em Educação Brasileira pela FE/UFG. Docente de Didática e Prática de Ensino na UFG. Atua nas linhas de pesquisa Formação de Professores e Ensino-aprendizagem.

E-mail: *varizo@zaz.com.br*

Este livro foi composto com tipografia Casablanca e impresso
em papel Off Set 75 g/m² na Gráfica Paulinelli.